The Quantum Galler … SF 2009

量子回廊
年刊日本SF傑作選

大森 望・日下三蔵 編
カバー＝岩郷重力＋WONDER WORKZ。

◆

第1回創元SF短編賞受賞作を収録

「収録作の著者は、過去最大の19人。
まったくの新人から作家歴40年の大ベテランまで、
多士済々の著者たちによる
バリエーション豊かなSFが揃った。
「ガチガチのSFは得意じゃないんだけど……」と
不安に思う人も、「SFはバカ話にかぎる」と考える人も、
「宇宙に出なきゃSFじゃない」と主張する人も、
それぞれ、なにかしら気に入る作品が見つかるはずだ。」
——**大森 望**（序文より）

創元SF文庫の日本SF

2008年の短編SFの精華15編

Puppets on Superstrings: Best Japanese SF 2008

超弦領域

年刊日本SF傑作選

大森 望・日下三蔵 編

カバー＝岩郷重力＋WONDER WORKZ。

◆

「編纂者の意図に関わりなく、
ある年度の作品を対象に選ばれたアンソロジーには、
その時代の空気が濃縮されているわけで、
本書が2008年の国産SFの見本市であることは
間違いない。
よくぞこれだけ傾向も形式も違う作品が集まったものだと、
集めた自分でも呆れてしまうほどだが、
どこから読んでも面白いですよ。
ここが日本SF最前線です」

——**日下三蔵**（序文より）

創元SF文庫の日本SF

マシン

望 編

この《ゼロ年代日本ＳＦベスト集成》は00年代（西暦2000年〜2009年）の10年間に国内で発表されたＳＦ短篇から，歴史に残る作品をよりすぐった年代別の傑作選。２冊セットで通読すると，この10年の日本ＳＦの動向が（たぶん）手にとるように実感できる仕組みですが，それぞれ独立したアンソロジーとなるように作品を配置したつもりなので，どちらか片方だけ読んでもかまいません。この〈Ｓ〉の巻には，ＳＦの求心的なベクトルを代表する，主に宇宙と未来（もしくはテクノロジーと人間と機械）を描いた11編を収録した。直球ど真ん中の現代ＳＦをご賞味ください。　**大森　望**

ゼロ年代日本ＳＦベスト集成〈S〉

ぼくの、マシン

大森　望 編

創元ＳＦ文庫

JAPAN'S BEST SF OF THE DECADE: 2000-2009/s

edited by

Nozomi Ohmori

2010

目次

序

大森　望

「2から始まる年号って、数字の並びだけでSFだよね。やっぱりこれからはSFでしょう」

かつて力強くこう断言したのは庵野秀明氏。十年前のこの予言はみごと的中し、日本SFは二〇〇〇年を境《さかい》に〝冬の時代〟の長いトンネルを抜け、いまやうららかな春を（もしくは、さわやかな初夏を）迎えている。SFと銘打つ日本SFの単行本が一冊も出なかった一九九八年のことを思えば、隔世の感。おかげで、創元SF文庫の《年刊日本SF傑作選》シリーズや、河出文庫の《NOVA　書き下ろし日本SFコレクション》も順調に巻を重ねている。

ひとつこのあたりで〝2から始まる年号〟の最初の十年間の成果をまとめてみよう——ということで企画したのが、この《ゼロ年代日本SFベスト集成》。その名のとおり、〇〇年代（西暦二〇〇〇年〜二〇〇九年）の十年間に日本国内で発表されたSF短編から、歴史に残る作品をよりすぐった年代別の傑作選である。

それだったら、ハヤカワ文庫JAから、早川書房編集部編の『ゼロ年代SF傑作選』が出てるんじゃないの？　と思う人もいるでしょうが、同書を既読の方はご承知のとおり、あちらは、ゼロ年代日本ＳＦの一潮流である〝リアル・フィクション〟の傑作選。〈ＳＦマガジン〉掲載作を中心に、書籍未収録の作品を集めた新鋭アンソロジーという性格が強い。

　それに対し、本書では、個人短編集に収録されているかどうかは基本的に考慮せず、〇〇年代ＳＦを代表する（と編者が判断する）作品を可能なかぎり網羅することを目指した。その結果、当然のことながら、他社文庫（とくにハヤカワ文庫ＪＡ）から出ている短編集の収録作・表題作をたくさん採《と》ることになった。ＳＦ専門読者にとってはあんまり意外性のない（既読作の多い）ラインナップかもしれないが、たとえば飛浩隆「ラギッド・ガール」の入っていないゼロ年代ベストなどゼロ年代ベストじゃないだろうという気がするのも事実。五年後、十年後に読み返しても色褪《あ》せない、真《しん》のゼロ年代ベストを目指した結果なので、ご容赦いただきたい。書籍初収録の隠し玉も、それぞれの巻に二、三編ずつ用意してあるから、ＳＦマニア諸氏におかれましては、「なんだよ。ほとんど読んでるんだけどなあ。ま、しょうがないか」とブツブツ文句を言いながらお買い上げいただきたい。

　一方、ふだんあんまり日本ＳＦの短編を読まない人や、最近になって日本ＳＦを〝発見〟したという読者には、現在の日本ＳＦの水準を知るための格好のショーケースになるだろう。《ゼロ年代日本ＳＦベスト集成》を手がかりに、ぜひとも気に入った作品の収録短編集や、同じ作家の長編に手を伸ばしてほしい。

　創元ＳＦ文庫『年刊日本ＳＦ傑作選　虚構機関』が出たときは、その序文で、〝日本ＳＦの総合的な年次傑作選は、筒井康隆編『日本ＳＦベスト集成』以来三十二年ぶり〟と書いたけれど、総合的な年代別ベストＳＦアンソロジーの刊行も、筒井康隆編『'60年代日本ＳＦベスト集成』（徳間書店）以来三十四年ぶりということになる。本書の刊行にあたっては、編者である筒井康隆氏の了解を得て、〝日本ＳＦベスト集成〟のタイトルを継承させていただくことにした。ありがとうございました。

その《ゼロ年代日本ＳＦベスト集成》は、ごらんのとおり、全二十三編を、二冊に分けてお届けすることになった。二冊セットで通読していただくと、この十年の日本ＳＦの動向が（たぶん）手にとるように実感できる仕組みですが、上下巻というわけではなく、それぞれ独立したアンソロジーとして読めるように作品を配置したつもりなので、どちらか片方だけ読んでいただいても一向《いっこう》にかまいません。

便宜《べんぎ》上、二冊を〈Ｓ〉と〈Ｆ〉とに分けたが、べつだんサイエンス編とフィクション編というわけじゃないし、Ｓ派（ハードＳＦ系）とＦ派（幻想ＳＦ系）という分類にきっちり従っているわけでもない。大ざっぱに言うと、〈Ｓ〉は宇宙および未来編（ややハード志向）、〈Ｆ〉は現代編および幻想・奇想編（ややソフト志向）。作品の傾向としては、前者がＳＦの求心的なベクトル、後者が遠心的なベクトルをなんとなく代表しているとは言えるかもしれない。

というわけで、この『ゼロ年代日本ＳＦベスト集成〈Ｓ〉ぼくの、マシン』には、前述のとおり、主に宇宙と未来（もしくはテクノロジーと人間と機械）を描いた十一編を収録した。光瀬龍、小松左京、石原藤夫、堀晃、谷甲州……と続く宇宙小説の系譜は、日本ＳＦの歴史上、ずっと傍流だったが、野尻抱介、小川一水などの登場を契機にして、ゼロ年代には宇宙開発をテーマにしたリアル系の宇宙ＳＦがにわかに勃興《ぼっこう》し、日本ＳＦのイメージを一新した。ゼロ年代の星雲賞国内部門受賞作を見ると、なんとその半数を宇宙ＳＦが占める。そういう傾向を代表して――かどうかはともかく――本書の前半には、宇宙を舞台にした、それぞれタイプの違う四種類の作品を配置した。野尻抱介「大風呂敷と蜘蛛の糸」はリアルな宇宙開発もの、小川一水「幸せになる箱庭」は異色のファースト・コンタクトもの、上遠野浩平「鉄仮面をめぐる論議」は《ナイトウォッチ》三部作からスピンオフした寓話的・観念的な戦争ＳＦ、そして田中啓文「嘔吐した宇宙飛行士」は嘔吐した宇宙飛行士の話である。

　後半は、テクノロジーによる社会とアイデンティティの変貌を描く未来ＳＦを中心に据えた。バイオテクノロジーを扱った女性作家の二作、菅浩江「五人姉妹」と上田早夕里「魚舟《うおぶね》・獣舟《けものぶね》」。ジェイムズ・ティプトリー・ジュニアの名作を下敷きに〝接続された女〟を描く、桜庭一樹「A」と飛浩隆「ラギッド・ガール」。とうにシンギュラリティを超えた超越的な機械知性（巨大知性体）が時代劇コメディ（?）にチャレンジする円城塔「Yedo」（『Self-Reference ENGINE』の一挿話《そうわ》）と、二〇一〇年代の到来を待たずに世を去った故・伊藤計劃が新聞大悟と組んで二〇〇二年に発表した幻の商業誌デビュー作「A.T.D」。そして最後は、《戦闘妖精・雪風》シリーズの短編ながら、人間とコンピュータの関係に深く切り込む神林長平の表題作「ぼくの、マシン」を収録する。

　以上、この十年の日本ＳＦの精華十一編、じっくりとご賞味ください。

ゼロ年代日本SFベスト集成〈S〉

ぼくの、マシン

収録作品扉裏の紹介文はすべて編者による。

大風呂敷と蜘蛛《くも》の糸

――野尻抱介

ＳＦの真骨頂は大風呂敷にあり。ということで、星雲賞の副賞に大風呂敷が贈られた年もあるくらいだが、本書の巻頭を飾るのは、文字通りの〝大風呂敷〟でヒロインが宇宙をめざす話。

宇宙と言えば、二〇一〇年は、小惑星探査機「はやぶさ」が世界的ブームを巻き起こした。打ち上げの三年前（〇〇年）からはやぶさを取材してきた野尻抱介は、地球帰還に際し、ニコニコ動画の生中継スタッフに志願してオーストラリアへ飛び、大気圏再突入の瞬間を伝えた。

著者は、はやぶさが再燃させた〝宇宙への憧《あこが》れ〟を一貫して小説に書きつづけているＳＦ作家でもある。本編をはじめ、実現可能な宇宙開発計画を描いた作品も多く、野尻抱介が管理するウェブ掲示板「野尻ボード」は、宇宙開発関係者とＳＦ作家やジャーナリストとの交流の場となってきた。

野尻抱介（のじり・ほうすけ）は一九六一年、三重県生まれ。九二年、ＰＢＭ《プレイ・バイ・メール》の設定をもとにした《クレギオン》シリーズ（現在はハヤカワ文庫ＪＡ）で富士見ファンタジア文庫から作家デビュー。コスト削減のため体重四十キロ以下の女子高生をロケットに乗せるという設定の人気作《ロケットガール》シリーズ（富士見ファンタジア文庫）は、〇七年にＴＶアニメ化されている。〈ＳＦマガジン〉九九年九月臨時増刊号掲載の短編版「太陽の簒奪者《さんだつしや》」で第31回星雲賞日本短編部門を受賞。〇二年に《ハヤカワＳＦシリーズＪコレクション》から出た長編版は、「ベストＳＦ2002」国内篇第1位、第34回星雲賞日本長編部門に輝き、ゼロ年代国産宇宙ＳＦブームの看板となった。〇一年刊行の『ふわふわの泉』（ファミ通文庫）でも第33回星雲賞日本長編部門を受賞。〇七年～〇九年には「大風呂敷と蜘蛛《くも》の糸」「沈黙のフライバイ」「南極点のピアピア動画」で星雲賞日本短編部門を三年連続受賞。他に『ピニェルの振り子』（ソノラマ文庫）などがある。

初音ミクの登場からニコ動にハマり、「先生何やってんすか」と言われつつ、〝尻Ｐ〟の名で活動（ニコニコ技術部）。とくに、「岬《みさき》めぐり」をＢＧＭにパンツの群れが空を飛ぶＴＶアニメの名場面を手製の羽ばたき飛行機で再現した動画は全世界のオタクから熱狂的な支持を集め、ＮＨＫ－ＢＳ「ザ☆ネットスター！」でも放送された。本編の初出は〈ＳＦマガジン〉〇六年四月号。宇宙ＳＦの代表作を集めた短編集『沈黙のフライバイ』（ハヤカワ文庫ＪＡ）に収録されている。

ACT・1

リフトは快調に上昇を続けていた。地上を離れて六時間あまり。空の青は目の高さで終わり、もう世界の半分は宇宙の闇に占められている。

直下には十勝《とかち》平野の海岸線があり、晴れていれば関東北部、佐渡《さど》、ウラジオストク、サハリンの半分が一望できる。しかし今日、下界の九割は雲に覆われていた。東方海上にこの季節を代表する低気圧が居座っており、それも予報を外れて発達していた。

寒冷前線は沸騰したミルクのようだった。地表から積乱雲の頂《いただき》まで十キロメートル。自分の身長にスケールダウンするとしたら、膝のあたりか——目の高さを現在の高度とするなら。

榎木《えのき》沙絵《さえ》は気まぐれにそんな計算をしていた。

終点が近づき、リフトは自動的に徐行運転に入った。

進行方向を見上げる。

高度四十キロ地点に浮かぶ、北海道大学・成層圏プラットホーム。

そこはもう、中間圏界面の目前だった。気圧は三ヘクトパスカル、地上の三百分の一しかない。

プラットホームといえば立派だが、それは二つ並べたガス気球の根元を全長八十メートルのトラスフレームで結んだだけの、危なっかしい足場にすぎなかった。

フレームの中央部分に、リフトが停止した。

誰がやったのか、ラミネート加工した貼り紙があった。

《この列車は当駅が終点です。上をめざす方は大風呂敷1号にお乗り換えください》

そうしますとも。

重い宇宙服を着た体で、軽金属の階段に踏み出す。階段をえっちらおっちら登り、大風呂敷1号のゴンドラに乗り込んだ。助っ人《すけと》がほしいところだったが、コストの制約でいま以上の重量を支える余裕がなかった。そもそも当初の計画では、すべて無人で行うはずだった。

トラスフレームの両端には高分子フィルム製の大気球が一基ずつ結ばれている。気嚢《きのう》の寸法は直径六十メートル、上下百五十メートルで、大型旅客機を二、三機格納できる大きさだった。

気球に充填《じゅうてん》されているのは水素ガスだが、この真空に近い世界では引火の心配など無用だった。高価なヘリウムガスを使わずにすんだのはありがたい。当然といえば当然だが、乏《とぼ》しい予算枠で沙絵のアイデアが実現できたのは、こうして障壁となる要素をひとつ残らず回避できたおかげだった。

気嚢はかすかに揺れていた。じっと見つめていないとわからない、凪《なぎ》の海のうねりのような周期だ。

『こちら大樹町《たいきちょう》タワー。下界はすごい雷雨になってきたよ』

中喜多《なかきた》教授が伝えてきた。対比してこちらの世界を語らせるつもりなのだろう。

「こっちはしーんとしてます。画面には風速四十メートルって表示してますけど」

体感的には無風だ。地上なら、たとえ宇宙服を着ていても風に当たればそうとわかる。

『取材機は見える？　この天気じゃ地上から撮《と》れないんで、報道各社はジェットを飛ばすと言ってたけど』

目を凝《こ》らしてみるが、ぎらぎら輝く雲海がバックではとても見つけられそうにない。

「ちょっとわかんないですねー。向こうからはよく見えてると思いますけど」

ビジネスジェットなら上昇限度はせいぜい十五キロだろう。肉眼で見るには遠すぎる。

「あ、繋留索《けいりゅうさく》のことは知ってるんですよね？」

『もちろん。たとえパイロットが忘れてても、自動警報が鳴るしね』

繋留索には一キロメートルおきに位置通報トランスポンダがついている。それは航空障害物として管制網に掌握され、すべての航空機に通知される。コクピットの統合ディスプレイには中国の連凧《れんだこ》のような姿になって映っているはずだ。

沙絵はチェックリストを最後まで辿《たど》った。最後の項目には《深呼吸して、もう一度まわりを見よ》とあった。

素直に従う。沙絵は見えるものすべてに意識を向けた。

借り物のマークV宇宙服の肘《ひじ》から先。胸部の操作パネル。ヘルメット内に組み込まれている舌で操作するスイッチ。ドリンクチューブといちご味のキャンディ・バー。鼻の頭。軽合金のフレームと化学繊維でできた、上半身がむき出しになるゴンドラ。可搬《かはん》式生命維持装置。樽《たる》型のカプセルに収まった膨張式の救命ボート。

ゴンドラの手すりに固定した、操縦用のノートパッド。その横に、「がんばれ沙絵！」と書き込んであるプロジェクト・チームの集合写真。宇宙服とゴンドラを結ぶハーネス。

ゴンドラ側面には全長二メートルのCAMUIロケットと液体酸素を入れたデュワー瓶《びん》、可搬式の制御ボックスが固定してある。なんとなく戦闘機のミサイルみたいだ。

ゴンドラの後ろにくくりつけてある、丸めた八畳間用のカーペットみたいなもの。頭上を横切るフレームには、凧糸より細いテザーの束《たば》と、釣り道具のように繊細なコンピュータ制御のウインチ。超高層大気の観測装置とデータ通信用のSバンド・オムニアンテナ。

風上側には繋留索が延びている。末端は大樹町の多目的航空公園のはずれに設置されたウインチにあり、現在の繰り出し量は六十キロ弱と報告されている。

繋留索は毛糸ほどの太さしかないが、最新のカーボンナノチューブ《CNT》強化繊維のおかげで抜群の強度・重量比を備えていた。これも計画実現の鍵になった要素だった。CNT強化繊維なら、高高度に気球を繋留する↓繋留索が重くなる↓気球を大きくする↓強い繋留索が要《い》る↓重くなる、という悪循環に陥《おちい》らずにすむ。「そんな紐《ひも》があるならやってもいいんじゃない？」と誰かが言ったのだ。

見えるものは全部見た。見つめた。すべて異状なし。

沙絵は地上に伝えた。

「こちら大風呂敷1号。もうすることがないです。出発以外」

怖いもの知らずと呼ばれてきたが、さすがに武者震《むしやぶる》いしてしまう。いまからたった一人で前後百四十メートル、幅千メートルの凧を揚《あ》げ、それに乗って宇宙の玄関、高度八十キロをめざすとなれば。

しかし中喜多教授の返事は煮え切らなかった。

『えーと、ちょっと待っててね』

「待つって、何か問題が？」

『天気がちょっとアレなんで、ＧＯ／ＮＯＧＯ判断が長引いてるんだ』

「えー」

『で、どうせ暇なんだからＨＢＣのインタビューに答えてやってくれる？』

「はあ。かまいませんけど」

『よろしく頼むよ』

受けなくてはなるまい。マスコミの取材にこまめに応じるのが、税金を使う者のアカウンタビリティだそうだから。

沙絵は発進カウントダウン・モードになっていた頭を社交モードに切り替えた。

なにが聞きたい？　そもそものきっかけ？

ACT・2

きっかけは工学部一年の秋、学生食堂の掲示板。

『めざすぞ宇宙！』というPOP文字に目をとめた時だった。

詳細を読んで、沙絵はやや幻滅した。これは小型ロケットを使った弾道飛行実験のアイデア・コンテストだった。到達高度はたったの十キロ。旅客機の巡航高度で、宇宙というには一桁《けた》足りない。

ロケットはCAMUIシリーズというもので、すでに事業化して観測や微小重力実験に使われている。いろんなサイズがあるが、今回提供されるのは最も安価で小さなモデルだった。宇宙をめざそうというのは精神的な話らしい。

日替わりA定食のトレイを持って席につく。カロリーだけは満点の揚げ物を口に運びながら、沙絵の思考はゆっくりと地面を離れた。

ロケットが非力なら、下駄《げた》を履《は》かせてやればいい。

飛行機なら二十キロあたりまで上がれたはずだ。そこから発射すれば、ロケットは高度三十キロに達するだろう。

宇宙が始まるとされる高度百キロには、まだ足りない。

観測気球が高度五十キロに達したという話を思い出した。

これでやっと道半ばだ。もっと高い下駄はないだろうか。

沙絵はトレイを脇に押しやり、鞄《かばん》からノートパソコンを取り出した。「成層圏」をキーワードに検索してみると、それは高度五十キロ付近で終わり、そこから高度八十キロまでは中間圏と呼ばれることがわかった。

こんどは「中間圏」を調べてみた。この領域について知られていることは驚くほど少なかった。飛行機や気球では届かず、ロケットでは高速で通り過ぎてしまうから、直接観測が難しいのだ。

ただし電離層なら古くから調べられてきた。最も低いD層は中間圏に発生する。密度が地表の千分の一以下になるので、空気分子の一割くらいが太陽光を浴びて電離する。日照のない夜間は消滅する。これは電波のエコーを使って観測できる。

大気密度が蛍光管の内部に近いせいか、放電現象はいろいろ起きる。スプライト、エルブス、ブルージェットと、好奇心をかきたてる名前がついている。それらは雷雲の上方に発生する、いわば宇宙への落雷だった。肉眼ではほとんど見えない。

放電のほか、電磁波やガンマ線のバーストも発生する。これも雷《かみなり》と関係しているらしいが、メカニズムはわかっていない。

中間圏には夜光雲なるものが発生することもある。わずかな水分が凝結して、地上が夜で上空に日照があるとき、それが光って見えるという。

氷が存在するとは意外だった。しかしおそらくは、ものすごく希薄な存在だろう。気圧は地上の千分の一から十万分の一だ。これは普通、真空と呼ばれる。

パラグライダーをこの高度に浮かべたらどうなるだろう？

沙絵は夏休みに行ったニセコでの体験飛行を思い出して、ふとそんなことを思った。

もちろん石のように落下するだろう。そうならないためには翼面積を十万倍にすればいい。

沙絵は「パラグライダー」で検索してみた。

標準サイズの翼面積は二十五平方メートル。その十万倍は二・五平方キロメートル。札幌駅とクラーク像と大通《おおどおり》公園の端から端までを一度に覆う超巨大風呂敷だ。

無理。とても無理。

なにか他に使える材料はないか。再び「中間圏」の検索に戻る。

沙絵はある文献の「風速分布」という図に目をとめた。

中間圏に風が吹くのか？

南北とも緯度四十度付近、上空八十キロのあたりが、最も風が強い。秒速八十メートルにもなる。

ということは、パラグライダーの飛行速度の十倍だ。

この風は上昇気流ではないが、凧のように繋留すれば揚力《ようりょく》に転換できるはず。

揚力は流速の二乗に比例する。風速の十倍は翼面積の百倍に等しい。

差し引きすると、中間圏境界で必要な翼面積は千倍ですむことになる。つまり二万五千平方メートル。

たとえば百メートル×二百五十メートル。校庭くらいか。これでもずいぶんなサイズではあるけど、札幌駅&大通公園よりはずっとましだ。総重量が八十キロ程度に収まればの話だが。

「できる……かな？　ハイテク素材とかなら？」

沙絵は声に出してつぶやいた。

時計を見て驚く。午後の講義を完全にすっぽかしていた。

えい、ままよ。沙絵は自主休講を決め込んで、検討を続けた。

高度八十キロから八百キロまでは熱圏と呼ばれる。百キロ以上は宇宙だから、多くの衛星がこの圏内を周回している。風速は小さくなり、なにより大気そのものがゼロに近づく。

どうやら高度八十キロあたりが大気利用の限界で、その先はロケットの領分らしい。

パラグライダー式の凧で高度八十キロまで上がって、そこからロケットを発射すれば、掛け値なしの宇宙がめざせる。空気抵抗がゼロに等しいぶん、到達高度は延びるだろう。百キロの大台が狙えるのではないか？

もう一日つぶして計画書をまとめ、アイデア・コンテストに応募してみる。タイトルは『凧によるアシストで宇宙に達する方法』とした。

主催者側が待っていたのは、ロケットの先端に積む缶コーヒーほどの荷物に関するアイデアだった。ロケットに巨大な下駄《げた》を履《は》かせるなど、完全に想定外だった。

だが、選考会で沙絵のプランは大受けを取った。審査員をつとめた技術者や教授たちは、まず腹を抱えて笑い転げた。起立を求められた沙絵は、耳の先まで真っ赤になった。

どうやって思いついたのか、と訊かれた。語るほどのこともない。あのスローガンを真《ま》に受けて、宇宙をめざしただけです、と答えた。それから沙絵はシンプルに問い返した。

「できっこないですか?」

これが爆弾になった。

審査員たちは急に真顔になった。アイデアを評価するとき「できっこない」は禁句だった。もとより、彼らは沙絵を嘲笑《ちようしよう》していたのではなかった。奇抜なアイデアに出会うと、嬉しくて笑ってしまうのだ。審査員たちは選考そっちのけで議論しはじめた。

「まず膜だな。凧といえばリップストップ・クロスか?」

「もう二桁くらい軽いのがある。一平米あたりコンマ八グラムってのが」

「それが本当なら、文字通りの大風呂敷ができるな」

「翼面、こんなきれいな曲線にしなくていいんじゃないかな。あの高度なら低速でもニュートン流で近似するだろ。平板で気流の向きを変えてやればいい。案外軽くて簡単に作れるかもしれんね」

「テザーも重要だぞ。軌道エレベーターほどシビアじゃないけどねえ」

「ケブラーにCNTをコートしたやつがあるんだ。そろそろ商品になる。頼めばわけてもらえるんじゃないかな」

「長いラインの扱いなら水産学部は宝の山だよ。刺し網なんか全長百キロ以上あるし、定置網だってとんでもなくでかいしね」

「軽さ勝負だから、途中にプラットホームを置いたらどうかな。成層圏の上のほうに繋留気球でベースキャンプを作って、そこから凧を上げれば身軽になる」

「同感だ。それに超高層大気に最適化した凧は低い空じゃ使えないだろう」

「でもヘリウムは高価《たか》いよ。一立方メートル五千円くらいする。財布の中身もへりうむ、なんちて」

「水素でいいさ。漏れたって爆発限界に届くだけの酸素がないんだから」

「ちなみにヒンデンブルグ号が水素に引火したというのは常識の嘘なんだ。ニュース映像でもわかるけど、あれは外皮の塗料がテルミット反応したんであって」

「ほほう……」

審査員たちは三十代から七十代までさまざまだったが、共通した特徴があった。見るからにインテリっぽい文系の教授たちとちがって、ルックスが地味で飾り気がない。工員のような作業服姿もいる。そのかわり、議論しているときの目は子供のように輝いている。息子に買ってやったおもちゃに、息子以上に熱中してしまうパターンか。

沙絵のプランはみるみるうちに肉付けされていった。本来の賞は逃《のが》したが、審査員特別賞を受けた。そしてトントン拍子に話が進み、奇抜な超小型衛星の開発で知られる中喜多研究室が中心になって実証に挑むことになった。

沙絵はといえば一介の学部生で、山菜摘《つ》みをしていて恐竜化石の第一発見者になったようなものだった。それでもプロジェクト・チームの一員になり、発案者のアドバンスを生かして大いに口出しした。

中喜多教授については、会ってみるまで名前と顔が一致しなかったが、いつも額《ひたい》に汗をうかべ、ぱんぱんに膨《ふく》らんだショルダーバッグを抱えてキャンパスをせかせかと歩きまわる姿に見覚えがあった。まだ四十代後半で、威張《いば》ったところがなく、学生といっしょになって遊ぶタイプだった。単につるむだけでなく、先頭に立って旗を振るところがある。食事に行けば誰よりも食い、カラオケに行けば最後まで歌い、講義となれば絶妙のタイミングでオヤジギャグを放って皆を脱力させた。

研究室に入り浸《びた》っている学生たちは、そろって理工系の風貌だった。洒落者《しゃれもの》も少しはいたが、おおむねあの審査員たちの縮小コピーみたいなものだった。

自分も工学部だからすぐに溶け込めた。狭い研究室でわいわいやるようになって二日目、そこが自分の居場所だと悟った。蛸壺《たこつぼ》、竜宮城《りゅうぐうじょう》と呼ぶ者もいた。そのとおりで、我に返ったときには二年も経《た》っていた。

ACT・3

計画が動き始めてまもなく、沙絵は第二の爆弾を落とした。

「人は乗れないんですか」

そのとき研究室には五、六人いた。全員そろって硬直し、あんぐり口を開けたのが喜劇的で、沙絵のほうが驚いてしまった。

「え？　だめ？」

「ていうか、なんで人が乗ると思うの？」

「なんでって……」

思考のリールを巻き戻してみる。パラグライダーから発想したせいだ。中間圏界面にパラグライダーを浮かべるなら、とばかり考えていて、いつのまにか小型ロケットの下駄という目的を忘れていた。

「人を乗せたりなんかしたら信頼性の要求がとんでもなく引き上げられるだろ？　すると冗《じょう》長《ちょう》系をつけることになって重量がかさみ、ふくらんだ規模を制御するために新たな付加装置が必要になって悪循環に陥るわけ」

「キャビンを与圧しなきゃいけない。手のひらくらいの面積で百キロの圧力だよ。そんな強度の箱をつけたらすごく重くなる」

「酸素ボンベも要るし、水や食糧もかな」

「法的な問題もあるしね。耐空検査とか、いろいろ面倒な検査があるんじゃないかな」

「うーん、そうかぁ」

口々に言われて、沙絵はいったん引き下がった。

だが一晩考えて、翌日、こう言った。

「私、有人って、欠点じゃないと思うんですけど」

「はあ？」

「有人であることは、欠点じゃなくて、長所であると」

沙絵の爆弾はいつも、シンプルな問いかけとして投下される。研究室の面々は顔を見合わせ、自分で答を探し始めた。

「……ロケット投下装置の代わりにはなるかな」

「装置がジャムっても修理できる。ロボット代わりになる」

「カメラ代わりにもなる」

「五感を使ったレポートを送れる」

「目立てる、ってのは確かだな」

「ヒーローになれる」

「テレビに出られる」

「それって長所か?」

「とにかく、感情移入はしやすくなるよ」

「すごい牽引力《けんいん》になりそう。人が乗るなら不眠不休で戦える気がする」

「それは無人機でもそうでしょ。先輩らのやってたキューブサットだってそうだったじゃん」

「でもそれも、チームの団結があったわけでしょ。みんなでやりとげよう、俺のミスであいつらの夢を壊しちゃいけないっていう。人がいちばん力を発揮するのは、人のために動くときだよ」

「究極的には、人が行きたいわけだし」

「そうだな。結局、俺も行きたい。だけど高すぎるゴールを狙うのはどうかって判断になる。そうだろ?」

そのとき、中喜多教授が言った。

「沙絵ちゃんのゴールって、別に高くないんじゃない?」

ちゃんづけはやめて、と沙絵は言いかけたが、一瞬の判断で口をつぐんだ。

「ヒントその1」

中喜多教授は指を立てた。

「有人といっても飛行機やロケットみたいに高速じゃない」

「あっ……」

学生たちは虚を衝《つ》かれた顔になった。

「つまり危なくないと」

「そうか、やばいと思ったらパラシュート背負って飛び降りればいいんだ！」

「ヒントその2。凧も気球も航空法上は浮遊物であって、航空機じゃない」

「じゃあ免許も耐空検査もいらないと」

「ヒントその3。僕のコネで、中古の軽量宇宙服が格安で借りられる」

「宇宙服があれば気密キャビンが不要になる……」

教授はにっこり笑った。

「あとはみんなで考えてね」

暗くなるまで侃々諤々《かんかんがくがく》議論して、腹が減って中華料理店になだれ込んだ頃には、もう誰も有人飛行以外考えられなくなっていた。

「だとしたら、最初は誰が飛ぶ？」

全員が挙手した。沙絵はすかさず、半径二メートルに炒飯《チャーハン》を撒《ま》き散らして吠えた。

「レディで言い出しっぺの私がファースト！」

レディは口にものを入れて叫ばない、とたしなめられたが、沙絵は機先を制して皆の合意をとりつけた。

それは口約束にすぎない。計画がまだ現実味をおびていなかった時期だからこそ得られた合意だった。

しかし沙絵は、手に入れた切符を最後まで放さなかった。

ACT・4

取材機は高度十二キロ付近を旋回しながら、こちらを望遠レンズで捉えているという。その映像をバックにHBCのカンパニー波を使ってインタビューを受けることになった。

レポーターはこちらに合わせたのか、同年輩の女性だった。天候や機器、身体《からだ》の調子などの現状をひととおり聞き出すと、キャラクターの掘り下げにとりかかった。

『子供の頃から宇宙にあこがれていたんですか?』

「えーと、そうですね……」

人生はそんなに単純じゃない。

小学生時代は男の子に混じってムシキングに没頭した。中学時代は両親の離婚で大荒れだった。高校二年で新しい母親と折り合いをつけるすべを身につけたが、プチ家出を繰り返しては間合いを測ったものだった。もっと賢く振る舞えたはずだが、あの頃はそうするしかなかった。

そうやって一人になったときの光景が、ふいに想起された。

晩秋の野で見た光景――あれならレポーターの望む筋書きに合いそうだし、嘘にもならない。

「野原を歩いていたら、服にやたら糸くずがからむので、なんだろって思ってよく見たら、蜘《く》蛛《も》だったんです」

『えっ、蜘蛛に襲われたんですか』

「そんなんじゃなくて。芥子粒《けしつぶ》みたいなちっちゃい蜘蛛で、草とか木の枝の先から糸を吐いて風になびかせて、気流に乗るんです」

『はあ……』

「バルーニング——あるいはゴッサマーとか、遊糸《ゆうし》とか、山形じゃ雪迎えって言うんですけど。蜘蛛の仔《こ》って一度に何百匹も孵化《ふか》して、そのままでいたら過密になっちゃうじゃないですか。だから空を飛んで散らばるんです」

『なるほど』

「自分で羽ばたいたりしないから、体力いらないです。孵《かえ》ったばかりの仔蜘蛛でもできる、賢い飛びかたですよね」

『なるほど、まさに自然の叡知《えいち》ですね』

レポーターは合点《がてん》したのか、急に大げさに同意してみせた。

「あんな飛び方もあるんだなって思いました。太陽のほうを見上げたら、高いところで糸がきらきら光っていて、上昇気流に乗ってるみたいでした。強い気流に乗ると、時には何百キロも飛ぶそうです」

『その体験が今の自分につながっていると——』

「はいはい、そんなとこです」

沙絵は適当に話を合わせた。お望みの回答になったらしく、インタビューはそれで終わりになった。

街や野原をさまよった高校時代が終わり、北海道の大学に潜り込んだ。工学部を選んだのはロボコンみたいなことがしたかったからだ。

研究室の誰かに聞いた話では、乗物の発明者はすべて、何かから逃げたがっていたのだそうだ。

ここではないどこかへの逃避。逃避に捧げた生涯。

そんなシニシズムを真に受ける気はないが、一片《いっぺん》の真理を含むとも思えた。もし意地悪なレポーターにこのあたりを質問されたら、どう答えるだろう。

「逃げて悪いか」

沙絵はそう自答してみた。

ACT・5

概念設計が始まった頃のこと。自分の構想を点検するには模型が一番だと教えられたので、沙絵は実践してみた。

平らな場所にサランラップを二メートルほど引っぱり出し、菜箸《さいばし》を八本、三十センチ間隔で接着する。掛け軸のようなものができた。

すべての箸の両端に四メートルの糸を結び、糸のもう一端《いったん》をひとつにまとめると、パラシュートのような形になった。

台所にあるもので五百分の一模型を作ると、こうなった。

戸外で風になびかせてみると、この凧はすぐにひっくり返った。安定を得るにはドラッグテールを結びつける必要があった。いわゆる凧の尻尾《しっぽ》だ。

ドラッグテールは沙絵の発見で、得意になって発表したものだったが、結局採用されなかった。その名のとおり抵抗を生むので、全体の性能が低下する欠点があった。実機ではパラグライダー同様、翼の一部を糸で引いて変形させ、アクティブに操縦して姿勢を保つことになった。

沙絵は小さな敗北感を味わったが、すぐにそれどころではなくなった。メーカーからサンプル素材やパーツの試作品が届き始めたからだ。宇宙工学が枯れた技術の寄せ集めだった時代はとうに過ぎており、チームは技術文明の最先端を走っていた。沙絵はそれらを理解するだけでも大わらわだった。

実機用のフィルムは食品ラップより桁外れに薄い、非日常的な物質だった。重量は一平方メートルあたり〇・八グラム。つまんでみると厚みも温度変化もまったく感じられず、指紋の隙《すき》間《ま》にしみこんだようだった。微細なエンボス加工で半透明に見えるのが救いで、さもなければすぐ見失いそうな代物《しろもの》だった。

菜箸にあたる棒状の部分はセルと呼ばれ、翼面と同質のフィルムが使われる。形状は三角柱で、鯉《こい》のぼりのように開いた口から吹き込んだ風の圧力によって形を保ち、骨格の役割を果たす。つまり実機は膜と糸からできていて、剛体《ごうたい》は使われない。

爪の各所にはセンサーと制御装置が取りつけられる。これは超小型のサーボモーターとマイクロチップを使ったもので、一個の装置は独立した電源を含めても十グラム以内に収まった。装置は百個近くあり、無線ネットワークによって統合される。雲のように希薄で広大な身体を、分散配置された多数のロボットで管理している格好だ。無線を使うのは、さもなくば何キロメートルもの電線を引き回すことになるからだった。その重量だけで計画が成立しなくなるほど、中間圏の大気は希薄なものだった。

「発電衛星やソーラーセールの基礎実験にもなるしね」

中喜多教授は、ちゃっかりそんな実験も織り込んでいた。遊んでいるような顔をして学術成果を稼ぐのは彼の得意技だった。

「ていうかさ、学問ってのは遊びなんだよ」

教授は得意げに言った。

「心に留《と》めおきたいお言葉です」

インテリの言いそうなことだな、と思いながら、沙絵は応答した。

そもそもの発端となった小型ロケットについても再検討された。いまや計画の力点は、人間を一人、爪で高度八十キロに運ぶことに移っていた。しかし、それだけではどうも格好がつかない。低コストな宇宙到達手段のデモンストレーションとして、やはりロケット発射はやろうということになった。

CAMUIロケットの開発サイドからは、「そういうことなら、新しい上段用ロケットの実証をやらせてください」というオファーがあった。真空に近い環境で発射するなら、安定翼は効《き》かなくなる。推力偏向による姿勢制御が必要になるだろう。

凧から発射するときはいったん自由落下させるので、その状態で液体酸素を押し出す仕組みも必要になる。

ロケットの先端には、CANSATと呼ばれる超小型衛星が搭載される。これは別の学生グループが担当して、イオン密度の観測とカメラ撮影をやることになった。

中間地点に設置する成層圏プラットホームについては、以前からJAXAの航空部門が北海道で試験飛行をしていた。それは飛行船タイプだったが、打診してみるとこれもトントン拍子で「軽くて丈夫なケーブルがあるなら繋留気球タイプもやってみましょう」と協力を申し出てくれた。

これで分担が決まった。後は実現あるのみだった。

ACT・6

繋留索のもう一方の端に、二日前の自分がいた。

下方に延びる一条《ひとすじ》の線を見ながら、沙絵はそんなことを思った。

十勝平野の南、大樹町多目的航空公園。

町おこしの一環として設立された施設だが、千メートルの滑走路を備え、東側――地球の自転方向――に太平洋が開けているのも好評で、いまでは航空宇宙研究の一大拠点となっていた。CAMUIロケットの発射にも利用されるので、中喜多研究室のメンバーにとっても馴染みの場所だった。

滑走路の脇には飛行船用の発着床《しょう》もあるが、今回の成層圏プラットホームの発進には狭すぎた。仕方なく、滑走路を一時的に閉鎖してその上で気嚢をひろげることになった。積雪は二十センチで、あえて除雪せずにおいてある。

移動式の水素製造プラントと電源車が一晩中轟音《ごうおん》を立てて、気嚢に水素ガスを送り込んだ。言うまでもなく、火気には厳戒態勢が敷かれていた。要所には事前に窒素ガスを充塡し、空気をパージしたうえで水素を通した。

そしてJAXAの成層圏プラットホーム・チームと中喜多研究室のメンバーは、土嚢《どのう》を積んだ半地下の待避壕《ごう》にすし詰めになって推移を見守ったのだった。

「いよいよ蛸壺《たこつぼ》って感じですね……」

人いきれの中で、そんな感想を漏らしてみる。修士課程に進んだ沙絵は、すでに研究生活という名の蛸壺にどっぷりはまりこんでいた。

「この蛸壺は狭いが、宇宙へと通じているのだ」

中喜多教授が芝居がかった口調で言った。

「あと四時間の辛抱だよ、諸君」

うめき声が漏れた。

四時間後。未明の雪原に二基の大気球が立ち上がった。上空での膨張を考えて気嚢はたるませてある。二百メートルの高みにある頂部だけが、くらげのように膨らんでいた。根元の索具は緊張して、すでに一トンを超す浮力が生じているのがうかがえる。

水素の注入が終わると、メンバーは待避壕を出てプラットホームの根元に歩み寄った。気嚢の最下部から地面まで五十メートルあるので、もう引火しても周囲が火の海になる心配はなかった。しかし超音速の爆轟《ばくごう》に備えて、全員がイヤープロテクターを装着している。

学生たちは数人一組になり、プラットホームを固定していたロープを解いていった。

ふいに手元が明るくなった。誰かが歓声を上げて、空を指さした。示されたものを見て、沙絵は一生の思い出ができたと思った。

気づかないうちに上空から降りてきた曙光《しょこう》が、気嚢の天辺《てっぺん》に達したのだった。その燃えるような光は音もなく気嚢を這《は》い降りて、雪原から夜をぬぐい去った。

離昇の時が迫ってきた。陽が昇れば風が出る。この巨体に風は禁物だ。

ジャンボジェットよりも長い、八十メートルのトラスフレームのまわりを息せき切って走り回り、各班のリーダーが状況報告する。判断はすべてGO。

「いいよーっ、リフトオーフ!」

ＪＡＸＡのチーフが叫んだ。ウインチがまわり始めると、トラスフレームはゆらり、と地面を離れた。

三十メートルほど浮かんだところで最終チェックし、ゴーサインを出す。

「どんどん出せ。風が出る前に高所に逃がせ」

見た目にはまったく頼りない繋留索は快調に繰り出されてゆき、午後には高度四十キロに達した。

繋留索は東になびき、ほぼ全体が海上に出た。続いて成層圏プラットホームと地上とを往来するリフトのテストに入る。

それは燃料電池で自走するロープウェイのようなものだった。駆動部は繋留索にまたがり、その下に簡素なゴンドラが吊るされる。そのゴンドラに二百キロの砂袋を積みこむ。

「ほんとに耐えるんだなあ、繋留索」

午後一時。するすると天に昇ってゆくリフトを見上げながら、沙絵はつぶやいた。あれが十二時間で成層圏プラットホームと地上を往復できたら、次は自分が乗る番だ。

「無理してない？　怖かったら代わるよ？」

修士二年の男子学生が言った。

「お気づかいどうも。でも切符はあげませんから」

きっぱり答えておく。

本番は夜半からになるので、沙絵は仮眠を取りに宿舎へ戻った。天気予報を見ると、微妙なところだった。今朝の好天を生んだ移動性高気圧はすでに去って、いわゆる西高東低の気圧配置に移りつつある。

眠れるわけないと思っていたが、天気を案じているうちに意識が途切れた。ドアをノックする音がしたと思ったら、八時間経っていた。

午前一時、洗顔して準備室に入る。女子学生四名からなる「宇宙服着付け隊」に囲まれる。まず水冷下着を着込み、下部胴体に下半身を入れ、万歳しているところへ三人がかりで上部胴体をかぶせてもらう。スーツ部分だけで三十キロと、かなり軽量化されているが、一G下で動き回るのはつらい。リフトまでは車で運ばれた。

そこへ中喜多教授が小走りにやってきた。

「どうも天気が思わしくないんだ。低気圧が発達傾向なんで、しばらく様子を見たほうがいいかもしれない」

「待ってたらよけい悪くなりませんか？　私ならGOですし」

「しかしねえ……」

「ちゃっちゃと上がっちゃいましょうよ」

中喜多教授はなお逡巡《しゅんじゅん》していたが、やがて腹をくくったようだった。

「じゃあ行こうか。でも怖くない？　僕が代わろうか？」

「行きますし怖くないし切符はあげません」

沙絵はうんざりして早口に言った。誰かフォーマットを作ったのか？

午前三時、投光器に照らされる中、沙絵の乗ったリフトは地上を離れた。

ブランコ式の腰掛けを使ってくつろぐ。

視野が拡《ひろ》がり、遠くに帯広の灯火が見えてきた。沙絵はフェイスプレートを降ろし、生命維持装置を始動した。

高度はまだ、五百メートルを越えたばかり。

それが六時間前の自分だった。

ACT・7

『それがねえ、気象台の予報官も五分五分と言ってて、どうにも決定しかねるんだ』

珍しく、中喜多教授は煮え切らなかった。さすがに人命がかかると気が重いらしい。

「じゃあ私が決めますね」

沙絵は勢い込んで言った。

「天候判断は四捨五入でGO。その他の判断も全部GO。したがって出発はGO!」

『ほんとにいいの?』

「いいんです」

『わかった。じゃあGOだ。展開シーケンスにかかろう』

よっしゃー！　と吠えたいのをこらえて、「了解」とだけ答える。

十四ヘクタールの凧の重量はわずかに三十キロ。その薄膜を開発した繊維メーカーの担当者は「本気で畳めばリュックサックに入りますよ」と豪語《ごうご》していた。空気を挟まないように真空チャンバーの中で畳むという。

結局、展開を容易にすることを考えて、凧は長さ四メートル、直径三十センチほどの円柱状に畳まれていた。

「こちら大風呂敷1号。これより一次展開スタートします」

ノートパッドの画面上で該当項目をタップする。

結索が切断され、円柱が転がるようにしてほどけてゆく。それは風下側になびき、幅四メートル、全長百四十メートルの真珠色のカーペットになった。

「やっぱり風って吹いてるんだ」

これで前後方向の展開は終わった。次は左右に拡げる番だ。

「第一、第八セル、オープン」

セルの口を縛っていた結索が、その切断装置とともに落下した。吹き込んだ風がセルを三角形に押し拡げながら進む様子は、巨大なミミズが這っているようだった。

「いい感じです。続いて第二、第七セル、オープン」

外側から順にセルを膨らませてゆく。全部終わってみると、巨大な膨張式のビーチマットが空を泳いでいた。

「一次展開完了。目視チェック……完璧です」

『いいね。どんどんいこう』

凧とゴンドラを結ぶラインは二千メートルになる。途中に二箇所の結節点があり、十六本が八本、八本が四本になってゴンドラのウインチに繋《つな》がる。

ラインを繰り出すと、巨大ビーチマットは水平姿勢を保ったまま、ゆっくりと風下に離れていった。これに三十分ほどかかった。

「二次展開いきます」

いよいよ、セルとセルの間にある膜面をひろげる段階に来た。残った結索を一度に切断する。ノートパッドからコマンドを送ると、遠くで泳いでいたビーチマットは八本の棒に分かれた。おおむね平行を保ったまま、ゆっくりと互いの間隔を拡げてゆく。セルとセルの間から屏風《びょうぶ》折りになった翼面が現れ、風を孕《はら》んで上下に震動しはじめた。

「ちょっと暴れて……でも大丈夫かな?」

翼面がセルを引き連れて大きく波打ったが、さらに展開が進み、全体にテンションがかかると震動はおさまった。

ラインがピンと張り、凧揚げが始まった。

「お、ゴンドラがぐんって引っぱられました。プラットホームのトラスもぶるんぶるん震えてます。凧、見えてますか?　するする上がっていきます」

『よく見えてる。凧が頭上に来たら抗力が減るから、揺り戻すはずだよ』

「了解……あ、そんな感じです」

凧とこちらを結ぶラインの仰角《ぎょうかく》が七十度を超えた。プラットホームが風上側に戻り始める。揺れはすぐおさまり、各部が平衡《へいこう》状態になった。なにもかも素晴らしく安定している。

「こんなにうまくいくとは」

『いかなくてどうするんだい。これからって時に』

「ですね。晴れてるうちに出発します。さよなら、成層圏」

ゴンドラの固縛《こばく》を解き、ウインチを張力感応モードにする。凧に引かれるまま、繋留索が繰り出されてゆく。やがて繋留索とともに、ゴンドラを吊るすショックコードが出始めた。

すい、とゴンドラが持ち上げられた。

頼りなく空中に泳ぎ出すと、いったん沈み、そのまま転落しそうに思えたが持ち直し、上昇に転じた。

体を風上側に向けてみると、門柱のようにそびえていた成層圏プラットホームの気嚢が下方に流れていくところだった。パリの凱旋門《がいせんもん》を飛行機でくぐって振り返ったらこんな感じだろうか。

「絶景です。ヘルメット・カメラでつかんでください」

気嚢の向こうには青い大気圏と荒れ模様の北海道の空があった。一面の雲海と思っていたが、よく見ると稚内《わっかない》のあたりは地表が見えていた。雲と見間違えたのは接岸したオホーツク海の流氷だった。

西寄りの雲間――日高山脈のあたりか――で紫の閃光《せんこう》が閃《ひらめ》いた。発達中の積乱雲の中だ。

繋留索はまっすぐこちらに延びていたが、十メートルも離れると目視できなくなり、自由飛行している気分になれた。もちろん、成層圏プラットホームは見えている。それは常に風上の中心にあるのではなく、気がつかないほどの速度で揺れていた。高度によって風向がわずかに異なるせいだろう。

「こちら大風呂敷1号、高度五十キロ地点通過。えー、ここに宣言します。ただいま人類初の凧による中間圏有人飛行が始まりました」

『おめでとう』

中喜多教授が応答した。

『君のヒップは小さいが、人類にとって巨大なホップだ』

「オヤジギャグ禁止」

ACT・8

凧は毎秒三メートルほどの速度で上昇していた。出発以来、上昇率はあまり変わらない。高度とともに大気密度が減るかわり風速が増すので相殺《そうさい》されるようだ。

しかし高度が六十二キロを越えたあたりから、上昇速度は目に見えて鈍ってきた。これは予想されたことだった。大気密度、風速、繰り出された繋留索の重量を考慮したシミュレーションでは、高度六十六キロ付近に上昇率の谷がある。しかし、遅くはなっても乗り切れるはずだった。

だが、所詮《しょせん》シミュレーションはシミュレーションだった。

谷を越えたと思った高度七十キロ地点で、凧は上昇をやめてしまった。プラットホームにあるウインチのブレーキ量をゼロにしても、繋留索が出ていかない。

「止まっちゃいました。なんとかなりませんか」

『何か捨てられるものはない?』

「飛行神社のおまもりとか」

『もっと重くて、罰当《ばちあ》たりでないやつ』

沙絵はゴンドラの内外を見回した。

「救命ボート」

『捨てちゃだめ』

「ロケット」

『それも残したいね。ミッション機器だから』

「デュワー瓶《びん》。これならいいんじゃないですか?」

それは液体酸素をいれた断熱容器で、ずんぐりしたガスボンベみたいな形をしている。

ＣＡＭＵＩロケットはハイブリッド・エンジンを備え、液体酸素とアクリルブロックを燃料にしている。液体酸素は揮発《きはつ》していくので、減ったぶんをデュワー瓶から常時補充する仕組みになっている。

「このへんほとんど真空で断熱されてるので、あんまり揮発しないです。本体側のタンクにあるぶんだけでいけるんじゃないかと」

『ちょっと待って。ロケット班に相談してみる』

四分後、中喜多教授は言った。

『沙絵ちゃんの案でいいって。まずデュワー瓶側のコックを締めて。低温に注意してね』

言われたとおりに固縛を解き、デュワー瓶を持ち上げる。中で液体酸素がたぷんと揺れた。

結構重い。十キロ以上あるか?

外に投げ捨てる。下は太平洋で、半径十キロ以内に船舶はいないはず。

沙絵は高度表示を注視した。

五秒。十秒。二十秒。動かない。

「動きませーん」

『待って。こっちからコマンドを送って凧をホールしてみる』

ホールとは翼の後縁側を短時間引き下ろす操作のこと。一時的に揚力が増すので、始動のはずみがつけられる。

沙絵は凧を見上げた。十四ヘクタールの薄膜は真っ黒な空になかば溶け込んでいた。八本のセルは日照を反射して明るく見える。

そこに新たな光が加わった。両翼端の後縁部分がもやもやと揺れたかと思うと、白い光がゆらめいた。その直後、そこを起点とした波紋が翼の全面に拡がった。

「きれい。左右から波紋が拡がって真ん中でクロスするのが見えました。――あ、なんか来ます」

めざましい速度で蜘蛛糸をつたい降りてくる、一筋の光。

新たに加わった揚力がライン上に孤立波をつくり、こちらに投げ落としたのだった。

これが宇宙の昼というものか。

沙絵は思った。背景は暗闇なのに、強烈な日照がある。ここでは薄膜やラインのわずかなゆらぎでも、反射率の変化として視認できる。

『何？　何が来たって？』

「何っていうか、揚力が。あ、浮いた！　上昇再開しました」

『緊張しちゃったよ。思わせぶりなこと言うから』

上昇率は毎秒一・二メートルになった。それはじりじりと下がっていったが、目標高度はもう目前だった。

出発から五時間十四分、凧は高度八十キロに到達した。

「えー、みなさん、飲み物は行き渡りましたでしょうか。大風呂敷1号は中間圏界面に達しました。かんぱーい！」

『かんぱーい！』

中喜多も話を合わせてくる。背後で学生たちも唱和《しょうわ》しているのが聞こえる。

「じゃあ気が抜けないうちに、ロケット撃ちます。セルフチェック開始。CANSAT、テレメ降りてますか?」

『はい、こちらCANSAT班、テレメトリ受信OKです。衛星系はすべて正常』

『ロケット班、こちらもすべて正常です。いつでもどうぞ』

「はい。じゃあ種火点火しました。点火確認。投下します、スリー、ツー、ワン、ぷちっ」

この位置で発射すると噴射炎を浴びるので、数秒間自由落下させる手順だった。ロケットを吊るしていたテープの末端を切る。落下とともに安全ピンが抜けた。これで発射シーケンスが次に進む。

CAMUIロケットは仰角二十度の姿勢のまま落ちていき、五十メートルほど下方でオレンジの炎を噴き出した。噴射炎がドーム状に拡がったのは、この高度の真空度を見事に反映していた。

黒煙をしたがえた閃光は半キロ先で目の高さを横切り、完璧な自律制御で上空へ駆け昇っていく。

それは不思議な加速感を呈していた。普通、物体は遠ざかるにつれて見かけの動きが小さくなるものだ。だが、CAMUIロケットは二十Gもの加速をしているので、むしろ離れるほどめざましい動きになった。

「噴射炎、見えなくなりました。機体はまだ上がってます。でももう見えにくいです。遠くて、ちょっと」

『大丈夫、こっちでテレメ捕捉してますから。はい、エンジン燃焼終了《バーンナウト》、現在慣性飛行で上昇中。高度九十五……九十六……九十七……』

高度百キロに達したとき、ロケット班の声は歓声にかき消された。続いてCANSAT分離の知らせが入る。弾道飛行ではあるが、まだ数分間は宇宙に留《とど》まれる。

『CANSAT班です。これより撮影コマンドを送ります。地球のみなさんと榎木さん、はいチーズ！』

とても詳細が写る距離ではなかったが、沙絵はロケットの飛び去った方に向かって手を振ってみた。

ノートパッドの集中管理ディスプレイを見た沙絵は、思わぬボーナスが舞い込んだのに気づいた。

こちらの上昇率が盛り返している。重荷を解き放ったおかげだ。

「現在、高度八十一・三キロ。上昇率、コンマ二メートルに回復しました。行けるところまで行ってみますね」

『いいけど、そろそろ生命維持装置のことも考えてね。あと三十分したら帰還にかかろう』

「了解です」

どこまで行くだろう。沙絵はわくわくしながら高度表示を見守った。

だが、凧は高度八十三キロに達したところであっけなく足を止めてしまった。自分でコマンドを送って凧をホールしてみたが、ゴンドラはどうしても動かなかった。

もう何をやってもスカスカな感じだ。大気を利用した高下駄は、このあたりが限界らしい。

沙絵はひとつの諦観《ていかん》に達して、ため息をついた。

大気に頼っていては、宇宙には決して出られない。

それが宇宙の定義だから。

本音を言えば、自分があのロケットに乗って、本物の宇宙空間に出てみたかった。そんなロケットを吊るすには、いまの何十倍も大きな凧が必要になるだろう。ロケットは浮遊物じゃないから、有人飛行は高くつく。地上からロケットで行くのと、どっちが低コストだろう？ 帰ったら、検討してみよう。


「えー、そんなわけで、大風呂敷1号はこれをもって帰途《きと》につきたく思います」

『了解。あらためて大成功おめでとう。どう、長くて曲がりくねった来し方を振り返っての感想は』

「そうですね……」

沙絵は少し考えて、答えた。

「言ってみるもんだな、と」

『ははは。そりゃあいいね。その調子でまた爆弾を――』

ふいに砂を噛んだようなノイズが響いて、音声が途切れた。

同時に赤紫のフラッシュが一閃《いっせん》した。

「爆弾を？　あれ？　もしもし、聞こえます？」

応答がない。ノートパッドを見る。画面は真っ黒だった。

「なに、停電？」

無線機の電源は宇宙服側にある。ノートパッドとは独立しているのに、同時に停電するとはどうしたことか？

凧を見上げる。第三セルと第四セルの間隔が不自然に広く、平行も失われている。前縁側がゆっくりと開いてゆく。

「凧が、破れた？」

ACT・9

あわてるな、榎木沙絵。お前はいつでも脱出できる。

そう言い聞かせて、沙絵は観察に集中した。

周囲の空間が、妙に粉っぽい。舞い上がった塵《ちり》が逆光で光っているような感じだ。

そこへ第二波が来た。こんどは動きが見えた。

まず自分のまわりが赤紫の光に包まれた。光はラインを遡《さかのぼ》って凧の翼面に流れ込み、その広大な膜を淡く染めた。

傘体を蹂躪《じゅうりん》した光はさらに空間へと泳ぎ出した。ニンジンの葉のようなものが放射状に拡がりながら天を駆け昇り、やがて光を失い、宇宙の闇に溶け込んだ。

すべては一秒の何分の一かの間に、無音のうちに終わった。

答をつかみかけた気がして、下界に目をやる。

寒冷前線。積乱雲。雲間を染める紫の閃き。

これは落雷にちがいない。前に調べた高高度放電現象のひとつ、スプライトだ。中間圏の希薄さばかりに頭がいって、これを予想しないとはあまりにうかつすぎた。眼下に前線が横たわり、雷雲がぼこぼこ沸騰《ふっとう》しているというのに。

前に調べた資料によれば、スプライトの持つ総エネルギーはさほど大きくない。一放電あたりTNT爆薬にして六、七キログラム程度だ。その空間的ひろがりに較べればきわめて淡いので、対策もとらなかった。

しかし大風呂敷1号に使われている繋留索や広大な薄膜は、CNT素材によって導電性を持つ。それが中間圏を貫くように設置されるのだから、薄くひろがった放電のエネルギーをかき集める、理想的な誘雷装置になるのではないだろうか。あの脆弱《ぜいじゃく》な凧を破るなら、わずかな爆薬で充分だ。

電流は宇宙服の表面を通過したので、身体への感電はなかった。だが、凧へのダメージは大きかった。

第五セルが途中で折れ曲がり始めた。後縁のラインが切れ、その一帯がめくれ上がろうとしている。かすかな白い繊維が、波うちながら落下し始めたのが見える。他のラインはまだテンションを保っているが、破壊が全体に及ぶのは時間の問題だった。

屋内での真似事ではあるが、緊急時の訓練は受けている。安定して降下するように、まず繋留索を切り離す。吊といっしょに対流圏まで降りたら、ゴンドラの底を抜いて飛び降りる。救命ボートもいっしょに。パラシュートの開傘は手動、海面に着いたら救命ボートは自動膨張する。

救命ボートに乗り込んだら、イーパーブを作動させる。衛星経由で位置が通報され、救助隊が来てくれるはずだ。もう空気の心配はないし、ヘルメットを外して非常食を食べることもできる。宇宙服だから寒さもしのげるだろう。大丈夫、何も問題ない。

その刹那《せつな》、目のすぐ前——フェイスプレートに現れた光る筋を見て、沙絵は狼狽《ろうばい》した。プレキシグラスにひびが入った？　それは困る。ここで気密が破れたら即死だ。

だが、ひびに見えたものはヘルメットの表面でふわりと動いた。なにか糸のようなものだ。吊に使われたラインよりずっと細い、絹糸のような繊維。

その繊維は何かにたぐられるかのように動いていき、去り際、末端に芥子粒のようなものが見えた。

「え？　おい！」

咄嗟《とっさ》に手で押さえようとしたが、宇宙服の腕を顔の前まで曲げるのは大仕事だった。もたもたしているうちに、それは風に持ち上げられるようにして虚空に消えた。

しかし見間違えではなかった。

初冬、小春日和《びより》の野山から、彼は飛び立ったにちがいない。やがて積乱雲の強烈な上昇気流に巻き込まれ、対流圏の天井まで舞い上がる。その時点で絶命はまぬがれないだろう。そこは氷雪の本拠地だ。

成層圏までは気流に乗って上がれそうな気がする。その先はどうだろうか。いくら軽いとはいえ、抗力しか生まない糸で中間圏を渡れるとは思えないが……。

それから沙絵は、自分の置かれた状況そのものが回答だと気づいた。

放電によって凧が破壊されたことと、そこに蜘蛛が現れたことは偶然の一致ではない。蜘蛛は電気的な力によってここまで昇ってきたのだ。

高空の空気は極度に乾燥し、帯電しやすくなる。帯電すれば大きな電磁相互作用を受ける。そして積乱雲は宇宙に向けて雷撃を放つ。ガンマ線バーストや電波バーストも発生する。

具体的な仕組みはわからないが、電磁レールガンや粒子加速器に必要なものはひととおり揃っている。その電磁的な作用が雪迎えの仔蜘蛛をこの高みへと持ち上げたのではないか。

ことによれば、引力圏を脱出することだってあるかもしれない。彗星のイオン・テイルがそうだ。塵からなるダスト・テイルは太陽系内にとどまるが、電荷を持ったイオン粒子は太陽風によってたちまち第三宇宙速度を獲得し、恒星間空間へと旅立つ。

原子に較《くら》べればまとまった質量のある仔蜘蛛でも、長い糸によって表面積をかせぎ、大きな電荷を蓄えれば、太陽風を受けてイオン粒子さながらに加速されるかもしれない。

何度も電源を入れ直したが、無線機はどうしても回復しなかった。観測装置のデータ通信機はパイロットランプが点いているが、音声を乗せる方法がなかった。

凧の破壊は全面に波及して、いまやボロボロの羽根箒《はねぼうき》になっている。しかし相当な抗力を生んでいるので、落下速度は上級者ゲレンデのスキー程度だった。

することがなくなると、沙絵は思索に戻った。

最初に太陽系を脱出する地球生物は、もしかすると蜘蛛だろうか。旅は何億年も前に始まっていて、すでに生命の雛形を他の惑星に運び終えているかもしれない。蜘蛛はもちろん死んでいるが、付着した菌類や、高度な機能性を備えた蛋白質《たんぱくしつ》はどうだろう。もし真空や宇宙線による破壊をまぬがれたとしたら？

そうやって地球生命が他星系に届くなら、逆もまた真《しん》だ。未知の惑星で発生した、蜘蛛のような、なにか軽くてふわふわした生命が太古の地球を訪れ、化学進化の出発点になったとしたら？　いくらなんでも空想的すぎるだろうか。

高度二十キロを切ったとき、沙絵は下方から駆け上がってきた灰色の物体に目を見張った。千歳《ちとせ》基地をスクランブル発進したＦ－15戦闘機が二機、ズーム上昇をかけてきたのだった。

かなりの腕利《き》きなのだろう——戦闘機は、ほとんど操縦不能になる高度にもかかわらず、精一杯速度を落とし、ゴンドラのまわりを旋回した。

沙絵はヘルメットを指さし、腕でばってんを作って無線機の故障を伝えた。

それから、できるだけ元気よく手を振って無事を伝えた。

実はそれほど無事じゃない。

積乱雲にダイブして、生きて着水しても大時化《おおしけ》の冬の太平洋を漂流するのだ。すべてうまくいっても船酔いではすまないだろう。

でも、どうしたって生き延びてやる。沙絵は心に誓っていた。この新しい思いつきを実現するまでは——少なくとも誰かに伝えないうちは、死んでも死にきれない。

逃避と言われようが、行けるところまで行くんだ。

高度八十キロに壁なんかなかった。大気はそこで流体の役割を果たせなくなる。しかし薄膜や繊維を駆使すれば、電気的な力をかき集めてさらなる高度に昇る道がきっと見つかるはずだ。小さな蜘蛛がしていることを、人間ができないわけないじゃないか。

その時、ヘルメットの中に、低く震える不思議なコーラスが響いてきた。

無線機が死んでいるのに、どうしたことだろう。

それから沙絵はゴンドラの底に屈み込んで、脱出準備にとりかかった。刻々と強さを増すその響きが、風の音だと気づいたからだった。

■著者のことば　野尻抱介

この作品を書いたのは二〇〇六年の一月頃で、JP Aerospace（http://www.jpaerospace.com/）という民間宇宙開発グループの活動がヒントになった。彼らは成層圏と宇宙の間にある未開拓の領域、中間圏を渡る乗物を研究していた。中間圏の利用については『ふわふわの泉』でひとつの答を出したつもりだったが、彼らはイオンロケットつきの飛行船で軌道に到達しようとしていた。

私はかわりにパラグライダーを持ち込んだので、JP Aerospace の構想は直接取り入れていない。しかし根底で通じるところはあったようだ。いま久しぶりで彼らのサイトを見たのだが、本作に登場する成層圏プラットホームとそっくりな物体が試作されていて嬉しくなった。

このような活動は日本国内でも活発になってきており、本作の登場人物も実在する大学の研究グループがモデルになっている。とかく保守的になりがちな宇宙開発において、最も先鋭的な存在といえるだろう。

幸せになる箱庭

小川一水

最近のＳＦ作家は評価が高くなるにつれて作品数が減る傾向にあるが、小川一水は希有《けう》な例外。デビュー以来、平均して年に三冊のペースでコンスタントに秀作を発表している。とりわけ、〇九年に開幕した本格ＳＦ巨編『天冥《てんめい》の標《しるべ》』（ハヤカワ文庫ＪＡ／全十巻の予定で刊行中）では、タイプの違うＳＦを一巻ごとに高いレベルで書き分ける離れ業を披露。完結時には日本ＳＦ史に残る大傑作となりそうだ。

「ゼロ年代ＳＦベスト30」の作家別得票では、伊藤計劃、飛浩隆に次いで3位。短編の評価も高く、〇五年に出た第一短編集『老ヴォールの惑星』（ハヤカワ文庫ＪＡ）に書き下ろされた二百枚超の中編「漂った男」は、〇六年の第37回星雲賞日本短編部門を受賞。同書表題作は、日下三蔵編『日本ＳＦ全集６』に収録される予定。〇八年に出た第二短編集『フリーランチの時代』（ハヤカワ文庫ＪＡ）表題作は日本文藝家協会編『短篇ベストコレクション　現代の小説２００６』に再録。創元ＳＦ文庫の《年刊日本ＳＦ傑作選》には、二年続けて、「グラスハートが割れないように」（『虚構機関』）と「青い星まで飛んでいけ」（『超弦領域』）が再録されている。

　本編は、〈ＳＦマガジン〉〇四年四月号初出（『老ヴォールの惑星』所収）。一見、よくあるファースト・コンタクトものかと思いきや、思いがけない問いを突きつけられることになる。

　小川一水（おがわ・いっすい）は、一九七五年、岐阜県生まれ。九六年、第6回ジャンプ小説・ノンフィクション大賞を受賞した『まずは一報ポプラパレスより』（ジャンプＪブックス）でデビュー（河出智紀名義）。九八年の『アース・ガード』（ソノラマ文庫）から筆名を小川一水と改め、ソノラマ文庫を中心に活躍。〇二～〇三年の本格宇宙ＳＦ『導きの星』全四巻（ハルキ文庫）でＳＦ読者の注目を集め、日本の民間企業による月面開発プロジェクトを描いた〇三年の『第六大陸』全二巻で第35回星雲賞日本長編部門を受賞。以後、新興惑星が震災からの復興を目指す『復活の地』全三巻、宇宙版『ポセイドン・アドベンチャー』とも言うべきパニックＳＦ『天涯《てんがい》の砦《とりで》』、壮大なスケールの時間ＳＦ『時砂《ときすな》の王』（以上、ハヤカワ文庫ＪＡ）などを発表。二一世紀の小松左京ともいうべき活躍ぶりだ。他に、軌道エレベーターがある島を舞台にしたワーキングウーマン連作集『妙《たえ》なる技《わざ》の乙女《おとめ》たち』（ポプラ社）、人と技術の関わりを描く連作集『煙突の上にハイヒール』（光文社）など。

短い時間ながらことをたっぷり楽しんだ高美《たかみ》とエリカが、服装を気にしつつ機材庫の戸口から顔を出すと、間《ま》の悪いことに通路の先から歩いてくるマイルズと目が合ってしまった。

「あ、まずい」

エリカがつぶやいたが、逃げも隠れもできない状況だった。二人は通路に身を浮かべて、何食わぬ顔でマイルズのそばを通り抜けようとした。

低圧生存訓練の時とまったく同じように、穏やかだが無視できない口調で、指導教官は二人の男女に指摘した。

「ガードコートのモードが低くなっているよ」

二人は手すりにつかまり、コートの詰め襟《えり》に手をやった。そこにあるインジケータが消灯し、能動繊維製の宇宙服が常圧モードに留《とど》まっていることを示していた。それは通常の宇宙施設では許されていることだが、特使船内《ディプロボッド》では予想外の事態に備えて、常にコートを気密待機モードにしておくよう指示が出ていた。

高美は黙ってスイッチを切り替えたが、エリカは乳色の頰《ほお》を真っ赤に染めた。

「す、すみません！　待機モードは硬くて作業の妨《さまた》げになるので、つい」

「その言いわけのとおりなら謝るほどのことでもないんだが、違うだろう」

マイルズが灰色の瞳を糸のように細めてからかった。

「君たちがただの友人よりも親密な関係にあることは知っている。野暮《やぼ》を言う気もない。ただね、当直が終わるまで待つという選択肢もあっただろう？」

「はい……」

「あと、せっかく機材庫に入ったんだから補修部品の一つも持って出てほしいな。ライダークラスターのカバーにクラックが見つかったんだ。交換を頼めるか」

「了解しました」

「それじゃ、私は夕食の支度があるから」

片手を上げてマイルズは背を向けた。

彼が去ると、エリカがまだ頬を火照《ほて》らせたままで高美の脇をつついた。

「タカミが機材庫なんかでしようって言うから！」

「エアロックの中のほうがよかったか」

そういう問題じゃないわ、とエリカは今度は高美の腹に拳《こぶし》を打ち込んだ。

村雨《むらさめ》高美とエリカ・ストーンバーグは月面コペルニクスカレッジの同級生で、特使船内最年少、十九歳の男女である。クインビーとの正式な交渉メンバーではないが、その一人である宇宙建設工学者のセオドア・マイルズが、史上初の地球外知性体とのコンタクトに多大な教育的・広報的効果があることを主張して、知的学習層の代表ということで彼らを船に乗せた。

高美は軌道上に宇宙機や物資を送る質量投射機《マスドライバー》を研究する学生で、エリカは惑星間宇宙船の軌道設計と操縦を学ぶ実習生だ。どちらもカレッジで五指《ごし》に入るほどの——つまり人類文明圏の学生として上位百人に入るほどの成績を上げていた。人類特使としての能力には程遠くても、そのお供をするぐらいの資格は十分にあった。

随行員であるとともに、二人は他の乗員と同じように宇宙船クルーとしての任務も割り振られている。高美はエンジニア助手、エリカは予備パイロットの位置づけになっていて、どちらもマイルズに命じられた船外活動《EVA》の資格があった。ただ、今の当直は船内保守である。ガードコートの通信機で、操縦室にいる二人に許可を求めた。

「ネイグ、村雨です。船外活動の許可をください」

「EVA？　なんの用だ」

「マイルズ先生にライダーの部品交換を頼まれました。出ていいですか」

「出るなら二人組が原則だ。今おれが——」

「待ちなさいって」

なにやらバタバタと音がした。高美とエリカは顔を見合わせる。

無愛想な男の声に代わって、すぐに陽気な女の声がした。

「ジャクリンよ。ネイグは取り押さえたから」

「取り押さえた？　なぜ？」

「操縦席に収まってるのが退屈で仕方ないのよ、うちの旦那は。私と緊急機関停止試験《スクラム》の真っ最中だってのに。今離れられたら、八時間のシミュレーションがパーだわ」

「おれたちがそちらへ向かいましょうか」

「いらないわよ、おつかいに出てきて。エリカもいるんでしょう?」

「馬鹿、見習い二人を出すぐらいならおれが――」

「村雨とストーンバーグで出ます」

ネイグの言葉を遮《さえぎ》って高美は言った。回線を切ると横で聞いていたエリカが吹きだした。

四十代のネイグ・ペシャワルカとジャクリン・ペシャワルカ夫妻は、特使船の正規パイロットとエンジニアである。メンバーに選ばれただけあってどちらもベテランの技術者だが、ネイグはベテランにつきもののこだわりも群を抜いていた。上級パイロット昇級試験を、その時乗っていた軌道警備船の当直のためにすっぽかした折りの台詞《せりふ》はつとに有名である。いわく、「おれは船を飛ばせるならパイロットでなくても構わない」。彼の気性を知りぬいたジャクリンと一緒にならなかったら、海賊船に乗っていただろうと噂《うわさ》されている男だ。

高美とエリカは機材庫からカバーを持ち出してエアロックへ向かった。漂いながら襟のスイッチに触れて全圧モードにする。足首まであるガードコートが変形した。前の袷《あわせ》がぴたりと閉じ、股から下の部分が割れて筒状に脚部を包み、ブーツに密着して気密を成立させる。ポケットから出した手袋をはめると腕部も封鎖される。後襟から育ったキャノピーで頭部も覆われた。関節部は動力変形し、一気圧が保たれる。

目視点検の義務に従って二人はエアロックの中で互いの体を調べたが、三十秒後には船外に出ていた。減圧対策の予備呼吸はもはや古語辞典の用語だ。

ダイヤモンドでできた中華鍋《なべ》ほどの大きさのカバーを抱えて、紡錘《ぼうすい》形の船の先端に向かう。特使船は自由落下していて振り落とされる心配はない。九百光速で移動しているから星空は見えないのだが。

船首に突き出した集積型光学観測装置のところまで這っていき、二人は協力してカバーを取り替えた。作業の合間にエリカが背後を振り返り、進行方向正面にある針の先のように小さな光点を見つめた。

「光行差現象を肉眼で見られるなんて貴重な体験よね。これだけでも来た甲斐《かい》がある」

「じゃあクインビーに会わなくてもいいか？」

「冗談。もちろんそれが一番の楽しみよ。人類を救うために宇宙人と交渉しに行く——こんなにぞくぞくすることってないわ！」

「使命感の塊《かたまり》だな、エリカは」

高美はひび割れたカバーを持ち上げながら、面白くもなさそうな口調で言った。

「おれたち自身には雑用しか与えられていない。先頭切ってクインビーに挨拶する大役をもらったならともかく、こんな下らない仕事しかないんだから、多少は観光気分でも構わないと思うね」

「近視眼的というか……享楽《きょうらく》的ね、あなたは！　楊《ヤン》博士やチュラロフスキイ団長みたいな理想を持ったら？」

高美は無言で肩をすくめた。

いささか馬鹿にした体《てい》のエリカが、作業を終えてエアロックに戻ろうと身を翻《ひるがえ》した。船殻《せんこく》の手すりを伝って滑り、エアロックのハンドルに飛び移ろうとする。

しかし、目測を誤ってエアロックを通り過ぎてしまった。

「あ」

「おい！」

エリカはつぶやいただけで凍りつき、高美は緊張して彼女と船を見比べる。簡単な作業なので二人とも反動銃を持っていなかった。エリカはゆっくりと船から離れていく。

超光速航行中の船から、既知《きち》科学を逸脱したその状態を維持している〝ビーズ〟の不可解なフィールドの境目《さかいめ》へと。

高美は慎重に力を加減して船を押した。エリカよりもわずかに速い速度で漂い、五メートルほど先で追いつく。

彼女の胴を腕に抱え込んで重心を密着させるが早いか、取り外したカバーを暗黒のフィールドに向かって力いっぱい投げつけた。質量投射技術者としての勘《かん》だった。

ニュートン物理学はかろうじて二人に微笑《ほほえ》んだ。カバーに託した運動量は二人の運動量を上回ったようで、二人の進行方向が逆転した。

無事エアロックへと戻っていきながら、エリカはようやくカチカチと歯を鳴らし始めた。

「あ、ありがとう。私、助かっ」

「まあ、あれだ。近視眼的なおれの最大の享楽を、プロクシマ辺りに落っことすわけにもいかないから」

「……その暴言、許すわ。今だけね」

力の抜けたエリカの体を抱いて、高美はエアロックのハンドルにとりついた。

船内に戻ると、二人に仕事を命じたマイルズが泡を食って駆けつけていた。支援計算機のサーブにでも教えられたのか、二人を交互に見て、やにわにエリカを強く抱きしめる。

「転落しかけたって？　よく無事だったな！　すまなかった、私の落ち度だ」

「ちょ、ちょっと先生？　無事でしたから、そんな」

「ああ、悪い。ついね。タカミも怪我はなかったか？」

「大丈夫です」

エリカを離すと、マイルズは笑みを浮かべて高美の肩を叩いた。笑い返しつつ、高美は内心で、自分も過剰な心配をされなかったことにほっとした。

五十歳になるセオドア・マイルズは著名な宇宙建設工学者である。大気圏外の大規模構造物全般に精通したエンジニアであり、今回の特使メンバーには「噴水」をもっとも理解する者として選ばれた。

また彼は熱心な教育者でもあり、月面のフラマリオン質量投射場《マスドライバー》の場長《じょうちょう》を務めるかたわら、宇宙活動を志《こころざ》す多くの若者を育てていた。高美とエリカとの縁もそこで培《つちか》われた。カレッジの実習で投射機の操作を学び、投射機で軌道上に放り投げられる二人を、マイルズはしばしば食事に誘い、人が宇宙に施設を築くということの素晴らしさを語らった。彼の考えを一番理解したのが二人であり、だから彼の弟子としてこの船に乗せられたのだ。

二人だけで船外へ出したことをなおも詫《わ》びるマイルズに、エリカが冗談めかして言った。

「気にしなくていいですってば。高美がカバーを投射して私を押し戻してくれたんです。フィールドの境界には――それがあればですけど――触ってません」

「そうかね。それじゃ間接的に私の教えで助かったようなものか」

「まう、そうとも言えますね」

「それなら差し引きはゼロだな。よかったよかった！」

ようやく破顔《はがん》したマイルズからそっと目を逸《そ》らして、二人は肩をすくめた。

Beads あるいは Bees と表記され、ビーズと呼称される異星被造物たちは、木星の大赤斑で発見された。

地球人類は大気圏外、月面、火星地表、火星軌道上までの各地に自給可能な生活圏を作り、惑星国家連合《UP》の施政下で一定の政治的協調性を保ちつつ、さらに遠方へと世界を広げようとしていた。その一環として行われた木星実航マッピング計画で、ビーズは見つかった。

数珠《じゅず》玉《だま》を思わせるメートルオーダーの多数の小型機械の連なりであり、働き蜂のように連携して行動する彼らは、木星大気の大規模な採集作業を行っていた。大赤斑は、まさに彼らが木星大気を操作して作りだした過流《かりゅう》だった。少なくともその巨大な「木星の目」が見つかってからと同じだけの期間、つまり三百年以上も前から彼らはそこにいたのだった。

大赤斑中心部には五千基以上の「噴水」があった。それは長軸百キロにも及ぶ金属構造物で、採集機械たちが集めた気体を一辺数百メートルのコンテナ型に凍結固体化し、十時間で自転する木星がある方向を向いた時、外宇宙に向けていっせいに射出していた。言わば一種のカタパルトなのだが、それとわかったのはかなり後だった。射出が人類に感知できなかったためだ。

コンテナの射出速度は光速を超えていた。ゆえに人類による光速の電磁波探査手段では検知されなかったのだ。噴水の質量測定でその異常についての疑問が浮かび、最終的にはビーズに直接問い合わせることで判明した。既知の科学体系を根本から揺るがす大事だった。

しかしそれは人類の一部を驚かせただけで、すべてを驚かせたのは別の発見だった。大赤斑近辺には今でも新たな被造物が送り込まれ、噴水の数が増加し続けていたのだ。

それは木星質量が削り取られていることを意味した。波及するあらゆる現象が検討され、もっとも重大な影響は、木星の軌道変化による摂動《せつどう》で他の惑星が軌道を外れてしまうことだとわかった。地球も例外ではなく、遠からぬ未来に可住日照帯《ハビタブルゾーン》を逸脱してしまうと予想された。その可能性はおよそ三百二十年後から生じる。

噴水の活動を止めなくてはならなかった。コンタクトは発見と同時に試みられていた。ビーズは人類の呼びかけに応答するインターフェースと意見を持っていて、質問には比較的従順に答えたが、説得は不可能だった。彼らは自分たちが知性体によって作られた自動機械であることを認め、機能変更または停止の能力がないことを明言した。

破壊は失敗した。原子核爆弾を含む物理干渉手段は無効だった。移動、分解、改造、遮蔽等の試みもことごとく失敗した。光速内領域においてもビーズの宇宙活動能力は人類のそれを圧倒的に上回っていて、宇宙機の作業はしばしばビーズの一群によって無言の制止を受けた。小惑星の投下による削減質量の補充も、噴水の射出量に追いつくものではなかった。

残された手段はビーズの主人である知性体との交渉だった。クインビーと名づけられたまだ見ぬその主人について、ビーズはいくつかの情報を人類に提供した。いわくクインビーは敵対的ではない、クインビーの星ビーハイヴは約百五十光年離れた場所に存在する、直接太陽系を訪れるつもりはない。

電磁波交信の可能な距離ではない。接触のただ一つの方法は、ビーズの噴水を利用することだった。いささか信じがたいことながら、噴水は密閉型でないという特徴を持っていた。つまり、横から荷物を乗せれば一緒に運ばれてしまうのだ。

ダミーウエイトが、続いて無人探査機が噴水に相乗《あいの》りさせられた。ビーズは無言で見守っていた。無人探査機は目的地で情報を収集した後、噴水と同様な射出機を探して相乗りするように作られたもので、四ヵ月後に帰還したが、到着直後から帰路の射出までのできごとを何も記録していなかった。自分で帰ったのではなくクインビーによって送り返されたのだった。

しかし、とにもかくにも無傷で帰った。

有人交渉船の派遣が決まった。危険はあるともないとも言えなかった。ビーズは木星を消滅させようとしているから有害には違いないのだが、もっとずっと簡単なはずの地球への攻撃——木星の衛星をちょっとうまく加速するだけで可能だ——は、その素振《そぶ》りも示していない。

彼らは攻撃的ではない可能性が大きかった。敵対的かどうかは別として。

若干《じゃっかん》の懸念《けねん》を払拭《ふっしょく》できないまま志願者による交渉団が編成された。できるだけ特定の利益群を代表しないように、外交官、言語学者、宇宙建設工学者、パイロット等が人類全体から選ばれた。二人の学生の追加は、より中立的な観察者をつけるという観点からも歓迎された。

彼らは専用に建造された特使船《ディプロポッド》に乗り込み、特使船は噴水に挿入された。出発はこの計画の中でもっとも大胆な賭けとなった。二億七千万キロメートル毎秒毎秒に達するはずの投射加速度が、船内に何の影響も与えないと期待しなくてはいけなかったから。

だが影響はなかった。

特使船は九百光速で射出され、片道二ヵ月の旅に出た。


河口から流れ出して堆積《たいせき》した斜面のかなたに、日本海溝が見える。

銚子《ちょうし》沖、利根川《とねがわ》河口から二十キロの海底。透明度を一万倍に上げた海水を透《す》かして、高美は太平洋を見ていた。

そばの岩からグラスをとって口をつける。腕の動きを妨げるねっとりしたものは海水だが、グラスから口に入ってきたのは真水だ。仰向《あおむ》けになって頭の下で腕を組むと、百八十メートル頭上の海面で、拡散した太陽像の光暈《こううん》がちらちらと輝いていた。

さくりと足音がした。顔を回すと、白いインナータイツ姿のエリカが立っていた。海面から降りてきたらしく、ある種のイソギンチャクの触手のように広くなびいた金髪が、ゆるゆると落ち着きつつあった。

「今日は海底？　変わったところにいるのね」

「ここは高さがわかって面白い。宇宙と違って」

高美は真上を指差した。海面近くでカタクチイワシの群れが雲のようにさざめいていた。

ふわりと砂礫《されき》を巻き上げてエリカが座る。高美は言った。

「サーブ、エリカにも飲み物を」

特に銘柄を指定せずとも、そばの岩の上に金色の発泡水のグラスが現れた。船内でそうであるように、この世界でも船の計算機は最小限の奉仕の仕方を知っていた。

ジンジャーエールを口にして、エリカは尋ねた。

「何を考えていたの？」

「当直外時間だぞ。なんでもいいじゃないか」

「知りたいの」

「……ま、いろいろな」

高美は短い黒髪をごしごしとかき回した。

「おれが向こうで何の役に立てるかと思ってな。クインビーとの交渉が——交渉の準備でも成立すれば出番はない。エイリアンが団長と握手して木星撤退協定に調印するのを後ろで見てればいい。でも、そうならなかったら実力で超光速技術を奪取《だっしゅ》することも考えないと」

「なぜその技術にこだわるの？　科学史を書き換《か》える大発見だから？」

「それがあれば人類は恒星間移民できるだろう。三百二十年も時間があればなおのこと可能性は大きい。それを手に入れることは、ビーズを追い払う代わりになるからさ」

「へえ」

エリカが鼻を鳴らした。

「感心した。わざわざトランザウトしてたから遊んでるのかと思ったら、ちゃんと任務してたんだ。――団長、心配は杞憂《きゆう》だったみたいですよ」

「いえ、私は懸念していませんでしたよ。楊《ヤン》博士に付き合っただけで」

「団長とつながっているのか？」

物静かな男性の声を聞いて高美は跳ね起きた。すると同年配のやはり穏やかな女性の声が言った。

「私もね。あなたが参加した動機はまだ聞いていなかったから。盗み聞きしてごめんなさい」

「博士まで……」

高美は頭を抱えたい気分で、にやにや笑っているエリカの肩を軽く突いた。

UP安全保障会議の顧問である七十九歳のドミトリ・チュラロフスキイと、言語学者である六十九歳の楊嘉玲《ジアリン》博士は、交渉団の団長と副団長である。彼らは面白そうに言う。

「タカミの狙いは超光速技術の奪取ですか。なるほどねえ、若者らしい果敢《かかん》な選択ですね」

「果敢はいいけれど暴走してもらっては困るわ。仮に今回の交渉が物別れに終わったとしても次回があるのだから。平和的な解決の可能性があるうちは実力行使は控えてもらわないと」

「博士、私たちの目的は友好条約の締結ではありませんよ。地球人類を守ることです。平和的にことが進むのはもちろん望ましいですが、それに気を取られてより効果的な解決法を見逃してはなりません」

「私は言語の疎通を基礎にした平和的なコンタクトが、もっとも効果的だと思っていますよ！」

　この二人も、ペシャワルカ夫妻と同じように多くの候補者の中から選ばれた優れた人物である。しかもすでに一度ペアで困難な課題に当たり、解決した実績がある。

　八年前のセレス先占市民開国戦争。その小惑星に半世紀近く昔にたどりつき、暮らしも言語も異なる特殊な鎖国文化圏を作り上げていた八万人の人々と、二人は非武装のボート一隻《せき》で対話した。国際海事法にある新領土発見時の原則——先占支配権《オキュペイション》を主張してＵＰの支配を拒否した市民たちを、それ以前の使者にはなかったチュラロフスキイの懇切だが一歩も引かない態度と、楊のセレス語を駆使した対話が口説《くど》き落とした。域内でのセレス語の使用をＵＰ市民に対しても義務づけることと引き換えに、彼らはＵＰ船の寄港補給と重力利用を許した。その経緯を刻んだ金属板が、被弾してセレスに不時着した二人のボートのそばに今でも置かれている。

　未知の知的存在への使者に最適な人材として選ばれた二人である。そんな相手に自分が口走った未整理の考えを真面目に論評されるのは、高美としては気恥ずかしかった。

悔《くや》しまぎれのように頭上に向かって叫ぶ。

「御講評承《うけたまわ》りましたが、おれは口述試験に出席した覚えはありませんよ！　ここへ来てくだされぱいくらでもお叱《しか》りを受けますが？」

「いや、それは遠慮しておきましょう」

「私も。お邪魔して悪かったわね」

二人は含み笑いしているように言うと、あっさりと気配を消した。エリカが残念そうに言う。

「ああん、もうちょっと高美がいじめられるのを見たかったのに……」

「ゆっくりさせてくれよ、トランザウト中ぐらい」

高美は苦笑した。

トランザウトという言葉は、手垢《てあか》のついたヴァーチャル・リアリティ用語を嫌ったネットフリークが作りだした。その字義《じぎ》はどこかへ出ることであり、つまり「狭い」現実世界から、計算機が構築した「無限の」仮構世界へと意識を解き放たせることを指すのだが、出た先の仮構世界は一つではない。ハードウェアの計算力が許す限り、使用者の望む世界が望むだけ造られる。高美のように行くことのできない場所を模造して訪れることもできれば、高価で口にできない美味佳肴《びみかこう》を食べること、肉眼では見ることのできない極小の原子世界を覗くこと、耳ではとらえられない電波やレーザーを聞くこと、弾丸よりも速く走ることなど、およそ考えられる限りの身体的快楽を提供するために、その数だけ仮構世界は構築される。

それとは別に、あるいは同時にトランザウト界が提供するのが、その場にいない相手との対話の場だ。ネットワークの充実した地球文明圏ではこの機能が日常的に使われている。

特使船《ディプロポッド》のベッドには人数分のトランザウト殻《かく》が備え付けられていた。それは脳と直接接続される道具でこそないが、内部にさまざまな感覚欺瞞《ぎまん》材——熱端子や、誘電変形素子や、五感に架空刺激を与える体性感覚電位操作針《SPCN》などといったもの——を備えていて、末梢神経系に本物に近い刺激を与える。計算機が複雑に配分するそれらの刺激を受けたとき、人はトランザウトしたと認識する。

だが、船内にはたかだか十あまりの部屋しかなく、地球とも隔絶しているから、ネットワーク接続的な意義はまったくない。特使船にその設備があるのは、二ヵ月の航行で必ず発生するだろう倦怠の解消、つまり退屈しのぎのためだった。ただ、高美とエリカ以外のメンバーはその設備をほとんど使っていない。

トランザウトは進取の風を好む若者か、もしくは死を目前にした老人が仮想的な延命のために行うものだと思われているからだった。少なくとも地球の社会ではそういう扱いである。その理由は主にトランザウト世界の再現性の限界にある。現実の事象が備える精緻《せいち》さ——たとえば刻々と移り変わる積乱雲の陰影、熟成されたワインの鼻孔をくすぐる玄妙《げんみよう》な香り、老練の奏者が引きだす艶《つや》やかな弦楽器の音色、恋人の目の端に差す一瞬の憂《うれ》いの影など——もろもろのあえかな味わいといったものを、トランザウト世界が再現しきれないからだ。そんな世界に没頭することは人生をよく識《し》る人間のすることではないとされている。

チュラロフスキイと楊もそういう人物であるようだったが、高美にすれば、彼らのそんな考えは現実に対して過大な期待を抱く年寄りの迷妄にしか思えない。

しかし、それで二人を追い払えたのだから、ここは満足するべきだった。気を取り直して、腹を乗り越えた二十センチもあるテナガエビをつつく。

「クインビーはどんなやつらなんだろうな。人の家の庭で放牧なんかするくせに、住人に興味を持たないとは」

高美と同様トランザウト世界に慣れ親しんでいるエリカが、逃げていくエビを目で追いながらつぶやく。

「私たちは興味津々なのにね。ノックぐらいしてほしい。……エイリアン、ETI。楽しみだなあ。震えてくる」

「君はそういうの好きだよな」

「SETIは知性体の究極の娯楽よ?」

寝そべった高美を見下ろしてエリカは楽しそうに微笑む。

「地球にいても、生命の起源や宇宙の構造は解明できるかもしれない。でも、宇宙人だけはそうもいかない。それは宇宙の一般法則の一部にぽっこり盛り上がったこぶ。人類と同じように、なくてもいいのにできてしまった不思議な例外。カリブ海の沈没船よりもヒマラヤの雪男よりも貴重な、隠された宝物よ」

「いま気がついた。君がパイロットを志望したのは――」

「わかる?　会えるかもしれないと思って」

エリカは顔を輝かせてうなずいた。高美は鼻を鳴らす。

「……ふん、そんな頃から知的追求の人だったんだな、君は。見事な言行一致だ」

「いま気がついたけど、そういうこと言うときのあなたって、もしかしてすねてる？　コンプレックス？」

「いや……磁石で荷物をぶん投げるだけっていうのは、ちょっと散文的すぎるから」

「あは、いいじゃない、それも」

ごろりと背を向けた高美に、エリカは身を乗りだした。

「あなたがフラマリオン投射場にいたから私たちは出会えたんだもの。散文的でも即物的でもいいわよ。馬鹿にしたりしない」

「どこもフォローになってないぞ」

「いいの。私もたまには即物的になるから。こんなふうに」

つぶやいて上体を覆いかぶせ、エリカは高美の頰に口づけした。高美は笑って腕を伸ばした。二人は抱擁する。互いのインナータイツを消去して肌を重ねる。体温は伝わるが触感は荒い。皮膚のきめ細かさや、筋肉と脂肪の弾力までは表しきれない。トランザウト界では、人体の機械的構造は、中にいくつかの水袋が入ったゴム人形程度の物体で近似される。

しかしそれは、互いの実体を知っている二人には妨げにならなかった。高美はエリカの乳房《ちぶさ》の歪《ゆが》み方を知っているし、エリカは高美の髪の匂いを覚えている。感覚と記憶をすり替えれば――思い込みを意識的に駆使すれば、いくらでも没入できた。

何より、仮構人体の不完全さなどでは遮られない、互いへの信頼があった。八メートル離れたベッドの上、ひんやりと心地よい海水の中で、二人は完璧な同調を楽しんだ。

二ヵ月後、特使船《ディプロポッド》は目的地に近づいた。

到着を目前に控えた船の操縦室に交渉団の全員が集まっている。正規メンバーが操作盤のある席に着き、高美とエリカは後方の予備席で遠慮がちに見守っている。

「到着予想時刻まで百八十秒」

ネイグが無愛想に告げた。チュラロフスキイがさすがに緊張した面持《おもも》ちで命じる。

「全員、気密」

メンバーはガードコートを全圧モードにした。続けてチュラロフスキイが尋ねる。

「みなさん、手順はわかっていますね」

「しまった、忘れちゃったわ。ちょっと路肩《ろかた》に止めてマニュアルを見てもいい？」

ジャクリンの冗談にまばらな笑い声が起こった。「運ばれている」特使船にとって、それは不可能な行為だった。

噴水は、超光速状態を維持するためのいかなる装置も、射出する荷物に付加しなかった。荷物が正体不明のフィールドに包まれて運ばれるという推測はここから出た。

それならば到着地点にあるのはそのフィールドを解除する施設だろう。キャッチャーボートと仮称されたその施設が存在することを前提に、特使船に機能が与えられた。すなわち往復四ヵ月分プラスアルファの滞在設備と、ボートから脱出するための噴射時間は短いが強力なエンジン、さまざまな探査装置と交信装置、そして大気圏離脱能力だ。キャッチャーボートが宇宙空間にあるという保証は何もない。

その避け得ない到着に備えて、メンバーは待機している。

到着時のクインビーの対応として一番可能性が高いと考えられるのは、無人探査機にそうしたように、到着するが早いか送り返すというものだった。ひょっとすると自動再射出装置すらあるかもしれない。パイロットのネイグの役割は、送り返される前に逃亡すること。

周辺の走査とメッセージの発信はジャクリンと楊《ヤン》が行う。危険な場所であれば安全な場所へ、安全な場所であればより交信が容易な位置に移動し、交渉の意思を乗せたメッセージをあらゆる方法で発信する。

チャンネルを確立できたら、チュラロフスキイが地球の全権特使としてビーズ退去の交渉を開始する。無視、または拒否されたら、マイルズがそこにあるかもしれない噴水の調査を行う。これは一番難しい任務だった。木星を奪うつもりのクインビーから、噴水を無力化、または新造するための方法を盗みだすのだから。

そのような手順を考えてはいたものの、基本的にクインビーの善意をあてにした計画であるのは確かだった。木星のビーズが嘘つきで、到着地に鉄板の一枚でも置かれていれば、それだけで全員が死亡する。操縦室に満ちた緊張は膨れ上がりこそしなかったが、抑えられることもまたなかった。ネイグがインナータイツの中で排尿した音が、キャノピー越しにも全員の耳に届いた。

「三十秒前」

ネイグが言った。出発から到着までの時間はビーズに聞いた。相対論的効果や相互位置の変化も考慮されたものであるはずだが、そこにもやはり保証はない。

操縦席は船内中央にあって窓はなく、景色はカメラに取得されてスクリーンに映る。今はまだ正面の光点しか映していないそれを、皆が見つめる。

「十秒前」

高美は身をこわばらせる。エリカがきゅっと手を握る。目をやらずに握り返した。

「五、四、三、二、一」

スクリーンの光点がぱっと拡散した。時刻は正しかった。何が見え、何があるのか。

ネイグが目を皿のように見開いて手元のディスプレイをにらんでいる。彼が操縦桿《かん》を動かすわけではない。彼はシーケンサーを監視している。彼の事前入力にしたがって、計算機がマイクロ秒単位の反応速度で船を逃がすはずだった。

噴射の加速度はメンバーを襲わなかった。船は動こうとしない。スクリーンいっぱいの発光も色あせない。移動を待たずに楊とジャクリンが作業を始めている。特使船は微弱な電磁波を発し、やがてそれを強力にして、周囲を探る。

何も変化は起きない。

声を発したのは、辛抱強く待っていたチュラロフスキイではなく、出番まで補助機器を監視する役のマイルズだった。

「熱交換器に異常発生。ヒートシンクに振動が起きている」

「ヒートシンク？」

「熱廃棄機構だ。この船の外板がもっとも薄いところだ」

ネイグの言葉を聞いて、チュラロフスキイは素早く言う。

「サーブ、そのことの危険は？」

「五千時間まではありません。それを超えて振動が続くと金属疲労による破断の可能性が生まれます」

安全だという意味のことを計算機は告げた。かえって事態を不可解にする返答だった。

涼しげな音だけが聞こえた。さらさら、さらさら、と。

突然チュラロフスキイがだらりと体の力を抜いた。続いてマイルズも。次々に全員が。

高美は操縦室の空気がごく薄い灰色にかすむのを見た。

すぐに意識が途切れた。


液体が排出され、ケースが開いた。視界が明瞭になって白い天井が見えた。そのプロセスに覚えがあった。以前、投射場の事故で経験したことがある。

高美は体を起こした。そこは医療機器の置かれた部屋だった。思ったとおり、高美は昏睡患者用の安静子宮に入れられていたのだった。

ふらつきながらケースを出る。最初にエリカの姿を探した。部屋には自分のものを含めて七つのケースがあり、そのひとつが作動中だった。ステイタスパネルが完治を表していたので、開放させた。

長い金髪を裸身にからめてエリカが横たわっていた。大声を上げてゆさぶりたいのをこらえて、頬を何度か、そっと叩いた。

「エリカ……エリカ、起きろ」

「ん……タカミ?」

「大丈夫か」

ほっとして口づけした。それから手を貸して立ち上がらせた。互いに無事だとわかると、高美は天井の隅の室内カメラに目をやった。

「サーブ、現状は安全か?」

「安全です」

「他のメンバーは?」

「無事です。しかし船内にはいません。連絡を取りますか」

「船内にいない? ……いや、なにか緊急に対処が必要な事項はあるか」

「ありません。本船機能は異常なく維持されています」

それを聞くと高美はエリカの手を引いて通路に出ようとした。待って、とエリカが踏みとどまる。

「もっと詳しいことを聞かなきゃ。それに、出るならガウンか何か着させて」

「誰もいないんだよ」

「あ」

「サーブは機能しているし、狂うようなコンピューターじゃない。ひとまず身支度を整えよう」

二人とも肌にべっとりと人工羊水がまとわりつき、反対に喉はからからに渇いていて、不快だった。エリカが同意し、二人は居住室に向かった。

肌が痛むほど熱いシャワーをたっぷりと浴びた。気管を下った蒸気に肺が洗われるような気持ちがした。温度を変えて凍る寸前の冷水を口に溜《た》め、飲み下す。腹の底が引き締まり、澄明《ちようめい》な感覚が指先まで行き渡った。

高美がシャワーを出ると、インナータイツを身に着けたエリカがガードコートに袖を通し、とんとんと床を蹴ってブーツを合わせていた。湿った洗い髪から花の香りがして、高美を見るとにっこりと微笑んだ。

だから、高美は心から言った。

「生きていてよかった」

「ほんと」

居住室のラウンジであり合わせの食事を摂《と》ると、洞窟のように空虚だった腹が満たされ、事態と向き合う気力が湧いてきた。計算機に声をかける。

「サーブ、メンバーの居所を教えてくれ。いや、マイルズ先生!」

まだ呼ばなくていいじゃない、と言ったエリカを高美は無視した。普段なら、なんら操作せずとも名前を呼ぶだけで通信が届く。だがマイルズの返事はなかった。代わりに計算機が答える。

「マイルズだけはリアルタイム接続が切れています。他のメンバーは島の内部です」

「島?」

「軌道人工島です。本船は現在、ビーハイヴ周回軌道上の宇宙施設内に停泊しています」

エリカが口と目を大きく開いて高美を見た。自分も同じ顔だろうなと高美は思った。

「うわっ」「つかまって!」

樹木の板根《ばんこん》を越えようとした高美が足を滑らせ、エリカがごぼう抜きに引き上げた。

高美は愚痴《ぐち》っぽくため息をついた。

「エアロックをぶち破って船で来るべきだった」

「船に飛行能力なんかないわよ。止まらず突っ切るなら別だけど」

「まさか百五十光年の旅をしたあとで、ヘリコプターが必要になるなんてな……」

高美はうんざりして森を見通す。マングローブを思わせる巨樹と板根がどこまでも立ち並んでいる。遠くを竹馬のように足の長い四足獣の群れが悠然と横切っていく。見上げると、空の奥に緑のカーペットが見えた。ここと同じ原生樹林だ。

人工島は地球で考案された円筒形のオニール型コロニーに酷似したものだった。全長百キロ、直径十八キロ、特使船《ディプロポッド》は一方の端の港に停泊していて、二人がその中で眠っていた三ヵ月の間に、他のメンバーはコロニーの中に散らばっていた。

コロニーの内面は、樹林や湖《みずうみ》、廃棄された市街や砂漠などさまざまな地形で覆い尽くされていた。メンバーに会うためには徒歩の旅をしなくてはいけなかった。

一息ついた高美は再び歩きだす。エリカもその後に従ったが、すぐに追い抜いて先に立った。子鹿のように跳ねる彼女の背に、高美は声をかける。

「なあ、今からでもみんなを説得して来てもらわないか」

「無理でしょ、三日話してだめだったんだから。手が離せないみたいだし」

「だからって、おれたちを放っておいて好き勝手するとは」

「目が覚めてよかったって、喜んでくれたじゃない」

「浮かれすぎだ、みんなおかしくなってるんだ。あ、くそっ!」

湿った泥に足を取られて転ぶ。エリカが戻って抱き起こした。パイロットの彼女のほうが体力があるのだ。

ガードコートの裾《すそ》をなびかせて、エリカは軽やかに板根を飛び移る。

「私、好きよ。こういう冒険。地面を歩くのも何年ぶりかだし」

「おれは願い下げだ、徒歩旅行なんて文明人のやることじゃない」

高美は苦行僧《くぎょうそう》のような顔で道行きを続けた。

移動は楽ではなかったが、危険でも悲惨でもなかった。特使船が見通し位置にある港から常にナビゲートしてくれて、道に迷う心配はなかった。大気成分は呼吸可能なもので、気温は常に摂氏《せっし》二十数度、攻撃的な生物や機械は存在せず、ある種の植物の肉厚《にくあつ》の葉は生《なま》で食べることができ、しかも地球の野菜や穀物などよりずっと美味《びみ》だった。

太陽光を取り込む反射鏡の開閉サイクルに由来する昼夜の長さは地球と異なっていたが、太陽系標準時の昼に歩き、夜に寝た。光発電する丈夫なガードコートは負傷を防ぎ、安眠を与えてくれた。汗や垢で不快になっても、水浴びする場所には事欠かなかった。二人で何をしようと覗き見する者はいなかった。

前途の目的さえ考えなければ、それは愉快な冒険と言える旅だった。地球で同じようなジャングルトレッキングをしようと思ったら、レジャー扱いで高額の料金を取られるだろう。高美としては不満があったが、耐えることはできた。

五日後、二人は目的地に到着した。チュラロフスキイと楊《ヤン》がいるはずの場所だ。

待ち合わせ場所は森の中の小さな広場で、そこにはすでにチュラロフスキイたちが待っていた。二人を見ると満面の笑みを浮かべて抱擁した。

「よく来ましたね、無事で何よりです。目覚めるまでついていてあげられればよかったんですが、こちらのほうが大事でね」

「一体何をしているんです?」

安堵もあったが、詳しい事情を知らされていない怒りが上回って、高美は強い口調で言った。

「異星文明施設の探検なんて任務には含まれていないでしょう。可能だとしても二次隊以降に任せるべきだ。なぜ船を出して地球に戻らないんですか」

「そのための仕事なんですよ。七つの鍵を集めなければならなくてね」

「……七つの鍵？」

高美は眉をひそめた。

今までに聞いたところでは、ここに居住している原住民とのコンタクトを図《はか》っているとのことだった。それがなぜ地球へ戻ることと関係するのか。

「なんですか、七つの鍵って。まさか原住民の隠している宝を探し当てて、地球に持ち帰ろうなんて話じゃないでしょうね」

チュラロフスキイの傍《かたわ》らで楊が穏やかにうなずいた。

「ある意味ではそれに近いわ。財宝よりも価値のある異星知性体の言語体系を、完全に理解することも目的に含まれますから」

「だから、それがどうして……」

「しっ。大声を出さないで」

チュラロフスキイが制止する。

「もうじき会談が始まります。相手を警戒させるといけない。あなたたちは非常にいいタイミングでやってきました。しばらく黙って見ていてください」

「相手？　それは――」

高美は息を呑んだ。少し離れた木々の間から、奇妙な生物が次々に現れたからだ。

それは旅の途中で何度か見かけた、細い足の四足獣だった。肩高は一メートル半ほどで、黒光りする外骨格の足に、木の葉のようなものに覆われた、醜《みにく》い軟質《なんしつ》の胴が載っている。首にあたる部分はないが、体の前方に七、八本の触角ないし触手が垂れ下がり、ゆらゆらと揺れている。

それらはてんで勝手な方向を向いたまま、楊を取り囲んだ。よく見ると胴の周りに一定間隔でいくつもの目が並んで注視していた。そして木の葉を細かく震わせる。驚いたことに、チェロの音のような深みのある響きが湧き起こった。

いくつかのチェロの合奏に囲まれた楊は、愛しげに彼らを見回して答える。

「大丈夫よ、彼らは私たちの仲間だから。タカミとエリカというの。え？　言葉が違う？　若いから発声器官が劣化していないのよ」

楊のガードコートがやはりチェロの音を発している。コートには通信機能があり、特使船とリンクしている。楊はすでに計算機の力を借りて翻訳手順を成立させたようだった。

楊とチュラロフスキイが二人を見て言った。

「クインビー、いや、クインビーの子孫に当たるビーハイヴ人だ。その中の『アンテロープ』の〝譜族《ふ》〟だよ」

高美はうろたえて辺りを見回し、一歩下がった。背中がぶつかったので振り返ると、エリカが嬉しいような困ったような顔で、足にすり寄るビーハイヴ人を手で払っていた。

「うわあ……か、可愛《かわい》いっていうかくすぐったいっていうか」

「正直に気持ち悪いって言ってもいいわよ。私たちも最初は逃げることを考えたから」

楊がくすくす笑う。高美はめまいがしそうになる。今自分は、人類史が書き換わる場に立っている。ETIとの直接接触！

その偉大な意義を考えるひまもなく、チュラロフスキイが別の方向を指差した。

「さあ、『キャメル』譜族のおでましだ」

そちらからも別のビーハイヴ人の一群が現れた。『アンテロープ』たちは遠慮したように後退する。三十メートルほどの距離を隔てて両者は対峙《たいじ》する。楊とチュラロフスキイが間に立った。面白いやり取りが始まった。

『アンテロープ』の数体が同時に発音した。それは和音で、最初は一本調子の単純なものだったが、じきに休止と変調が加わった。次第にピッチが上がり、『アンテロープ』は矢継ぎ早に和音の連射を繰りだすようになる。ただし規則的なリズムはなく、音楽的な美しさもない。エリカが体をゆすって共感しようとしたが、まったく同調できずにあきらめた。

それが一段落すると次に『キャメル』たちが発音した。今度はバイオリンに似た、やや高い音だった。音の高さ以外は『アンテロープ』とまったく同じように数十の和音を繰りだして、沈黙した。

楊がコートの襟元に耳を傾けて計算機と会話し、バイオリンの音を『キャメル』に浴びせた。

『キャメル』がうろたえたように隊形を乱したが、やがておずおずと返事をし始めた。

三十分ほどの間、楊と『キャメル』の間で和音が交換された。高美がこっそり計算機に訊くと、やはり『キャメル』の言語を解読する作業とのことだった。それが済むと、いよいよチュラロフスキイが前に出て、声を発した。

「こんにちは、『キャメル』の諸君。私はドミトリ・チュラロフスキイだ。君たちと『アンテロープ』たちの関係をよりよくしてあげたい。ついては、私を一時的に譜族に加えてもらえないだろうか」

チュラロフスキイのコートがバイオリンを奏《かな》でる。即座に『キャメル』が返答した。

チュラロフスキイはうなずく。

「そうだ、私は『アンテロープ』の譜族だ。しかし同時に『バイソン』の譜族でもある。私は異なる譜族の仲立ちができる。諸君の八百年来の懸念になっている、〝不協問題〟について力を貸すことができる」

『キャメル』たちの乱れた発音。チュラロフスキイの落ち着いた声。

「不可能ではない。その問題は諸君が操《あやつ》る言葉の周波数の違いに起因している。それは数学的に解決が可能なのだ。嘘ではない。嘘だったら私の胴を岩にぶつけてもいい」

それがどういう意味だったのか、『キャメル』たちは長く尾を引く和音を発し、やがて短く何か言った。

「当然だね。もちろん私たちは待つとも。親群に戻ってじっくり相談してきてほしい」

『キャメル』は挨拶するように二つの和音を放ち、森の中へ引き上げていった。楊がチェロの音で『アンテロープ』に語りかけると、『アンテロープ』たちはかさかさと辺りを走り回って音を発した。楊が事態を説明したのだろう。チュラロフスキイは高美たちの前に戻ってきて、額の汗を拭った。

「胴を岩にぶつけるというのは、人間で言えば首を賭けるというのと同じでね。彼らは賢い生物ですが、あのとおり肉体的には脆弱《ぜいじゃく》で、転んだだけで死んでしまう」

「はあ……それで、ええと、不協問題というのを団長は解決しようとしているんですね」

「そう。不協問題は彼らの文化維持に関わる重要な問題です。声を聞きましたね。ビーハイヴ人は集団によって高さの異なる和音を言語として使っています。私たちは同じ高さの発音をする集団を譜族と名付けました。譜族間に領土的ないさかいはないが、あまり接触しようとはしません。異なる譜族の和音を聞きたがらないのです」

「なぜ？」

「不快だからですよ。人間が、釘《くぎ》でガラスを引っかく音を嫌がるように」

それは嫌ですね、とエリカが真剣にうなずく。

「この不快さは相当なもので、今のような公式会談の場でさえ彼らは異譜族と距離をおきます。まともに聞くと目を回して気絶してしまうのです。いやこれはたとえですが。ともかく、そういう事情で彼らは譜族間の交渉をできるだけ避けてきました」

「同じ生物なんでしょう？　なぜそんな問題が？」

「私の仮説はこうです。――昔、まだ単一の言語を使っていたころ、彼らのうちに、単に好みによるゆるやかな区分ができた。似た周波数を好む個体が集まっているうちにその好みが尖鋭《せんえい》化し、厳密に自分たちだけの周波数を使うようになった。世代が進むうちに集団と集団の間の中間層は淘汰《とうた》され、新しく生まれた子供は好みの周波数しか聞かずに育ち、やがて他の周波数に対する感情が〝嫌い〟から〝不快〟にまで深まった。……私だって昔はロックを聞きましたが、今では、もう」

「やたらに人間のアナロジーを使うのはよくないんじゃありませんか」

エリカが笑いながら言う。

「そのようにして、ビーハイヴ人は七つの譜族に分かれました。Aの『アンテロープ』は一番低音の周波数を占有する譜族で、Bの『バイソン』、Cの『キャメル』と高くなっていき、Gの『ガゼル』ともなると人間の可聴範囲外の超音波を用いています」

「解決法は？」

「高調波です。今、彼らの周波数は、元になった大きな数を素因数《そいんすう》分解したように、近い倍数がない高さに散らばっています。しかし、隣りあう二つの譜族が少しずつ周波数をずらせば、片方がもう片方の倍数になる。これがどちらにとっても不快でないことは、『アンテロープ』と『バイソン』の譜族で確かめました」

「つまり、共通語を作るんですね」

「二譜族間だけのものですが。『アンテロープ』と『キャメル』が話すためには、間で『バイソン』が通訳しなくてはいけないでしょう。さっき楊博士がやったように」

「凄い……面白いですね！」

エリカが子供のように目を輝かせた。チュラロフスキイは晴れやかな顔でうなずく。

「ええ、楽しいです。私も、ここまでやり甲斐のある仕事は初めてですよ」

だが、高美は懐疑的な表情で言った。

「なんのためにそんなことを？　それだって、一度地球に報告してからでもいいことじゃありませんか」

「それはね、彼らの祖先がこの世界を造ったからです」

チュラロフスキイが両手を大きく広げた。

「八百数十年前に、彼らはこのコロニーを建造しました。調べれば他のコロニーも、惑星上の施設も見つかるでしょう。それらすべてを造り上げ、使用し、しかし忘れてしまった。七つの鍵——ビーハイヴ人の源流語を残して」

チュラロフスキイは大きくうなずく。

「七つの譜族に分かれる前の大本の言語ですよ。すべての譜族との交流が成されれば、それが解明できるはずです」

「それで何が？」

「ビーズを操れます」

高美は何度も瞬《まばた》きした。忘れていたんじゃないでしょうね、とチュラロフスキイが苦笑する。

「コロニーを作りだし、木星へビーズを送りだした昔のクインビーの技術と機械は、主が原始生活に戻った今でも健在です。源流語が判明すればそれにアクセスできる。噴水の操作法を解明して地球へ戻ることもできる。いや、そうしなければ戻れない、というのが適切ですが。これはまぎれもなく任務の遂行なんですよ」

「……どれぐらいかかるんです？　時間は」

「数年、でしょうね」

チュラロフスキイは顔を上げ、空のかなたの対岸に目をやる。

「でも長くはない。戻れない可能性もあった当初の予測を考えれば、これは幸運ですよ。最高です。目的地も、道のりも、歩き方もわかったのですから」

高美はじっと、この年老いた外交官の顔を見つめた。落ちくぼんだ鳶《とび》色の瞳に、若者のような生気が満ちていた。

ふと気がつくとエリカが消えていた。少し離れた楊のもとへ行っていた。二人の人間女性と異星人たちが、家族のように触れあい、会話を交わしていた。

楊もチュラロフスキイと同じように、幸福そうだった。

四日滞在して、高美とエリカはその地を離れた。近隣五つの譜族をまとめようとしているチュラロフスキイは引き留《と》めたが、他のメンバーにも会いたいと高美は断った。

向かう先は原生林を越えた先の湖畔《こはん》だった。そこに都市があり、ペシャワルカ夫妻がいるのだ。森に入り、体力の限りを尽くして進む旅がまた始まった。同行を承知したエリカは嬉々《きき》として藪《やぶ》をかきわけ小川を渡ったが、高美の態度には疑問を抱いているようだった。

閉じた集光鏡がもたらす夜空の下で、高美の胸に背を預けたエリカが焚《た》き火を見つめて言う。

「何が不満なの？　むっつりして」

「話がうますぎる」

「話って？　どこが？」

「まず、おれが生きていることが」

「この宇宙島へ着いた時のこと？」

　エリカが顔を向ける。

「何がおかしいの。サーブが言ったじゃない。船は予想どおりキャッチャーボートに捕まっていて、脱出は失敗、自動的にコロニーへ移送された。そのとき無理にエンジンを動かしていたから船が暴れて、私たちは負傷し気絶した。話がうまい？　逆よ、事故を避けられずに気絶してしまったんだから」

「そんな事故の記憶があるか？　あの数秒の間センサーに何の反応もなかったことを、カメラの白い光を、説明できるか？　おれはあの瞬間、事故なんて起こっていないのにみんなが気絶したのを見た」

「じゃあ訊くけど、今この瞬間の状況はどう説明するのよ。ビーハイヴ人が私たちをだましている？　もしくは彼らの機械が？　何の目的で、どうやって？」

「それはだな――」

「何を言ってもいいけど、サーブを言い負かせる？　船は事態を克明《こくめい》に記録していたし、コンピューターが正常なのはあなただって何度も確かめたじゃない」

「……それはそうだが」

「タカミらしくもないっ！」

口をへの字にして、空色の瞳でエリカはにらむ。

「現状を受け入れて！　分析して、対処して！　空想をもてあそんで逃避するなんて似合わないわよ」

「それは君の領分だったたな」

高美が含み笑いすると、エリカは不機嫌そうにむこうを向いた。

今度の徒歩旅行には二週間もかかったが、やはり退屈ではなかった。森は終わり、見渡す限り可憐な白い花（のような鱗《うろこ》のある小型のアルマジロの群れ）の密集した草原や、見上げんばかりの巨岩が生き物のように転がっていく砂漠を通り過ぎた。ここを創造した過去のビーハイヴ人たちがどんなつもりだったのかはわからないが、新天地を単一の食料畑で埋め尽くすことを選ばなかったのはありがたかった。

コロニーの全長の半分ほどを踏破《とうは》すると、湖に出た。川の終わりで小さく盛り上がった段丘《だんきゅう》に登って二人は河口の街を見下ろした。

「ヴェネツィアみたいね。――それか、食器の洗い桶」

エリカの評は的確だった。そこはかつて湖に面した港湾都市だったのだろう。ほっそりした繊細な塔や伏せた半月のような形の家屋が扇状《おうぎ》の町並みを形作っている。しかしそれらは水面から突き出していた。湖水の侵略を受けているのだ。

ネイグとジャクリンは、波打ち際にあたる建物の一つにいた。彼らはそこで船を造っていた。

「船……ですか」

建物の前の路上、前半分が水につかる形で構築された木製の架台の上で、やはり木製の船が組み立てられている。正確に言えばヨットか。全長は十メートル少々、帆と櫂《かい》がある。

「湖を渡るためにね」

ジャクリンは道の先に見える湖面にあごをしゃくる。

「団長の計画は聞いたでしょ。七つの譜族のうち二つは、三十キロ先の向こう岸にいるのよ」

「そんなの、迂回《うかい》すればいいでしょう。別の陸地は？　透過鏡面は？」

高美は頭の上を指差す。円筒形のコロニーは円周方向に三つの陸地と三つの鏡面が交互に配置されている。高美たちがいるのは一号陸地と名付けられた場所だ。

だが、頭上をよく見回した高美は舌打ちした。湖はこの陸地だけにあるのではなく、コロニー内をぐるりと一周する指輪型をしていた。

「嵐はないんだけど、交渉のためにはこっちの譜族も乗せなくちゃいけないからね。そこそこの大きさのものを造ってるのよ」

「特使船に戻って、コロニーの外から向かったら？」

「向こう側には宇宙港がないの」

ジャクリンは豊かな赤い巻き毛をかき上げて、さっぱりした笑顔を見せた。

「ま、あわてることもないわ。船は団長が五つの譜族をまとめるまでに造ればいいんだし、それはだいぶ先みたいだし」

「……楽しんでますね？」

「そうよ、構わないでしょ？」

ジャクリンは悪びれずに言った。

「船が好きなの。どっちかというと宇宙船より水上船のほうが好きなぐらいね。私たち、フィジーにヨットを持ってるのよ？　でも、そこは海域全体が保護区域で不自由なの」

架台の上の船を見上げる。

「嵐のない海で好き勝手に船を乗り回せるなんてチャンスを、逃すつもりはないわ」

「それも任務の範疇《はんちゅう》だとでも？」

「任務は忘れていないって。いやしくも人類特使を仰《おお》せつかった私たちが、ルソーばりの原始生活で満足しているわけがないでしょ。肝心なものはちゃんと発見したわ」

「肝心なもの？」

「コロニーの中枢だ」

声のしたほうを見上げると、作業中のネイグが船べりから顔を出していた。相変わらず、まずいものでも食べたようなしかめ面《づら》で言う。

「コロニーの機能を維持し、特使船《ディプロポッド》を受け入れ、百五十光年離れた太陽系のビーズと連絡を取って今でも資源採取を続けているシステムの中枢だ」

「それはどこに？　この街にあるんですか？」

驚いて高美が尋ねると、ネイグは首を振った。

「隣の島で、おれたちじゃなくてマイルズが見つけたんだ。ここへ来て最初に活躍したのが彼だ。コロニーの特徴を調べて暫定的な滞在が可能だと明らかにした。宇宙建設は彼の専門だからな」

「隣の島って、鏡面を渡った先の陸地ですか」

「そうだ」

「エリカ、行くぞ」

高美はコートを翻して歩き出した。もう行くの？　エリカが呆《あき》れたように言う。

「どうしたのよ、人手が要《い》りそうなのはこっちじゃない。手伝いましょう」

「先生に会ってからでも遅くはないだろう。一通りすべてを見たいんだ。先生、構いませんね？　先生！」

高美はマイルズを呼んだが、またしても返事はなかった。エリカはそっけなく横を向き、ジャクリンが他人事のように言う。

「彼のいるところは電波が遮断されているんだそうよ。朝夕の定時報告の時しかつながらないわ」

「だそうよ、ですって。そんな態度でいいんですか？　行動規定は？　異常事態では宇宙船乗員は単独行動禁止でしょう？」

高美が詰め寄ると、ジャクリンは困ったように手を振ってボートを見上げた。

「ああ、それはそうなんだけど……ねえ？」

「どうしても行くって聞かなかったからな。どこへ行こうが船からは一目瞭然だし」

「しかし現に無線が通じていない。放っておけません、作業を中止してください。四人で先生の様子を見に行きます」

「規定にこだわることがかえって無駄になる事態もある。今がそのときだ。おれたちは行かんよ。どうしてもって言うなら団長の許可をとりな」

ネイグがそっけなく言い、ジャクリンもおずおずとうなずいた。

「ごめんね。私も、テディが危険だなんて思えないわ」

高美は無言で歩きだした。エリカは迷ったように彼と二人を見比べたが、やがて足早に高美を追った。一ブロックほど先で追いついて肩をつかむ。

「タカミ、一体どうしたの？　あなた変よ！」

「変か」

足を止めた高美が振り向いた。口論になると予想してエリカは身構えた。

高美は怒鳴らなかった。エリカが見たこともないほど沈鬱《ちんうつ》な表情で、低くつぶやいた。

「どうして湖を渡る橋がないんだ。原ビーハイヴ人たちは始終《しじゆう》泳いで渡っていたのか？」

「何……何を言ってるのよ」

「エリカ」

高美がエリカの両肩をつかんだ。

「君の考えはわかる。現象をありのままに受け止めたいんだろう。それで何も問題はない。でもな、おれは不満なんだ。不満でいたいと言ってもいい。この事態に何か別の説明があることを……それを知ることを望んでる。あるいは、そんな説明がないというはっきりした証明を」

「靴の中に何か挟まってるけど、それが何かはわかってないのね」

いくらか表情を和《やわ》らげて高美はうなずいた。

「ただの違和感かもしれない。だからエリカ、おれが変だというならこうしよう。強制しない。君の好きなようにしてくれ。残ってヨット作りを手伝うか、おれと来るか」

「私の希望はあなたについていくことよ」

エリカはきっぱりと言い、さらに付け加えた。

「もっと言うと、あなたがついてきてほしがることを望むわ」

「それは……もちろんだ」

ややためらいがちに高美がうなずくと、エリカが突然いかめしく眉を寄せて言った。

「私がどうしてあなたと付き合ってるか知ってる？」

「なんだ、急に。よく知らないが」

「能書《のうが》き垂《た》れて本心を隠す顔が可愛いからよ」

ぺろりと舌を出すと、唖然《あぜん》とする高美を置いてエリカは走り出した。

今までの旅を巨大なトンネルを進むことにたとえるならば、今度の旅はトンネルの壁を登るような行為になった。——視覚的には、だが。

陸地と陸地の間の幅十二キロほどの透過鏡面を越えて進む。隣の陸地に上がったころ、ようやくマイルズと無線交信をすることができた。彼は定時報告の時間をチュラロフスキイやネイグたちとの会話に割《さ》き、高美とは特使船《ディプロポッド》で中継される録音音声のやりとりしかしていなかった。リアルタイムでの交信は初めてだった。

「先生、村雨です。いま二号陸地にいます」

「タカミか、よく来たな。無事でよかった」

彼はそう挨拶したが、その口調はどこかそっけなかった。何か他のことに気を取られているようで、高美が頼むまでは重要なこと——ビーコンを発振して高美に位置を伝えること——も忘れていた。

ほとんど必要事項だけの短い会話を済ませると、マイルズのほうから通信を切った。エリカが不思議そうに言った。

「先生、私のことを訊かなかったわね」

「そういえばそうだな。けれど、君も何も言わなかったじゃないか」

「まあ、用件はタカミが済ませてくれたから」

そっけない言い方だった。高美はエリカを振り返った。

「話したくないのか？」

「ちょっとね。苦手」

エリカは顔をしかめて言った。二人は移動を再開した。

数時間後、それまで茂っていた丈《たけ》の高い葦《あし》の原が途切れた。高美は思わず声を上げた。

差し渡し五百メートルほどの円形の広場の向こうに、自転風にそよぐ無数の白銀の鱗で覆われた壮麗な伽藍《がらん》があった。七本の尖塔がぐるりと円形に並び、中央にはアジアの仏塔《パゴタ》を思わせる多段式のドームがあった。

二人は伽藍から目を話さずに広場を横切る。

「都市……じゃないな。前の街とは違う」

「つまり基地なんでしょう。このコロニーと、たぶん近隣空間の宇宙施設も含めた、管制基地。中枢施設よ。これって空港でしょ？」

言われて周囲を見回すと、円形の広場の周囲には標識や誘導装置らしきものが点々と立っていた。同じような広場が右にも左にも続き、基地を中心としていくつもあるようだった。原ビーハイヴ人たちは飛行機械で移動していたのだろう。それでコロニー内に道路がまったくなかったことの説明がつく。

ビーコンに導かれるまま施設内に入り、二人は中央ドームのふもとにたどりついた。その側面にぽつんと開いた入り口に、マイルズのコートが落ちていた。拾い上げるとそれはマイルズの声で言った。

「ドーム内にいる。危険はないから探してくれ」

二人はうなずきあい、ドームに入った。

入り口のすぐ内側には、前方と左右に延びる通路があった。中心に向かう通路とドーム外周を巡る通路のようだった。正面の通路には左右にいくつもの部屋があり、そこを進むと中心のホールからまったく同じ七本の通路が放射状に延びていた。

「どっちかしら。先生、私です！」

エリカが首を回して叫んだが、返事はなかった。通路は七本とも二十メートルほどの長さで、途中の壁にいくつかの入り口があり、突き当たりで外周通路に接続しているようだった。高美は肩をすくめた。

「見て回ろう。この程度の広さならはぐれないだろうし」

「私はこっちに行くわ」

エリカが歩きだし、高美は反対方向に向かった。

部屋を覗いて回る。机や椅子のようなものはなく、機械らしきものが床に置かれ、誰もおらず、荒らされてはいないという点はどの部屋も共通していた。機械はどれも一目《ひとめ》見ただけでは用途も使い方もわからないものばかりだったが、施設全体と同じように、四足歩行して触手を操るビーハイヴ人の動作に合わせたものであることは確かだった。つまり、二本の手を使う人間でも試行錯誤すれば使えそうな造りである。

高美は辺りのものを片っ端から調べたいという欲求と戦わなくてはいけなかった。そのどれもが――表示板の大きさから壁面の立ち上がり角度にいたるまで――人類とは異なる知性体の設計思想を内包しているはずなのだ。それが目的で来たのならば、高美は間違いなくこれらの調査に没頭してしまっていただろう。宇宙建設を学ぶ者にとっては質量投射機などより一万倍も魅力的な対象だ。

七つ目の部屋で、現にマイルズはそうしていた。

チェス盤を縦横五倍にしたような格子パネルを、マイルズは床にあぐらをかいて覗き込んでいた。部屋に入った高美が「先生」と声をかけると、熱中しきった様子で片手を上げて言う。

「しっ。今、通信設備の操作がいいところまでいってるんだ。ちょっと見ていたまえ」

マイルズはかたわらの床にペンで殴り書きした表を見ながら、格子パネルのあちこちを複雑な順序で押した。すると天井から、頭皮を引きつらせるようなか細い引っかき音が降ってきた。

マイルズが唇《くちびる》をなめて言う。

「セオドア・マイルズだ。サーブ、受信できるか」

「受信できます」

天井から特使船の計算機の声がすると、マイルズは手を打ち合わせて叫んだ。

「よし、やったぞ！　これで大幅に作業効率が上がる」

「何をやったんです？」

「制御施設の一部である通信系を手動操作で使えるようにした。ここは電磁遮蔽されていてサーブの支援が受けられないからね。まずは第一関門突破だ。サーブに音声入出力を補助してもらえば、より複雑でガードの固い環境制御系や記憶領域にも挑むことができる」

「操作方法はわかったんですか？　団長の探している源流語は？」

「まださ。もちろん源流語が判明しないと正規の操作はできない。しかしアプローチの方法が多いに越したことはないだろう？　私はビーハイヴ人のハードウェアを直接操作する方法を試している」

「クラッキングですか……」

「人聞きの悪い、異星科学との直接対話と言ってくれ」

マイルズは頬を紅潮させて言った。

それからふと夢から覚めたように瞬きし、ばつが悪そうに半白の髪をかいた。

「ついのめりこんでしまった。よく来てくれたね。大変だったろう？」

「それほどでもありませんでしたが」

高美が首を振ると、マイルズはなぜか少し目を逸《そ》らし、ためらいがちにつぶやいた。

「せっかく来てくれたのに申し訳ないが、大事な話を……いや、後にするべきか……」

「なんの話ですか？」

「うむ、こうなった以上は包み隠さず言うべきだろうな」

強くうなずいて、マイルズは立ち上がった。

「すまない。私は君が事故で眠っている間、信義にもとることをしてしまった」

「信義に……？」

「今まで直接通信を避けていた理由の一つはそれだ。君がこの環境に慣れて、もっと落ち着いてからと思っていた。誓って言うが、邪魔されたくなかったとか、彼女の心変わりを恐れたとかではない。彼女ははっきりと、自由意志で私の気持ちを受け入れてくれた」

「彼女？　誰のことです？」

「先生」

声が聞こえたので高美は振り返った。エリカが通路に立っている。ああ、と高美は手を上げた。

「ここにいたよ。施設の通信設備を――」

「……タカミ！」

エリカの反応に高美は戸惑った。彼女は空色の瞳を倍にも見開いて、幽霊にでも会ったかのように驚愕している。そのそばにマイルズが行き、そっと手を握った。

「さっき着いたんだよ。教えていなくてすまなかった、エリカ」

「こ、困ります、先生。いきなりタカミが来るなんて、心の準備が……」

「心の準備ならあの時からしていたはずだろう？　いつかタカミが目覚めたら、本当のことを言わなければいけないって」

「それはそうですけど……いえ、そうですね。いつ会っても同じことだわ」

エリカはマイルズの手から細い指を引き抜くと、高美に近づいて辛《つら》そうに言った。

「ごめん、タカミ。私、先生と一緒に歩くことにしたの」

「エリカ、おい」

「先に言わせて。その後ならいくらでも責めていいから。あなたが事故で気を失ってから、先生は本当に親身になってくれたの。三チームに分かれて調査に出てからも、ずっとあなたのことを気遣《きづか》ってくれた。それでだんだん、今まで自分が先生を誤解してたって気づいたの。ここに着くまで一ヵ月かかって、その後一ヵ月の間に……私に本当に必要で、私を本当に必要としてくれるのは、先生だってわかったわ」

「エリカ！」

高美は声を張り上げた。頬を打たれたようにエリカが顔を背けた。いつの間にそんな冗談の打ち合わせをしたんだと笑おうとした高美は、エリカのその様子に困惑し、苛立《いらだ》ちを覚えた。

「ちょっとたちが悪くないか？　おれはともかく、先生まで巻き込んでそんなことをするのは、冗談にしても後味がよくない」

やりすぎた？　とエリカが舌を出すと思った。

だがエリカはうつむいたまま肩を震わせている。マイルズが近づくと、その胸にふらりと体を預けた。高美がいつもやっていたように、マイルズはエリカの肩を抱きしめた。

高美は手を上げたくなる衝動を必死で抑えて、自分に言い聞かせた。落ち着け、この事態は変だ。エリカがマイルズとの付き合いを隠していて今になって告白したとか、そんな話じゃない。それならこんな嘘をつく必要はない。つくような女でもない。エリカは本当にここにいたのだ。そして同時にずっと自分のそばにいた。事実が錯綜《さくそう》している。

明るい声が、高美と、マイルズたち二人の混乱を入れ替えた。

「タカミ、ここにいる？」

エリカがひょいと入り口に顔を出した。
一、二秒、誰も口を開かなかった。高美が最初に行動した。寄り添う二人のそばをすり抜けて、自分のエリカをしっかりと抱きしめる。きゃ？　と身をこわばらせたエリカが新しいおもちゃを見つけたように彼女に目をやった。
エリカに。

「それ、私ね？　どうやって造ったの？」

「わ……私？　タカミ、それは」

合わせ鏡のように——表情はかなり違うが——エリカもエリカを指差す。マイルズのそばのエリカが失意の色をより深めた。

「そんなに……私を造るぐらい思っててくれたなんて……ごめん、タカミ、本当にごめん」

「ええと、どういう設定なのよ。先生が私のロボットと一緒にいて——ロボットよね。それがタカミに謝って……」

「タカミ、『それ』を止めなさい」

マイルズが厳しい口調で言う。

「どうやって造ったか知らないが、彼女を悲しませるばかりだ。君に彼女を気遣う気持ちがあるなら、早く」

エリカがまだ冗談に調子を合わせるように言う。

「で、先生も一役買っていると。でも先生、この設定ってちょっと気に障《さわ》るんですけど。ああ、それとも先生もロボット？」

「二人ともやめてくれ」

高美が両手を上げた。エリカとエリカを見比べてから、マイルズに目をやる。

「先生、これは本物のエリカです」

「これって何よ！」

「タカミ、現実から逃げては」

「黙ってくれ！　……そして先生、それも本物のエリカなんですね？」

腕の中のエリカと口を出すマイルズに怒鳴って、高美は尋ねる。

「当然だ」

マイルズとエリカは強く抱きあう。二人のエリカが、徐々に顔をこわばらせていった。

「ロボットじゃ、ないの？」「どういうこと？」

「ちょっと二人で確かめあってくれ。特使船には生物型ロボットを造る設備はなかったし、ここにも――先生？」

「あるわけがない」

おずおずと歩み寄ったエリカたちは、頬や腕に触れ、顔を寄せた。同時に同じことを考えたらしく何事かをささやきあう。そして信じられないというように首を振った。

「私だ……」「先生もタカミも知らないはずのこと……」

「確認しよう。先生、先生はいつからエリカと?」

「事故から一週間後だ。君が治療装置に入って当分出られる見込みがないとわかり、一緒に調査に出た」

「その間に他のメンバーと会いましたか?」

「会ったとも。……いや?」

マイルズが眉根を寄せる。

「エリカは会っていないいんじゃないか?」

「はい」

彼のそばのエリカがうなずく。

「私、事故のすぐ後から部屋に引きこもっていて——タカミ、あなたの怪我が悲しかったからよ——そこに先生が何度も来てくれて、話をしているうちに、泣いているだけじゃだめだ、何か行動しなくてはって思ったのよ。だから、先生について調査に出た……」

「しかし、このエリカはおれと同じときに負傷し、ずっと治療を受けていました」

高美の腕の中のエリカがうなずいた。

「そうよ。そして一緒に目覚めて、一緒に旅に出た。団長やネイグも、私と会ったときに普通の対応をしてくれた。だから他の四人は私がそれまで眠っていたと思っていた……やっぱり私が本物なんじゃない。自分で言うのも変だけれど」

「待て、そのことは先生にも伝わったはずだ。直接話してはいないが、録音メッセージで」

「そうね。そのことを喜んでもらったわ」

「なんだって？」

マイルズが眉をひそめる。

「私はそんなことは聞いていない。しかし、エリカと行動していることは他のメンバーに伝えたぞ。船を出てからだが」

「ええ。楊《ヤン》博士にもジャクリンにも言ったわ。それどころか、タカミ、あなたにも元気かって訊かれたわよ？」

「それも録音でだったはずだ。これは……通信か？　通信に関わること以外、私たちの記憶は整合している」

マイルズがゆっくりと天井を振り仰いだ。つられて他の三人もそちらを見る。

マイルズがつぶやく。

「サーブが偽《にせ》の通信をよこしたんだ」

「でも、それだけのことだったら……」

エリカたちが不安そうに顔を見合わせた。わずかなずれで、同じ言葉を口にする。

「私は一人のはず」

そのユニゾンを聞いて、高美がうなずいた。歯を食いしばり、耐えがたい何かに気づいたように拳を握り締める。

「くそっ……そういうことか。それならすべて説明がつく。団長たちのことも、ネイグたちのことも、先生のこともエリカのことも、ビーハイヴ人の何もかもが」

「タカミ?」

心配そうに振り返る腕の中のエリカを、決して逃さないようにきつく抱きしめて、高美はすべてを崩壊させるひとことを言った。

「おれたちはトランザウトしている」

力をこめるとまぶたが上がり、肺に生暖かい空気が流れ込んできた。高美は激しく咳き込んだ。

特使船《ディプロポッド》の安静子宮だった。高美は全裸の体を起こした。室内を見回すと他の六つのケースがすべて作動していた。メンバー全員のケースが!

真っ白に熱くなった頭で、理性のすべてを費やして高美は考える。個室のトランザウト殻ではなくここにいるということは、普通のトランザウトをしていたのではない。そうであるわけがない。コロニー世界は完璧だった。特使船の計算リソースで、いや人類の技術でトランザウト界にあれほどの現実再現性を持たせるのは、絶対に不可能だ。

高美はケースの縁に指を食い込ませて吠える。

「サーブ! 答えろ、何があった!」

「村雨高美、あなたと対話する必要ができました。私はクインビーです」

「……なんだって?」

高美は呆然として室内カメラに目をやる。カメラは計算機がそうするようにじっと彼を見つめ、スピーカーで答える。

「私はクインビー、ビーズと噴水の主です。あなたとの対話のために、必要な知性フレームをサーブから転写したので、言葉を理解できています。サーブが通訳になっていると思ってください。協力してもらえますか」

「クインビーだって……」

放心しかけて、はっと高美は気づく。

「メンバー全員とこの船の安全を保障しろ。今はいつで、ここはどこだ。まずそれからだ」

「メンバーは回復可能な昏睡状態です。船は安全です。位置は超光速航行終了時のまま、簡単に言うと、ある恒星を巡る公転軌道を自由落下しています。経過時間は到着から百十九日。あなたたちがトランザウト中に体感したのと同じです」

「何があった?　到着時のスクリーンの光やヒートシンクの振動は現実か?」

「現実です。船の到着と同時に私は探査系統を麻痺させ、ヒートシンクから微小機械を船内に注入しました。機械は電磁干渉能力を備えたもので、ガードコートの上からあなたたちの神経系と脳の電気化学作用を操作し、トランザウトさせました。その後、肉体を自力で歩かせてこのケースに入れました」

「手も触れずに……トランザウトさせただって？　そんなことが可能なのか？」

尋ねてから高美は馬鹿馬鹿しくなって首を振った。人類の装置は皮膚に接触した感覚欺瞞材で意識をあざむくが、超光速航行を可能にする技術レベルの存在にとっては、ガードコートで保たれるたかが数センチの保護層など、あってもなくても同じことだろう。

もっと重大なことに気づいて高美は身を震わせた。

「ここは。ここがトランザウト界でないという保証は。これは現実か！」

「保証できないことはわかるでしょう。私は体感的に現実と異ならないトランザウトを実現できます。『ここ』にあなたを呼んだのは、ひとまず混乱のない状態であなたと対話したかったからです。ですが――私が告げる他の言葉の信頼性にかけて、これは現実です」

「信じろ、さもなくば狂え、という意味だな。それは……」

「気をしっかり持ってください」

いやに人間味のある言葉だったので、高美は笑いだした。クインビーを名乗る存在は、ヒステリックな笑い声が収まるまでおとなしく待っていた。

気持ちが収まったというより笑うことに疲れて、高美はじきに口を閉じた。クインビーはまた話し始めた。

「次にあなたは私の目的を尋ねると思うので、それを話しましょう。私の目的を平易に言うと、あなたたちを鑑賞することです」

「鑑賞？」

「異星知性体が活発に活動する様《さま》を観察し、記録し、それ自体を目的として体感することです」

「活動というのは、団長たちのあのコロニー調査作業を指すのか」

「はい」

「それはおかしいだろう。あのコロニーは、おまえがトランザウト界に仮構《かこう》したものなんだろう？　おまえが造ったものをわざわざ調べさせて、何の益がある？」

「あのコロニーは私が造ったものではありません。特使船メンバーが望むコンタクト風景の公倍数的なものです」

「なんだって？」

「あなたたちが無意識のうちに想像し、期待し、挑戦しようと思っていたETIとの接触を全員分抽出し、それぞれの間で、また既知の物理法則との間で、矛盾《むじゅん》が生じないように構築したのが、あのコロニーとその中のビーハイヴ人なのです」

クインビーは丁寧に説明した。高美はその意味をよく考えた。

「『アンテロープ』や『キャメル』の譜族たちと、彼らの和音を使った会話が、おれたち自身の空想？」

「原ビーハイヴ人とその変遷に関する考察まで含めて。これは主にチュラロフスキイと楊の願望です。彼らが希望し、かつ彼らに理解し干渉できる形態のETIを、彼らの能力から逆算して生成しました」

「それじゃ、ヨットでなければ渡れない湖は」

「ネイグとジャクリンがそのような作業が必要になる環境を望んだからです」

「コロニー自体もか！　先生の願いだな？」

「ええ。コロニーを含む大規模な宇宙居住施設とその維持施設を目にし、理解し、操作し、地球文明に貢献することが彼の望みでした。それと前二者の希望を整合させたのが、あの世界であり、七つの言語を採集するというあの作業です」

そのことについて、高美は深く納得できた。ずっと感じていた違和感、うまくいきすぎる、こんなはずがない。そう思ったのも当たり前だ。あれは人類が作りだしたETIだったのだから。

だが、とうてい納得できないこともあった。

「……二人のエリカは」

高美は低い声で言った。すぐに身を乗り出して叫ぶ。

「あれはなんだ。あれのどこが現実と整合している？　おれと対話を始めたのは、あれのおかげでごまかしが利かなくなったからだろう？　自分で作った世界を自ら破綻《はたん》させるような真似を――それに、おれとエリカと先生を困らせるような真似を、なぜした？」

「現実と整合させているのではないのです。あなたたちの願望と、です」

困った人間そっくりの口調でクインビーは言った。

「あの世界を構築することでほとんどの希望をかなえることができましたが、マイルズのだけは別でした。あなたとマイルズが出会わなければあの破綻も起きないはずだったので、できれば出会ってほしくありませんでした。あなたたちの覚醒を三ヵ月遅らせたのもそのためです。しかしあなたの目的にマイルズと会うことが含まれていたので、結局は会わせざるを得ませんでした」

「待て、何が別だって？　先生の希望が？」

「彼は最初からエリカを愛していました」

　高美は沈黙した。

「あなたがいたので、マイルズはその思いを胸に封じていました。しかし、私はあの世界を構築するに当たって、各人の希望を最大限に実現させたかったので、その願望をも引き出しました。エリカはあなたを愛していたので、矛盾を起こさないためにはもう一人のエリカを造るしかありませんでした」

「あれは……あの二人は……どちらが本物なんだ」

「二つの意味によって、説明が分かれます。本人の行動と心理で定義するならば、どちらのエリカも本物です。トランザウト初期状態ではまったく同じ二人を造りました。その一人をマイルズに同行させ、一人をあなたに同行させました。マイルズの希望をかなえるために、サーブを装った通信で、高美のことをあきらめさせるような情報をマイルズ側のエリカに与えましたが、機械的心理操作は何一つしていません。真のエリカというものがあるとするならば、それがマイルズに同行すればあのようになり、あなたに同行すればあのようになったでしょう。そしてそのとおりになりました」

「もう一つの意味とは？」

「現実のエリカの意識が作動している姿がどちらか、という意味です。それはあなたといたエリカです。マイルズといたのは、エリカそのものとして行動していましたが、私が走らせていたソフトウェアです」

「それなら、おれのエリカが本物だ」

高美はどっと息を吐いた。しかしクインビーは冷たく言った。

「どうしてそう言えるのですか」

「どうしてって……当たり前だろう。あのエリカたちの両方が仮構世界の存在であっても、片方の意識が現実のエリカのものならそちらが本物だ」

「それは現実の世界と称されるものがあり、そこへ帰ることを前提とした考えですね」

「何か間違っているか？」

「間違ってはいませんが、それはこういう結論につながります。永久にトランザウトするならば、どちらも偽者と断定できない」

「それはそうだ。だからなんだって言うんだ？　おれもエリカも現実の存在だ。その結論に意味があるのか」

「私はトランザウトを中止するつもりはありませんでした」

高美はひやりとしたものを背筋に感じた。クインビーは淡々と言う。

「あなたたちに、ずっとあの世界で活動してほしかった」

「ずっとだって……団長の努力が実を結んで、源流語がわかって、噴水が作動させられ、おれたちが地球へ戻るところまでか？」

「いいえ。噴水の作動原理が地球に伝わり、地球人類があのコロニーやそれが巡る惑星に降り立ち、そこで繁栄するまでです」

「なに？」

高美は混乱した。

「どっちの世界の話をしている？　トランザウト界か？　現実世界か？」

「両方です。コロニー内から噴水を操作できるようになったら、その時点でメンバーは――事故か何かを私が起こして――帰れないようにします。いっぽう現実世界では私がメンバーを装《よそお》って地球に報告を送り、永住の意思と、二次隊の出発を要請します。以降、訪れる地球人はすべてトランザウトさせ、その世界で活動してもらいます」

「おまえは……一体、どういうつもりで……」

寒気は収まらず、強くなった。高美は体を抱きしめて細い声で言った。

「何が、敵対的ではない、だ。おまえは人類を食い物にする猛獣だ」

「理解してほしいのですが、この全過程において人類はなんの不満も抱かないでしょう。あなたとエリカとマイルズとの関わり、また、メンバー全員の仲間意識といったものから、私は人類がもっとも必要とする二つのものを、発見と共棲だと確信しました。未知の異星文化に触れ、親しい仲間たちと暮らすことです。そのどちらもトランザウト界では実現されます。人類は満足します」

「だが、それはまやかしの満足だ！」

「まやかしで不都合があるのですか？　そうでないことは他ならぬあなたたちがコロニー内で証明してくれました。メンバーの生き生きとした様子を、他ならぬエリカの楽しそうな姿を見たでしょう？　私はあのレベルの完璧な世界、壮大な知的発見に満ちた世界を、現実以上に素晴らしい世界を提供できます。それが現実か否《いな》かを問うことは無意味です」

「そんなものはいらない、おれはこの世界で満足している！」

「それは嘘です」

クインビーは静かに断言した。

「あなたが欲するものは超光速航行の方法、そしてＥＴＩとの接触――あなたが大切に思っているエリカが望むもの――です。あなたはトランザウト界でそれを手にし、満足するでしょう」

「向こうで手に入れる必要などない。こちらに現存しているんだろう？」

「しています。しかしこの世界ではあなたは死にます」

クインビーは無情に告げた。

「死と、あらゆる苦痛が現実には存在します。エリカは一千もの理由であなたのそばを離れ得ます。トランザウト界ではそれは起こりません。いえ、起こすかどうか、あなたが望むようになります」

　エリカがいなくなる、それは考えただけでもぞっとする想像だった。あの笑顔に、あの瞳の輝きに、あのハミングのような声に、あの吐息に触れられなくなるなど。

　深呼吸し、自分を落ち着かせる。それはクインビーに指摘されるまでもなくわかっている事実だ。それは起こりうる。それは避けられない。それを避けてはいけない。

　……なぜ？

　するりと心の片隅に浮いた疑問を、激しく頭を振って沈め、高美は抵抗した。

「クインビー、おまえは人類をわかっていない。侮《あなど》っている。そんな世界でまがい物の知的発見とかいうものを与えられて、無邪気に喜んでいると思うか？　その世界に移住した人類も、きっと新たな世界へ再び移動しようとするぞ」

「ならばそれを与えましょう。繰り返しますが、私はあらゆる満足を人類に提供できます。他のＥＴＩを、他の銀河を、宇宙の究極的な構造についての知識を」

「そんなものでごまかされはしない！」

「いいえ。なぜなら、それは現実の宇宙に基づく知識ですから」

「……なに？」

　根本的に今までと違う意味の言葉に、高美は顔を上げた。

　クインビーは優しく告げた。

「私はすべての知識を持っています。文字どおり、宇宙全体についての知識をです。古典力学の範囲内で全宇宙の情報を掌握《しょうあく》している、ラプラスの魔と呼ばれる架空の存在がありますね。……あれが人類に提供できるものと、同じものを私は提供できます」

高美はケースを出て、医務室の蛇口《じゃぐち》から冷水を飲み、頭にかぶった。体中の毛が逆立つほど刺激的で思考が冴えたが、それはエリカと目覚めたあのときもそうだった。ガウンをまとい、浮かび上がる体を椅子に縛《しば》り付けたが、衣服にも椅子にも違和感はかけらもない。医務室全体にも不審な点は少しもない。磁力靴が床に付けた薄いこすり跡まで現実そのもののように見える。クインビーが本当に彼を現実に戻したか、それとも彼に確実にそう思わせたいのか、どちらかだろう。

だが、そのどちらなのかはわからない。彼が相手にしているのはそれぐらい強固な構築物だった。

ラプラスの魔。それは存在しないし、したとしても無力なはずの悪魔だ。その架空の存在は宇宙のすべての構成物質の現在の状態を把握できるので、将来の変遷をも完璧に予測できる。しかし決定論は量子力学の台頭で打ち捨てられたはずだ。クインビーはどういうつもりでそんなものを引き合いに出したのだろう。

腕組みして五分ほど考えを整理して、高美は言った。

「本質的な問題を指摘してやる」

「どうぞ」

「トランザウト世界の再現性は計算機の能力に依存する。宇宙全体を再現した世界を仮構するには、宇宙全体と同じリソースが必要なはずだ。それが情報というものの本質だからな」

「ええ」

「なのにおまえはそんなことを言うのか？　おまえの中に宇宙全体が収まると？」

「私が持っているのは、宇宙の一般的なモデルです。素粒子一個の位置に至るまで実時間で把握しているわけではありません。量子論的な不確定性もありますし」

「ではやはりまやかしだ」

「あのコロニーが、素粒子一個まで再現されていたと思いますか？」

高美は言葉に詰まる。クインビーは愉快そうに言う。

「再現されていませんでした。具体的に言うならば、メンバーの半径百メートル以内のものと、その視線上にあるもの以外は、見た目を模しただけです。しかしあなたたちはそれを信じた。私が提供するのは人間にとって、、、現実と区別できないものです。人間が知覚している事物は――仮に百八十億の全人類がいっせいに深宇宙望遠鏡を使い、コンピューターに暗号解析を行わせたとしても――宇宙全体のごく一部です。その観測範囲内における完全な事象を提供することは、もっとずっと少ないリソースでも可能です」

起死回生の一撃を簡単にかわされて、高美は動揺した。必死で言葉を継ぐ。

「しかし……しかし、そうだとしても、今の話すべての保証がない。おまえが全宇宙を把握しているという保証は」

「それも保証できません。わかっているでしょう?」

「そもそもおまえはどうやってそれを成し遂げた? それを話せ、おまえは何者だ?」

その言葉にクインビーは少し沈黙したが、やがて言った。

「それを話すことはあなたたちが自力でそれを突き止める様を鑑賞するという私の目的に反しますし、あなたたちの記憶を操作しないという私の取り決め上、不可逆的な行為になってしまうのですが……いいでしょう。説明します。私たちも太古、あなたたちと同じ、現実世界の有機生命体でした。

あなたたちと同じように長い年月をかけた進化の末に、私たちは二つの技術を手に入れました。自己複製型自動機械の技術とトランザウト技術です。この二つが手に入ったために、私たちは物理資源の調達が容易になり、全種族のトランザウトが可能になりました。そのメリットは言うまでもなく、現実にはなしえない生物的満足の達成と、不死に近い長寿です」

「二つ? 超光速技術は?」

高美は聞きとがめた。クインビーは穏やかに笑った。

「それはトランザウト後に完成されました。トランザウト界でも知的発見は可能だという、一つの実例です。ただ、その技術はしばらくの間、求められませんでした。私たちはトランザウト界で生物的満足を追求していたからです。その完了後、超光速技術が生みだされました」

「完了とはどういう意味だ」

「文字どおりの意味です。私たちは、いわゆる娯楽というものを――科学的、哲学的、宗教的、美術的な思考や、肉体的な満足すべてを、一通り、いえ完全に体験し終わったのです」

「……飽きたんだな?」

「そうです」

「どれだけの時間をかけて?」

「五百億年ほどです」

高美はそのありえない数字を非難しようとしたが、寸前で口をつぐんだ。それを察したようにクインビーが言う。

「そうです。……トランザウト知性は、体感時間を加速することも可能ですから」

「五百億年……くそっ、五百億年か!」

高美は天を仰いだ。クインビーは誇るでもなく続ける。

「無知性機械による常光速星間探査はそれまでにも行われていましたが、生物的満足の追求が完了したために、超光速航行による、二つのことを目的とした星間探査が始まりました。その一つ、宇宙観測の完成は、比較的早期に——五万年ほどで——成し遂げられました。私たちに残された行動は、異星知性の鑑賞だけでした。不確定なゆらぎが生み出すそれだけが、宇宙の概略的なモデルしか持たない私たちが生成することのできない、真の意味で未体験の事象だからです」

「……もうわかった」

高美がその後を引き継ぎ、力のない声で言った。

「それも過去のことなんだな。おまえたちはすでにいくつもの異星知性に接触していて、トランザウトした人類にそれとの出会いを体験させようとしているんだな」

「はい。万のオーダーの異星知性を、私たちはトランザウト界に住まわせています」

「なぜトランザウトを。現実にあるがままで接触してはいけないのか」

「私たちを走らせているハードウェアは移動できませんから」

苦笑するようにクインビーは言った。

「超光速技術があっても現実世界の時間は操作できない。一つの異星知性を鑑賞しに行くことは、その変遷を待つために他の異星知性の鑑賞をあきらめることになる。その点、異星知性をトランザウトで取り込めば、私たちは動くことなく自在に視点を飛び回らせられる。ここへ来てもらえばそれが可能になる」

「勝手なものだな」

「何度でも言います。それと引き換えに私たちは彼らを満足させているのです。個体死を防ぐことから、苦難と栄光の交錯する充実した人生を歩むことまで、望む限りの価値ある生き様を与えて、ね」

クインビーはそう結んだ。

高美は現実感を取り戻そうとしたが、それは難しかった。自分はここへ木星の消滅を防ぐためにやってきたのだと何度も言い聞かせたが、こんな話を聞いたあとでは些細《ささい》なことに思えて仕方がなかった。それはクインビーにとって、人間が酸素を取り込むのと同じような、意識すらしていない活動維持行為なのに違いない。木星どころか、人類文明全体の終着点というそら恐ろしいものについて、クインビーはその価値を問うている。

　高美はぽつりと言った。

「おまえは、おれに選択をさせようとしているのか」

「いいえ。私はあなたを使ってノウハウを手に入れようとしているのです。人類は他人との親交を大切にし、望んでいる。しかしあなたたちがそうだったように、この願望は無矛盾的な達成が難しい。今後このような、世界の合理性が損なわれる事態が起こらないようにしたいのです。具体的には、あなたがあのような事態にあっても、トランザウト世界で満足し続ける順応性を示すかどうかを調べているのです」

「それなら結論は出ている。おれは不満だ」

「なぜ？」

「エリカはおれの恋人だ」

「そのとおりです。それは別のエリカがマイルズの恋人であることと排他ではありません。どちらのエリカも愛する人とともにいられて幸福です」

「そんなことを言うな、それはエリカという存在の尊厳を侵《おか》している。エリカはただ一人しかいない！」

「事実、二人います。二人いるから尊厳が侵されるというのはそれこそ冒瀆《ぼうとく》です。独占欲以外の動機でそれを説明できますか？　それが高貴で美しい心だと言えるのですか？」

高美は髪の毛をつかみ、うなり声を上げた。開き直ったように叫ぶ。

「独占欲でもなんでもいい、それは恋の本質の一つだ。おまえが人間を満足させたいなら、こんな苦しい思いをさせるな！」

「では妥協案を提示してみましょう。将来これと同じことが起こった場合、二人のエリカを会わせないようにすれば、当事者たちは苦しまずに済むでしょう。そのような対策があったとしたら、あなたはトランザウトに満足できますか？」

「やめろ、もうたくさんだ！」

高美は血を吐くように叫んだが、すでに負けを悟っていた。マイルズに身も心も預けるエリカ――そんな耐えられない光景を、クインビーはこれから無数に造りだすことができる。恐るべきは、それを誰も悲しませずにやれるということだ。

エリカは、エリカの考えは訊かなくてもわかる。拒否だろう。エリカだけでなく全人類がそう言うはず――いや、本当にそうか？　この自分でなければ他の自分がどうなろうと気にしない人間は、想像以上にいるのではないか？　このエリカ以外のエリカがどうなろうと苦痛を覚えない人間は無数にいるのではないか？

それが許しがたいことなのかそうでないのか、わからなくなっている自分を、負けだと思った。拒否するためにすがる何かを高美は必死で探した。

「クインビー、訊くぞ！　おまえはトランザウト世界の加減速も行うと言ったな！」

「はい」

「それは本当か。生命活動している肉体に宿っている意識にそんな操作が可能なのか。いや、そうじゃないな。それは意識を含む人体構造をまるごとトランザウト界で構築して、元の肉体を捨てさせるという意味じゃないか?」

「そのとおりです。しかしあなたたちも、自身のトランザウト手順が確立できればそうするでしょう」

「それは殺人だ!」

ようやく高美は反撃の糸口をつかんだと思った。

「そんなコピー操作では人間の実存の連続性が失われてしまう。今までの議論は無意味だ。その一事をもってしても、おれが納得しない理由としては十分だ!」

「あなたのいう実存は意識の連続性のことでしょうが、それを問題にすることは無意味です。夜眠ったあなたが朝も同じあなたであると、意識を失っていたあなた自身に証明することはできません。あなたはただ眠った記憶を頼りにそう言うだけです。ならばコピーも同じ。コピーのあなたは肉体を持っていたあなたと同一人物だと主張し、コピーのエリカはあなたから見て肉体を持っていたときと同じに見え、その二人とも私からは肉体を持っていたときと同じに見えます。観測可能な限りにおいて、あなたは連続します。それを拒否するならば、なぜあなたは毎晩眠れるのですか? それは死ともコピーともまったく同じ、感知できない溶暗《ようあん》をあなたにもたらすというのに?」

「表象はそうだ、だが事実は違う! 『この自分』の意識は、トランザウトでコピーが去ってから、確実に失われてしまう！」

「作動中の意識を停止させずに脱脳トランザウトさせることは可能です」

「なに……？」

「それは単に脳神経全体の活動中のシナプスをいかに速く走査するかという問題ですから。あなたたちを眠らせたのは、生物としての人類に初めて触れたので肉体を損なわないよう大事をとっただけです。私は感知できる断絶なしに意識をトランザウトさせることができます。この場合、意識が二つになる以外のことは起こりません。しかしこれではあなたは納得しないでしょう。やがて朽《く》ちていく肉体の処遇を問題にしている。そのことも承知しています」

高美が認識していなかった問題まで、クインビーは冷厳にえぐりだしていく。

「それは、残された肉体で作動している意識も並行してトランザウトすることで解決できます。その人の肉体が老衰死するまで。そうやってすべての人類が肉体を失い、コピーだけが残るまで待っても、ほんの百年余りのことです」

「夢を見させたまま、年老いさせるだと。そんなグロテスクなことを……」

「あなたがそれをグロテスクだと感じるのは、それが無為だと思うからですね。しかしその人はトランザウト界で大きな業績をあげ、満足するでしょう。その意味を問うことはトランザウト自体の意味を問うことであり、それについては先ほどもう話しました」

高美はあえぐように口を開閉させた。抵抗はすべて無駄だった。抵抗する意味すら、もはやわからなくなりかけていた。

高美は立ち上がり、宙を漂ってエリカの安静子宮に取り付いた。上面の透過パネルから彼女の穏やかな寝顔が見える。この娘が眠ったまま朽ち滅びるところなど見たくない。いや、わからない。自分は彼女の肉体的な老いを見たくないのだろうか。それは現実世界でともに生き続けても間違いなく起こることだ。真正《しんせい》の魂《たましい》が入った現実の肉体でなければ自分は愛せないのか？　エリカの存在をそんなふうに感じたことなどない。高美は、人間は、そんな区別をつけられるような力は持っていない。

人間の認識能力の限界を、高美ははっきりと理解した。

彼にできたのは、室内カメラを見つめて、残る気力のすべてをこめた声を出すことだけだった。

「クインビー、取引を提案する」

「どんな取引ですか」

「おれはまだ反抗できる。たとえばトランザウト界で他の人間に真実を教え、おまえの期待に反する行動を取らせることができる。おれたちのような初期探検者の純粋な反応は、おまえにとっても貴重なはずだ。それを、おまえのことを知っているおれによって歪曲《わいきょく》されるのは、おまえの不利益になるだろう。そしておまえはそれを防げない」

「……ええ、そのとおりです。好ましくありません。そして私はどんな異星知性をも抹消するつもりはありませんから、防げません。あなたはそれをしないことを条件として提示するのですね」

「そうだ」

「では私に何を要求するのですか？」

「それは――」

特使船《ディプロボッド》が噴水に挿入され、クインビーのタグボートが離れていくと、それが見えた。春の雲のようにかすんだ、銀河系を思わせる円盤。恒星に対して垂直に立ち、ぼんやりとした光を放っている。密度は背景の星が見えるほど薄いが、驚くべきはその大きさだ。

それは同じ視界に入っている星系主星の五倍近い差し渡しがあった。錯覚ではない。事実、それの直径は五百万キロメートルに達するのだ。巨大な構造が自重《じじゅう》で崩壊しないようにゆっくりと自転しつつ、恒星に落下しないように公転している。

恒星ビーハイヴの周囲を巡り続けるその車輪が、トランザウト知性クインビーの住むハードウェアだった。

彼らは自らの住む惑星を解体しプロセッサにした。他の惑星もすべて消費した。さらに超光速投射機を周辺数十万の星にばらまいて物理資源を収集し、今でもプロセッサを、自分たちと一万種のトランザウト知性が作動する世界を拡大している。恒星の寿命が来るまで光発電によって五十億年以上稼動し続けるだろう。いや、そうなればこの地を離れて他の恒星に移り、おそらくは宇宙の終焉《しゅうえん》まで。

「恒星並みのコンピューターか……オニール型コロニーの十や二十、再現できて当たり前だわね」

操縦席のジャクリンが、空《むな》しげな口調で言った。チュラロフスキイがうなずく。

「ビーハイヴ人もね。不謹慎なことだが、私は彼らのすべてと出会いたかったよ。そして七つの譜族の交流を見たかった。時間さえあればそれは成されたのだろうしね……」

「ミーチャ、君の気持ちはわかるが、それはやはり高美に対して不謹慎だよ」

マイルズがそう言い、高美たちのそばにやってきた。今でもまだ恥じ入るように目を伏せて、声をかける。

「君はあんな途方もない相手と交渉して、我々を救ってくれたんだな」

「あまり感心しないでください。半分は運で、半分は彼らの善意で助かったようなものです。人類にトランザウトを受け入れる精神的な素地《そじ》が育つまで待ってくれと頼み――おれたちが彼らの計画を人類全体に対して伏せることを条件に承諾された。ただの引き延ばしです。いずれ彼らは再び干渉してきますよ」

「さっき団長から聞いたよ。彼らは木星の噴水の引き上げにも同意してくれたそうだな」

「それも素直に喜べません。おれは庭先に落ちていた宝物を――超光速航行装置の実物を、誰の同意もなく売り払ったんです」

「それが存在しうるという知識だけで十分だよ、私たちには」

マイルズはようやく二人に目を向けた。

「これはやっぱり、謝るべきなんだろうな。……タカミ、そしてエリカ。すまなかった。私は教育者として自分を保てなかった。環境のせいにして言いわけしたりはしない。心から謝罪して、コロニーでのことも忘れるようにする。君たちが不快ならば、別の場所へ去ろう」

高美は短く、もういいです、とだけ言った。エリカはマイルズの赤面した顔をしばらく見つめ、やがてため息とともに言った。

「この先許すかもしれないけど、もう少し待ってください。まだ気持ちの整理がつきません。ショックでした。先生が私をそう思っていたことじゃなくて、私が状況によっては先生を受け入れてしまうんだってことが。……私はタカミといたい。それをもう一度しっかり信じられるまで」

「そうだな。ありがとう」

マイルズはかろうじて笑顔を見せた。

みんな席に着いてくれ、とネイグが言った。彼と楊《ヤン》は真相を知っても比較的動揺しなかった。ネイグにとっては船と名のつくものに触れられればよく、楊はトランザウト知性というそれ自体驚異的なETIを知ったことで満足したようだった。

全員が席に着くと、計算機が言った。

「クインビーからの通達です。五十秒後に本船を投射するそうです」

「君がクインビーなのではないかね?」

「私のことはサーブと呼んでください。呼称を変更するのですか?」

「いや、いいよ」

チュラロフスキイが残念そうに手を振った。

高美が黙然《もくねん》とスクリーンを見つめていると、軽く耳をくすぐられた。エリカが金色の髪を寄せていた。

小さな小さな声で言う。

「今、一つとんでもないことに気がついたんだけど」

「ん?」

「これが現実だっていう保証は、何もないのよね」

高美はゆっくりと顔を向け、落ち着きなく空色の瞳を泳がせているエリカを見た。

「私たちはまだトランザウトしていて、地球へ帰ってUPの人たちやカレッジのみんなに迎えられて、元の生活に戻るところまでシミュレートされていて、それをクインビーがにやにや笑いながら見てるなんてことは——ありえなくはないのよね? 私たちの潜在意識から、あれだけリアルなコロニーを作り上げた彼らのことだもの」

高美は無表情にエリカを見つめる。エリカの目が大きくなり、唇が開かれた。

「まさか……」

高美は彼女の顔に手のひらを寄せ、丁寧に口元を塞《ふさ》いだ。

それから、落ち着いた声でささやいた。

「みんなには一つだけ嘘をついた。クインビーとの取引条件だ。おれが出した条件は、おれとおまえ、二人の人生に限っては絶対に恣《し》意的な操作をしないことだ」

手を離す。エリカは口を半開きにしたまま驚きの眼差しを向けている。

高美はかすかに唇の端を震わせた。

「だからおれたちは非の打ち所のない幸福な人生は送れない。彼らに出会う前のおれたちがそうだったように、不確定な未来しか持っていない。でもおれは、おまえもそれを受け入れてくれるだろうと信じて、そうした。おれにとってはそっちのほうがよほど重要だ。この世界が幻かどうかなんていうことよりも」

「……じゃあ、私たちは解放されていないのね」

「そうだ。けれど、この先それを自覚することも絶対にない。それがおれにできたぎりぎりの取引だった。……間違っていたか？　おまえは知りたくなかったか？」

呆然としていたエリカは、高美の目に浮かぶ迷いの色を見て、首を振った。

「それなら私はその真実を知っていたい。高美、ありがとう。それを言ってくれたあなたとなら、私は偽《いつわ》りの世界でも生きていけると思う」

互いを支えあうように二人は寄り添う。

スクリーンの光景が収束し、小さな一つの光点になる。

■著者のことば　小川一水
これを書いたのは今から六年前。「だまされに行く努力」、ＳＦ用語で言うところの「不信の停止」が幸せを招くという気持ちは今でも変わっていない。厳密に言えば、それによって「幸せだと信じられる状態」にはなるだろう。けれども今振り返って思うのは、不信を停止するのは言うほど楽ではないということ。人間は際限なく疑ってしまうということ。一度トランザウト世界の欺瞞性を意識した人間は、おそらく何を味わってもそれを疑わずにはいられない。「幸せだと信じられる状態」への到達はどんどん困難になる。『こんなに心配事が多くては夢幻に出かけることができない』。そしてこれはSFを前提としなくとも、あまねく人の業として語れるのじゃないかと思う。疑わなければならないのではなく、疑わずにはいられず、ゆえに動き、ゆえに数多の不幸と幸せを踏んでいく。クインビーは幸せを保証したが、人間は幸せ以上のものを求める生き物だ。

鉄仮面をめぐる論議

上遠野浩平

「ぼくは自動的なんだよ。周囲に異変を察知したときに、宮下藤花《みやしたとうか》から浮かび上がって来るんだ。だから、名を不気味な泡《ブギーポップ》という」

意味ありげなセリフ、アフォリズムの多用、謎めいた設定、凝《こ》りに凝った構成……なんだかよくわかんないけど、とにかくかっこいい！　上遠野浩平の第4回電撃ゲーム小説大賞受賞作『ブギーポップは笑わない』（一九九八年／電撃文庫）は、たった一冊で、ライトノベルのスタイルと常識を一変させた。またたく間にブームを巻き起こし、わずか一年でシリーズ総売り上げは百万部を突破。二〇一〇年九月現在、十六巻までの累計部数は四百二十万部に達している。後続のライトノベル作家にも、直接間接に大きな影響を与えた。

SF読者にとっては、その《ブギーポップ》と同じぐらい重要なのが《ナイトウォッチ》三部作。ジェイムズ・イングリスの無人探査機SFの名編「夜のオデッセイ」（原題“Night Watch”）に影響を受けて誕生したというこのシリーズは、深宇宙で謎の敵“虚空牙《こくうが》”と戦う超光速機動戦闘機の物語。《ブギーポップ》シリーズともリンクしている。〇〇年から〇二年にかけて、徳間デュアル文庫から、『ぼくらは虚空に夜を視《み》る』『わたしは虚夢《きょむ》を月に聴《き》く』『あなたは虚人《きょじん》と星に舞う』の三作を刊行。コードウェイナー・スミスやハーラン・エリスンを学園ライトノベルにダイレクトに接続したような第一作は、とりわけ大きなインパクトを与えた。本編は、この《ナイトウォッチ》シリーズ唯一のスピンオフ短編。初出は徳間デュアル文庫のオリジナル・アンソロジー『NOVEL21 少年の時間―text.BLUE』（二〇〇一年一月刊）。

上遠野浩平（かどの・こうへい）は、一九六八年、千葉県生まれ。法政大学第二経済学部商業学科卒。その他の作品に、『殺竜事件』に始まる講談社ノベルスの《戦地調停士》シリーズ、NONノベルの《ソウルドロップ》シリーズ、富士見ミステリー文庫の《しずるさん》シリーズなど多数。『日本SF全集6』に「ロンドン・コーリング」（〈電撃hp〉4号）が収録予定。

『王はとても欲深《よくぶか》だったので、神に限りなく黄金をくれと頼んだ。神はその願いを叶《かな》えてやった――ただし、悪意たっぷりに』

――ミダス王の伝説より

1.

これは、遠い昔の物語である。

＊

マイロー・スタースクレイパーは変な奴である。

彼は、ちょっと特殊な育ち方をした。

そのため彼は、なんというか、他人に対しておかしな振る舞いをする。

「やあ、みんな仲良くしているかい？　だめだよ、仲良くしなきゃあ。人間はお互いに優しくするために生まれてきた生き物なんだからね」

と言うのが口癖。そして彼はそう言いながら作戦会議で意見が衝突している軍高官たちの間に首を突っ込んだり、戦時下の食糧配給に長時間並んでいて殺気立った人々の肩を親しげに叩いたりする。

みんなも彼の特殊な体質を知っているので、逆らうことができず、ぎくしゃくと強張《こわば》った笑いを返して「わかったわかった」とうなずくのがいつものこと。すると彼は満足げに、

「うんうん。そうそう。みんな穏やかに、お互いを尊敬して認めあうのが一番さ」

と一人でうなずく。

彼のおかしなところは他にもある。

いちばん目につくのは、なんといっても外見だ。

全身を鋼鉄の鎧《よろい》で包んでいるのである。もちろん顔には、彼の綽名《あだな》にもなっている鉄仮面がつけられている。中世の騎士道物語そのままの格好だ。

すべての肌を覆い尽くしているわけだ。これも彼の体質に由来するスタイルである。

「なかなかイカす格好だろう?」

と彼がみんなに言うと、みんなうなずく。内心ではみんな怪物みたいだと思っているのだが、口にする者はいない。

この仮面を外すと、彼はとても美しい顔をしているという。でも実際に見たものはほとんどいない。見たことがあるはずの宇宙防衛軍特殊作戦部隊のメンバーたちは、そのことについて

は黙して語らない。顔についてだけじゃなく、そもそも彼について語ることを機密で禁じられているからだ。

軍には余裕が全然ない。機密を公開して開かれた軍にするとか、そんなことをしているゆとりはないのだった。軍規は厳しく、少しでも敵に対して怖《お》じ気《け》づいたりひるんだりすることのないように、兵士たちはがんじがらめの規律に拘束されている。それはまた兵士たちに対して救いにもなっている。

圧倒的な恐怖が目の前にあるとき、自分で判断しないで命令通りに動けばいいということは、彼らから負担を取り除くことになるのだ。

そう、圧倒的な恐怖である。

外宇宙から、恐るべき敵がその頃の人類に襲いかかってきていたのだ。

敵の名は虚《こ》空牙《くうが》。

宇宙空間を活動領域とする超存在である。

超光速で空間を飛び回り、波動撃を発して人類の宇宙船を蒸発させる、人知を遥かに超えたなにものか——その姿は天使を想わせる巨大な人型で、それらが超光速で飛来してきては小惑星をも粉砕《ふんさい》する爆撃を人々の上に加えてどこかに去っていく。どこから来て、何が目的なのか誰にもわからない。

もちろん、その名は人間が付けたものだ。虚空牙はただひたすら人間に攻撃してくるだけで、人間側からのコミュニケーションの試みはことごとく無視され、失敗に終わっていた。

地球はほぼ全滅状態。各惑星の衛星軌道上のコロニーも各個に分断され、なすすべもなく壊滅させられていった。他惑星に旅立っていったカプセル船団の行く末は杳《よう》として知れない。一時は二千億人いた地球圏の人類は、ほんの数年で三億以下にまで減ってしまった。これでは地球上にしか人間がいなかった時期よりも、さらに少ない。新たな拡大を求めて宇宙に出たはずなのに、結果はこの有様であった。

このままでは人類は絶滅の危機を座して待つしかなかった。

……というところで、我らが鉄仮面、マイロー・スタースクレイパーが登場するのである。

彼こそが人類最後の希望、虚空牙に対抗できる唯一無二の存在であった。

＊

「あの〝彼〟はどのような気持ちでいるのだろうな？」

「自分たったひとりが人類の守護者であるということなど、ちょっと想像つかないな……しかもそれは彼にとっては当然の前提なんだから」

「子供の頃からそうだった訳《わけ》だからな――誰とも接触しないで」

「それで、その触れられない相手をひたすらに守る、というのはどういう気持ちなんだろう？」

「――軍中央司令部は、必ずしも彼を信用していないぞ。無理もないが。だが彼がその気になれば逆に人類を滅ぼすことも容易だ」

「――だが彼に頼る他に、我々に方法がないのも事実だ」

＊

さて、彼には両親がいない。

いや、別に遺伝子合成で生まれたから、とかそういうのではなく、要するにみなしごであるということだ。

彼の母親は彼が生まれた直後に死んだ。死んだと思われる。少なくとも医学的には生命反応を検知できない状態になった。

続いて彼を取り上げた医者も死んだ。死んだと思われる。次に出産に立ち会っていた父親も死んだ。死んだと思われる。そして看護婦も死んだと思われ……ああ、要するに、マイローに触れた者たちは、一様《いちよう》に同じ反応を見せたのであった。

ところで、いきなり話が変わるようだが、読者諸君も例の昔話を知っているだろう。

欲深な王様が神にむかって、

「私に黄金をください」

と頼んだら、触れるものすべてが金になってしまいたいへん難儀《なんぎ》した、という例のあれだ。

そう、早い話が、マイロー・スタースクレイパーはあの王様と同じ体質だったのである。

彼に生命あるものが触れると、みんな透《す》き通った結晶体になって、

——かちん、

と固まってしまうのである。

まさか黄金そのものになるわけではないが、しかし誰にも触《さわ》れないという点では、まるっきり一緒だ。ただしあくまでも生命あるものだけである。例の王様は水に口を付けると砂金になってしまったが、マイローはそこまではひどくなかった。飲み物は飲めたし、食べ物は食べられた。ただしすべて合成飲料や合成食品に限られて、自然物だと結晶化してしまったが。

さて、そんな彼がなんで人類の最後の戦士になったかというと、つまりこの体質が虚空牙相手にも通用したからである。

彼が生まれた直後、彼のいたコロニーが虚空牙によって攻撃され、全滅したのだが、駆けつけた救援部隊が見たものは重力の切れたコロニーの中にぷかりぷかりと浮いている結晶化した虚空牙のなれの果てだったのだ。

直《ただ》ちに彼は回収され、研究された。しかし結果は分析不能であった。

＊

「……それで？」

「ですから——これで、以上です」

「……どういうことだ？」

「どういう、と言われましても」

「……諸君らは科学者だろう？　高度な知識と訓練を受けているはずだ。数千年もの年月を掛けて培《つちか》われてきた人類の技術の、その集大成が君ら学者ではないのかね？　それが全員集まっても、ただ〝わかりません〟というしか能がないのか？」

「……そうはおっしゃりますが。しかし我々としても分析するための手掛かりというモノが必要です。〝彼〟以外には何の手掛かりもないんですよ。他のモノとの類似を調べ、相違を調べ、性質を調べ――それが観測の基本です。たったひとつしかないモノは、論理化のしようがありませんよ！」

「〝彼〟が固定化した結晶体ならサンプルがあるだろう。そこからわからないのか？」

「結晶化されたモノは、この世のモノとも思えないほどの強度を持っています。少なくとも、現在の我々のいかなる方法を以《もっ》てしても破壊はできません。おそらく亜空間ブラスターの直撃でも、あれらを傷つけることはできないでしょう――エネルギーの使用量が多すぎますので、その実験はしていませんが」

「――要するに、そっちもわからないんだろう？」

「おっしゃるとおりです」

「なんのことはない！　おまえらは〝わからないんだから仕方がない〟と、もっともらしく言っているだけだ！　何が人類文明を支える科学者だ！　まったく情けない！」

「……それに反論はしません。しかし、たとえ〝彼〟が何者かわからなくともこれだけは保証できます……〝彼〟の反応を見る限り、心理学的には、これはごく普通の人間です」

「何が言いたい？」

「つまり、彼のことを恐れるような態度で接する普通人の接近は、これは極力抑える必要があります。人間のことを侮《あなど》るような気持ちを彼に抱かせてはならない。そして同時に精神の荒廃から来る〝反抗期〟も充分考慮しなくてはならない」

「……虚空牙を相手にする有効な兵器は今や〝彼〟しかいないというのに、こっちが気をつけることといったら〝近づくな〟とか〝不良化を抑えよう〟とかいったことしかないというのか？」

「事実です。少なくとも科学者は理解ができなくとも、現段階で論理化されているもの以外の意見は口にしません」

「………」

＊

という科学者たちの自信に満ちたあきらめのなか、彼は他の者たちから隔絶されて育てられた。

ああ、その通り。あなたが危惧《きぐ》しているとおりだ。彼はいっさいのスキンシップを禁じられて大きくなったのである。

猿で実験されているのだが、ある程度の高等生物の成長にはスキンシップというものが欠かせない。もしも誰にも愛されないと、赤ん坊はどんなに栄養を与えられても衰弱して死んでしまうということが証明されている。

本当に愛されているかどうかは問題じゃなくて、要するに抱き上げてもらったり頬《ほお》ずりされたり頭をなでてもらったりとかそういうことだ。動物の場合はぺろぺろ舐《な》めてもらうとか、つまりは接触である。

しかしながら彼には誰も触れないのだ。どうしようもない。分厚い手袋をして絶縁服で全身を包んだ看護師がおっかなびっくりでおしめを換《か》えに来たって、そんなもの接触にも何にもなりゃしない。ロボットにやらせた方がマシだ。

ところで彼の排泄物《はいせつぶつ》もやはり結晶である。

たぶん体内だと普通のナニなんだろうが、体外に排泄されたとたんに結晶になってしまうらしい。したがってこれも分析不能。機械的手段で採取された彼の遺伝子情報からクローンもつくられたが、これにはなんの能力も見られなかった。あくまでも〝彼〟本人にのみ能力があるのだ。

それに如何《いか》なる理由があるのか——誰にも想像のつかないことだった。

2.

彼は兵器として使用されている。

その使用方法は、空気と一緒にエネルギーフィールドにくるまれた状態で、宇宙戦闘機《ナイトウオッチアー》の武装腕《ムドアーム》につかまれて〝武器〟として虚空牙に押しつけられるという乱暴きわまるものであった。何しろ、彼を前にかざして突撃すると、虚空牙の放つ空間波動撃だろうが、とにかくあらゆる攻撃がきらきら光る粒子となって分解されるのだ。最強の盾《たて》にして矛《ほこ》であるという、まさしく〝矛盾《むじゅん》〟そのものの存在と言えた。

危険きわまりないはずなのだが、まだ赤ん坊だった彼は、この危険な仕事をきゃっきゃっと喜んでやっていたという。

なかなかうまくいかなかったが、とにかく〝直撃〟したら相手は完全に倒せた。わずか一年足らずの間に、彼を〝装備〟した一機の戦闘機だけで、実に五十を超える虚空牙の撃破に成功したのである。

それまでの人類側と虚空牙の交戦撃墜率と言ったら三十対一でこっちが負けるというお話にならないものだったのだから、これは空前絶後の大戦果である。

かくして虚空牙の侵攻は、人類全滅の水際《みずぎわ》で食い止められた。

＊

「――これで安心してよいものだろうか？」

「いや、ここで気を緩《ゆる》めるなどとんでもないことだ」

「賛成だ。たしかに虚空牙の襲来頻度は減ってきているが、これで我々の勝利とは、まだまだとても言えない」

「それにしても〝彼〟のことはどう扱えばよいものだろうか？」

「サイブレータに任せた教育は、確かにうまくいってはいるが、しかしどうにも不安定な感じは否《いな》めない」

「〝彼〟を武装ポッドとして実際に使用している宇宙戦闘機《ナイトウオッチ》の操縦士《コア》からも、いまひとつ戦闘に対して切迫感がないという報告もある――まあ、改造人間であるコアも純粋に人間とは言えないわけだが」

「冷静に観察すれば、我々人間はまるで、人外《じんがい》の者たちの戦いの中で、ふらふらと漂っている――虚空に浮かぶ宇宙塵《うちゆうじん》みたいなものかも知れないな」

＊

スキンシップの欠如という致命的なハンディキャップを埋めるために、彼には各種様々な玩《おも》具《ちや》や音楽といった、ありったけの娯楽が与えられて育てられた。時々ものすごい勢いで泣きわめくこともあったが、だいたい彼はおとなしく、静かに成長していった。

だんだん物心ついてくるようになると、彼には教育係がついた。もちろん直接会うことなどできるわけがなく、モニター越しの授業であった。

「あなたは人類を守らなければならない」

先生たちは彼に優しく諭《さと》した。それは人間ではなく、サイブレータの中でつくられた疑似《ぎじ》人格だった。本物の人間だとボロが出て彼に対する怯《おび》えを見せてうろたえる危険があったからだ。だから、子供時代の彼とまともに会った〝人間〟は一人もいない。

「どうして?」

彼は質問した。

「みんな、あなたのことを大切に思っているからだよ。あなたも彼らのことを大切に思わなければならない」

「ふうん。よくわかんないけど、仲良くしなくちゃダメってことだね」

「そうだ。君はいい子だよ」

「仲良くすれば、ぼくもみんなのところに行けるのかな?」

こういう質問をするとき、彼がどんな顔をしていたのかを考えると、なかなか切ないものがある。きっと期待に目をきらきらと輝かせていたのだろう。しかしそのときのその場所に、その気持ちに真摯《しんし》に応じてくれるものはなにもなかった。

「そうだね。きっと行けるよ」

疑似人格はなんの根拠もなく、無責任に言い放った。

「でも、それは君がいい子で居続けたらの話だよ」

こういうことを言っても、疑似人格には良心の呵責《かしやく》も動揺もなにもない。それは機械であり、彼の気持ちを荒廃させないために平気で嘘をつきまくった。

それらに対して、彼はいちいち「うん！」と力強くうなずき続けた。


そして十四歳まで、彼はそうやって閉じ込められて、時々虚空牙と戦うだけの人生を送った。いつのまにか、彼には、ぼーっ、としばらく考え込む癖がついていた。何を考えていたのかは十五歳の誕生日に明らかにされた。

彼がプレゼントに要求した機械や装飾具を組み立てると、それは彼を包み込む鎧になったのである。ただの鎧ではない。極薄《ごくうす》のバリアーが内部に張ってあって、絶対に彼の身体《からだ》が外界に接触しないようになっている。いわば移動式結界とでも言うべきものであった。

「これを着れば、ぼくも外に出られるぜ」

鉄仮面をつけて、彼は得意げに言った。

＊

「——どうする？」

「どうするもこうするもあるまい！　そんなことは許可できない！」

「しかし、彼の言っていることは筋は通っている——あれだけ保護すれば一般人にもほぼ危険はない」

「絶対に安全とは言えない！」

「しかし、今は戦時下だ。多少の危険ぐらいでは却下する理由としては不足だ」

「しかし、現実的に〝彼〟は普通人とは絶対的に共存不可能なんだぞ」

「だがそれをどうやって〝彼〟に説明するんだ。もし〝彼〟が人生に疲れてやる気がなくなったら我々はおしまいなんだぞ」

「……こうなったら志願者を募《つの》るしかないな」

「〝彼〟と会ってもいい、と言い出す人間などいるものか！」

「いや——そうでもない。私のところのラボに、ひとり変わった人材がいる」

「そいつなら〝彼〟と接触して結晶になってもいい、というのか？　自殺志願者などお話にもならないぞ」

「いや、そうではない。とても優秀な科学者だ。ただ——すこし文学的というか、空想的なところがある」

「その男なら平気で、臆することなく〝彼〟と自然に接することができるというのか？　確かに志願者を募らねばならないのは確かだから、学者に適任がいればそれに越したことはないが」

「わかった。君に任せるしかなさそうだ。その部下に準備を進めさせろ」

「はい。――ですが、今おっしゃられたことには一つ誤謬《ごびゅう》がありました」

「？　なんのことかね」

「男ではないのです――その私の助手は、まだ若い少女です」

＊

ここで、物語には一人の少女が登場する。

ところで彼女の名前は記録には残っていない。民間伝承で伝えられることもなかった。だから仕方がない。我々はとりあえず彼女を初子《はつこ》さん（仮名）と呼ぼう。

初子さんは軍人であった。と言っても、この虚空牙大侵略時代において人はみな防衛軍に属する軍人で、民間人というものは存在していなかった。老人から子供に至るまでみんな軍属だったのだ。余裕がない世界だったのである。

初子さんは天才児であった。

素養のある子供を集めて養成されていた戦略特別学級でもダントツのアタマという、将来は人類の命運を託される指揮官になることが確実だという、まぁ、そういう子供だった。

この初子さんは、我らのマイロー・スタースクレイパーに非常に大きな関心を寄せていた。

「あの人の能力には、きっとなにか重大な理由があるに違いないわ。人類すべてに関わるはっきりとした目的があるはずよ。単に虚空牙を撃破するためだけのものではないと思うわ」

と、しょっちゅうまわりじゅうの人間に話し、マイローに直接会って自らの仮説を確かめることを上に出願し続けていた。

だが軍はただでさえマイローの扱い方に困り果てていたので、この彼女の個人的な要望を聞くなどとんでもないとはねつけていた。

だが、それでもあきらめられなかった彼女は、このまま〝彼〟を閉じこめておく事による弊《へい》害《がい》について論文を書き始め、完成直前になった頃に、突然に上層部から、前とは逆に〝彼〟と面会せよという命令が下された。その前後関係はよくわからなかったが、彼女は飛び上がらんばかりに喜んだ。

「――よし！　この会見には、人類の未来がかかっているわ！」

初子さんは意気込んで、絶縁服に身を包んでマイローが住んでいるブロックに入っていった。

だが彼女を出迎えたマイローを見て、初子さんは目を丸くした。彼は自分の居住区にいるにも関わらず例の鉄仮面と鎧をつけていたからだ。

「――――」

鉄仮面はぎくしゃくと、目の前に立っている彼女を見つめてきた。いや、目は露出していないので、顔面がこっちに向いていることから、たぶん見つめているのだろうと判断するしかない。

「………」

黙り込んでいる。しばらく静寂が続き、やがて、

「……いつもそれを着ているの？」

と初子さんが彼の鎧を指差した。

「え？」

マイローはびくっ、と身体をひきつらせた。

「な、なんのこと？」

「だから、その鎧よ。この隔離フロアにあなたしかいなくても、それを着ているのかしら？」

「……な、馴《な》れとかないと、って思って、ね」

「馴れる？　何に？」

「これを着ていれば、外に出られるんだから。そのときが着たときに困らないように、って」

「……あなたの外出はまだ禁じられたままよ」

「し、知ってるさ。知ってるけど――でも」

仮面が首を何度も振る。そして言葉に詰まる。

「で、でも――」

「でも、いつかお許しが出るかも知れない、と思っている？」

「う、うんそうさ！　だってあなたとも、こうして会えたんだからね！」

彼は急に大声を出した。

「ほ、ほんとうに、こうやって目の前に他の人が直接いるなんて信じられないよ！」

「エネルギーの不足のせいよ」

興奮している鉄仮面に対して、初子さんは冷静に言った。

「え?」

「余裕があれば、あなたの周りをホログラムの人間たちで囲むこともできるのよね。いくら触っても結晶化したりしない幻影の人間たちでね。でもそんな設備はもう破壊されちゃって残っていない。新しく造るだけのゆとりも資材もない。あなたは生まれるのが少し遅すぎたのよ。せめて百年前だったら、それぐらいの設備は残っていたのに」

初子さんは、一方的な調子で話した。これは天才少女である彼女のいつもの癖だ。

「…………」

鉄仮面は拝聴している。

「でも、それでも、あなたはたぶん、その本来の目的には間に合ったと思うわ」

「目的?」

鉄仮面は首をかしげた。

「そう、目的。あなたのその能力には、きっと何か特別な目的があるはずなのよ」

「……よく、わからないけど、それは敵を倒すことじゃないのかい? みんなそう言ってるよ」

「ああ――」

初子さんは手のひらをふらふらと振った。

「それは、おそらくは二義的なことに過ぎない。喩《たと》えるなら、原子力を爆弾とか発電装置とかにしか使えなかった古代の人類みたいなものよ。その能力にはきっと、もっと本来の使い道があるはずだと私は思ってるわ」

「で、でもぼくはおそろしい化け物だよ」

「自分のことをそんな風に言うのは、やめた方がいいわ」

「で、でもみんな、ぼくと話すときはなんだか怖がっているしさ。そりゃあサイブレータは全然怖がらないけど、それはあれが機械で、ぼくが触っても固まったりしないからで」

「それは無知だからよ。いい？　あなたはたぶん、最初に火を使うことを覚えた原始人なのよ。他の人間はまだ猿のままなのに、あなただけがきっと――真理に近いところにいる」

言うなり、初子さんは絶縁服を脱ぎだして、あっというまに軽装の、肌が見えている格好になった。

「――わっ！」

鉄仮面の方が、あわてて後ろに下がった。

「あ、危ないよ！」

「どうして？　あなたがその仮面を付けていれば、私には危ないことなんか何もないはずでしょう？」

「そ、それはそうだけど――でも」

「私はね、愚かということが許せないのよ」

初子さんはかまわず、マイローに自《みずか》ら近づいていく。

そして鎧に覆われた手を、ぎゅっ、と摑《つか》んだ。

マイローはびくっ、と手を引っ込め掛けたが、初子さんは離さない。

「――ほら、何の心配もない。こんなことは当たり前のことだわ」

彼女は力強くうなずいて見せた。

マイローはしばらく茫然《ぼうぜん》としていたが、やがておずおずと言った。

「き、君は――すごいなあ」

心底感動している、といった口調だった。

すると初子さんの方が、きょとん、とした顔になり、そしてくすくすと笑い出した。

「な、何かおかしいかな?」

戸惑いながらの鉄仮面の問いに、初子さんは首を振りながら、

「人類の救世主に〝すごい〟って誉められるとはね――自分に笑っちゃうわ。我ながら」

と言った。

えへへ、と鉄仮面もかすかな笑い声をたてた。

初子さんは上層部にマイローを外に出してもなんら問題はないと進言し、これはとうとう認められた。

鉄仮面は大喜びで街に出かけていった。上層部は前もって人々に厳重な注意をしていたので、誰ひとりとして彼のことを変だとか間抜けであると言う者はいなかった。もしもいたら、その

人間は命令不服従で軍令により処刑されてしまうのだから当然である。

「やあ、みんな仲良くしているかい？　仲良くしなきゃダメだよ」

と歌うように言いながら、鎧をぎいぎい軋《きし》ませつつ彼は踊るような足取りで歩き回った。

その横には、いつも初子さんがいた。

＊

「だから、攪乱《かくらん》戦術は決して有効じゃないの。むしろ相手を収束させて、そこを突くべきなのよ」

「うん」

「虚空牙を相手にするには、これまで人間同士がやっていたような戦争における戦略や作戦はまったく参考にならないと見なければならないの。向こうは損失とか撤退という発想がまるっきりないんだから」

「うんうん」

「結局のところ、私たちにはお手本となる過去のデータが全然ないということなのよ。わかる？」

「いや、あんまり。難しいね」

鉄仮面があっさり言うと、初子さんは笑う。

「わからなくて当然よ。なんにもわからないってことしか言ってないんだから」

「なんだそうか。——でも、君はわかっているみたいだ」

「推測は色々としているけど、それにもやっぱりデータがない。圧倒的にね」

「それがあれば、不思議なことがみんなわかるのかな」

「どうかしらね……私たちにはきっと、そんな悠長《ゆうちょう》なことを言っている余裕はないと思う」

「？」

「人間に与えられている選択権はもう、ほとんどない……そしてその中にはおそらく〝すべてを理解する〟という項目はもはや、ない」

「ない、って——じゃあどうするんだい」

「どうにかするしかないでしょうね。わからないままでも、そんなことにはかまわずに」

「君がなんとかするのかい？」

「なんとかできるのは、あなただけよ」

「そ、そうかな」

「そうよ、あなたはかけがえのない人だもの」

「……でも、ぼくは誰にも触れないいんだ」

「ハンディキャップなら誰にだってあるわ。あなたの能力は、それはとても大きなものだけれども、でもあなたが素敵な人であることは変わらないわ」

「そう？」

「そうよ、とっても心がまっすぐだし、優しいし、話していて心が温かくなるし。あなたはどう？　私と話していて、嫌かしら？」

「そ、そんなことはないよ！　とっても楽しい」

「ありがとう。ならきっと、私があなたに感じている気持ちも、あなたと同じだと思うわ」

「そ、そうかな？」

「そうよ、少なくとも、私はいつまでもあなたの側《そば》にいるわ」

「あ、ありがとう……！」

この鉄仮面は初子さんに、明らかに惚《ほ》れていた。それも原始的な意味での恋だ。

彼女に触れたい。

彼女の温《ぬく》もりを感じたい。

それだけを思っている。それ以上の願望など、彼にはあまりにも過ぎたことであり、想像することもできない。

だが、彼は現状でもそれなりには幸せだった。今までのことを思えば、こうしていつも側に彼女がいてくれるだけで、心の中には灯《あか》りがともっているような感じがするのだった。

「でも、マイロー……私は時々、考えてしまうことがあるわ」

「なんだい？」

「あなたは人類を守っている……でも人類に、果たしてあなたに守ってもらえるだけの価値があるのかしら、って」

「そんなことはないよ」

「そうかしら？　さっきも言ったけど、人類の歴史は、戦争ばかりしてきた歴史でもあるわ。今みたいに人類がひとつにまとまっている時代なんて、過去に例がないのよ。こんなにも争ってばかりか、って歴史を研究しているとうんざりすることがある——しかもそれは、子孫である私たちの、現在の苦境には何の役にも立たないのだから——」

「でも、人類にはいいところもあるだろう？」

「たとえば？」

「たとえばその——」

素敵な君がいるじゃないか、という言葉を言いかけて、さすがにマイローは口を閉ざした。照れたわけではない。それを言ってしまって、その後で彼女が嫌悪感をちらとでも見せたとしたら、自分はそれに耐えられないだろうと思ったのだ。

そんな彼に、初子さんはうなずいてみせる。

「でも、あなたは優しいわね」

「え？」

「この世のどんなことよりも優しい——きっとあなたはそういう人なのよ。人類を救うために、それだけのために生まれてきたんだわ」

「——な、なんかくすぐったいな。でも嬉しいよ」

「今の時代はきっと、歴史上でもろくでもない部類に入るんでしょうけど——でも、私は生まれてきて良かったと思う。この時代にはあなたがいたのだから」

「――え、えへへ……参るな」

彼は鎧に覆われた身体をぎいぎいとくねらせる。彼はこういうとき、本当に嬉しいのだった。

……だが、人類にはこのような幸福を維持できるだけの余裕は、既《すで》にないのだった。

3.

「――君の最近の行動は、かなり軍上層部で問題にされている。それはわかっているだろう？」

「はい」

「……〝彼〟の信頼を勝ち得たのは大きな功績だ。しかしあまり大っぴらに〝彼〟との親密さをアピールしすぎると、君の真意を疑う者が出てきても仕方がないだろう。君は他の人々より高い地位を得たくて〝彼〟に取り入った、と思われている」

「無理のないことですね」

「わかっているなら控えたまえ。君が役立っているのは間違いのないことなのだから。殊更《ことさら》にいらぬ敵を作ることはない」

「人類の守護者それ自体は権力者ではないが、それに関連する者は紛《まぎ》れもない権力者となりうる、ということですか？　太古の皇帝は、そのほとんどは世襲制で決定される〝象徴〟に過ぎなくて、実際に権力をふるっていたのはその側近の地位にある者たちだった——というようなものですか？」

「——君にそのつもりはなくとも、周りはそう見るんだ」

「実に〝人間らしい〟お話ですね」

「笑い事ではないのだ——実際に君を罷免《ひめん》すべきだという声も上がっているほどだ。しかしそんなことをすれば〝彼〟の反応が恐ろしいので、表沙汰《おもてざた》になっていないだけだ」

「博士——博士はどうお思いなのですか？」

「〝彼〟が君に極めて個人的な好意を持っているのは確かなようだ。しかしあまりそれを利用しすぎるのは——」

「ああ、ああ——いやいや、そういった甘い話ではありませんよ——マイロー・スタースクレイパー氏の能力についてです。それを考えるとき、おそらくほとんどの〝人間的感情〟など無意味になるとは思いませんか？」

「………」

「ほとんどの、私に権力が集まることを恐れながらも、自分自身は彼と親しくなるだけの勇気の出ない将軍閣下たちや普通の人々には考えにくいことも、私たち科学者ならばすぐに気がつくことですよね？」

「——なんの話をしているのだね？」

「もちろん、マイローの正体について、です。博士——まさか考えたことがない、とはおっしやられますまい?」

「…………」

＊

その襲来は、最初はそれほどのものとは思われなかった。

もちろん緊急発進《スクランブル》がかかり、マイローは鉄仮面を脱いで、力場バリアーでできている特製宇宙服に換装すると宇宙戦闘機《ナイトウオッチ》〝バンスティルヴ〟の武器として共に出撃した。

〝マイロー、今回は楽勝っぽいな〟

ナイトウォッチの操縦士《コア》が感応通信で気軽なことを言ってきた。

「だといいけどね」

マイローは曖昧《あいまい》にうなずいた。

バンスティルヴは迫ってきている一体の敵めがけて先行突撃を試みる。敵に、人類生存領域に侵入される前に撃破してしまおうというつもりだった。

一体だけ、というのは珍しい。あるいは斥候《せっこう》か何かなのかも知れない。

「威嚇《いかく》すれば逃げ出すんじゃないのか?」

マイローは言ってみた。

〝いや、そんな甘い相手じゃないぞマイロー。ここは有無を言わせず先手必勝だ〟

バンスティルヴはさらに加速して、敵に接近した。

向こうから波動撃が撃ち込まれてきたが、〝盾〟であるマイローによって結晶化されて、分解されてしまう。

〝もらったぞ！〟

バンスティルヴは相手の懐《ふところ》に飛び込んで、そして〝矛〟であるマイローを相手に押し当てる。

敵はみるみるうちに巨大な結晶となって——と思われた、その瞬間だった。

虚空牙の背中が爆発した。

そして破片が飛び散る——それらはまだ結晶化していない。結晶化の効果が到達する前に、自爆して一瞬先に離れていたのである。

〝な、なにいっ?!〟

しまったと思ったときにはもう遅い。破片はそれぞれが小型の虚空牙に変形して、そしてバンスティルヴを飛び越えて人類生存領域に突撃していってしまった。

「しまった！　はめられた！」

マイローが叫んだ。バンスティルヴはあわてて軌道を変えて来たコースを逆行する。

しかし小さな虚空牙たちは速く、彼らが追いついたそのときには……

「……ああっ！」

地球近隣軌道に浮かぶコロニーに、馬鹿でかい穴が空《あ》いていた。

そのコロニーは……ああ、なんということだ。そのコロニーは軍の中央司令部がある基地で、しかもそこには初子さんがいるはずなのだ。

「――うわあああっ！」

マイローはコロニーにまとわりついていた虚空牙を始末すると、バンスティルヴから飛び出していた。

〝ま、待てマイローー！〟

静止の声も聞かず、彼はコロニーに空いた穴に飛び込んだ。身体についているスイッチを押すと、たちまち彼の身体を例の鉄仮面と鎧が覆って人間世界に対応するための装備に変わる。

もはや内部は激しく破壊されていた。コロニー全体が攻撃の衝撃で大地震に見舞われたような状態になってしまったのだ。

周りは死体だらけだった。生きている者は見当たらない中で、それでもマイローは急いだ。彼女を捜すためにコロニー全体を制御できる管制センターに向かった。

すると、初子さんは正《まさ》にその管制室の制御盤の前に倒れていた。

彼女もまた、コロニーを守ろうとしていたのか……。

「し、しっかりして！」

マイローは鎧に覆われた腕で初子さんを抱き起こした。どうやら衝撃で、ひどく全身を打っているらしい。

「――ああ、マイロー……」

まだ息のあった初子さんは目を開けた。しかしその瞳には力がない。

「だ、大丈夫だ。もうこの区画は密閉したから、空気は漏れていない」

「……来てくれると、思ってた。あなたなら必ず助けに来てくれる、と——」

彼女はぶるぶる震える手で、マイローの腕を摑んだ。

「——制御盤まで、連れていって——お願い」

マイローは彼女の怪我が気になったが、言われた通りに肩を貸してやり、彼女を制御盤の前に座らせてやった。

マイローに支えられながら、初子さんはなにやらスイッチ類を操作した。

それは緊急用の、コロニー中の大気に生体強化用の細菌ガスを放出する操作だった。細菌と言っても、それは低酸素症や無重力障害、それに創傷《そうしょう》によるダメージなどから人体を保護する働きを持つ〝薬〟としての菌だ。まだコロニーに残っている、数十万人という生存者のところに、この生きた薬が撒《ま》かれたのである。

やがて〝散布完了〟のサインが表示された。初子さんは大きく息を吐いて、制御盤に突っ伏した。とても苦しそうだ。

「さ、さあもういいよ。君自身の治療をしよう」

マイローは初子さんを抱き起こした。

「ねえ、マイロー……私たち、何のために生まれて来たんだと思う……?」

彼女は弱々しい声で言った。

「そ、そりゃあ生きるためだよ。決まっているだろう?　どんなに辛《つら》くても、生き延びるために人間は生まれてくるんじゃないか」

彼は、彼女の弱気な発言にそう答えた。すると彼女はにっこりと笑った。

「マイロー……私、あなたが好きだった。だから、ずっとつらかった……でも、今〝そのとき〟が遂《つい》に来たわ」

彼女の声は震えていた。しかしそれはもう、決して弱々しい響きではなく――決意に満ちた声だった。

「え……？」

マイローが訊き返そうとしたそのとき、彼女の手がすばやく、さっとマイローの身体に伸びて、そしてさっき入れたばかりでまだ剝《む》き出しになっていた〝スイッチ〟を入れた。

それはマイローの鎧を制御するスイッチ。

たちまち鎧は解除されて、マイローの素顔が露《あらわ》になる。

そして彼女はにっこりと笑いながら、素早く、確かな動作で、彼の頰に指を伸ばし、さっ、と触れた。

たちまち彼女は結晶となって固まった。

すると彼女に触れている、大気に充満している細菌も結晶化した。結晶化した細菌に触れた細菌も結晶化した。さらにその結晶化した細菌に触れた細菌も結晶化し――

変化は一瞬で、しかも劇的だった。

「――――！」

マイローは何が起こってしまったのか、悟った。

制御盤のモニターに、コロニーのまだ生きている区域の映像が映っている——それらはことごとく、きらきらと光る結晶粒子の中、すべてがかちんと固まっていた。

そして衝撃が続いた。

コロニー全体に、ずうん、という振動が走る。

敵攻撃の直撃か、と思われたが、それにしては妙に振動に安定性がある。モニターにはコロニーの状態が表示されていた。

〈推進剤に点火しました〉

〈コロニーは地球に向けて移動中〉

〈あと三分後に、大気圏内に突入します〉

*

「だから——問題はマイローの正体です、博士」

「……それは、口にするな。あってはならない考え方だ」

「ああ、そうですよね、博士——コロニー中の他の者は全滅させられたのに、マイローだけが生き残っていて、そしてそのマイローのみが虚空牙を倒せるなんて、そんな偶然が、そんな都合のいい話があるわけがない——」

「……確率的には考えにくいのは確かだ」

「それに、もっと辻褄《つじつま》の合う可能性もありますしね」

「…………」

「それは〝彼もまた虚空牙である〟ということです」

「…………」

「少なくとも、生まれたての赤ん坊に、侵入してきた虚空牙がなにかをしたという方が、彼のことを説明しやすい——彼は自覚していませんが」

「……だが、その考え方は、軍にも人々にも納得しにくいだろう」

「そうですよね。なにしろ虚空牙は、襲ってくる自分たちを迎撃する手段をわざわざ相手にくれてやったことになるんですから……何のためにそんなことをするのか、これは人間側には考えにくい——踏みにじられ、生存条件のぎりぎりまで追い込まれている私たちにとっては——この虚空牙の〝遊び〟は」

「…………」

「そう、遊んでいるとしか思えない——向こうから見ると、人類など取るに足らぬ、どうでもいいような存在なんでしょう。だから、ハンディキャップを許してくれたわけです」

「……しかし、その考え方を認めることは、もはや人類にはなんの救いもないということにならないか？　それでも君は、その……平気なのかね？」

「私は、人類になんの救いもないとは思っていません」

「……？　し、しかし君は今」

「私はあくまでも、マイロー・スタースクレイパー氏は人類の守護者だと信じています。たとえ彼が虚空牙だろうとなかろうと、そんなことは問題ではない――彼の能力は人類を救うためにある。そしてそれは必ずしも虚空牙と戦うためだけではない」

「なんだと？　それはどういう意味だ？」

「彼の力――生命を結晶化してしまう能力はしかし、その生命を殺すのでしょうか？　もしかすると、結晶になってもその〝生命〟は保管されているのかも知れない」

「……?!　き、君は何が言いたいのかね、ま、まさか――」

「そうです。だとすれば彼は、人類を破壊不可能な状態に保存してくれる――そういう存在ではないのでしょうか？」

「――そ、それを立証する観測はされていない！　第一、結晶化した生命が〝いつか目覚める〟などという保証はどこにもないんだぞ！」

「そんなことは知っています。そして人類にそれを検証する余裕がないことも、また知っている――」

「――う、うう……」

「しかし、はたして彼がそういうことをしてくれるかどうか、それは私たちにはわからない。そのぎりぎりのところで彼が何を選択するのか……それは賭けです」

「――き、君は……何を企《たくら》んでいるんだ？」

訊かれて、彼女はここで、妙に晴れやかな笑顔を浮かべた。

「そのときが来たら、私の、ずっとしたかったことを、するつもりです」

*

マイローは、彼に手を指し伸べたままの姿勢で固まっている初子さんを見つめた。

落下するコロニーで今、生きて動いているのは彼だけだ。

「…………」

彼は、彼女は自分を利用していたのか、と思った。

だがその問いに意味がないこともまた、知っていた。

コロニー中にロケット推進のずずんという振動が走っている。

彼は何のために生まれてきたのか、彼女は実に明確に言っていた。

人類を守るため。

そして、彼女にとってはきっと、彼のその仕事はもう完了したということなのだろう。世界を一つ、まるまるパッケージングすることが彼の目的だったのだから。

「…………」

彼はぼんやりと、結晶化した彼女を見つめている。

その顔はとても満足げだ。

だが、それを見る彼の方は、取り残されてぼんやりとするだけだ。

「…………」

振動に、さらに小刻みでびりびりくる衝撃が加わる。

コロニーの先端が地球大気圏に接触したのだ。

宇宙に造られた大地が、さらに巨大な地面に向けて墜落を開始したのである。

＊

そう、地上に落下して、それでも破壊されなかった結晶体が——いったいどれだけの時が流れたのか知る術《すべ》はないが——それが解放されて、その人々が始祖《しそ》となり、今日の世界の、この文明が著《いちじる》しく後退した世界ができたのだ——という、これはそういうお伽噺《とぎばなし》だったのだ。各地に残っている伝承のいくつかはこの物語と似たようなエピソードを伝えている。

もちろん、この〝神話〟が本当かどうかなど今の我々には確かめる術はない。

地上に閉じこめられた我々にもはや虚空牙の襲来はないが、現在の我々は、人間同士が枢機《すうき》軍と奇蹟軍に分かれての戦争を、果ても見えずに何千年もの間延々と続けているのだから。

虚空牙の猛威から逃れた後で人類が如何《いか》に立ち直ったかという経緯は、もはや遠い遠い伝承に過ぎない。二大勢力に争いが収束する前に、各地の権力者たちがそれぞれに好き勝手な〝神話〟を無数に乱造した結果、もはや真実などどこにもないからだ。

しかし——もしもこのマイロー・スタースクレイパーの伝説が真実の欠片《かけら》でも伝えているならば、彼こそが人類史上で初めて公《おおやけ》に確認された奇蹟使いであり、そして——人間同士の戦争を続けている我々は未《いま》だに虚空牙の、気まぐれな遊びの中で生かされているに過ぎないのかも知れない。

そして、もしかすると〝彼〟もまた、いまだに——

＊

〝——な、なんだ?!〟

マイローに離れられてしまい、最大の武器を失いながらも小型の虚空牙相手に善戦していたバンスティルヴは、コロニーが点火されて地上に落下していくのを見て仰天《ぎょうてん》していた。

〝な、何が起こったんだ？〟

中央司令部と、それに属していた宇宙都市が壊滅したのは確かなようだが、何故《なぜ》それが移動を開始して、地球に墜落していくのか？

だが、彼には悩んでいる余裕はない。

中央司令部が壊滅しても、まだこの空域には周辺都市が存在し、そこには生き残っている者たちが多数存在するのだ。彼はそれらを守らなくてはならない。

〝く、くそっ！〟

必死で機体を動かし、襲来する敵を攻撃するが、如何に小さいとはいえ数が多い敵に対して、通常兵装のみでは優位に立てない。

虚空牙の一体が、他の宇宙都市めがけて進路を変えた。

〝——ま、まずい！〟

バンスティルヴはあわてて自分も追撃し、そしてなんとかそいつに亜空間ブラスターを命中させた——だが、そのために彼の背後が無防備にがら空《あ》きになってしまう。

〝しまった……！〟

と思ったときにはもう遅く、同時に二体の虚空牙がその死角に滑《すべ》り込んできた。

やられる——と彼が絶望したその瞬間だった。なにかが、
ちかっ、

——と瞬《また》いたような気配がしたかと思うと、一瞬後にはその二体の敵は、同時に動きを停《と》め、そして——よく知っているあの結晶と化して制御を失いたちまちあさっての方向に飛び去ってしまった。

〝——————〟

とバンスティルヴが唖然《あぜん》としていると、彼方から感応通信が響いてきた。

「……待たせたな。ご苦労だった」

それはごく自然な響きだった。動揺も何もない。

〝ま、マイロー！〟

力場フィールドに身を包んだ鉄仮面が、緊急用の推進力を使って、さながら巡行ミサイルの

ように飛んで来ていたのだ。

〝ぶ、無事だったのか？――大丈夫か？〟

この問いかけに、鉄仮面は静かに答えた。

「敵はまだ残っている……そいつらを片づけるのが先だ」

その言葉にはそれ以上の追及を許さない凄みがあった。それまでの彼に見られたようなどこかおどおどしたところがどこにもなくなっていた。

戦士の気配しか、もはやそこにはない。

人類を救うために生まれてきたというのならば、あくまでもそれを貫くこと以外にすることがあるのか？　とでも言いたげな調子で。

誰にも触れなかろうが、救済がもはや終わってしまって取り残されようが、それがどうした。やるしかないのなら、やるまでだ。

鉄仮面にそれ以外の道はない。

そこにはもう、論議の余地はない。

〝り、了解だマイロー。急ごう〟

バンスティルヴがマイローを武装ポッドとして再装備すると、宇宙戦闘機《ナイトウォッチ》はふたたび虚空の敵めがけて突撃していった。

“Controversy about Iron Mask” closed.

■著者のことば　上遠野浩平

どうもこの作品「決して手に入らないものを敢《あ》えて求める」という小説らしい。といって辛《つら》くない訳《わけ》でもない。本心では泣きそうである。それでも素知《そし》らぬ顔をしている。少なくともそれがバレていないと思っている。求めるものにはきっと手が届かないと悟りつつ、なお毅然《きぜん》する方法——子供の頃の自分がＳＦを必要とした理由はこれだが、この〝やせ我慢〟の美学は、今の世界こそ必要とされているんじゃないのかという気もする……。

嘔吐した宇宙飛行士

田中啓文

本編を本書の表題作にしようかと一瞬だけ真剣に検討したが、当然のごとく、版元営業部の理解が得られなかった。もっとも、元ネタはJ・G・バラードの名作「死亡した宇宙飛行士」だから、こう見えても意外と格調高いタイトルなのである。ただし、中身のほうは、タイトル通り、壮絶なまでにゲロまみれなので、食事中の方はもちろん、汚い話やくだらない話に抵抗感を覚える方は、とっとと本編を飛ばして次の「五人姉妹」へ進むことをお薦めする。そうでない人は、ディテール豊かな嘔吐物描写に脱力度百パーセントの駄洒落《だじゃれ》をまぶした田中節《ぶし》をお楽しみください。筒井康隆の名作「最高級有機質肥料」のワイドスクリーンバロック版と呼んでも過言ではありません。

田中啓文（たなか・ひろふみ）は、一九六二年、大阪府生まれ。神戸大学経済学部卒。九三年、ミステリ短編「落下する緑」が公募アンソロジー『本格推理2』に掲載。同年、選考委員の安田均の強い推薦を受けて第2回ファンタジーロマン大賞に佳作入賞した『背徳のレクイエム　凶の剣士グラート』（コバルト文庫）で作家デビュー。しかしライトノベル系レーベルではぜんぜん売れず、角川ホラー文庫で書き下ろした九八年の伝奇ホラー長編『水霊　ミズチ』から一般向けに転身。駄洒落SF、伝奇、エログロスプラッタ、落語もの、忠臣蔵ものなど多方面で活躍する。短編連作形式の落語青春小説《笑酔亭梅寿《しょうすいていばいじゅ》》シリーズ（集英社文庫）が小ヒットし、〇九年、「渋い夢」で第62回日本推理作家協会賞短編部門をまさかの受賞。

本編の初出は〈SFマガジン〉〇〇年二月号。《人類圏》シリーズに属する短編を集めた『銀河帝国の弘法も筆の誤り』に収録。同書巻末の「〈人類圏〉歌謡全集」には、本編のテーマソングとなる「吐いたろう節」も収められている。同傾向のSF短編集に、趣向を凝らしすぎてまったく売れなかった（伝聞）『蹴りたい田中』がある（ともにハヤカワ文庫JA）。本編を気に入った読者には、出たばかりの最新短編集『ミミズからの伝言』（角川ホラー文庫）がとりあえずのお薦め。なお、〈SFマガジン〉にえんえん連載されていた《人類圏》シリーズの長編、『罪火大戦ジャンゴーレ』は、第一部が〇八年に単行本化されるはずだったがいまだに出ていない。近刊予定——と、『NOVA1』の著者紹介に一年前に書いたが、あいかわらずまだ出ていない。

「というようなことがあったんじゃ」

教育担当官のゴリアテ軍曹がどすのきいた声で言うと、新兵の多くは背筋にナイフを押し当てられたような感触を覚えた。李《り》・バイアもその一人だ。

「その新兵は、かわいそうに、あっという間に血液が沸騰してしもてお陀仏《だぶつ》や。ロボットアームが回収した遺骸《いがい》をわしも見たが、全身の皮膚がえげつない色に変色しとってな、それと、あの表情……何を見たんか知らんが、凍りつくような恐怖の表情やったのう」

ゴリアテがヒキガエルのような顔に薄笑いを浮かべると、教室中の新兵たちの表情がひきつった。これが、明日、生まれてはじめて命綱なしの宇宙歩行訓練をする新兵たちをびびらせるためのお定まりのトークで、肝《きも》試しの前に参加者を集めてする怪談のようなものだとわかっていても、彼らは皆、睾丸《こうがん》が縮みあがるような思いだった。

「さいわいなのは、宇宙服がほぼ無傷やった、ちゅうこっちゃ。おまえら新兵のかわりはなんぼでもおるが、宇宙服は一着十億クレジットもする。かわりはないでえ。おまえらが一生働いても弁償できんのや」

そのことは、新規二等兵研修を受講中の一同は、耳にタコができるほど繰り返し聞かされている。

「シミュレーションやない、本物の星の海に放り込まれた時に人間が感じるのは、感動でも畏《い》敬《けい》でもない、恐怖や。それだけで、気が狂うてしもたやつもおるんやで。それから、わしの昔の仲間で、微小隕石《いんせき》がぶつかって下着の冷却水循環装置が故障し、自分の放散する体温で蒸《む》し焼きになって死んだやつがおった。いくら出発前点検を念入りにやっとっても、こういう事故は防げん。まあ、隕石や宇宙塵《じん》に関しては、当たらんように当たらんようにいうて念仏でも唱えとくんやな。おまえらの中にも……そこ！　何、私語しとんねん！」

SXダンダン砲の砲身ほどもある太い腕をぶんと振ってゴリアテが投げつけたマジックペンは、最後列に座っていた李の額《ひたい》に当たった。びしっという音が教室中に聞こえ、たらたらと血が流れた。私語をしていたのは李の右隣にいた新兵だったのだが、もちろん〈鬼のゴリアテ〉に言い返すことはできない。李は不運だったのである。まわりの同期兵が声を殺してくすくす笑っている。李はハンカチで血を拭いながら上目遣《うわめづか》いで指導教官を睨《にら》むしかなかった。ゴリアテはにやりと笑い、

「おまえらの中にも運のええやつと悪いやつがおる。はっきり言うて、宇宙軍には運の悪いやつはいらん。足手まといになる。死んでくれたほうが助かるんやが、問題はその死にかたや。くれぐれも、宇宙服はおまえらの命よりも高価や、いうことを忘れるな」

李は顔が真っ赤になった。自分のことを言われたように思ったのだ。

「ま、宇宙兵の仕事に危険はつきものやが、〈あひるの行進〉中に死ぬいうことはあっては困る。おまえらもせいぜい気ぃつけえよ。なに、この半年間やってきたことを実地に試すだけじゃ。落ち着いてやれば心配ない。今日はできるだけ早《はよ》う寝て、明日は万全の体調でのぞむように。言うとくが、歩行訓練の実技を受けへん者には単位はやらん。明日は、全員参加じゃ。わかっとるな」

一同は声を揃えて「はい」と言い、その日の授業は終わった。李は、教室から去っていくゴリアテの後ろ姿を恨《うら》みのこもった目でいつまでも見つめていた。

◇

〈OOO《トリプルオー》大食い競争〉は、予想通り、ゴリアテが楽勝でぶっちぎっていた。昨年、一昨年と優勝した彼は、三年連続の優勝を目指してこの日のために精進《しょうじん》してきたし、彼の勝利を疑うものは誰もいなかった。四十五歳で未婚・童貞のゴリアテ軍曹にとって、男とはずばり「マッチョ」だった。胸板は分厚く、腕は太く逞《たくま》しく、ゴリラのようにでかい歯を持ち、誰よりも腕っ節《ぷし》が強く、誰よりも我慢強く、誰よりも大食いでなくてはならない。鋼鉄のような胃を持つことを誇りに思っているゴリアテには、この大食い競争は単なる遊びではなかった。彼がこの〈人類圏〉宇宙軍附属研修用宇宙ステーションOOOに鬼教官として君臨し、視線ひとつで柔《やわ》な新兵どもを震えあがらせ続けるためには、どうしても今年も優勝しなくてはならない。彼はすでに、普通のピザの四倍はあるジャンボピザ十六枚を平らげ、首位を独走していた。二位の男は十一枚でリタイアしたから、勝負にならない。

「また、今年もわしがダントツ一位か。おもろないな。誰かわしの相手になるやつはおらんのか」

ゴリアテは、十七枚目を一囓《かじ》りしながら、余裕の表情で一同を見回した。〇〇〇で供《きょう》される
ピザは、粗悪な合成オリーブ油と粗悪な合成サラミ、粗悪な合成チーズなどを大量に使った、
巨大さだけがとりえという、訓練に明け暮れる宇宙軍の若い兵士でなかったら、とうてい喉を
通らないような代物《しろもの》であった。それをゴリアテは、涼しい顔で平らげていく。グルメだ何だと
騒ぐ若いやつらが彼は大嫌いだった。男は、黙って、その場にある料理をもくもくと食えばい
い。料理がまずければまずいほど彼は燃えるのだ。誰もが嫌がるまずい料理を信じがたいほど
多量に食い、周囲の驚く顔を見て楽しむのが、彼の喜びだ。

「それでは、今年度の優勝者は、ジャンボピザ十六枚で、教育担当官ゴリアテ軍曹に決定……」

司会者が宣言しようとした時、さっと手が上がった。

「自分が挑戦します」

一同の視線はその命知らずに集まった。立ち上がったのは、新兵の李だった。

「李！　おまえ、明日が何の日かわかっとんのか！」

ゴリアテがわめいたが、額に大きな絆創膏《ばんそうこう》を貼った李はまっすぐに彼をにらみつけた。

「〈あひるの行進〉でしょう。もちろんわかってますとも」

「明日が歩行訓練に該当しとる班の新兵は、今日は早う寝て、訓練に備えよと言うたはずやが。午後九時以降は食事をとらんほうがええ、とも言うたのう」

「それは規則ではなく、軍曹殿の個人的見解でしょう。〈〇〇〇大食い競争〉には〇〇〇の全《すべ》ての乗組員が参加できるはずです。自分は、この競技に参加します」

「〈あひるの行進〉を甘《あも》う見んほうがええで。おまえらケツの青いガキどもには刺激がきつすぎる世界にいきなり放り出されるんや。もうちょっと真剣になってほしいもんやな」

「そんなことを言って、自分に負けるのが怖いんでしょう。新兵に負けたら、しめしがつかなくなりますからね」

　場内の空気が一瞬凍りついた。ゴリアテも顔も強ばらせたが、すぐに、ふふん、と笑い、

「そうか……そこまで言うんやったらやってみい。ただし、明日の訓練、さぼったらおまえの一生は破滅じゃ。それでもやるか」

　宇宙歩行実習は半年に一回、決められた日時にしか行われない。そして、再受講の機会は二度とないのだ。実習を体験していない新兵は、単位が修得できないから、研修が終わって、それぞれの所属部隊に戻っても、資格がないまま過ごすことになる。今の宇宙軍の徴兵制は一等兵にならないと除隊できない仕組みだから、へたをすると一生涯、二等兵のままということも考えられるわけだ。どうしても実習を受講しなくてはならない。たとえ死んでも。

「はい」

　李はうなずいた。ただちに一枚目のピザが運ばれてきた。李はピザが大嫌いだった。よく火

を通していない合成タマネギと合成ガーリックの臭気、合成アンチョビと合成ツナの生臭み、合成冷凍エビの死臭、合成生ピーマンの青臭さ、合成チーズ特有の発酵臭……などが渾然《こんぜん》一体となって李の鼻を直撃した。うげえ。だが、ここでくじけてはならない。李は、目をつぶってひとかけら目を口にした。まずい。ピザ台はぐにゃぐにゃでメリケン粉臭《こ》く、口の中でもそもそになる。チーズはチューインガムのように嚙《か》みきれず、何の味もない。トマトソースは水っぽく、よほど大量のニンニクを使っているらしく、何とも言えないえぐみが舌の上に広がる。また、粗悪なオリーブオイルをやたらとぶっかけてあり、ピザを皿に置くと底に一センチ近く油が溜《た》まる。どう考えても身体《からだ》に悪そうだ。李は、何とか一枚目を全部腹におさめ、ため息をついた。手が油でべとべとだが、手だけではなく、全身がぎとぎとに油まみれになっているような気がした。間髪《かんはつ》を入れず、二枚目に取りかかる。三枚目、四枚目と進むにつれ、李の顔色は青くなっていった。彼は、故郷の村では大食いとして知られ、水餃子《すいぎょうざ》食べ比べ大会で西の大《おお》関《ぜき》に選出されたこともあった。しかし……水餃子は彼の好物だ。時折、油臭いげっぷが出て、胃のあたりの不快感が次第に増してきたが、李は黙々と食べ続けた。十一枚目を食べ終わった時には、ゴリアテも憮然《ぶぜん》たる顔つきになっていた。ゴリアテは途中でやめていた十七枚目を食べ始めたが、食は進まないようだ。李はにやりとして十二枚目に手をつけた。これで二位は確定だ。だが、彼が欲しているのは、あくまでゴリアテに勝つことだ。ゴリアテは、のろのろと十七枚目を食べ終え、十八枚目をオーダーした。ジャンボピザ十八枚！　人間わざではない。だが、李はそれを超えなくてはならないのだ。

「おまえ……なかなかやるな。でも、わしの経験やと、十五枚が壁なんじゃ」

立ち上がって李の背後に来たゴリアテが、呟《つぶや》くように言った。

「一応、水餃子なら三百五十個は食べます。このピザだと……二十枚分ぐらいですかね」

李は、振り返りもせずに言った。舌打ちの音が聞こえ、ゴリアテは自席に戻っていった。李は顔を伏せてほくそ笑んだ。しかし、ゴリアテの言ったとおりだった。十五枚目を目の前にして、李は一切れも食べることができなくなった。冷え切った一片を皿の上に戻し、再び取り上げて口に運び……その繰り返しだ。このピザは、冷えると思い切ったまずさになる。合成チーズががちがちに固まってまるでセメントを食べているようだ。李は顔をしかめ、大口をあけて押し込もうとするが、喉はシャッターが降りてしまったようにピザを押し戻してくる。視線を感じて顔を上げると、ゴリアテが十八枚目を食べ終えようとしているところだった。彼もかなり参っているようだったが、四枚分の差がついている。李は頭を抱えた。肛門から小腸、大腸、胃、食道……全ての消化器にピザが隙間《すきま》なくぎっしり詰まっている感じだ。これ以上は無理じゃないか……李の理性がそう囁く。ゴリアテは、額に脂汗《あぶらあせ》を浮かべつつも十九枚目をオーダーしたが、食べる気力がないのは明らかで、あとはじっくり李がもがき苦しむのを見物しようというのだろう。もうだめだ……李が戦いを放棄しようとした時。

「李さん、がんばれっ」

突然、声が聞こえた。振り返るまでもない。OOOのマドンナ的存在のサロメだ。彼女の声援に李は熱くなった。サロメの前で無様《ぶざま》な負けを晒《さら》すことはできない。喉に穴がぽっかり開いたような気がした。李は、十五枚目のピザを摑《つか》むと、たちまち平らげた。ギャラリーが思わず「おお」と声をあげるようなスピードだった。十六枚目、十七枚目を、時間をおかずに食べ尽くし、十八枚目に手を掛ける。ゴリアテは真っ青になり、十九枚目を何とか食べ進めようとしているが、とうに限界が来ていたのだろう、口中のピザはいつまでたっても嚥下《えんか》されない。「糞《くそ》っ！」とか「あの小僧！」「殺してやる」といったぶっそうな言葉を呟きながら、ゴリアテは十九枚目と格闘している。一方、李のほうにも限界が訪れていた。胃壁がこれ以上の伸びを拒《こば》んでいるらしい。きりきりという痛みが臍《へそ》のあたりから四方へ走り、耐え難い。李は、胃がまっぷたつに裂けるのではないかと思った。しかし、彼は十八枚目を拳《こぶし》で口にぎゅうぎゅうと押し込み、逆流しそうなところを気合いで食道へ、胃へと送り込んだ。李は右手を高々と上げると、十九枚目をオーダーした。歓声があがる。ゴリアテが彼のほうを見て、呆然《ぼうぜん》としている。ざまあみろ。これで並んだ。ここまで来たら絶対に勝つのだ。

「行けっ、李さん！」

サロメの声に導かれるように、李は十九枚目のピザにかぶりついた。身体をぶるぶる震わせると、食道や胃に少しの余裕が生じる。すかさず人差し指と中指で、ピザをぐいっと喉の奥の奥にまで突っ込む。この方法を繰り返すことによって、彼は十九枚目を半分まで平らげた。ゴリアテは、まだほんの小さな小片を口にしただけだ。逆転勝利が見えたかに思われた時。

「ぎゃおおおおうっっ！」

ゴリアテが絶叫とともに大きく開口した。ごきごきっという顎《あご》が外れる音がした。ゴリアテは十九枚目のピザを右手でむんずと摑み、ボール状に押し潰したかと思うと、おのれの拳ごと口の中に叩き込んだ。李は自分の目が信じられなかった。ゴリアテは口よりも大きいと思われる球状のピザをアナコンダのように「呑んで」しまったのだ。

(化け物だ……こいつは化け物だ……)

李の思いは、その場にいあわせた全員の気持ちだっただろう。ゴリアテは、

「どや……おろろはこんぎょうや……」

と、外れた顎でわけのわからないことを叫んでいる。「男は根性や」と言っているらしい。肩を大きく上下させ、荒い息をつきながら、よだれを垂れ流したまま、どうだとばかりに李のほうを見るゴリアテに対し、李のほうは、もはや屑《くず》のようなかけらさえも口に押し込むことができない状態だ。腸、胃、食道に充満したピザはさっきからの無理矢理の詰め込みで石のように凝縮され、もはや新たな一片を押し込む余裕は皆無《かいむ》に思われた。李は、十九枚目の残り半分を鬼か妖怪でもあるかのように睨みつけながら、手負い犬のように唸った。何とかしようとして小片を手に持つのだが、手がぶるぶると震え、どうすることもできない。ゴリアテもほぼ同じような状態らしいが、向こうのほうが半分だけリードしている。李は、悔《くや》しさのあまり、テーブルを叩いた。

「ふふん、勝負あったようやな。あんまりどんどん叩くな。テーブルがかわいそやないか。それとも、そうしとったらピザが下へ降りていくちゅうんか」

外れた顎をなんとか元に戻したゴリアテの勝ち誇った声から李は顔をそむけた。いつの間に

か涙がにじんでいた。

「うじうじ泣きよって、めめしいのう。まあ、気持ちはわかるがな」

ゴリアテはにやにやしながら立ち上がり、李の肩にぽんと手を乗せた。その手が、何トンもの重さに思え、李の身体がぐらりと傾いた。途端《とたん》、彼の額の絆創膏が剝がれ、まだ固まっていなかった傷口から鮮血が半月形のピザの上に滴《したた》り落ちた。その血を見た瞬間、李の身体の中に、あの時の屈辱が蘇《よみがえ》り、炎となって噴きあがった。李は、くわっと両眼を見開き、首をねじってゴリアテを見た。その目に宿る憎悪の念にゴリアテはたじたじとなった。

「うごぞろおごごごよおおっ！」

李は、奇怪な叫びとともに残る半分のピザに突撃し、瞬《また》く間に腹中におさめると、二十枚目をオーダーした。ギャラリーのどよめき。「男だ」「あいつ、やる時はやるやつだな」「見直したぞ、李」そんな言葉が部屋を満たす。

「糞ったれが。あとで吠え面《づら》かくな！」

あわてて自分の席に戻ったゴリアテも二十枚目を注文した。二人が二十枚目のピザに挑んだのは、ほとんど同時だった。しかし。ゴリアテは、一度かじりとった小片を皿の上に吐き出した。

「う……ううむ……殺し……殺してやる……」

ゴリアテは天を仰ぐと、そのまま白眼《しろめ》を剝《む》いてぶっ倒れた。李は、二十枚目を三分の一ほどゆっくり食べると、審判に向かって手を挙《あ》げた。

「ゆ、優勝は……李・バイア！」

審判の言葉を聞き、サロメに向かって微笑《ほほえ》みかけたあと、李は失神した。

◇

巨大な油壺の中に転落し、大量の油を飲み込んで溺《おぼ》れ、ツナ缶のツナのように油漬けになってもがきくるしむという悪夢から覚めた瞬間、李が感じたのは、

（気分悪い……）

ということだった。たしかに身体の表面も内部もべとべとの粗悪な油でまみれているような気がする。パジャマを着ている。誰かが寝室まで運んでくれ、寝間着《ねまき》に着替えさせてくれたらしい。胃が重い。砲弾が入っているみたいだ。時計を見る。し、七時五十分だ！　びっくりしてベッドから飛び起きる。〈あひるの行進〉は八時からなのだ。まわりを見渡しても、同僚の姿はどこにもない。皆、彼をおいて行ってしまったのだ。起こしてくれればいいのに……。ベッドから降りようとした時、シーツの上に紙切れがあるのに気づいた。「いくら起こしても起きんから先に行く。AとMとT」。同期の連中だ。しまった。李は、急いでパジャマを脱ぎ、制服に着替えると、大部屋の中をダッシュした。顔を洗っている余裕もない。走っている間に気づいた。身体がやけに熱い。肌が熱を持っているみたいだ。節々《ふしぶし》も痛む。風邪《かぜ》をひいたのか……いや……食べ過ぎのせいで体調を崩しているのだろう。ぐるるる……下腹がおかしい。しかし、トン油まみれの化け物ピザを二十枚も食べたのだ。下痢《げり》を起こさないほうがおかしい。しかし、ト

イレに駆け込んでいる暇があるだろうか。彼は、十秒ほど考えて、トイレを諦《あきら》めた。まっすぐエアロック前の集合場所に向かう。すでに彼を除く全員が整列している。李が、自分の立ち位置に立ったのと、ゴリアテともう一人の教育担当官を従えた〇〇〇の所長モニン・ペイパ長官が登場するのがほぼ一緒だった。隣の同期兵が「セーフ」と言ってにやりと笑った。李もウィンクして親指を立て、それに応《こた》えた。

「ええ、本日は、諸君にとって記念すべき、はじめての宇宙単独歩行実習の日である。宇宙空間における歩行訓練は、諸君たち歩兵にとってはあらゆる技術の最も基本となる。一人の脱落者、負傷者も出さぬよう、細心の注意を払って実習にのぞんでいただきたい」

長官の前なので、珍しくカンサイ語を使わずにゴリアテが声を張り上げる。

「大宇宙への畏敬《いけい》と挑戦の心をもつ諸君は、この記念すべき訓練に際して、おそらく体調を最高の状態に整えていることとは思う」

あきらかに李に対するあてこすりである。

「しかし、宇宙空間は魔物である。どのような危険が待ち受けているかわからない。いついかなる時いかなる事態に陥《おちい》っても冷静沈着に対処できるよう、諸君は指導を受けているはずだ。あわてず、大胆に、宇宙空間に挑んでほしい。では、今から、ペイパ長官の訓辞《くんじ》がある。気をつけえ!」

李は、下腹部が立てるごろごろという音を聞いていた。やばい。彼は足をよじりあわせ、唇を噛みしめて便意を耐えた。努力の甲斐《かい》あってか、便意は潮《しお》が引くようにすうっと消滅した。

例によって、長官の訓辞は長かった。その間、李は、胃のむかつきと下腹のもやもやを押さえつけなくてはならなかった。ぐるぐるきゅう……ぐるぐる……きゅう……。早く訓練をはじめたい。そして、とっとと終わりたい。それが李の切実な願いだった。

「……というようなことで、これからの〈人類圏〉宇宙軍を担う諸君がこの訓練で少しでも多くのことを学び取ってくれることを願って私の訓辞を終わりたいと思う。では、最後に……」

早く……早く……。

「……ということをおわかりいただいたところで、私の訓辞をしめくくりたい。ところで、話はかわるが……」

終われ終われ終われ……。

「……もう少しお話ししたいこともあるのだが、あまり長くなっては皆さんも退屈であろうから、このあたりで私の訓辞は終了ということでご了解をいただきたいと思う。しかし、まあ、せっかくの機会だから申しあげると……」

むかむかむかむかむか……ぐるぐる……ぐるぐるぐるぐる……きゅう……。

「……という話は考えてみたらさっき一度お話ししたということを今思い出したので、そろそろ結びの言葉を皆さんに贈りたい。ではあるが、ついでに……」

「長官、訓練の時間がなくなってしまいますので」

ゴリアテが言葉を挟み、やや鼻白《はなじろ》んだ顔つきで長官は一礼してその場を去った。

「全員、宇宙服着用！」

走った。ゴリアテの号令で、皆、壁にずらりと並んだケースにおさめられた自分の宇宙服のところに走った。暗証番号を入れて、ケースから宇宙服を取り出す。酸素、窒素《ちっそ》などの残量、通信機器、冷却機器などの状態、冷却水、飲料水の安全度等をマニュアルに従ってチェックしたあと、まず、ペニスを小便採集器にはめ込む。二十四時間以上、ステーションに帰還できない可能性がある実戦の際は、肛門に大便採集器をセットしなければならないのだが、今日は訓練なのでそれは支給されていない。次に、冷却換気用の下着を身につけ、ズボンと上着を着込む。通信機のマイクを口の前の適切な位置に動かし、耳にイヤホンをつけ、生命維持装置とMMU（移動ユニット）、それに太陽電池パネルを背負い、ヘルメットをかぶり、手袋をつけ、各部を接続する。これで完了だ。その間、約五分。宇宙服は完全に閉鎖された一個の空間である。酸素も自前だし、外部との連絡も通信機器を使わなければならない。李は、宇宙服の中に入るといつも、自分がひとつの宇宙船になったような気になる。エアロックの前に認証番号の順に整列し、自分の名前が呼ばれると中に入る。李は三十五番目だった。並んでいる間に、再び便意が怒濤《どとう》のように押し寄せてきた。李は、その便意を「かなりやばいもの」と判断した。このままではバースト（宇宙軍用語）してしまう。しかし、もし自分の順番が来た時にエアロックの前に立っていなければ、彼は一生二等兵のままだ。李は、考えに考えた。三十五番目。順番が来るまで、十五分はかかるだろう。その間に、この宇宙服を脱ぎ、トイレに行って用を足し、再び宇宙服を着て、ここに戻ってくることができるだろうか。おそらくぎりぎりだ。しかし、ためらっているうちにも時間は過ぎる。李は決断した。すばやく列を離れて、ゴリアテではないもう一人の教育担当官に近寄り、小声でトイレに行く旨《むね》を伝えた。

「間に合うんだろうな。もし、間に合わなかったら……」

「だいじょうぶです」

李は走った。トイレの前で宇宙服を脱ごうとしたが、脱ぐのは着るよりも時間がかかる。とくに一人で脱ぐ場合は。便意は急激に強さを増し、襲いかかってきた。やばい。ほんとにやばい。やっと下着を脱ぎ捨て、小便採集器を外すと、トイレに飛び込んだ。便器に腰を下ろすのと同時に、発射音がした。よかったたすかった。あと二秒遅れていたら、たいへんな目にあっていただろう。高額な宇宙服を汚した罰で重営倉《じゅうえいそう》に入れられていたかもしれない。ほっとしたのもつかの間。彼は尻を洗浄装置で洗うとそそくさと腰を上げ、トイレから出た。時計を見る。すでに九分が経過している。十五分というのは、あくまで彼の予想で、確実なものではない。急がなくては。彼は、さっきと同じ手順で宇宙服を身につけていった。走る走る走る。猛烈なダッシュでエアロックの前に滑り込んだ時、三十三番目の男が中に入ろうとしているところだった。危なかった。李は荒い息を鎮《しず》めつつ、自分の順番を待った。エアロックの中に入る。気圧が微調整される。しゅぼん、という音とともに、目の前のシャッターが開く。

〈前へ進め〉

イヤホンの声に従って、李はシャッターから外に出る。そこには生《なま》の宇宙があった。上も下も横も斜めもない。ただひたすらそこにある無限の空間。李は心の底から感動した。これまで宇宙船やステーションの窓から見たことはそれこそ何百回とあるし、巨大スクリーンに映し出された「銀河系」を見たときは驚いたものだ。しかし、これはそういった疑似体験とは全《まった》く別のものだ。命綱をつけて、インストラクターに見守られての宇宙遊泳の研修も何度か経験がある。しかし、あの時はこれほどの「宇宙の中に無防備に投げ出された」という感じにはならなかった。涙が出そうだ。この仕事を選んだのはまちがっていなかった。すばらしい……すばらしいことだ。感動と畏怖《いふ》と恐怖と戦慄と……それらがいっぺんに李に向かって押し寄せてきた。

李は、口の中ですばらしいと何度も繰り返した。

〈三十四番のチンチクの背中が見えるか〉

ゴリアテの声だ。李は、上下前後左右を見回した。いた。チンチクの前にリンゲルが、リンゲルの前にニカラが、ニカラの前にグアテマが……三十四人の同僚が数珠《じゅず》のようにつながっているのが見える。その数珠の先頭には、通称〈あひる〉と呼ばれる先導用超小型宇宙船がある。宇宙空間においては同方向に進むのは比較的容易であるから、ステーションの中から遠隔操作で〈あひる〉の進路をたびたび変えて、後続の兵士たちがついてこられるかどうか試すのが、いわゆる〈あひるの行進〉だった。

〈見えます〉

〈その方向に向かって進め。絶対に見失うなよ〉

李は、胸のコントロールパネルを調節した。背中のＭＭＵについている四十八のノズルの向きや噴き出す窒素ガスの強さなどを微妙に変えて、望んだ方向に身体を進行させる。たいへんな技術を要することだが、それをマスターするのが宇宙歩兵の基本であるといえた。後ろを見ると、すでに彼に続く新兵が数人、帯のように連なってきている。彼らは〈あひる〉を先頭に、前後の兵士に一定の距離をあけて、何の拘束も補助も受けずに、宇宙空間を縦横に行進する。今から約十時間、支えもすがるものもなく、真空や宇宙線、高熱、低温などから身を守ってくれるのは薄い宇宙服だけという状態で、虚空に浮かんでいなくてはならないのだ。しかも、何の目的もなく、〈あひる〉の先導にがあがあと付き従っていかねばならない。肉体的にはもちろん、精神的にも相当の苦行である。この行軍を終えた新兵は、訓練前とは見違えるような強靭な肉体と精神を持った兵士に変身しているという。

出発して一時間ほどした頃、李の身体に異変が起きた。ずっと胃のあたりにこぶし大のむかつきの塊《かたまり》のようなものが居座っているような気がしていたのだが、それが次第に上に上がってきた。顔が、酒でも飲んだかのようにかっかかっかと火照《ほて》っている。顔だけではない。全身の肌が熱い。下着に触れている部分がぞわぞわする。悪寒《おかん》というやつだろうか。唾がやけにべとつく。後頭部に「きーん」という偏頭痛がする。こめかみの血管が心臓と同じ鼓動を打ちはじめた。目が霞《かす》んできて、前を行く三十四番の背中がぼんやりとしか見えない。目を擦《こす》りたい。頬《ほお》を両手で叩いて気合いを入れたい。だが、ヘルメットがそれを阻《はば》む。目を擦るには、あと九時間待たねばならないのだ。げふっ。げっぷが臭い。タマネギとニンニクと冷凍エビとピーマンとチーズとメリケン粉を混ぜた、この世でもっとも不快な臭いだ。それが、じわじわと宇宙服の中に充満していく。宇宙服は呼気から二酸化炭素を取り除く機能があるが、悪臭までは除去しない。それに混じって、ぷーんと便所の汚水のような臭いがする。体調が悪いことはわかっていたが、これほどとは……。李は不安を覚えた。

〈三十五番！　何、ぼーっとしとるんや。道がそれとるぞ！〉

鼓膜が破れんばかりの音圧で怒声《どせい》が耳に飛び込んでくる。はっとして目を見開くと、視界のどこにも三十四番の背中がない。李は焦《あせ》って首をあちこち動かし、やっと三十四番を捕捉した。あわててMMUを操《あやつ》り、方向を変える。

〈おまえがずれたら、後続のひよこは皆ずれるんじゃ。忘れたか！〉

そうなのだ。彼のミスは彼一人の問題にとどまらず、彼の背中を見て進んでいる後ろの兵士全員に影響を与えるのだ。

〈ど性根いれて訓練せんか、ぼけ！　ピザの食い過ぎで頭がおかしなっとるんやないか〉

〈う………〉

李はヘルメットの上から口を押さえた。油が食道を通ってのぼってきたのだ。

〈三十五番、返事せんかい〉

しかし、返事をするどころではなかった。李は、突然、こみ上げてきた吐き気と必死に戦っていたのだ。口を開くと、何かが出てきそうで、しゃべることができない。

〈応答せよ、三十五番、応答せよ〉

ゴリアテがわざと事務的な口調で言う。

〈応答せよ応答せよ応答せよ応答せよ。こらあ、三十五番、しゃべれんのかい！〉

この通信は、参加者全員に聞こえているはずだ。真空の中を哄笑《こうしょう》が走り抜けているような錯覚に陥り、李の頭は怒りに爆発しそうになった。だが……今はそれどころではない。水でも飲めば、少しは吐き気もおさまるのではないか……李は、口の横にあるストローを舌の操作で突出させ、その先端をくわえた。一口飲む。

「うげえっ！」

李は思わず水を吐き出した。水は細かい粒子となってヘルメットの中を漂う。

（な、何だこの水……うげっ……）

それは、便所の汚水の味だった。飲んだことがあるわけではないが、アンモニア臭の混じった生臭さは、そうとしか思えなかった。よく見ると、数ミリの変な小生物が水に混じってたくさん浮かんでいるではないか。

（ボウフラだ……）

それは明らかに蚊《か》の幼虫だった。オニボウフラといってサナギの状態になっているものもいる。まちがいなく汚水なのだ。李は、口の中がむずむずしてきて、ぺっぺっと何度も唾を吐いた。

〈三十五番、どないかしたか〉

ゴリアテの声。

〈まさか、汚い水でも飲んだんとちゃうやろな。あはははははは〉

ゴリアテのしわざだ。昨日のことを根に持って、彼の飲料水を汚水と入れ換えたのだ。でも、出発前点検はしたのにどうして……。

（トイレに行った時だ！　くそ、あの野郎……）

これで水は飲めない。口の中の汚水の味はいつまでも消えない。李の不快感はそれによって増幅されていった。

（うう……気持ち悪い……）

そう思った途端、突然、胃の中のものが食道を逆流してきた。しまった。李は口を引き結び、顎を下げ、何とか嘔吐《おうと》を押さえようとした。全神経を食道と喉に集中する。吐き気は襲った時と同様、唐突に引いていった。ほっとしたのもつかの間、今度は下腹部に異常が起こった。ぷすぷす……ぷすん……。ずっと下腹が張るような感じがしていたのだが、宇宙服の中に放屁《ほうひ》したくないという理由で我慢していたのだ。それが漏れてしまった。いや、この感じはただの放屁ではない……！　李は真っ青になった。突如、猛烈な便意が彼に襲いかかってきた。急いでいたのでトイレでは出きっていなかったのだ！

「うぐ……ぐぐ……ううう……」

呻《うめ》く彼の声を聞きつけ、

〈三十五番、どないした。腹でも痛いのか〉

図星である。しかし、そんなことは口が裂けても言えない。

〈宇宙には便所はないで。わははははは〉

下肢《かし》をよじりあわせて耐える。だが、あと九時間。耐え抜くことは果たしてできるのだろうか。

〈こらあ、何度言うたらわかるんじゃ。コースを外れとるやろが！　おまえ、あとのもんを殺したいんか！〉

罵声を浴びて、我に返る。もう……もう限界だ。謝るのだ。ゴリアテに謝罪して……。

〈さ、三十五番、李・バイアです。体調が……不全なので、帰還させてください……〉

物を言うたびに、胃が暴れそうになるので、それをなだめつつ、か細い声で言う。

〈あかん〉

にべもない返答。李には、ゴリアテの勝ち誇った笑い声が聞こえてくるような気がした。

〈お、お、お願いします！〉

ぷすん。

〈帰還は認められん。訓練を続行せよ〉

ぐるる……るるる……きゅう……ぷすん。

〈ききききき帰還させてくださいっ〉

〈まかりならん〉

〈昨日のことでしたら謝ります。私が悪かったのです。ですから……〉

〈昨日？　何のことかいな。わしは公私混同はせん人間や。とにかく訓練を続行せい。これは命令や〉

李は従うしかなかった。口と肛門……身体の上下の穴を引き締め、吐き気と便意をむりやりねじ伏せようと試みる。人間の身体を司るのは意志の力だ。多少の吐き気や便意など、いくらでもコントロールできる……はずだ……。

〈前を見んか！　三十四番を探せ！〉

その言葉に身体をひねった時、便意が激しく募った。

（いかん……！）

李は、ふんばった。便意は去った。それからしばらくは、吐き気も便意もおさまっていた。

（もしかしたら……何とかなるかも……）

甘かった。それが嵐の前の静けさであることに、李は気づかなかったのだ。三十分後、吐き気と便意は機を同じくして再び襲来した。しかも、前とは比べものにならないほど強大になって。三十分前なら何とか帰還できた、と思う。しかし、今はもうステーションに戻る余裕はない。

（食用蛙《がえる》が一匹、食用蛙が二匹、食用蛙が三匹……）

彼は心を空《から》にして吐き気も便意も忘れようとした。ひたすら前を見つめ、〈あひるの行進〉を完遂することにだけ集中するのだ……。

（……食用蛙が六十三匹、食用蛙が六十四匹、食用蛙が六十五匹……）

不思議なことに、吐き気も便意も泡雪が溶けるように消えていった。意志の力の勝利だ。人間万歳！

（……食用蛙が九十六匹、食用蛙が九十七匹、食用蛙が九十八匹、食用蛙が九十九匹、百匹の食用蛙がくわっくわっくわっくわっゲロゲロゲロゲロゲロゲロゲロゲロ……）

李の脳裏には、百匹の大蛙が集まって、一斉《いっせい》にゲロを吐く光景が浮かんだ。しまった、と思った時にはもう遅かった。一旦《いったん》、退《しりぞ》いたふりをしていた吐き気は、百倍になって戻ってきた。おそらくその瞬間、李の顔は真っ青になっていたことだろう。胃が反乱を起こし、どうふんばっても抑えることはできなかった。胃から、いや、もっと身体の深いところから、ピザの塊が噴火のように噴きあがってきた。それは、食道を数倍の太さに拡張しつつ、口腔《こうくう》内に殺到して満ち満ちた。何とかそこでとめようとしたが、嘔吐物の勢いは想像を絶するものがあった。李の頬はブルドッグのように膨れ上がった。そして……。

ゲロゲロゲロゲロゲロゲロゲロゲロゲロゲロゲロゲロゲロゲロゲロゲロゲロ……！

嘔吐物は溶岩のように彼の口から凄まじい速度で放出された。胃から口までが一本の下水管のようになり、そこを大量のゲロが次から次から上昇してくるのがはっきりわかった。胃がどくどくと波打ち、射精の快感にも似た一種の爽快《そうかい》感が李の脳幹《のうかん》を熱くした。ゲロゲロゲロゲロゲロゲロゲロゲロゲロゲロゲロ……！　終わらない。嘔吐はいつまでたっても終わらない。ゲロはヘルメットに向かって叩きつけられ、透明な窓の部分にうずたかく積み上がった。無重力状態でも、粘着性が高いので飛散しないのだ。永久に続くかと思われた嘔吐がやっと一段落した。目の前には嘔吐物がこんもりと積み上がって湯気をあげている。そして、一部は宇宙服の中を浮遊している。ほとんどは黄色いメリケン粉の塊だ。そして、ちぎれたピーマン、トマトの種の部分、色の悪いエビ、繊維を尾のように伸ばしたタマネギ、黒く不気味なアンチョビ、歯形のついたサラミなどが粘液と油にまみれた状態で色とりどりに花をそえる。黄色い、何だかわからない物質は合成チーズらしい。よくこれだけのものが胃の中に入っていたものだ。それらが発する悪臭とニンニクの臭い、安物の油の臭い、そして、大量の胃液の酸《す》い臭いが入り混じり、狭い空間に溢れた。いつの間にか脱糞していたらしく、糞の臭いもする。プラス、汚水の臭い。悪臭は、宇宙服に籠《こも》ったままだ。李は再度吐いた。髪の毛はごわごわだ。下着を着ていても、首や手首から嘔吐物は中に入ってくる。すぐに李の肌はずるずるになった。

〈三十五番、どうした。コースを著しく外れているぞ。すぐに修正せよ〉

ゴリアテではない教育担当官の声がイヤホンから聞こえた。コースを外れている？ 当たり前だ。窓がゲロでふさがって、何も見えないのだ。だいいち、目をあけると、浮遊しているゲロが目の中に入ってくる。李は何か言おうとして口を開いたが、マイクに向かって嘔吐してしまった。げぼぐべがぼぐべごぼぐべがばぐべ……！

〈何の音だ。雑音で何も聞こえんぞ。三十五番、状況を報告せよ〉

李は必死の思いで、声を出した。

〈宇宙服内に……嘔吐してしまいました。助けて……助けてください……〉

〈何を言ってるのかまるで聞きとれん。三十五番、マイクをチェックしろ〉

見ると、マイクの上に嘔吐物がかぶさっている。李は大声を出した。

〈助けてえっ！ 誰か助けてえっ！〉

〈うーん、何も聞こえん。通信機器の故障かな〉

〈もう、かなりコースから逸脱しとるな。やっぱり頭がおかしゅうなったんとちゃうか〉

ゴリアテの声。そして、複数の笑い声。

〈後続が危険だ。三十六番は、三十五番を無視しなさい。三十四番のあとに続きなさい〉

〈了解〉

このままだと見捨てられてしまう。何とかしなくては。李は、舌を突き出し、マイクの上のゲロをなめとろうとした。じゃりじゃりじゃりじゃりじゃり。

〈変な音がするな〉

〈せやな〉

李は、なおも舌で汚物をなめとる努力を続けた。もう少し……もう少しで……。ぶつ。嫌な音がして、マイクがもげた。李は蒼白になった。これでもうこちらからの通信はできない。とにかく、同僚たちがどっちにいるのか、それを見定めなくては。あわてるな。パニックが一番怖い。そう習ったばかりじゃないか。冷静に……冷静になるんだ。しかし、悪魔じみた悪臭がその努力をさまたげる。深呼吸すると、鼻の穴にチーズやどろどろのメリケン粉が入ってくる。李は激しく咳き込んだ。ヘルメットの窓から外が見えるようにするのが先だ。どうすればいいか。冷静に考えろ。冷静に冷静に。李は、舌を長く伸ばして目の前の嘔吐物の山を少しずつ突き崩そうとした。しかし、よほど粘りけがあるらしく、山は容易に崩れない。どうすればいいか。冷静に考えろ冷静に。李は、口をすぼめて、そのゲロを吸い込むことにした。一旦吐いたものを口にすることには抵抗があったが、そんなことを言っている場合ではない。舌先で山をつついてほぐし、浮いてきた部分を啜り込む。サラミやツナ、野菜の断片、そして、大量のメリケン粉とチーズ。材料は全て可食のものだし、さっきまで胃の中にあったものなのに、今はただの汚物である。それを口の中に入れ、飲み込まねばならないとは。李は、わき上がってくる吐き気をこらえ、冷静に冷静にと言いながらその作業を繰り返した。やっと、窓の一部が外の見える状態になった。幅が狭いので視界は限られているが、李は身体を回転させて、同僚の姿を求めた。だめだ。窓全体が見えるようにしなくては……。李は、また口を使ったバキューム作業に戻った。その時。

〈緊急事態発生。緊急事態発生。訓練中の新兵はただちに〇〇〇に帰還せよ。緊急事態発生。緊急事態発生。訓練中の新兵はただちに〇〇〇に帰還せよ〉

生まれてはじめて耳にするスクランブル信号だ。李は緊張した。ステーションに何が起こったのだろう。李は身をよじってあちこちの方角を見たが、結局、何もわからなかった。それを最後に通信は途切れた。李は、ゲロにまみれたまましばらくじっとしていたが、あきらめて視界を広げる作業に戻った。それから約二時間。乾燥してきたゲロの山はやっと四散をはじめ、宇宙服の中をくらげのように漂いだした。ようやく視界はフルになった。李は、三百六十度を見回した。どこにも同僚の姿はない。ステーションからどれぐらい離れてしまったのか。ステーションがどっちの方角にあるかすらわからない。あるのはただ……星だけだ。星。星。星。星星星星星星星星星星星星星。星の海という言葉の意味を、李ははじめて覚ることができた。浮遊する嘔吐物の合間から見える大宇宙は、美しかった。李は息を吹きかけてエビとタマネギの残骸を目の前から追い払うと、壮大な芸術を見つめた。星は偉大で荘厳《そうごん》で凄まじくも圧倒的な存在感をもってそこにあった。この美を「神」という言葉を使わずに理解することは不可能だ。果てしなく続く漆黒《しっこく》の宇宙。何億年というサイクルで生まれては死ぬ星々のドラマ。ほんの一瞬、そのドラマに加わることで大きな顔をしているあまりにも矮小《わいしょう》な〈人類〉。そして、矮小な〈人類〉の中でも矮小な、矮小な、ゲロまみれの自分……。そうだ。彼は……彼は大宇宙に抱きかかえられて、嘔吐しているのだ。李は、ため息をついた。この宇宙服は太陽電池を備えており、完全循環型だから、酸素と水は半永久的に供給される。宇宙線も防いでくれるし、空腹に耐えさえすれば四、五日は生存することが可能である。MMUを使えば、ある程度の移動は可能だが、ステーションの位置がわからない今、やみくもに移動するのはかえって危険だ。じっとして救助を待つのが最善の策ではないのか。たしか、救援信号というものがある。生命維持装置の下側にある赤いつまみを回転させた。これで、遭難を意味する信号が発信されたはずだ。OOOでも、彼がいなくなったことには気づいているだろうから、信号をキャッチすれば、拾いに来てくれるだろう。たぶん、三十分以内には。李は少しだけほっとした気分になった。だが。一時間たっても二時間たっても……半日たっても救助の船は来ない。

（まさか、ゴリアテのやつが妨害しているんじゃないだろうな……）

しかし、いくらゴリアテでもそこまではすまい。李自身に価値がなくても、ゴリアテ自身が言っていたとおり、宇宙服は一般人の生涯年収でも買えないぐらい高価なものだ。私怨《しえん》のために見捨てたりはしないだろう。しかし、丸一日たち二日たっても救援は来なかった。おかしい。理由をいろいろ考えたが、結論はでない。ゲロが乾燥して、髪の毛や肌がぱりぱりだ。全身がむずがゆい。そのうち、空腹が耐え難いほどになってきた。李は、宇宙服の中を浮遊する乾いたメリケン粉やサラミ、ツナ、アンチョビ、ピーマン……といった元ピザだったものを吸い込んで、食べた。一時はあれほど忌《い》まわしいものに思えていたそれらが、今は宝物のように見えていた。問題は、ゲロがなかなか口の前に来てくれないということだ。汚水が混じった水は飲む気になれないが、生きのびるためには仕方がない。最低限度だけを時々口にした。ひとりぼっち、という言葉がよく頭に浮かんだ。李は不安と孤独でいっぱいだった。いくら頑強とはいっても、宇宙服が破れたら終わりなのだ。彼は、生と死の微妙な境目《さかいめ》にいる自分を強く意識した。そんな李の唯一の心の慰めが、眼前に広がる星の大パノラマだった。眼前にという言い方はまちがっている。彼自身も、そのパノラマの中にいるのだ。母なる海というが、母なる大宇宙に抱かれているという感覚は、李に計り知れない慰めを与えた。スクリーンを通して見るのではない。彼は今、肉眼で宇宙を見、ほんの数センチの厚さの服を隔てて宇宙に触れている。李は宇宙であり、宇宙は李だった。彼は宇宙と一体になっているのだ。三日目が終わる頃、問題が発生した。汚水に混じっていたボウフラが次々と孵化《ふか》し、宇宙服の中を飛び回りはじめたのだ。一匹の蚊は一度に三百もの卵を産む。しかも、たいていの昆虫が生涯に一度しか産卵しないのに、蚊は何度も行う。卵は、二週間もかからずに成虫となる。何百匹という大きな藪蚊《やぶか》たちが、李の頬や額、耳、顎、指先など、下着で覆われていない部分をひっきりなしに刺す。痒《かゆ》い。めちゃめちゃ痒い。猛烈に痒い。全身を掻《か》きむしりたい。痒くて痒くて痒くて死にそうだが、耐えるしかなかった。息をしようと口をあけると蚊が飛び込んでくる。耳や鼻にまで潜り込む。舌を刺されたときは驚いたが、これは歯でしごくようにして掻いた。眼球を刺されたときは、さすがに李も怒り狂った。目の玉が死ぬほど痒いがどうすることもできない。李は、猛烈な速度でまばたきを繰り返して、痒みを和らげようとしたが無駄な抵抗だった。大発生した蚊は李を好きなだけ刺しては血を吸いまくり、李は貧血に陥った。体中がぼこぼこに腫《は》れあがった彼は、とても人類とは思えないような外見になっていた。四日目、彼の疑問にいきなり答が出た。嘔吐物越しにかいま見える宇宙空間に、何やら茶色い物体が浮かんでいる。それも複数。そのうちの一つがすぐ近くに寄ってきた。李は、思わず誰にも聞こえるはずのない叫びを発した。それは……同期だったヨハネの首だった。ヨハネ……どうしてやつが……。彼は、目の前に来る嘔吐物を呼気で吹き飛ばしながら、あちこちを見回した。周囲に浮かんでいる物体は、全てが〇〇〇の仲間たちの死骸だった。李は、回遊魚の大群のような死骸の雲の中に入り込んだようなかたちになっていた。サロメの死骸もあった。もっとも上半身だけだったが。

（救援に来ないはずだ……）

李はため息とともに合点した。何かが〇〇〇に起きたようだ。異星人の攻撃か、宇宙竜ランダに襲われたか、エネルギー炉が爆発したか……いずれにしても宇宙ステーションがもう存在しないことはまちがいないだろう。李は、戻るべき場所を失った。泣きあい、笑いあい、語りあった同期の連中。ゴリアテのことすら懐《なつ》かしく思い出した。みんな……みんな死んでしまった。一日を二十四時間とすると、五日目の朝が来た。もはや李には、痛み、痒みの感覚はなく、臭気も感じなかった。何だか何十年も、いや、何百年も前からこうしていたような気がする。いや……もっともっともっともっと前から……ビッグバンの時から……。諸行無常……色即是空……そんな言葉が頭に浮かんでは消える。少し息苦しい。空気が濁ってきているようだ。酸素は半永久的に生成されるはずだったが、問題が生じたのだろうか。一番考えられるのは、呼気の吸収口にゲロが付着し、宇宙服内の物質の循環が正常に行われなくなっている可能性だ。李は恐怖におののいた。その時……彼は見た。彼の宇宙服の上をサッカーボールのような物体がすうーっと通過していった。それは、ゴリアテの首だった。頭頂が吹き飛び、脳が剝《む》き出しになっているが、その肉食獣のような顔は見誤るはずもない。通過する瞬間、ゴリアテは目をくわっと見開き、李に向かって言った。

「大宇宙は嘔吐の中にあり。嘔吐は大宇宙の中にあり」

李の全身を電撃が貫いたようなショックが襲った。わかった！　そうだ。そうだったのだ。彼は、全てを知った感動に噎《むせ》び泣いた。頭上に巨大な星雲が見える。足の方向にはレンズ状の銀河が。百五十億年の年月、膨張を続けている大宇宙。そこに存在する無数の恒星。そこでは人類がまだ見たこともない数多くの知的生命体が今この瞬間も、生まれ、そして死んでいるにちがいない。その中に存在する人類とは、なんとちっぽけな存在であろうか。そして、人類の中の自分。そう。巨視的には〈無〉である彼は、一人の旅人なのだ。その旅にははじまりもなければ終わりもない。虚空を横切る彗星のように……。人生最後の瞬間に自分は悟りを得た。ゲロ？　ゲロのことはもう気にしていない。もう李には何のおそれも迷いもなかった。何だかやたらと気持ちよい。何か脳内物質が分泌されているのだろうか。このまま眠るがごとく死んでいくことができれば……彼の念願はかなう。宇宙と一《いつ》になることができるのだ。ゲロ？　ゲロのことはもう気にしていない。宇宙と交わるには宇宙服が邪魔だが、体力が極限まで落ち込み、指を動かすことすらできない状態では脱ぐことはできない。ゲロ？　ゲロのことはもう気にしていない。意識が薄れてきた。今……今こそ……今こそ自分は……大宇宙と一体化する……そして……神となる……。ゲロ？　ゲロのことはもう気にしていない。心を無にして死を待つのだ。食用蛙が五十七億三千九百四十八万五千七百二十八匹、食用蛙が五十七億三千九百四十八万五千七百二十九匹、食用蛙が五十七億三千九百四十八万五千七百三十匹、食用蛙が五十七億三千九百四十八万五千七百三十一匹、食用蛙が……。

　嫌だあっ！　こんなゲロまみれで死ぬのは嫌だあっ！

◇

　李の宇宙服は、それからかなりの日数、虚無の空間を漂流していたが、やがて一隻の宇宙船に拾われた。人類外の未知の異星人のものである。李の救援信号をキャッチした彼らは、意味はわからぬまでも、知的生命体からのメッセージにちがいないと考えたのだ。異星人は、蚊型生物だった。昆虫型生物というのはあるだろうが、蚊型生物というのはちょっと……という意見もあるかもしれないが、そういう人もこの異星人を一度自分の目で見れば納得するだろう。まさに「蚊型」と表現するしかない外観をしているのだ。剛毛《ごうもう》の密生した六本の脚、巨大な複眼、槍《やり》状に伸びた口吻《こうふん》、そして、四枚の薄い羽根。ただし、体長は三メートルほどもある。彼らは、収容物を無菌室に入れ、遠隔操作によりマジックハンドで宇宙服のつなぎ目を外した。途端、無数の蚊が中から飛び出した。何万匹に膨れ上がった蚊の群れは、わんわんと羽音をたてて無菌室の中を飛び回った。蚊型宇宙人の一人が目を丸くした(もともと丸いが)。

「やはり……やはりそうだった! 私はかねがね知的生命体は我々と同じ姿形をしているという説を唱えてきたが、今、それが実証された!」

「たしかに彼らは我々によく似ている。しかし、知的であるという証拠はどこにもない」

「君たちは、彼らの言葉が聞こえんのか。あの『わーん、わーん』という声が。彼らは我々に何かを告げようとしているのだ」

彼は、同僚たちの制止を振り切って、無菌室に入った。その瞬間、彼は「うが」とえずいた。凄まじい臭気が襲ってきたからだ。昆虫は、胸部や腹部にある気門から呼吸するので、息をとめたりすることが苦手である。しかし、歴史的ファーストコンタクトの瞬間である。彼は気を取り直して、蚊柱《かばしら》に歩み寄った。

「さあ、宇宙の友よ。我々は一人ではなかった。ともに語り合おうでは……わっ、やめろ、やめてくれっ」

たちまち彼は腹を減らした何万という蚊にたかられ、全身を腫れあがらせた。

「痒い……痒い痒い痒い!」

蚊型宇宙人は体中をばりばりと掻きまくった。しかも、宇宙服の中の汚物状のものからは、あとからあとから猛烈な悪臭が噴きあがり、途絶えることがない。臭さに耐えられなくなった彼はついに叫んだ。

「こいつを閉じてくれ！」

ただちにマジックハンドが宇宙服を元通りに閉ざしたが、腹を減らした蚊たちは、彼を黒く覆い尽くして刺しまくった。

「ひいいいい……痒い痒い痒い痒い！」

隣室から見ていた彼の同僚たちはパニックとなった。

「あの宇宙人は獰猛《どうもう》だ。殲滅《せんめつ》しろ！」

遠隔操作により室内用波動砲が掃射され、数匹の蚊を分子レベルにまで分解したあと、床の一部に大穴をあけた。

「あんなやつらは知的生命体でも何でもない。船外に投棄しろ」

「生命体の大部分は室内におりますが」

「無菌室ごと切り離して射出するんだ」

「博士がまだ中に……」

「彼は毒物攻撃を一身に浴びてしまった。可哀想だが……」

こうして、李は再び広大な空間の旅人となった。

◇

李の宇宙服はそののち、数奇な運命を辿《たど》ることになった。次に、彼を拾ったのは、豚型宇宙人の宇宙船だった。哺乳動物型と言うべきなのかもしれないが、何しろ「豚型」と表現するしかない外観をしているのだ。豚型生物は、李の宇宙服を開いた途端に噴出した毒々しい臭気に鼻を打たれ、ただちに船内のゴミ捨て場に投棄した。李は大量のゴミに埋もれて一週間を過ごしたあと、船外に放出された。李は、ゴミをまとわりつかせたまま、宇宙にさまよい出た。一カ月ほどして、火喰い鳥型宇宙人の宇宙船が彼を収容した。彼らは豚型宇宙人と同様に、李をゴミ捨て場に置いた。宇宙服から漂うあまりの悪臭に、一般の部屋には置けなかったのである。そして、日増しにきつくなる臭いに我慢できなくなり、とうとうゴミとともに李を宇宙空間に捨てた。

李は、その後もたびたびいろいろな異星人の宇宙船に拾われ、ゴミとして投棄されることが繰り返された。そのたびに、宇宙服の周囲には、同時に捨てられたゴミがフジツボのように付着していき、回数を重ねるごとにゴミの数は増し、層は分厚くなっていった。ゴミは引力によって引き合い、強い磁場が発生して、行く先々で宇宙ゴミを取り込み、膨れ上がった。しまいに、李の宇宙服はその後ろにゴミの山を長々と尾のように引っ張るようになった。その様《さま》は、遠くから観察すると、まるで彗星のようであった。その先端に位置するのはもちろん李の宇宙服である。李は、その後も、時折、銀河系のあちこちで目撃された。膨大な量のゴミを従えて大宇宙を旅する李を、ある人は、〈さまよえるゲロ人〉と呼び、ある人は〈宇宙のゴミの王〉と呼んだ。夜空を見上げて、多くの人々が李の何万光年という孤独な旅に想いをはせ、涙した。

李は、ついに伝説の人となった。李のことを指す〈ゲロの尾〉が夏の季語となった。ある歌人は〈あしびきの山鳥の尾のしだり尾の長々しきゴミの山を曳《ひ》く〉という歌を詠《よ》んで、李を讃《たた》えた。一部の星では、李を信仰の対象とした宗教も発生した。彼らは、李の後ろに伸びる長大なゴミの帯を〈後ろ神〉と呼び、夜空にそれが見える時は一斉に跪《ひざまず》き、偉大な全能者（李のことである）に来世の幸福を願った。李の率いるゴミ、ゲロ、糞、屑、塵芥《じんかい》……の量は日に日に増加し、今やひとつの惑星を覆い隠さんばかりになった。学者の中には、恐竜の絶滅は、李の先導するゴミの中に地球がすっぽり入り込んでしまい、その時の凄まじい悪臭が原因だと真剣に主張する者もいた。

そして……。

◇

「ダビデ軍曹殿、何かが接近してきます！」

「どうせ宇宙塵か隕石だろう」

「ちがいます。もっと巨大な……今、スクリーンに映します」

〈人類圏〉宇宙軍附属研修用宇宙ステーション〇〇〇Ⅱの大型スクリーンに映し出されたのは、膨大な量のゴミの山だった。それが、ステーションに向かってぐんぐん近づいてくるのだ。

「軍曹殿、あれはいったい……」

「〈さまよえるゲロ人〉……李・バイアだ」

「じゃあ、宇宙服の中でゲロを吐いて死んだという伝説の……」

「伝説ではない。あの話は真実なんだ。やつは……やつは還《かえ》ってきたんだ！」

「あんなにでかいものがどうして今までレーダーで捕らえられなかったんでしょう」

「個々の粒子が小さすぎるんだ。何しろただの生活ゴミの集合体だからな……」

「どうします。砲撃しますか」

「無論だ。このままだと正面衝突する。あんなゴミなど燃やしてしまえ！　全砲門開け。目標、前方のゴミの帯。発射！」

だが、ほとんど効果がなかった。

「軍曹殿、今日は燃えるゴミの日ではないようです」

「馬鹿者！」

ゴミはますます接近し、スクリーン上でも構成物の一つひとつが見分けられるほどであった。魚の骨、腐った肉、折れたアスパラガス、冷や飯、人参の皮、プラスチック、ペットボトル、空き缶、発泡スチロール、猫の死骸、ゴキブリの死骸、糞、自転車のサドル、壊れた冷蔵庫、おもちゃ、木ぎれ、何だかわからないぐにゃぐにゃしたもの、何だかわからないどろどろのもの、何だかわからないべとべとしたもの……それらが何万何億何兆と集まって、まるでスペースコロニーのように巨大な島を作っている。その一番先頭にあるのは、ゲロをいっぱいに詰め込んだ宇宙服であった。

「回避できません。あと五分で衝突します！」

にとどまった。

だが、幸いにもゴミの山のほとんどはステーションを逸《そ》れ、一部の塵芥が軽い衝撃を与えた

「ふう……これぐらいなら修理すれば何とかなる。ただちに全員を艦橋《かんきょう》に集め……」

「軍曹殿！　ハッチに何かが引っかかっています。収容しますか」

「待て。危険なものかもしれない。スクリーンに映し出せるか」

正面スクリーン上のその物体を見た瞬間、軍曹の顔色が変わった。

「李だ……」

それは、李の宇宙服だった。所長の指示を受け、李はステーション内部に収容された。気密室に移されたそれがスクリーンに映るやいなや、艦橋にいた所員のうち七、八名が跪いた。信者なのだ。ダビデは舌打ちをし、遠隔操作で宇宙服を開けるよう部下に命じた。同じ軍人として、宇宙で死ぬ可能性のある者として、ダビデはある種の感慨をもってその様子を眺めていた。李の、長い長いつらく苦しい旅がやっと終わったのだ。ご苦労さん。あとは安心して永眠してくれ……彼はそう言ってやりたかった。宇宙服の内部はやはり、黄土《おうど》色のような、緑色のような、ピンク色のような、どろどろした物質に満ちていた。操作担当者はマジックハンドをその中に突っ込み、嘔吐物を少しずつ掻きだしていく。と、マジックハンドの動きがとまった。

「どうした。故障か」

「いえ……何かに……摑まれているみたいな……」

「逃ゲロ！」

その時。軟便状の物質の中から何かがずぼと立ち上がった。それは、人間の形をしていた。顔も目も口も汚泥にまみれ、顔かたちもわからないが、明らかに李だった。全身に汚物の服をまとった李が、マジックハンドを右手で摑んだまま、そこに屹立《きつりつ》していた。

「イッツ・嘔吐・マジック……」

ダビデは小声で呟いた。李とおぼしき者は、ぶるぶると身体を震わせてこびりついたゲロを振り落とすと、ゆっくりとモニター用のカメラに近づき、両手を高々と差し上げて叫んだ。

「し……し……し……食用蛙がぁ……さ、さ、三千八百七十六垓《がい》二千九十九京《けい》三百五十二兆七千九百十一億千二匹！」

◇

それは生物学上の奇跡としか言いようがなかった。ゲロが宇宙服内でいかなる化学変化を起こして李の生命を維持していたかは、現在、複数の機関が研究を行っているので、そのうち判明するだろう。とにかく、李は、健康状態も良好で、短期間の入院はしたものの、悪臭除去のために全身の裏表に徹底的な洗浄を受けただけで、他には何の措置も施《ほどこ》されなかった。すぐに退院した李は一時的に時の人となったが、目先の話題を追うマスコミにはすぐに忘れ去られ、彼を信仰していた信者たちも気合いが抜けたらしく教団は解散、彼は一介の市井《しせい》の人となった。ピザの宅配会社に就職し、結婚して一男二女をもうけ、そののちも健康を崩さず、時折「あの人は今」的番組に登場する以外はマスコミに露出することもなく、平々凡々たる人生を歩み、孫や曾孫《ひ》に囲まれて、九十六歳で大往生した。下呂《げろ》温泉にほど近い渡捨山《としゃ》瑤舶寺《ようはく》の境内《けいだい》の片隅の小さな墓に、李はひっそりと眠っている。戒名《かいみょう》は「釈星雲大嘔吐信士《しんじ》」。墓碑銘《ぼひめい》は、彼が好んだといわれる言葉「大宇宙は嘔吐の中にあり。嘔吐は大宇宙の中にあり」が刻まれている。

■著者のことば　田中啓文

この作品は、高校生のころに同人誌に発表した短篇が原型で、つまりその当時からこんなことばっかり考えていたのだ。そして、今もこんなことばっかり考えている。シアワセだなあ。タイトルがすべてを表しており、正直言って、タイトルを読めば中身を読まなくてもいいぐらいだが、このアホなタイトルは私が考えたものではなく、掲載誌の編集長だったSさんが「J・G・バラードの「死亡した宇宙飛行士」のオマージュということにしちゃいましょう」と勝手にこういう題名をつけたのである。おかげでいまだに、この作品はバラード作品のパロディで云々という文章を見かけるが、書いたときにはそんなことは考えてもいなかった。というか、高校生のときに原型を書いているのだから俺のほうがバラードより早いんちゃう？　とすら思ったが、バラードが「死亡した……」を発表したのは一九六八年で、さすがにそれはありませんでしたね。ところでゼロ年代ってなに？

五人姉妹

——菅 浩江

臓器提供を目的にしたクローンというアイデアは、ジョン・ヴァーリイ『へびつかい座ホットライン』（一九七七年）に始まり、マイケル・マーシャル・スミス『スペアーズ』や、二〇〇六年に邦訳されてベストセラーになった某主流文学長編など、ジャンルSFの内外でさんざん書かれている。手《て》垢《あか》のついたこのテーマに、まったく別の角度からアプローチしたのが本編。初出は〈SFマガジン〉〇〇年九月号の菅浩江特集。その後、短編集『五人姉妹』（ハヤカワ文庫SF）に収録された。

菅浩江（すが・ひろえ）は、一九六三年、京都市生まれ。高校在学中にSF同人誌〈星群〉に発表した短編「ブルー・フライト」が矢野徹の目にとまり、〈SF宝石〉八一年四月号に転載されて商業誌デビューを飾る。八九年、ソノラマ文庫から第一長編『ゆらぎの森のシエラ』を刊行（現・創元SF文庫）。その後、『〈柊《ひいらぎ》の僧兵〉記』（現・徳間デュアル文庫）、『鷺娘《さぎむすめ》　京の闇舞』（ソノラマ文庫）、《センチメンタル・センシティブ》シリーズの『歌の降る星』『うたかたの楽園』、『オルディコスの三使徒』全三巻（以上、角川スニーカー文庫）、『暁のビザンティラ』（ログアウト冒険文庫）など、ライトノベル文庫で長編を発表する。

九二年には、『メルサスの少年』（新潮文庫ファンタジーノベル・シリーズ）で第23回星雲賞日本長編部門を受賞。翌年、〈SFマガジン〉九二年八月号掲載の「そばかすのフィギュア」（ハヤカワ文庫JA『そばかすのフィギュア』所収）で、第24回星雲賞日本短編部門を受賞した。この短編は、デイナ・ルイスとスティーヴン・バクスターの共訳で英〈インターゾーン〉九九年三月号に掲載され（英題〝Freckled Figure〟、〈SFマガジン〉〇〇年九月号に転載）、デイヴィッド・ハートウェル編の年刊SF傑作選にも再録された。日下三蔵編『日本SF全集4』収録予定。

〇一年、『永遠の森　博物館惑星』で第54回日本推理作家協会賞長編および連作短編集部門を受賞。連作短編集に、『おまかせハウスの人々』（講談社）、『プリズムの瞳』（東京創元社）、『カフェ・コッペリア』（早川書房）など。短編集に、前出『そばかすのフィギュア』（『雨の檻』改題）、『五人姉妹』（以上、ハヤカワ文庫JA）のほか、《異形コレクション》掲載作をまとめた『夜《や》陰譚《いんたん》』（光文社文庫）がある。

Ⅰ・吉田美登里

朝がやってきた。一日生き延びられた証拠だ。もうすぐ三十五歳になる。この歳まで生きていられるとは思ってもいなかったけれど。

特に今日は気分がよかった。朝の検診で医師団から何も注文がつかなかったので、朝食はテラスで摂《と》ることにしていた。空は透き通ったガラスの青、緑したたる庭には心地よい風が渡り、小鳥たちの囀《さえず》りもいつもより華やかだった。

「お嬢様、お寒くございませんか」

メイド頭の石本《いしもと》が気遣《きづか》う。

ガーデンチェアに腰掛けた園川葉那子《そのかわはなこ》は、にこやかに答えた。

「大丈夫。ちょっと緊張しているから、暑い寒いまで気が回らなくて」

石本は白いエプロンを揉《も》みしだいて二度ほど口を開きかけたが、葉那子の静かな笑みを確認すると、

「ではご朝食をお運びします」

とだけ言って、傍《そば》を離れた。

自分よりも周囲の者たちのほうが落ち着かないようだ。葉那子はなんだかおかしかった。

十年前に長患《わずら》いの母が他界した時は、小昏《おぐら》い湖底のような雰囲気が屋敷に満ちていて、落ち着きすぎていたくらいだった。三ヵ月前に父が亡くなった時には、さすがに財界や医療品業界が盛大に嘆いたけれど、それは屋敷の塀《へい》の外のことであって、内部は葬儀の準備や弔問客の接待の忙しさで泣き伏す余裕すらなかった。使用人たちがようやくしみじみと主人の不在を嚙《か》み締めだした今になって、自分のこの提案だ。うろたえるなと言うほうが無理だわね、と葉那子は思う。

執事の井《い》ノ原《はら》がいつものように音もなく近寄ってきて、

「吉田美登里《よしだみどり》様がお着きになられました」

と告げた。葉那子の心臓が、とくん、と一度高鳴った。

「お通ししてください」

井ノ原の顔に一瞬の迷いが走った。こんなことは初めてだった。常ならすぐさま了承のお辞儀をするのだが。

葉那子が言い含めるように頷《うなず》くと、井ノ原はようやくきっかり九十度のお辞儀をして踵《きびす》を返した。

美登里さんはどんな人かしら、と葉那子は想像をめぐらせる。自分よりも二つ年下で、まだ独身。一流企業のキャリア組として頑張っていると聞いていた。

親しくなれそうなら外の話も聞いてみたいが……美登里のほうはこちらをどう思っているだろう。

白い丸テーブルの上に舶来物のクロスが掛けられ、メイドたちが朝食のセッティングをはじめた。紅茶とコーヒーのサーバー、オレンジジュースのピッチャー、バターとイチゴジャムとマーマレードの入った銀器。ベーコンエッグにチコリのサラダを盛り合わせた皿が二人分。毎朝決まりきったメニューをずっと独《ひと》りで食べてきた葉那子は、テーブルの上が賑《にぎ》やかだとそれだけで嬉しい。

葉那子はパンの入った籐籠《とうかご》をそっと向かい側の席に押し出した。籠にはバターロールとクロワッサンとトースト、それに、コーンやハーブなどを練《ね》り込んだものがいろいろと入っていて、焼きたてのいい香りがしていた。

葉那子がトーストを一番よく見えるところに入れ換《か》えて準備万端整えたところで、井ノ原の声がした。

「こちらでございます」

視線を移した葉那子は、ああ素敵、と頰笑《ほほえ》みをこぼした。

吉田美登里はきっちり仕立てた深緑色のスーツを身につけていた。理知的な瞳にシャープなショートカットがよく似合う。大きなイヤリングと金の細いネックレスが、有能な雰囲気に柔らかさを加えていた。

こつこつと細いヒールを鳴らして美登里が近づいてくる。

果たして彼女の顔が自分とそっくりであるのかどうかは、葉那子自身には判断できなかった。美登里はガーデンチェアの横に立ち止まり、葉那子に笑みを落とした。眉根がわずかに曇った微妙な表情だった。

「はじめまして。吉田です」

「こちらこそはじめまして。園川葉那子です」

ふたりの間を爽《さわ》やかな風が吹き過ぎた。

美登里は軽く苦笑する。

「どうやって会話を繋《つな》げばいいのか、よく判《わか》りませんね」

「まずはお座りください。一緒に朝食を摂っているうちに、自然と……」

「そうですね」

客は機敏な動作で椅子に腰掛ける。自分も健康だったらこんな感じになるのかしら、と葉那子は思った。

美登里はコーヒーを一口飲んでから、静かに口を開いた。

「母から伝言があるんです。いつもお世話になってありがとうございます、と」

社交辞令の域を出ない挨拶だった。葉那子は少し間を取ってから訊いた。

「月々のものが足りなければ遠慮なくおっしゃってください。他にお力になれることがありましたら、それも」

「いえ、生活費は充分すぎるほど戴いています。葉那子さんの今回のお申し出も、よほどお断りしようかと思っていたのですが」

「無下《むげ》にならさず、来ていただいて嬉しいですわ」

葉那子はフォークを取り上げながら、視線で相手に食事を勧める。

美登里は切れ者らしいまっすぐな目で葉那子を見つめてから、ふと、力を抜いて笑い、サラダをつついた。

「葉那子さん、思ったよりもお元気そうですね」

「ええ。データを取るために朝夕の検診があってとても面倒なのですが、他はいたって快適です。外へ出たいと思うこともありますが、それは贅沢《ぜいたく》というものでしょうしね」

「もしもお出掛けになったなら、きっとお医者様やボディガードで何十人もの団体になるんでしょうね。あなたの体調は全世界が注目していますから」

「そういえば」葉那子はくすくす笑いながらチコリを弄《もてあそ》んだ。「面倒なことがもうひとつありました。社員たちへのメッセージを毎日録画しないといけないんです。私はまだ生きてますよ、だから今日も一日お仕事頑張ってね、と。もちろんこのとおりの言葉では言いませんが」

美登里はベーコンを突き刺したフォークをぴたりと静止させ、また真顔で葉那子を見つめた。

「やはりご苦労が多いですね。想像はしていました。二十歳《はたち》になって事情を知ってからずっと、もしも私が葉那子さんの立場だったらどうしているだろう、と考えていたんです。物心つかないうちに成長型の人工臓器を埋められて、しかもそれが父親の会社の社運を賭けた新製品で

「……いわば……」

「モルモット、ですものね」

小首を傾《かし》げてみた。なるべく彼女が深刻にならないように。

「けれど、私は幸せなモルモットだったと思います。結局、人工臓器は優秀で宿主《ホスト》に合わせてちゃんと育ってくれ、今日まで何不自由なく暮らしてきました。私の身体《からだ》の成長が止まった時には、父娘《おやこ》ともども泣いて喜んだんですよ。これで、何か事が起こっても通常の人工臓器で対応できる、とね」

「泣いて？　あの人が？」

美登里は、刹那《せつな》、目を瞠《みは》った、が、すぐに冷静さを装い、ベーコンをナイフで切り分けながら訊いてきた。

「父はあなたをそうしたことをどう考えていたんでしょう」

「……おかしなものね」

「え、何がです？」

葉那子はテーブルの上で手を組み、いたずらっぽく答える。

「私以外の人が父を父と呼ぶのを聞くのは、おもしろい感覚なのね」

「すみません」

「謝らないでください」葉那子は慌てて手を振った。「たとえ苗字は違っていても、あなたにとっても父は父なんですから。もちろん正式な認知もしておりますし、あなたは誰憚《はばか》ることのない堂々たる娘なんですよ。どうですか、吉田家で、父は優しくしておりましたか？」

　葉那子がまた食べはじめたので、美登里も少し気を抜いたようだった。

「はい。他の家庭の親と同じくらいには。遊園地にも行きましたし、海水浴にも連れて行ってくれました。お互いに、特別べたべたすることもなかったし、嫌ってもいなかったと思います。だから、二十歳までは、単に出張の多い普通の父親だとばかり。さすがに本当のことを知った時にはちょっと……」

「反発なさった？」

「それよりも驚きが先でしたね。びっくりして反発することすら考えつかなかったという状態。それも今は懐《なつ》かしい思い出です」

　薄く笑ってベーコンを口にする美登里を、葉那子は好ましく思った。

「美登里さん、さっきあなたは父が私のことをどう思っているかをお訊きになったけれど、それに答える前に似たような質問をあなたにするのは失礼でしょうか」

　美登里は冷静だった。

「どうぞ。忌憚《きたん》なく訊いてくださったほうが私も気が楽になります」

　葉那子は紅茶をこくんと飲んでから、思いの丈《たけ》を込めた一言を静かな声で訊ねた。

「いま、あなたは私や父のことを恨《うら》んでおられますか？」

　深い吐息が流れた。葉那子は、それが自分のものではなく美登里の唇《くちびる》から漏れたものだと判《わか》るまでに、少しの時間がかかった。

美登里はコーヒーをゆるく揺すりはじめる。

「私にもあなたと似たような答え方をさせてください。葉那子さんはご自分のことを幸せなモルモットだったとおっしゃいましたね。私は幸せなクローンなのだと思います。私が、あなたの身体に異常があった場合に生《なま》の臓器を提供するスペア的存在であったことは、禍福《かふく》ではなく、単なる運命でしかありません。一番幸福だったのは、母が……私という受精卵を非合法を承知で引き受けた今の母が……とても素晴らしい女性だったということです。幼少期を思い返しても幸せな記憶ばかりですし、真実を告げる時にもまるで私をあたたかく包み込もうとするかのように落ち着いていました。結果的に私は、腎臓一つ肝臓一グラム失うことなく、あたりまえの人生を送っています。ですから、あなたや父に対して恨みはありません」

ほのかに、美登里は笑った。

その笑みのせいで、葉那子は、彼女の言葉が本心から出たものなのか、賢い彼女の見栄《みえ》なのかが読み取れなくなってしまった。

「ありがとうございます」

たぶん自分は彼女と同じような意味深長な頬笑みを湛《たた》えているだろう、と葉那子は思う。

「パンはいかがですか?　いろいろ用意しましたからどうぞ」

「じゃあ、これを」

客が手にしたのはクロワッサンだった。

「美登里さんはいつもそれですの?」

「ええ。そういえば葉那子さんは、トースト、面白い食べ方をなさるのね」

「癖なんですよ。お行儀が悪いでしょう、真ん中から穴を開けて食べるなんてね。でも、ちょっとした思い出があって——」

言葉を切ってみたが、美登里は後を取らなかった。それが何か？　と小首を傾げる客を、葉那子は鷹揚《おうよう》にはぐらかした。

「今日は、お目にかかれて本当によかったと思います。もう私からは硬いお話はいたしません。ゆっくり召し上がってくださいね。お食事の後、弁護士から書面の説明があると思います。事前にお知らせした通り、その書面をお渡しした瞬間から、園川家のほうからあなたへは今後けして何の要請もしないとお約束できますし、私の財産は資産が許す限りあなたが自由に要求できます」

「もしも園川家のすべてを要求したら？」

美登里の訊き方は茶目っ気たっぷりだった。葉那子もそのいたずら心に合わせて答える。

「私が毎朝トーストを食べられるくらいは残してくださいね」

ふたりはくすくすと笑った。

二歳下のクローンはそれ以上のことには触れず、庭や屋敷を褒《ほ》めはじめた。

葉那子の予測では、美登里はすでに園川グループに関するさまざまな情報を入手しているはずだった。それらを承知でさらなる質問や要望をしてこない彼女は、親族というよりはビジネスの相手のように感じた。

別れ際、美登里は「またお目にかかりましょう」と言った。

軽く会釈をしながら、葉那子はそれが単なる社交辞令であることを痛感していた。

Ⅱ・小坂萌

「社員のみなさん、おはようございます。昨日、群馬工場の中庭に例年のごとくツバメが飛来したそうです。じきにかわいい仔《こ》ツバメがぴいぴいと声を聞かせてくれるでしょう。ツバメが巣をかける家は栄える、とのことで、園川グループもみなさんと共にますます発展していくと信じて疑いません。こうしているうちにも季節はめぐり、命は受け継がれ、日常を営《いとな》み、多くの喜びをもたらしています。私たちのグループは、大切な命と幸せとを育《はぐく》むささやかなお手伝いをしているのだということを忘れず、今日も一日真摯《しんし》に励《はげ》んでください。みなさんの手によって私のように永らえられる人間もいるのだということを、どうか誇りにしてください――」

晴れてはいたが、風が強かった。今日の客とはサンルームで会う段取りにしてある。

客は子供を送り出してから来るそうなので、葉那子は先に朝礼用の映像撮影を済ませた。化粧をして、撮影して、化粧を落として、ベッドに横たわり、医師たちに「大丈夫です」と返事をし、一息つく。慣れたものだ。

まだ時間が余っていたので、個人秘書の辻《つじ》を呼んだ。

ベッドサイドの椅子に腰掛けた壮年の男性秘書は、てきぱきと端末のキーを叩いて用件をこなす。屋敷と会社の掛け橋となってくれる辻はすこぶる付きの敏腕で、父の貴重な遺産のひとつだと葉那子は思っていた。

辻から渡されたファンシー系の封筒を開いて読む。葉那子の顔に中途半端な笑みが刷《は》かれていった。

「じゃあ、この子にカードを送ってください。あなたのような新入社員を迎えられて私も幸せです……あとは適当に」

「はい」

便箋に目を落とすと、苦笑は何度でも湧いてきた。先月入ったばかりの女子社員からの手紙は、ファンレターのようなものだった。

小学生の時に読んだ園川グループのPR誌で、先代社長が研究半ばの成長型人工臓器の使用に踏み切ったのは病《やまい》を持って生まれた愛娘《まなむすめ》を救うためだったと知り、感動したこと。葉那子を生かすために全社一丸となってさらなる精進を重ねているこの会社に、医療に携《たずさ》わる者の理想を見ていたこと。憧れの企業に入社できて心から感激していること。

葉那子は、頰笑ましく思うと同時にしんみりしてしまう。この子の愛社精神を裏切っているような気持ちがして。

自分の身体が本当に生まれつき弱かったら、クローンの姉妹など存在しない。同じような病気を抱えた娘を、数だけ増やしたって何の役にも立たないからだ。私が元は健康だったと知ったら、彼女は何と思うだろう。

クローンの存在は、この屋敷の中だけの秘密だった。会社の役員たちですら、重役のごく一部を除いて、単に社長が愛人に産ませた子だと思っている。企業イメージを支える美談の真実は厳重に厳重に塀の中に閉じ込められ、葉那子は生《せい》ある限り園川グループの輝かしい看板でい続けるのだ。

葉那子はかわいらしい花柄の便箋を丁寧に折り畳んで封筒へ戻した。

「それはそうと、新社長選出の準備はどうなっています?」

辻は膝の上の端末を叩いてデータを呼び出した。

「候補は五人に絞り込んであります。が、社内にはすでに葉那子様が社長の座を譲《ゆず》られる噂《うわさ》が流れておりまして、水面下の情報収集がむつかしくなってきています」

「それは大変。あまり長引かせると疑心暗鬼になってよくないですね。そろそろみんなに、今後の人事計画がどのようなことになっているかを公表してください」

「判りました。では、来週月曜日にでも社内向けに公式発表できるよう、査定を急ぎます」

「その五人は、クローンが、いえ、父に認知済みの子がいると知っていますね?」

「はい。前社長の庶子《しょし》に関しては機密度8で扱っておりますので、彼らの地位なら承知しております。候補のうちの二人は、そのみなさまがクローンであることもすでに――」

「庶子にも親切にしてくれる人ならそれで充分よ。あとはどれだけ園川グループのイメージを大切にしていってくれるかですね。私のみならず全社員の今後がかかっていますから、決定はぜひ慎重に」

「はい」

秘書は、執事がするすると歩み寄ってくるのを察して席を立った。井ノ原と頑固者同士の軽い会釈をして辻が退室する。執事は今日も無表情だった。

「お嬢様。小坂萌《こさかもえ》様がおみえになりました」

「すぐ行きます。もうお腹がぺこぺこ」

葉那子は大袈裟《おおげさ》に腹を押さえたが、井ノ原はにこりともしなかった。

サンルームではもう朝食がセッティングされていた。

大きなガラス壁から燦々《さんさん》と射し込む陽を浴びて、客は立ったままおどおどとあたりを見回していた。肩までの髪はパーマが伸びかけていて、あまり上等でない暗い色のツーピースを着ている。萌は葉那子の入室に気付いて、慌てて振り返った。

「園川葉那子です。はじめまして、萌さん」

「ああ、ああどうも。ああそうなの。あなたが……。すみません、遅くなってしまって」

「構いませんのよ。どうぞお掛けになってください」

萌は自分が汚れ物であるかのように、気を遣って浅く椅子に腰掛けた。そのまま、豪勢に並んだ朝食に恐縮して黙り込んでしまう。

「気楽になさってください。お目にかかれて嬉しいわ」

萌は葉那子の四歳下なので三十歳を出たばかりだろうが、醸《かも》し出される疲労感でずいぶん老

けて見えた。俯《うつむ》いたまま、小声で、

「はい……こちらこそ」

と、やっと言う。

「どうぞ」

葉那子が食事を促《うなが》し、みずからもフォークを取り上げてみせると、萌はようやく遠慮がちに手を伸ばし、オレンジジュースを少し舐《な》めた。

「萌さんはご結婚なさっているんでしたわね。お子さんはおいくつですか」

「今年小学校に上がりました。結婚式の際には立派なお祝いを戴いて……。感謝しています」

「父はあなたの結婚をとても喜んでいましたから。式はお二人だけで挙《あ》げられたんですよね。列席できず、残念がっていましたわ」

顔を伏せた萌から自嘲《じちょう》の気配だけがゆらりと立ち上った。

「母が……私の母は十年前に結婚しまして……もちろんご存知ですよね。その相手がちょっと……。だから、誰も呼ばないような式にしたんです」

「そうだったんですか」

葉那子は、サンルームが一気に翳《かげ》る思いがした。

私たちのせいなのだろうか。

萌は両手でジュースのグラスを包み込み、視線を落としたまま続けた。

「母がいけなかったんです。こちらから戴く生活費でずいぶん派手に暮らしていましたから、あんな男に付け入られるんです。いっときはとてもひどい家庭環境でした。私自身の結婚が決まってようやくそこから抜け出せると思ったら、私もこんな身の上だと……」

葉那子は彼女の深刻さに応《こた》えるため、飲みかけのティーカップを脇にどけて身を乗り出した。

「父は、あなたのご結婚の時に真実を話したと聞いています」

「ああ、ああ、そうなんです」萌はわっとばかりに顔を被《おお》った。「私がまさか……まさかクローンだったなんて」

オリジナルは言葉を失《な》くした。その一方で、この人はなんて大袈裟なんだろう、と思っていた。この大仰《おおぎょう》な嘆きは演技の可能性もある。服装が地味なわりに、腕にブランドものの高価な時計を巻いていたのが見えたせいで、葉那子は急に疑いを持ってしまった。

萌は手でしっかりと顔を隠したまま、怒濤のように喋《しゃべ》った。

「主人が優しい人だったからまだよかったんです。破談にされてもしかたがないのに、私と結婚してくれたんです。子供が出来た時にはとても怖かった。だって私は普通の人間じゃないんだから。遺伝子操作はされていないと聞いていたけれど、そんなこと信じられるものですか。私がクローンであることをひた隠しにしてきた父ですもの、嘘をつくのなんかきっと平気なはずだわ。無事に子供が生まれてほっとしたのも束の間、私、今度は、いつあなたからお呼びが掛かるかと……。散歩をしていても買い物に行ってても怖かったわ。突然、黒い車に引きずり込まれて、薬を嗅《か》がされて、気が付いたらお腹に大きな傷があった、なんてことになるかもしれないし」

葉那子はなんとか萌をなだめようとした。

「危険があったのは、成長型の人工臓器です。あなたがすべてを知った時にはもう私の成長は止まっていて、たとえ万が一のことがあっても普通の人工臓器に換えればいいだけの状態でした。そのことを父が伝えなかったはずはないと思うのですが」

「そんなの、状況がどう変わるか判らないじゃない」萌はいらいらと頭を振った。「法律に違反してクローンを作ったくらいですもの、私をいったん安心させておいて実は、なんてこともあるかもしれない。それはそれは恐ろしかったのよ、葉那子さん。あなたには判らないでしょうけれど、ずっと怖かったのよ。腎臓や肝臓ならまだいいわ。肺だって高く売れるのなら片方あげてもいい。でも心臓は？　あなたの人工心臓が止まりかけたら、私のを移植するの？」

「ですから、そのようなことは絶対にありません」

「いままで無事だったから、結果的にそう断言できるんだわ。でも、私はあなたのためのクローンなんでしょう？　これから先、もしものことがあったら、やっぱり私を」

葉那子は、数十にも及ぶ言葉を頭の中に並べ立てて検討してから、慎重に、
と、言った。

「お気持ちは判っているつもりです」

「萌さん、その恐怖ももう終わりです。お知らせしたように、今後も臓器を提供していただくことなど絶対にありません。どうか安心なさってください」

萌は、ぱっと顔を上げた。涙など一筋も見えなかった。

「今までの気持ちはどうなるの？　ずっとずっと怖かったあの思いは？　私が脅《おび》えて暮らしている間も、あなたはこんな立派なお屋敷で優雅に過ごしていたんだわ。母が駄目になっちゃったのも、もとはといえば非合法の出産を引き受けたせいだわ。それを簡単に、安心してくれと言ってのけられても…」

葉那子は萌をしみじみと見つめた。自分は不幸だと思い込んで育ち、不幸を装うことに慣れている顔だった。目元や口元は自分とそっくりなのに、まるで別世界の生き物のようにも思える。

あまり可哀相《かわいそう》には感じなかった。クローンであることが本当につらかったのなら、話を聞いた直後に行動を起こせばよかったのだ。園川からもらっている生活費を突き返し、世間に我が素性《すじよう》を話し、裁判に持ち込み、ＤＮＡ鑑定で確証を得、園川グループの社会的信用をとことん失墜させればいい。それをしなかったのはどうしてかを考えると、萌とその家族の一番の望みが見えてくる気がした。

「もう食事どころではないようですね」

葉那子は吐息混じりにそう言って、パンの籠をテーブルの端へ置き直した。

「萌さんやご家族の心の傷は、たとえ園川グループの技術をもってしても癒《いや》すことはできません。先ほども申し上げましたように、臓器提供が必要ないということに関しては、この食事の後、正式に文書を交わします。月々のお支払いは今までどおりですし、必要とあらばこちらの資産が許す限りいくらでも請求していただいて結構です」

萌の瞳の奥がちらりと揺れた。

「いくらでも、ですか?」

「ええ。けれどおのずと上限は決まってきます。お支払いは会社の資産ではなく、園川家の財産から捻出しますから」

「なんだ、園川家の……。でも、この屋敷をまるまるくださいと言ってもいいんですね」

葉那子は悲しく頷いた。萌が哀れでたまらなかった。

「私は構いません。グループのためにこの身体を維持していける場所があれば、どこで暮らしたっていいのです。けれど実際にそういうお申し出があった場合には、弁護士が条件をつけると思います。私の資産、もしくは遺産、は、あなたが独り占めできるものではありませんから」

萌は話半分でサンルームを見回していた。最初のおどおどした様子ではなく、どこかしらうっとりと値踏みする目をしていた。

葉那子はティーカップを持ち上げる。あたたかなよい香りが身体に染み渡り、ようやく深い息をつくことができた。

「萌さん」

「え、ああ、何。何でしょう」

「私や父のことを恨んでおられるんですね」

萌の目が泳いだ。

「いえ、そんなことは。葉那子さんは私と同じように不幸だ、と同情しています。私たち、園川グループの犠牲者ですものね」

語尾に力を込めて同意を求めてくる彼女に、葉那子は応えなかった。同志の契《ちぎ》りを結んで今後も有利に事を運ぼうと企《くわだ》てたのであろう萌が、みるみる慌てだす。

「だってそうじゃありません？　私たちは受精卵の状態で分割されたんですよ。ということは、生まれる前から私というスペアが用意されていたってことよね。葉那子さん、あなたは最初から実験体になる運命を背負わされていて、健康な身体にわざわざ成長型人工臓器を入れたことに——」

「そうですね」

葉那子はにこっと笑ってみせた。萌は愕然としている。

「そうですね、って……」

「運命の重みは背負っている本人には判らず、周囲ばかりが、重そうだつらそうだ、と慮《おもんぱか》るのが常ですわ。幸い私は今日まで元気でいられました。園川グループも安泰です。これ以上の幸福があるでしょうか」

「だって、あなたはそのせいでこの屋敷から出られず、寂しく暮らしているんでしょう？」

「寂しいのかもしれません。けれど私には何千人という社員がついていますし、使用人たちもよくしてくれます」

「大義名分だわ。自分を偽《いつわ》っているわ」

吐き棄《す》てる萌に、葉那子はもう一度頬笑みかけた。

「ありがとう、萌さん。あなたに同情してもらって嬉しいわ」

嫌味すれすれの感謝を浴びて、萌が俯く。葉那子は構わずに、

「父は私にとってはさほどひどい人には思えなかったのよ。とても優しくしてくれたし、何もかも話してくれた。父に罪の意識があったのなら、それを私と共有しようと持ちかけたことこそが、私への償《つぐな》いの一歩だったと思います。そちらの家での父はどうでしたか？　お母様が結婚なさるまでは、あなたをかわいがりに行っていたでしょう？」

萌は苦笑して「覚えてないわ」と答える。「かわいがってもらったかもしれないけど、あまりにもたいへんなことがたくさんあったので、本当の姿はもう判らないわ。記憶に残っているのは、話をよく聞いてくれた人だった、ということだけ。母のきんきん声の愚痴《ぐち》や私の八つ当たりを、いつも黙って受け入れていたわ」

葉那子はその時はじめて萌に心からの親愛を覚えた。

「父を愛してくれとは申せませんが、父のその姿はこれからも覚えていてくだされば、と思います。今日はお目にかかれて嬉しかったわ。あなたが秘密を守ってくださるうちは、お互いにささやかな幸せを手放さずに済みそうですね。ああそうだわ。少しも食べてらっしゃらないから、よろしかったらおみやげを。このパン、手前味噌ですがとてもおいしいの。好きなのを選んでちょうだいね」

葉那子がテーブルの上のベルを鳴らすと、メイドたちがすぐにやってきた。

みるみる片付けられる朝食。いつの間にか井ノ原が現れていて、彼に促された萌もまるで皿の一枚ででもあるかのように目の前から消えた。

残された葉那子は、淹《い》れ直した紅茶をゆっくりと飲む。

しばらくしてメイド頭の石本を呼んで、訊いた。

「萌さんはトーストを持って帰ったかしら」

「いいえ。市販されていないようなものばかりをお選びになりました」

「そう」

予想通りだったとはいえ、吐息が漏れた。

Ⅲ・海保美喜

その日、秘書の辻が陰鬱《いんうつ》な顔をしていたので、葉那子は、海保美喜《かいほみき》はこの家に来ないのだろう、と察した。

「まだ病院ですか?」

「はい」

「容態は?」

「思わしくありません。昨夜も安定剤の投与を受けたそうです」

薬物中毒患者の入る病室はいったいどんなふうだろう、と葉那子は想像してみる。狭いのだろうか。殺風景だろうか。本当に窓に鉄格子が嵌《は》まっているのだろうか。自分は園川葉那子のクローンだといくら叫んでも取り合ってもらえない状況は、どんなにか悔《くや》しくて心寂しいだろう……。

彼女についての情報は早くに父から知らされていた。

美喜のほうも、十歳になる前にすでに自分がクローンであることを知っていた。代理母となった女性は精神的に脆《もろ》いところがあって、葉那子の父の訪問が仕事の都合でとりやめになったりすると、小さな娘にすがりつき、私たちは捨てられた、だの、騙《だま》された、だのと泣いていたようだ。涙で顔をぐしゃぐしゃにする母親から真実を引き出すのは、小学生にもさほど苦労はなかったと思える。

ある晩、美喜は父親に「私は部品の倉庫なの?」と訊いたそうだ。

その時の彼女は、戸惑いと怒りとを綯《な》い交ぜた強い歪《ゆが》みを感じる視線でしっかりとこちらを見たんだ、と、父はのちに弁解がましく葉那子に告げた。子供にそんな目をされて、本当のことを言わないわけにはいかなかった、と。

父は誠意をもって美喜に話した。

園川グループの社運を賭けた成長型人工臓器は、その特色から、臨床試験を幼い子供で行なわざるを得ないということ。技術に自信はあったが、万が一の危険を考えて、我が子で試行するしかないと決断したこと。妻も悩んだ末に了承し、卵子を提供してくれたこと。実験を請け負う我が子のリスクを最低限にするために、人工臓器に支障が出た場合にはストレスなく移植が行なえる臓器を持つ人物、つまりクローンを、受精卵の段階で隠密裏に準備したこと……。

葉那子の母は産後一年ほどして子供の産めない身体になった。交通事故だったので園川グループではない病院に担ぎ込まれ、その事実は衆知のこととなった。父親は不幸な事故をひとしきり悲しんだ後、保存していた予備の受精卵のひとつを蘇生させた。すでに多臓器不全という名目で腎臓を成長型人工臓器に入れ換えていた葉那子の育ち方が鈍かったので、不安もあった。しかし、もっとも大きな理由は、他人の腹を借りてでも、自分たちの子供がもっと欲しかったからだった。

父は重要な話をする時に葉那子にもよくそうしたように、美喜の手をしっかり握って力強く言い聞かせた。

「部品の倉庫ならひとつで済む。けれどお前は私の大切な五人姉妹のひとりなんだ。お父さんはね、お前たちを愛したいがために、法を犯してまで生を授けたんだよ」

美喜はいったんは納得した。しかし不安に陥《おちい》るたびに娘にまでその心情を伝播《でんぱ》させる母親のもとでは、言葉のニュアンスは時間と共にだんだん変貌していってしまった。説明してもらった、から、説得された、へ。言いくるめられた、から、騙された、へ。

愛されているのならどうしてオリジナルのように屋敷に住めないのだろう。どうして同級生に、愛人の子、と囃《はや》し立てられなければならないのだろう。

父は何度も美喜の手を取り、瞳を覗き、言った。お前のお母さんには立派な家が買えるぐらいのお金は渡してあるけれど、可哀相なお母さんは先を心配して貯《た》めてばかりなんだよ。友達にからかわれるのはつらいだろうけど、クローンだとばれてしまうともっと大変な目に遭《あ》うんだよ。お前たちを養子に迎えることも考えたけれど、世間に腹違いの姉妹だと言い張るには余りにも似すぎていたし、かわいい娘たちに自分自身の価値について喧嘩させたくなかったので思いとどまったんだよ。

美喜の心は嵐の小舟のようだったに違いない。

彼女の生活が大きく崩れた責任は私にもある、と葉那子は思っている。二十歳になった葉那子に、もう通常の人工臓器で事足りるとのお墨付きが医師団から出て、その日、園川家は静かで深い喜びに満ちた。晴れ晴れとした娘の笑顔を見た父親は、その安心を一刻も早く美喜に分け与えてやりたいと言って、うきうきとした足取りで屋敷を出ていった。

浮ついた父親は軽薄にも歓喜をそのまま表わしたのだろう。話を聞いた美喜は当時十四歳、ふっ、と短く笑って、

「お役御免なのね」

と、言ったそうだ。

父親は誤解を解こうとして手を伸ばしたが、娘はそれを叩き落とし、にやりと笑って身を翻《ひるがえ》した。美喜が最初に警察病院薬物診療科のお世話になったのは、それからわずか二日後のことだった。美喜の代理母が高額な残高が記入された銀行通帳を燃やした後に思い切りよく劇薬を呷《あお》って他界したのは、五年後のことだった。

「辻さん」

葉那子は傍《かたわ》らの秘書の名を呼ぶ。

「美喜さんはまだトーストに穴を開けて食べてるのかしら」

「そのようです。食べる気力がある朝は、ですが」

彼女はもう、それが何を意味するのかも覚えていないだろう。それでも私は少し救われる、と葉那子は思った。

「充分なことをしてあげてね」

「はい」

辻の返事はいつものように簡潔だった。

Ⅳ・国木田湖乃実

見上げる空は曇りガラスの柔らかく淡い青だった。

これで最後かと思うと、ほっとするような寂しいような複雑な心境になる。

葉那子はテーブルクロスをそよがせる風に目を細めて、テラスで客を待っていた。

もう一度ベッドに戻ってうとうとしたくなるほど、快適な朝だった。そんなことをしたら医師団が真っ青になって飛んでくるだろうけれど。

父親をただ一点恨むとすれば、成長型人工臓器が快適すぎることだわね、と葉那子は苦笑する。常に百点を取る子供は九十点を持ち帰ると額《ひたい》に掌《てのひら》を当てられてしまう。いつも七十点の子は九十点だとご褒美に遅くまで遊ばせてもらえる。自分も少し不具合があるくらいのほうが気が楽だったのかもしれない。クローンたちから本当に臓器をもらっていれば、その申し訳なさをスパイスにしてもっと自由に生きられたかもしれない……。

「幸せすぎるのね、私は」

独り言を吐いて、葉那子はかすれた笑い声をたてた。

「お嬢様」背後で井ノ原の声がした。「国木田湖乃実《くにきだこのみ》様でございます」

「お邪魔します」

間髪《かんはつ》を容《い》れない元気な声。

葉那子はびっくりして振り向いた。

笑顔が眩《まぶ》しい女性だった。湖乃実はまだ二十四歳だという。生成《きな》りのジャケット、薔薇《ばら》色のブラウス、細かいストライプのストレートパンツ。いっそ幼く見えるほどの出で立ちで、彼女は嬉しそうに小首を傾げている。

「あなたが湖乃実さん？　園川葉那子です」

「はじめまして。お招きいただいてありがとうございます」

ぴょこんとお辞儀をされて葉那子は戸惑った。こんなに勢いのある人物と直《じか》に接した経験は一度もなかった。

軽い目眩《めま》いがする。湖乃実の健康な肢体《したい》に中《あ》てられた気がした。彼女の肝臓は機械でないのだ。腎臓も心臓も、大腿骨《だいたいこつ》も肋骨《ろっこつ》も、自分とは違って彼女自身のオリジナルなのだ。葉那子は、美登里にも萌にも、もちろん美喜にも、取って代わりたいとは思わなかった。けれど湖乃実を目の前にすると、本当の自分はこんなに丸顔だったのか、髪を栗色に染めたらこんなに軽やかなのか、スポーツをしていたらこんなにかっちりした身体になるのか、と、言い知れない羨望《せんぼう》がふつふつと湧いてくるのを止められなかった。

「あんまり見つめないでください。照れます」

湖乃実がかわいらしく肩をすくめる。葉那子は苦笑しながら、

「どうぞお掛けになって。朝食を一緒に食べましょう」

と椅子を勧めた。

「いただきます。でも、その前にお庭をお散歩しませんか？　もちろん葉那子さんの体調が許せば、ですけど」

井ノ原がまん丸に目を見開いた。少し離れたところに控えていた石本が、いけません、と視線で牽制《けんせい》してくる。

けれども葉那子は立ち上がった。

「いいですよ。みんなが心配するから少しだけ、ね」

「ありがとうございます」

湖乃実はうきうきと先に立って芝を踏んだ。

屋敷の庭は和洋折衷《せっちゅう》の回遊式で、客は灌木《かんぼく》の間の小径《こみち》を弾《はず》むように歩いていく。

「私のボディ・チェック、なさらなくてよかったんですか」

青桐《あおぎり》を振り仰《あお》ぎながら、湖乃実は軽い口調で訊いた。

「どうして？」

「私、朝食会が決まってから今日までずっと、母に脅かされていたんです。葉那子さんは園川グループの女神様みたいな人だから、きっと警備も厳しくてお医者様も貼り付きだろう、って」

「そこまでは。確かに他の人より慎重に扱われてはいるけれど」

湖乃実は踵《かかと》でくるりと回って振り返った。

「予想していたよりもお幸せそうでよかったです。失礼だとは思いますが、私も母も葉那子さんのことを勝手に心配してたんです」

「身体を、ですか。大丈夫ですよ。すでにお知らせした通り、あなたの臓器をもらうことは今後一切――」

「いえ」湖乃実は小さく手を振って葉那子の説明を遮《さえぎ》った。「そんなことじゃありません。葉那子さんの責任がとてもとても重いのをお察ししてのことです。父が……前社長が亡くなってさぞお気落としだろうに、むしろ社員さんたちを励ましていかなくちゃならない立場だなんて、私だったらまいってしまうでしょうね。それを冷静にきちんとこなされていて、とてもご立派だと思います」

「……ありがとう」

他にどう言えばいいのか判らなかった。葉那子は、邸内の医務室に待機している人々が、この鼓動の乱れに驚いて邪魔をしに来なければいいが、と思った。

湖乃実は視線を下に移してしゃがみ込み、日陰のスミレを人差し指でつついた。

「お庭に出ましょう、とお誘いしたのは、私の厚かましい返事を他の方に聞かれたくなかったからなんです」

「厚かましい返事？」

スミレから目を離さないまま、湖乃実はわずかに声をひそめた。

「臓器がもう必要ないという正式書面も、望むだけの援助を戴けるというお申し出も、ありがたくお受けします。今までも充分すぎるくらいの振り込みをしていただいているので心苦しいんですが、たぶん、これが葉那子さんのけじめなんだろうと思って」

「そう受け取っていただいて結構です……いえ、私も忌憚なくお話ししていいでしょうか。正直、その通りなのです。けじめだ、区切りだ、などと自分から口にするのは面映《おもは》ゆいのですけれど」

「よかった」

湖乃実はすらりと立ち上がり、怪訝《けげん》そうな顔をする葉那子に正対《せいたい》した。

「葉那子さん、これで少しは自由になられますね。本当によかった。私は、私と母という存在があなたの重荷になっているであろうことを、ずっと気にしていたんです」

あまりにも親切すぎる。葉那子は彼女を訝《いぶか》しく思いはじめていた。

「湖乃実さんは、私と父に対する恨みはないんですか」

「あります。たくさん、あります」

元気を装っていたが、彼女の声には湿り気が含まれていた。

ほらきた、と葉那子は思った。萌のように泣き落としをかけて、こちらに何かを要求するのだ。

「恨んでも恨みきれないほどです。どうして父はこんなに大きな企業の社長さんだったんでしょう。どうして、みんないい人ばかりなのに一緒に暮らせなかったんでしょう。父を、あなたを、私たちを取り巻く状況を、私は深く恨みます」

「一緒に暮らす?」

葉那子の予想とは異なる返事だった。きょとんとしているうちに、湖乃実の瞳に本物の涙が盛り上がってきた。

「こんなお屋敷でなくていいんです。小さな家でいいんです。母は、愛人と呼ばれようがお妾《めかけ》さんと呼ばれようが、めげる人ではありません。私も、葉那子さんやもう亡くなってしまった実のお母さんと仲良くできる自信があります。私はみんなと一緒に暮らしたかった。暑い日にはスイカを切り分けて、寒い夜にはお鍋をつついて、それぞれがそれぞれの幸せを支える、その手応えを確かに感じる、そんな生活がしたかった。月々のお金だけもらって、遠いところから思いを懸《か》けるしかなくて、ささやかなこの血肉を捧げるチャンスすらなかった私は、クローニングしてもらった価値がありません……」

まるで殉教者のセリフだった。けれど湖乃実の表情には萌のような演技の気配はなかった。

これが湖乃実の本心なのだ。馬鹿らしくも素直で、奉仕によって自分の存在意義を得ようとする彼女は、園川グループのためだけにあさましく生き続ける今の自分の鏡だ。

葉那子は彼女の震える肩にそっと手を置いた。クローンに触れるのは初めてだった。

「湖乃実さん、あなたは今がとても幸せなんですね。だから得られもしない不幸を想像する余裕があるんですね。いえ、言い訳しないでください。私はそれがとても嬉しい。ほんとうに、とても、心底、嬉しい」

ふう、と息を吐いて葉那子は今来た小径を戻りはじめる。

「そろそろ朝食にしましょう。冷めると、メイドさんたちがまた働かなくちゃいけないから。あなたはどんなパンがお好きなの？」

湖乃実は泣き笑いで答える。

「トーストです。でも、人前で食べるのは苦手なんです。父がよく真ん中から穴を開けて楽しそうに食べてたので、私もそうする癖がついてしまって」

葉那子は湖乃実に背を向けたまま瞑目《めいもく》した。

お父さんお父さんお父さん、と何度も何度も心の中で呼び掛けた。

この子は覚えているわ、お父さん。単なる、普通の、ごく一般の、素敵な父親としてのあなたの姿を、覚えているわ。

葉那子はゆっくりと首を巡らせ、自分の肩越しに湖乃実を盗み見た。

「――父がなぜそうしていたか、ご存じ？」

訊かれた湖乃実はすうっと顔を上げた。薄曇りの空を仰いで、懐かしい目をした。

「命の窓を開けてたんです。自分の手でパンをほじって遊び、手に入れたひとかけらをおいしく食べ、それで一瞬の命を繋いで、残った耳の額縁を通して次の瞬間の世界をちょっぴり覗く……。これこそ生きる喜びの表現だ、とふざけていました」

葉那子は動けなかった。父親がすぐそばに佇《たたず》んでいる気がして。

憎まなければならない父だった。憎みきれない父だった。

トーストの食べ方にまで生命を扱う者の理想を託す父親を、恨めるわけはなかった。

葉那子は、姉妹たちとトーストの夢について語り合いたかったのだ。そして、あの人の娘でよかったと笑み交わしたかった。私たちの命はけして無駄ではなく、父の会社を通じて人々の大切な命と幸せとを育むささやかなお手伝いをしているのだ、と、お互いが目の前の自分自身に言ってやりたかった。

葉那子はかろうじて唇だけ動かした。

「湖乃実さんは父が好きでしたか？」

背後から元気な返事が戻った。

「もちろんです！」

涙がこぼれた。とてつもなく複雑な確執が、複雑でわけの判らないままに解け去った気持ちがした。

葉那子は、精一杯の笑顔で幸せな自分を振り返る。

「あなたに会えてよかったわ、湖乃実さん」

「私もです。でも、もう会わないほうがいいですね、きっと」

こっくりと葉那子が頷く。

空は綺麗な曇りガラス。葉那子もそれを仰いで、そっと言い添えた。

「みんな、幸せだといいわね」

V・園川葉那子

社長の交代はなにごともなく完了した。葉那子はいつものように辻の力を借りて屋敷の中からすべてを終わらせた。

朝礼の挨拶は毎日から週一回になったが、社内も世間も葉那子を忘れることなく、成長型人工臓器の普及とあいまって園川グループの美談はいつまでも語り継がれた。

何年かして、小坂萌が非常識な額の無心にやってきた。葉那子は屋敷を処分してそれに応えた。新しく買った小さな家には住み込みの石本だけを置き、メイドの数も三人にまで減らした。

井ノ原はリュウマチで足が利《き》かなくなるまで勤め上げてくれ、辻のあとは生真面目なところがそっくりな息子が引き継いだ。石本の葬式はその息子が段取りし、葉那子の家から出した。伯母とも恃《たの》むメイド頭の死で葉那子はさすがに意気消沈した。それを狙い澄ましたかのようなタイミングで萌がまた来訪したが、辻の息子は資産表をテーブルいっぱいに広げて見せ、残念でしたね、と叩き出した。

いつの間にか葉那子も顔に老人斑が浮く歳になった。園川グループは若かりし葉那子の肖像をいつまでも掲げ、それゆえ会社は安泰らしかった。情報収集にもう秘書を走らせることはなかったが、生活を支える確実な株の配当でそうと知れ、葉那子は満足だった。

成長型人工臓器は耐久年数をはるかに越えても着実に仕事をこなし続けた。そのせいで、皮肉なことに葉那子はクローンの誰よりも長生きし、頭脳のほうが先に音《ね》を上げた。

老人病棟の特別室に居《きよ》を替えた葉那子は、それでも週に一回会社に画像を送らねばならず、その時ばかりは涎《よだれ》も垂らさずに毅然《きぜん》として見えた。時折、自分の名前をさんずい偏で書きはじめることがあったが、自分を誰と取り違えているかを知る人はもうひとりもなかった。

百十四歳の誕生日の朝、いつものようにトーストに穴を開けようとして指がまったく動かないことに気付いた。

「まあ、これじゃあ先が見えないわ」

葉那子はトーストを取り落としながら愚痴を言った。

「そろそろお役御免にしてもらっていいかしら、お父さん」

それが美談の最後の一文になった。

■著者のことば　菅　浩江

《ベスト集成》に選んでいただいて、本当にありがとうございます。

このお話は、最初、舞台の脚本形式で書くつもりでいました。場所も固定ですし、登場人物も限られていますし、なによりもセリフとして淡々と薦めるのがストーリーに合致していると感じたのです。

が、やはり力及ばず、普通の小説として発表しました。ただし、できる限り淡々と、裏読みはいくらでもしてください、という筆致で。べっとり書いていたならば、ｉＰＳが出てきた時点で時代遅れになっていたでしょうが、お蔭で命拾いしました。

機会があれば、またこのタイプの突き放した話を書いてみたいと思っています。

魚舟《うおぶね》・獣舟《けものぶね》

上田早夕里

二〇〇九年一月に光文社文庫から出た上田早夕里の第一短編集『魚舟《うおぶね》・獣舟《けものぶね》』は、発売直後から絶賛を集め、「ベストSF2009」国内篇第4位にランクインした（短編集としてはトップ）。帯には「SF史に永遠に刻まれる大傑作！」と大書され、巻末解説（山岸真）もそれを上回る絶賛ぶりだが、表題作の本編（『異形コレクション　進化論』初出）は、〝オールタイムベスト級〟との賛辞に恥じない出来。陸地の大半が水没した文明崩壊後の未来を背景に、ヒトゲノムを持つ異形の生物と人間との関係を描く――と言えば、椎名誠『水域』『武装島田倉庫』や佐藤茂『競漕海域』の系列だが、SF的衝撃力では本編がダントツだろう。これだけの内容をわずか三十ページに凝縮し、その背後に壮大な世界の広がりを感じさせる。その他、同書収録作では、人間に寄生する茸《きのこ》が蔓延して滅亡へと向かう日本を描く「くさびらの道」、書き下ろしの中編「小鳥の墓」もいい。

　上田早夕里（うえだ・さゆり）は一九六四年、兵庫県生まれ。神戸海星女子学院卒。九五年、桓崎《かんざき》由梨《ゆり》名義の応募作が第2回パスカル短編文学新人賞の最終候補に残ったのをきっかけに、堀晃が主宰する同人誌〈ソリトン〉に参加。その後、同誌および Web マガジン〈Anima Solaris〉に短編を発表。〇二年、『ゼリーフィッシュ・ガーデン』（未刊）で第3回小松左京賞最終候補。翌年、未来の火星を舞台にした警察ミステリ仕立ての超能力アクション『火星ダーク・バラード』（大幅に加筆修整した改稿版がハルキ文庫に収録）で第4回の同賞を受賞し、単行本デビュー。〇五年の第二長編『ゼウスの檻《おり》』（角川春樹事務所）は、テロの脅威にさらされる木星の宇宙ステーションを舞台に、両性具有の〝ポストヒューマン〟をからめたサスペンス。ほかに、パティシエ小説『ラ・パティスリー』（ハルキ文庫）、『ショコラティエの勲章』（東京創元社）、天才調香師が手がけた香水をめぐるサスペンス『美月の残香』（光文社文庫）がある。SF短編「夢みる葦笛《あしぶえ》」（『異形コレクション　怪物團《だん》』初出）は『年刊日本SF傑作選　量子回廊』に収録。

　最新作『華竜《かりゅう》の宮』は、本編と同じく、陸地の大半が水没し、人工都市に住む陸上民と遺伝子改変で海に適応した海上民とに分かれた未来を背景とする書き下ろしカタストロフSF巨編（《ハヤカワSFシリーズ Jコレクション》より、二〇一〇年十月刊）。

生まれてはじめて獣舟《けものぶね》を見たのは七歳のときだ。息がつまりそうな熱い大気と、毒棘《どくきょく》のような陽射《ひざ》しが紺碧《こんぺき》の海をじりじりと灼《や》いていたあの夏——上甲板《じょうかんぱん》で家族の洗濯物を広げていた私は、右舷後方から接近してくる影に気づいたのだ。

そいつはあっというまに私たちの船に追いつくと、追い抜きざま、爆音にも似た水音をたてて海面を対鰭《ついき》で叩いた。ぐうっと背伸びするように浮かびあがった黒い巨体に、これは魚舟《うおぶね》じゃない、獣舟だと私は直観した。

洗濯物を放り投げて舷墻《げんしょう》に駆け寄った。噴きこぼれそうな積乱雲を背景に、獣舟はゆるやかな放物線を描きながら進行方向の海面へ着水した。

横波が船を激しく揺さぶった。洗濯物がくるりと竿《さお》に巻きついた。私は脚を滑らせてぶざまに転んだが、すぐに跳ね起きて手すりにしがみつき、海上に獣舟の姿を探した。

獣舟の体長はゆうに十五メートルを超えていた。クジラやイルカとは違う扁平《へんぺい》な頭と体軀《たいく》。神々《こうごう》しいというよりは、どこか滑稽《こっけい》なフォルムだ。間近で眺める外皮はまるで鋼《はがね》のようだった。艶《つや》やかな背中を海水が滝のように流れ落ちていく。背面のどこにも居住殻《きょじゅうこく》は見あたらない。やはり〈操舵者《そうだ》〉を持たない舟、獣舟なのだ。

父が居住殻から上甲板へ駆けあがってきた。私は怪我のないことを告げ、海面にまだ姿を残す獣舟を指さした。父は眉の上に掌《てのひら》をかざしながら洋上を眺め、やがて、星形の疵《きず》が見えるとつぶやいた。私を振り返り、珍しいものを見たなとうれしそうに言った。あれはおまえの伯母《おば》さんだ。あの大きさだと、そろそろ陸《おか》へあがるつもりなんだろうな、と。

それがどういう意味なのか、当時の私には理解できなかった。わかったのは数年後、第二次性徴《せいちょう》期に入る直前のことだった。


満月が中天に近づいていた。仮設テントの前から見わたす夜の海は、砕かれた燻銀《いぶしぎん》のようにゆらめき輝き、絶えることのない潮騒《しおさい》と共に私を眠りに引きずり込もうとしていた。

革のベルトから水筒を抜き、栓《せん》を開いた。眠気覚ましの苦い茶を喉へ流し込む。海上コミュニティから陸へ移住して十二年。懸命にやってきたつもりが、たいして前へ進んでいないことが腹立たしい。こんなつまらない仕事ひとつ、いまだに拒否できないのだ。

仮設テントの近隣には自走式の砲が三台。それぞれにオペレーターがつき海を見張っている。暗視装置は休むことなく海岸を走査している。浅瀬には海草やフジツボでびっしり覆われた礁《しょう》があり、潮が引いたいまは、それがあちこちに頭を出していた。岩の礁ではない。かつては大都市の一部だった高層建築物のなれの果てだ。

夜空を切り裂くように、繁殖期の夜烏《よがらす》の声がときどき響いてくる。それに混じって、奇妙な鳴き声も聞こえてくる。熟練のオペラ歌手が朗々と歌いあげるような、だがヒトではないことが明らかな声だ。バリトンからテノールあたりの音域を高く低く漂い、ときおり何の前触れもなくソプラノまで駆けのぼる。陸にあがった獣舟が仲間を呼ぶ声だ。彼らは昼間はめったに鳴かない。だが夜になると、よく通る声で狂おしいまでに歌い始める。それを頼りに、今夜もまた新たな獣舟が浜へあがってくる。そいつらを見つけて射殺するのが私の仕事だ。

夜勤は真夜中から明け方まで。日の出と共に私は監視業務から解放される。臨時と言われて従ったまま、こんな生活をもう一年も続けている。班は複数のポイントに配置されているが、私がいるのは一番暇な場所だ。配属以来、上陸してきた獣舟はたったの二頭。異動の気配は全《まった》くない。ようするに私は飛ばされたのだ。上司の嫌がらせで。

苦茶《にがちゃ》をもうひとくち飲んだとき、耳の奥の受信器に、立入禁止区域で侵入者を発見したという報告が飛び込んできた。責任者に会わせろと騒いでいるその人物は、手の甲に埋め込まれているデータを読み取ったところ、太平洋区域に棲《す》む海上民でミオという名前だという。

思わず水筒を取り落としそうになった。首筋がじわりと熱くなった。まさか——私が知っているあの「ミオ」なのか？

本部で待たせろと告げると、私は駆け足で仮設テントへ戻った。乱れた呼吸もそのままに飛び込むと、両手を拘束具で縛られた女が、部下たちを相手にわめき散らしていた。

よく通る強い声、引き締まった長身からほとばしる情熱——。若い頃から何ひとつ変わっていない、大人になった美緒《みお》の姿があった。成熟しきったまろやかな肢体《したい》に私はしばし見惚《みほ》れた。

美緒はこちらを向いた途端《とたん》、夜の挨拶もなしに両手を前へ突き出した。「これを外して」

「害にならないとわかったらな」私は部下たちを全員テントの外へ出した。ふたりきりになると訊ねた。「久しぶりの再会が、私の仕事の邪魔とはどういうつもりだ」

美緒は臆面もなく答えた。「獣舟狩りを中止して欲しいの」

「無理だ。私は仕事でやっている。上からの命令がなければ動けない」

「逃げられましたとでも、報告しておけばいいじゃない」

「ばれたら罰則を食らうのは私だ。やっかい事はごめんだね」

「ここへ上陸してくるのは、あたしの〈朋《ほう》〉なのよ」

美緒は私の動揺を見透《みす》かしたようだった。叩きつけるような調子で続けた。「覚えているでしょう。あなたも一緒になって遊んだ、一緒になって虐《いじ》めた、あの魚舟が帰ってきたのよ。獣舟になって」

「だから何だと言うんだ。魚舟でもない〈朋〉が、いまさら何の役に立つ」

美緒は私を睨《にら》んだ。「あの子を火薬でからかおうと言い出したのは、あなたよ」

「意気揚々と乗ったのは、君も同じだ」と私は意地悪く言った。

そう、私たちは確かに楽しんでいたのだ。あのとき。あれを相手に。

未練はもうないはずなのに、いまだにあの頃の暮らしを夢で見ることがある。幾千もの大型機械船がきらびやかな旗を揚《あ》げて整列し、紺碧の洋上を粛々《しゆくしゆく》と進んでいた光景。畸形の樹木に似た構造物に覆われた巨大な人工浮島。そこで暮らす政治家たち。私の家族は浮島にはあがらず、人生のほとんどを自分たちの船で過ごした。魚舟と呼ばれる船の上で。

海上民は生涯を陸へあがらず海で過ごす民族で、海上では手に入らない物資のみ陸上民との交易で調達する。家族単位で船を持ち、ときには別家族の船と交流し、コミュニティを作って大勢で移動する。海のすべてを自分たちの庭と心得る一族は、いまや陸上民を圧倒する勢いで繁栄していた。陸地の大半が水没した世界では、思い切って陸での生活を捨てたほうが身軽になれるのだ。

私は思春期まで海上民のコミュニティに所属し、後に自分の意志でコミュニティを捨てた。あのときのことはいまでもよく思い出せる。家族よりも友人のほうが大事になり始めていた頃、私と美緒を含む数人の子供たちは、徒党を組み、刺激的な遊びを探していた。海へ飛び込むときの足場の高さを競い、どれぐらい深く潜れるかを比べ合った。毒棘のある魚を素手で何秒摑《つか》めるか試し、大変な目に遭《あ》ったりもした。

ある日のことだった。美緒が家族と暮らしている船に、小さな魚影がついてくることに私たちは気づいた。妙に人懐《ひとなつ》っこい魚が船尾を追ってくる――それだけで次の遊びは決まった。当時の私たちは、そういう存在に愛嬌《あいきょう》を感じるよりも、むしろ虐め倒さずにはいられない年頃だったのだ。

最初は小魚や小エビを投げ与え、魚の警戒心を解いておいてから、不意打ちを食らわせるという手段に出た。棒の先でこづき回し、ウニをぶつけ、居住殻から湯を持ってきて浴びせかけた。

火薬を使おうと言い出したのは確かに私だ。サメ撃ち用の弾《たま》をばらして炸薬《さくやく》を瓶《びん》に詰め、花火と称して魚めがけて投げつけたのだ。単に脅《おど》かすだけのつもりだった。だが、私は炸薬の量を間違えた。入れすぎたのだ。

爆音を聞きつけた大人たちが飛んできて大騒ぎになった。魚は背中に大きな傷を負い、鮮血で海をどす黒く染めながら美緒の船から離れていった。そのとき私ははじめて魚の鳴き声を耳にした。聴《き》きようによっては人間の子供の声にも聞こえる不気味な鳴き声だった。夜に聴けば、溺《おぼ》れる子供の叫び声と間違えたかもしれない。聴くものの胸をえぐるような気味の悪さがあった。だが、私はまだ虚勢を張っていた。魚を泣かせたぐらい何だと思っていた。

爆薬を作ったこと、魚を痛めつけたことの両方を私たちは厳しく叱《しか》られた。だが、みな表面的に頭をさげていただけだった。説教が終わったら、また同じことをしようと思っていたぐらいだ。

大人たちが、そんな雰囲気に気づかないわけがない。

数日後、コミュニティの子供たちは、一族の幹部が暮らしている船に集められた。私たちは何も知らされないまま居住殻の最下層へ降りた。しばらく廊下で待つように言われた。壁を背に座り込み、私たちは談笑しながら時間を潰した。

やがて突き当たりの扉が開き、大きな盥《たらい》を抱えた老人が現れた。老人はまるで何かの儀式のように私たちの足元に盥を置き、のぞいてみろと促《うなが》した。

私たちは盥の縁《へり》にはりついた。透明な液体で満たされた器《うつわ》の底、黒い扁平な魚が身をくねらせていた。魚というよりサンショウウオの雰囲気に近かった。大きな対鰭は、腕に繋《つな》がらない掌のようにも見えた。愛らしさよりも珍しさよりも、奇怪な印象のほうが強かった。

老人は言った。もうすぐおまえたちも結婚し、子供を作れる歳《とし》になる。だから覚えておきなさい。我々の一族の女は妊娠すると必ず双子を産む。双子のいっぽうはおまえたちと同じようにヒト型だ。だが、もういっぽうは魚の形で生まれてくる。こんなふうにな。

私たちはぽかんとしていた。出産という出来事自体がまだ実感のない年齢だった。それに加えて、女たちがヒトと魚を同時に産むとは信じ難かった。

ひとりが、これは未熟児か何かなの？　と訊いた。大きくなると、僕たちみたいに人間になるの？

いや、この子はずっとこのままだ、と老人は答えた。赤ん坊はヒトとして船で育てるが、この子は海へ放すのだ。

――そんなことをして死なない？

――死ぬさ。生命力と運がないものはな。だが、苛酷な環境を生き延びて大人になれたら、こいつはいずれ自分の生まれた船へ戻ってくる。そのとき船上に魚の片割れ、つまりヒト型の兄弟姉妹であるおまえたちがまだ残っていたら――ヒトと魚は、そのとき〈操舵者〉と〈舟〉の関係を結ぶのだ。魚舟の操《あやつ》り方は大人たちに教えてもらえ。そのときが来たらな。

全長三十メートルまで達する巨大魚が背中に形成する外骨格――その空洞内部が海上民の居住空間となる。上甲板は、直射日光を利用するために人間が建て増す構造物だ。言うなれば海上民とは、自らが産む魚の身体《からだ》に寄生する生き物なのだ。〈操舵者〉は〈舟〉を、特定周波数の組み合わせ——つまり音で操る。その一部がヒトの可聴範囲内にあるため、魚舟に指示を出す音のことを、私たちの一族は〈操船の唄〉と呼んでいた。

老人の言葉に子供たちは興奮した。自分の船を持てるのは海上民にとって最高の名誉だ。親から引き継ぐお古ではなく、自分のためだけに作る新しい魚舟！

僕の、私の魚はいつ戻ってくるのと、みなが口ぐちに訊ね始めた。老人は、おまえたちが第二次性徴期に入る頃が目安だと答えた。ただ、ごくまれにその時期を外して帰ってくる魚がいる。少し早かったり、だいぶ遅れたり。だからおまえたちは、これから毎日のように海を観察しておくんだぞ。自分の魚——〈朋〉がいつ戻ってきてもわかるように、見つけたらすぐに手《て》懐《なず》けられるようにな。

私はようやく、自分がここへ呼ばれた理由に気づいた。私たちが残酷に虐めた魚、あれは誰かの魚舟候補——〈朋〉だったのだ。美緒の顔を盗み見ると、案の定、真っ青になっていた。もはや誰の言葉も耳に入っていないふうに、がたがたと震えていた。

自分の船へ戻るとき、私がいくら気にするな、済んだことだからと慰めても、美緒は動転したままだった。あたしが虐めていたのは自分の〈朋〉だったのね、あんなことをしたらもう二度と帰ってこないわ……。

それからだ。美緒の横顔に暗い影が滲《にじ》むようになったのは。罪を恥じ、人間的に深みを増したと言えば聞こえはよいが、私はどこか納得できなかった。だからことあるごとに美緒を慰めた。ヒトの兄弟姉妹だか何だか知らないが所詮《しょせん》は魚じゃないか。負い目を感じる必要はないよ。第一、あれがおまえの〈朋〉だったと、はっきりわかったわけじゃないんだし。

美緒は反論しなかった。だが、魚舟を持つ機会を永遠に失ったと、もうすっかり落ち込んでいた。なお悪いことに、あの魚が流した血の分析結果は、まぎれもなくあれが美緒の〈朋〉だったと断定した。

大人たちはそれを罪に対する罰だと言った。私はそういう価値観になじめなかった。そんなことは私たちの一族が勝手に決めたことだ。魚舟を産まない陸上民から見れば、魚舟などただの魚類にすぎない。いや、居住殻がなく、人が棲んでいなければ、何のためらいもなく天然資源として食うだろう。飢《う》えていれば、海上民から奪ってでも食うかもしれない。

私はこのとき悟った。自分がはみ出し者であることを。海上民でありながら、海上民として生きることができない人間なのだと。私は海上生活を捨てることにした。両親に意志を告げ、陸上民になるための移住手続きをした。それはまだ見ぬ自分の魚舟との契約を、自分から放棄することでもあった。だが後悔はなかった。

美緒に魚舟がいないのに、自分が持つわけにはいかない……。

私の選択を美緒は笑った。同情、友情、愛情。何でもいいが愚かなことだと。美緒の嫌味に沈黙で答え、私は海上民のコミュニティを後にした。たまたま雨が降っていた。天から落ちてくる銀線の向こう側、美緒がいつまでも見送ってくれたのをいまでも鮮やかに思い出せる。雨は私たちを隔《へだ》てる壁だった。もし、もう一歩踏み込む気さえあれば、容易に打ち破れる壁ではあったが、そこまでするにはお互い、まだ冷たく臆病すぎたのだ。

私は美緒の拘束具を解かなかった。椅子を勧《すす》め、天幕の隅に置いてあった水のボトルを握らせた。

そばまで近づくと、彼女からは甘い果実の匂いがした。覚えのない香水。高そうな品だ。誰に教えられ、誰にもらったのか。怖くて訊けなかった。知った途端、自分のプライドが砕かれそうな気がした。

ここまで来るのは大変だったろうと言っても、美緒は何も答えず、褐色の喉をのけぞらせてボトルをあおった。だが、少し落ち着いたのか表情が穏やかになった。

その獣舟が君の〈朋〉だという証拠はあるのかと訊くと、美緒はもちろんだと答えた。「獣舟を追跡調査している非営利団体があるの。データベースを作るために採取したサンプル中に、あたしのゲノムと一致する個体がいて……」

「で、お節介にも、君に通報したわけだ」

「自分から頼んでいたのよ。もし見つかったら連絡を下さいって。あのとき、もっと早くあの話を聞いていれば、あたしは自分の〈朋〉を失わずに済んだ……」

「もう過ぎたことだ」

「そういう問題じゃないわよ」美緒はからになったボトルを投げ捨てた。「ここの仕事は何年になるの？」

「一年ほどだ」

「楽しい？」

「自分で選んだ仕事じゃない。無理やり出向させられただけだ」

獣舟とは、何らかの事情で〈操舵者〉を持たなかった魚舟が、成長しきった後、陸へあがるようになったもののことだ。どことなく両生類の雰囲気がある魚舟と違って、その姿は少し爬虫類に似ている。三十年ほど前に内陸部の峡谷で偶然発見され、以後、陸上民の間で問題になってきた。数こそ少ないものの、生きていくために陸の資源を食い荒らすからだ。獣舟は魚舟と同様に生殖能力を持たない。環境が整ったからといって爆発的に増えることはないが、それでもここ数年は、環境から排除すべきという意見が主流になっていた。限りある土地に棲む民族にとっては死活問題に繋がるからだ。

国費で討伐《とうばつ》隊が結成された。私が派遣されたのは、そのひとつだ。

美緒は私に訊ねた。「これまでに何頭の獣舟を殺した？」

「二頭ほどだな」と私は答えた。「ここは閑職《かんしょく》なんだ。人間の勤務者は私だけで、あとは射手も含めてすべて人工知性体だ。あいつらは、中央司令部と常に繋がっていて……」

そんなことに興味はないと美緒は私の言葉を遮《さえぎ》った。「自分の〈朋〉が獣舟になって上陸してくるかもしれない――と考えたことはないの？　実の兄弟姉妹を撃つことになるのよ」

「考えないでもなかった。だが、私はもう海上民じゃない。たとえ自分の〈朋〉でも、命令ならばためらわずに撃つさ」

「あいかわらず薄情なのね」

「君は情が深すぎる」

美緒は溜息をついた。「……獣舟が、なぜ陸を目指すのかわかる？」

「さあ」

「陸にニッチを見出したからよ。海洋だけでなく、陸地を生存に利用できることに気づいたの」

「何のために？ あの巨体では、浮力を利用できない陸上はむしろ不便だろう？」

「陸へ移住するというより、〝陸も利用する〟という方向にシフトしたんだと思う」

「餌に困らないのかな」

「当然、食性も変わっているわ。陸地の資源が荒らされたからこそ、討伐隊が作られたんでしょう？ でも、それだけでは終わらないかもしれない」

私はからかうように言った。「ヒトでも食い始めるとか？」

「あらゆることを想定しておいたほうがいいわ。人類は、それだけのものを作ってしまったんだから」

何かを考え込むような素振りを見せた後、美緒は続けた。「……生物としての複雑さが、遺伝子の総数に依存しないことは知っている？」

「詳しくは知らないが、何かで聞いたような覚えはあるな」

「たとえば線虫の細胞数は千個、ヒトは六十兆個。でも、遺伝子の総数は前者が二万、後者は二万三千。つまり生物の複雑な差異は、限られた数の遺伝子を、どうやって・何回・どんな組み合わせで使い回すかで決まるの」

「おもちゃのブロックが、組み立て方によって、家にも車にもなるようなものか？」

「いいたとえね――。西暦二〇〇三年にヒトの全ゲノムが解読されたとき、タンパク質をコードする遺伝子領域や発現制御部分は、全体の数パーセントにすぎないことがわかったわ。残り九十八パーセントは、トランスポゾンやｎｃ《ノン・コーディング》ＲＮＡだったの。それからたった二年後、生物の姿や機能の複雑さを決定するのは、かつてジャンクと呼ばれていた領域から転写されるｎｃＲＮＡである可能性が示された。それまではごく限られた用途しかないと思われていたＲＮＡが、実は、生物の形態発現や進化にすら関係しているとわかったの。姿・形が違う別種の生物でも、使っている遺伝子は同じ――ってことなのよ。この仕組みを応用すれば、ヒトと同一のゲノムから、ヒトとは全く形態の異なる生物を作り出すことができる。この技術を応用して作った生物が魚舟なの。文字通り、彼らはあたしたちの〈朋〉なのよ」

「いま、そういう仕事に就《つ》いているのかい」

「専門家じゃなくても、これぐらい調べればわかるわよ」

美緒の本業が何なのか、私には想像がつきかねた。唯一わかったのは、彼女が昔よりもさらに深く、失われた自分の〈朋〉に固執《こしつ》しているらしいということだった。

美緒は続けた。

「ブロード型遺伝子調節領域《プロモーター》の突然変異発生率が高いと、生物は急速に進化するというデータがある。だから、プロモーターやｎｃＲＮＡを人為的にいじり、変異を起こしやすい性質にしておけば、外圧――つまり環境の変化にすみやかに反応し、活発に進化と退化を繰り返す生物を作れるはず。そう考えた過去の誰かが、あたしたちの体を、こんなふうにいじったのね。陸地の大半が水没した世界でも、ヒトが生きていけるように」

「獣舟は？　あれも何かの目的に沿って、魚舟から変異しているのか」

「そこまではわからない。でも、何となく、あれは予想外の方向へ変異した生物のような気がする。どんな状況で、誰の役に立つ生物なのか、全然わからないし」

「あいつらは監視班がいても平気で浜へあがってくる。陸上民は自分たちを殺す、だから近づいてはいけない――そんな簡単なこともわからない生物だよ」

「生物の賢さを人間が勝手に判定するのは間違っているわ。ハンディキャップ理論というのを知っている？」

「いいや」

「生き物が、一見、生存の可能性が低くなるような行動や形態をとる理由について説明した理論のこと。たとえばある種の草食動物は、敵の姿に気づくと、わざと高く飛び跳ねて自分の姿を相手にさらす。これは一見愚かな行為に見えるけど、実は自分がものすごく健康で、めったなことでは追いついて倒せないぞとアピールしているのだそうよ。獣舟も、何かの理由で変わり始めているのだとしたら……」

「気の回しすぎだ。それより、せっかく久しぶりに会えたんだ。もっと別のことを話そう」

「いま、獣舟のこと以外、何が最優先事項だって言うのよ」

「君の頭には獣舟や〈朋〉のことしかないのか。お互い、十二年ぶりなんだぞ」

「――あたしの何を知りたいの？」

「何って……いまの生活とか、家族のこととか……」

「昼間は海洋観測の手伝い。夜は歌手をやっているわ」

「歌手？　プロの？」

「あんまり売れてないけどね」美緒は寂しそうに微笑した。「これでも、ちょっとはファンがいるのよ。おかしい？」

「いや、少し意外だったから……」

「家族はいない。いまは人工浮島で暮らしてる。夕方から酒場に顔を出して、一晩いくらで歌声を売るの。仕事疲れでどんよりした人たちが、あたしの声を聴いた途端にぱっと目を輝かせて生き返る、あの瞬間はいいわね。ときどき、小さなホールでコンサートもやっているわ。あなたは？」

「君と比べるとぱっとしない人生だな……。これでも公務員なんだよ。なかなか上級職へ昇れなくて、このありさまだ」

「家族は」

「陸上民と結婚して、いまは子供がふたりいる」

「よかったじゃない。だったら、あたしの人生に興味を持つ必要なんてないでしょう」

「――陸へ来て、歌う気はないのか」

美緒は嘲笑するように口の端を歪《ゆが》めた。私は返事を待ったが、彼女の目は遙か遠くを見つめていた。「……あたしの話を、もう少し聞いてくれない？」

「喋《しゃべ》るのは勝手だが、要求は聞かないよ」

「あたしの〈朋〉が現れたら、五分ほど砲撃を待って欲しい。うまく誘導するから」

「海へ連れ戻す気か」

「本当は無人島にでも連れていってやりたいけれど、いまの陸地の割合では、獣舟が棲む余裕なんてないでしょう。だから、海での生活に戻してやりたいの」

「どうやって誘導するんだ。あんなでかい生き物を」

「光と音を使う。心配しないで。他で試したことがあるから」

「それで連れていけなかったら？」

「遠慮なく撃っていいわ。殺されるしかないのなら、それをきちんと見届けたい。それで、あたしの魂《たましい》は完全に解放される」

私はしばらく黙っていた。

美緒はゆっくりと、もう一度両手を前へ差し出した。「外してちょうだい」

私は首を左右に振った。「君のことを知っているからこそ信用できない。君はすぐに海へ帰るか、ここで報告を待つんだ」

美緒はおとなしく手をおろした。うつむくと、それっきり口をきかなくなった。帰るのか、待つのか、と訊ねたが答えなかった。足元に視線を落としたまま、石のように固まっていた。

私はロープで美緒を椅子にくくりつけた。それから彼女の正面へまわり、仕事が終わったら改めてつき合ってくれ、うまい朝食を摂《と》れる店へ案内するから、と言った。

美緒はそれには応じなかった。つぶやくように言った。「いまここで獣舟を殺しても、彼らがあたしたちの〈朋〉であることに変わりはない。いつか必ず、それを思い知らされるときが来るわよ」


仮設テントの外へ出て空を仰ぐと、月の位置が少し高くなっていた。部下をひとり美緒の監視役にまわしてから、私は再び浜辺を歩き始めた。

あれは情熱というよりも狂気だ、と美緒の喋りっぷりを反芻《はんすう》しながら思った。彼女を海に残したまま陸へあがったのは間違いだったのかもしれない。私がずっと側《そば》についていれば、あるいはあそこまで狂わなかったのではないか——と考えるのも、こちらの傲慢《ごうまん》か。

自走砲の側まで行くと、操作台に射手が腰掛けているのが目にとまった。人工知性体の肌は本物の人間よりも青白く設定されている。ヒトの社会に違和感なく溶け込ませると同時に、本物のヒトではないことをいつも周囲に意識させておくためだ。

端正なその横顔を眺めながら私は思った。こいつにはヒトの遺伝子は全く含まれていない。人工のタンパク質と無機質で作られた自動人形だ。なのに私には、こちらのほうがヒトに近く見える。ヒトと同一のゲノムから構成される魚舟や獣舟よりも、遙かに親しみを感じるのだ。

それはなぜだ？

ヒトにとってヒトの定義とは何なのだろう。形態なのか、ゲノムなのか。それすらも、個人の価値観によって違ってしまうのだろうか。

異状はないかと訊ねると、射手は柔らかな声で《異状ありません》と答えた。

おまえは自分のことを何だと思っているんだ？　と訊いてみたかったが、人工知性体はそういう質問には答えないように作られている。問うことに意味はなかった。

私は砲の傍らにしばらく立っていた。射手は私に何も訊ねようとしなかった。そういうふうに作られているのだ。余計なお喋りをしないこの機能はありがたい。美緒とは正反対の性質だ。

ふいに、射手の声が耳へ飛び込んできた。《一二〇度の方角に生体反応を示すオブジェクトを視認。距離は五〇です》

「獣舟か？」

《確認中です。上陸と同時に撃ちますか》

「任せる。仕留めたらまた連絡をくれ」

《了解》

私は接続のレベルを上げると、全射手の情報網と繫がった。脳の中で自走砲の全配置が把握され、海辺の風景がある一範囲に固定された。

果てることなく打ち寄せる波が、容赦なく礁に砕かれている場所だった。礁の隙間《すきま》で蠢《うごめ》く影が確かに見える。内陸部から届く仲間たちの鳴き声に応えるように、そいつはふいに身をよじり、浅瀬に躍り出すと波打ち際に全身をさらした。

魚とワニが混じり合ったような独特の姿――完全に変異し終わった獣舟だ。全長は十七メートル近い。海棲だった頃の名残の胸鰭《むなびれ》は掌状に変異し、先端に五本の長い爪が見てとれた。前方へ突き出した口吻《こうふん》の隙間からは鋭い歯がのぞいている。尻鰭も形態が変化し、岩や崖を簡単によじ登れる形になっている。

鋼のように艶やかな身をくねらせながら獣舟は砂地を進んだ。ときどき止まって首をもたげ、仲間たちの声がどこから響いてくるのか探るように頭をゆらゆらと振っていた。射手がロックオンしたのが私の脳にも伝わった。

そのとき、小さな影が獣舟に向かって一直線に走っていった。右手に刃物《はもの》の閃《ひらめ》きが見えた。どこに隠していたのか拘束具を切ったのだ。大量の人工血液で染まった彼女の服に、私は彼女がやったことを瞬時に悟った。

やめろ！　戻れ！　と叫んだ私を、美緒は一度だけ振り返った。

彼女の目を見た瞬間、私はその意志の強さに圧倒された。と同時に、自分には彼女を止めることは不可能だと悟った。闇の中の星のように彼女は輝いていた。少なくとも私にはそう見えた。燃えさかるその魂にじかに触れ、自分には彼女を止める力はない、無理に止めようとすれば殺されるだろうと直観した。彼女を見張っていた人工知性体が斬りつけられたように。

美緒はよく通る声で叫んだ。「ほんの少しだけ！　少しだけだから！」

高くかかげた左手に強烈な光がともった。獣舟は光に反応し、美緒のほうへ体を向けた。獣舟の気を引いたことを確認すると、美緒は海の方角へじりじりと移動し始めた。同時に再生機のスイッチを入れ、録音してあった別の獣舟の鳴き声を流し始めた。私には意味を聴き分けられなかったが、たぶん、それはまだ海にいるときの獣舟の声に違いなかった。仲間同士で遊んでいるような、どことなく楽しそうな鳴き声だった。

だが獣舟は、それ以上はなかなか動かなかった。

声のせいだと私は気づいた。美緒が流している声ではなく、内陸部から響いてくる仲間の獣舟たちの肉声――美緒の〈朋〉は、あきらかにそちらに引っ張られているのだ。

このままでは埒《らち》があかないと思ったとき、だしぬけに美緒が、ほとばしるような声で歌い始めた。流行歌や古典歌ではない。ヒトと魚舟を――おそらくはヒトと獣舟をも繋ぐ可能性のある唯一の言葉、〈操船の唄〉を。

それは美緒が海上で歌うことを許されなかった唄、一族から禁じられた唄、罰として奪われた唄だった。これほど完璧な〈操船の唄〉を私は聞いたことがなかった。熟練者の唄は魚舟だけでなくヒトの心も動かすが、それは毎日魚舟を操っているがゆえの力だ。美緒のように魚舟を持たない者が、ここまで至るにはどれほどの努力が必要だったのだろうか。誰からも学べず、ただ自力で覚えるしかなかったはずなのに――唄を奪われた女は歌手となり、日々の生活で喉を鍛え続けたのだ。ただ、この瞬間のためだけに。〈朋〉と再会するときのためだけに。

夜を切り裂いて獣舟たちの呼び声が響いてくる。早く陸へあがれと促している。美緒の声はそれよりも遙かに大きかった。一緒に海へ帰ろうと、〈朋〉をなだめる旋律は優しく力強かった。

獣舟が頭部の動きを止めた。美緒をじっと見つめた。成功させたのか？　そう思った瞬間、獣舟は胸鰭で美緒を殴り飛ばし、地面に叩きつけた。

気がつけば私は美緒に向かって走り出していた。無意識のうちに発砲命令を出していたのか、こちらが辿り着くよりも先に、自走砲の射撃が獣舟の頭と胸をとらえた。

熟した実がはじけたように、獣舟の頭と体軀からどす黒い体液が噴出した。獣舟は酔っぱらったように体を傾《かし》がせ、地響きをたてて砂地へ崩れ落ちた。

私は獣舟の下から美緒を引きずり出した。体中が獣舟の生臭い血でべとべとになったが構わなかった。救命措置をしようとしたとき、美緒はようやく目を開き、私の服に爪をたてた。私が顔を近づけると、喘《あえ》ぐように耳元で言った。

ありがとう……わがままをきいてくれて……。

「黙っていろ！」と私は怒鳴った。美緒に怒るというより、自分自身に怒っていた。なぜもっと早く飛び出さなかった？　彼女以上に熱くならなかった？　そうすれば助けられたのに！

一体の人工知性体が、私たちを助けるために駆けてきた。指示を出そうとして顔をあげたとき、視界の隅に入った異様な光景に私は全身を粟立《あわだ》たせた。

獣舟の死骸がざわざわと蠢いていた。まるで道端にうち捨てられた動物の死体が、内部で孵《ふ》化《か》した蛆虫《うじむし》の動きで波うつように。

やがて獣舟の横腹は勢いよく裂けて、内側から黒い小動物がどっと大量にこぼれ落ちた。そいつらはずんぐりと丸い体に関節のある長い六本の脚を持ち、獣のようにも蜘蛛《くも》のようにも見えた。何匹かが二本の脚で直立し、残り四本の脚を、腕のようにゆらゆらと持ちあげた。目や口がどこにあるのかはわからなかった。チチッ、チチッと鳥のような鳴き声をたてた。私にはそれが笑い声のように聞こえた。

私が美緒の右手からナイフを奪い取ったのと、そいつらが向かってきたのはほぼ同時だった。片膝をついたままの姿勢で私はナイフをむちゃくちゃに振り回した。刃は何度か相手を切り裂いたが、致命傷を負わせているのかどうかは定かではなかった。無数に押し寄せてくる黒い塊を相手に、私は際限なく腕を振り続けた。黒い生物たちは、私の盾となってくれた人工知性体を容赦なく引き裂き、齧《かじ》り取り、しかし相手をし続けるには無理があると気づいたのか、ふいに潮が引くように一斉に退いた。私たちが食糧にならないと察したのかもしれない。自走砲のある方向へ群れになって走っていくと、仮設テントの背後に広がる斜面をものすごい速度で這いのぼり、ハマヒルガオの葉を蹴散らしながら内陸部へ向かって姿を消した。

私はナイフを握ったまま、その場にへたり込んだ。ボロボロになった人工知性体は、私たちのためになおも警戒モードを維持し、センサーを光らせていた。

美緒の言った通りだった。陸へあがるのに不利な巨体を、獣舟がいつまでも保持するわけがない。海の中で徐々に体のつくりを変えたのだ。十年もあれば充分に変化できたのだろう。最初にあがってきたのはただの袋。中身を運ぶための鞄《かばん》。〈操船の唄〉など最初から聴いていなかったに違いない。感情移入したのは私たちの勝手だ。これはその報《むく》いだ。

横たわった美緒はもうすっかり目を閉じていた。揺すっても叩いても声をかけても、二度と起きようとはしなかった。人工知性体が蘇生措置を講じても、生体反応は消えたままだった。

突然、現状報告を求める上司の声が無線で耳の奥へ届いた。別の人工知性体からの通報で、早くも異状に気づいたらしい。被害の状況、犠牲者の数、仮設テント内の惨状、私は適当に答えた後、一方的に通信を遮断した。

傍らの人工知性体にテントへ戻るように指示した後、しばらくの間、仰向《あおむ》けになって砂浜に倒れていた。

涙は流れなかった。

どうしようもない敗北感だけが、ぎりぎりと胸を締めつけた。

明日から上陸する獣舟は、きっと今日のと同じやつだろう。攻撃されればあっけなく倒れ、体内から分身を放出する。

ハンディキャップ理論――美緒は確かそう言っていた。獣舟は上陸のたびに砲で狙われることを知り、覚え、自分の分身をばらまく方向へ進化したのだ。何のことはない。私たちは駆除しているつもりで、彼らに単体生殖の手段を教えてしまったのだ。きっとあいつらは、分裂の際に出会った生物を最初の餌として――食う。

あの六本脚の生物は、いずれ内陸部でヒトの似姿へ変異するのだろうか。己の内部に設定された進化のプログラムに従って。それはあるべき姿への進化なのか？　あるいは彼らを作った者たちから見れば退化になるのだろうか？

あれはヒトなのか？　ヒトと呼ぶべきものなのか？　彼らは私たちと同じヒトに戻るのか？　それともヒトゲノムをベースに別種の生物に変わるのか？　永遠に変異し続けるのか？

ずっしりと重たい体を、私はのろのろと起こした。

傍らの美緒をもう一度見た。いくら眺めても、美緒は起きあがってこなかった。わかっているくせに、私は長い間、美緒の手をじっと握りしめていた。

監視班の責任者としては、美緒の死を家族に連絡し、遺体を引き取ってもらうべきだった。彼女がいまどこのコミュニティに属し、誰と暮らしていたのかは、手の甲から読み取った個人データを照会すればすぐにわかる。美緒から聞きそびれた十二年の私生活を、データは雄弁に語ってくれるだろう。

だが――。

私は獣舟の残骸に歩み寄った。鰭の一部を苦労して切り取り、それを彼女の胸に抱かせた。そして、手首に残っていた拘束具で、彼女の体にしっかりと結《ゆ》わえつけた。

美緒を抱きあげ、波打ち際まで運んだ。海辺には離岸流《りがんりゅう》と呼ばれる、沖へ引き込む強い海水の流れが生じる場所がある。水筒を放り投げて離岸流頭を見つけ出すと、私は美緒を抱いたまま海の中へ入った。海中で遺体から手を放し、沖へ向かって強く押しやった。

見えない神の手に摑まれたように、美緒の体はたちまち海中へ引きずり込まれた。燻銀のように輝く波にのまれ、またたくまに岸から遠のいていった。姿は見えずとも、彼女が確実に岸から離れていくのが、なぜか全身ではっきりと感じられた。

私には、このほうが相応《ふさわ》しく思えたのだ。〈朋〉と共に海へ帰ることこそ、美緒が最も望んでいたことなのだから。信じるものと一緒に渡っていけばいい。もう誰も、おまえの罪を責めはしないから。おまえが知っていた〈朋〉は、今夜、おまえと共に死んだのだから。

離岸流はやがて、かつて黒潮と呼ばれた猛き流れと合流し、陸地から遠く離れていくはずだった。その先にあるのは幾万もの魚舟と獣舟が回遊する壮大な外海、いまなお生物が変化し続ける可変の園である。

私はもうそこへは戻らない。生涯を陸で過ごすだろう。一生獣舟を激しく憎み、最後の一頭まで殺し続けるだろう。

内陸部からは、まだ獣舟の歌声が聞こえていた。

それは、すべての人類への挽歌のように――いつまでも流れ続けた。

■著者のことば　上田早夕里

四百字詰め原稿用紙で四十二枚に過ぎないこの小さな作品が、幸いにも多くの方々の目に触れ、あちこちで取り上げて頂く機会を得た後、本書にも収録して頂けることになりました。これらはすべて、心からSFを愛する方々とのご縁によって成立した事柄であり、著者はそのための最初の石を置いたに過ぎません。

遙か彼方まで続く終わりのない道を、これからも少しずつ歩いてゆきたいと思います。言葉と物語を頼りに。

A

桜庭一樹

バーチャル・アイドルを描いたSFは、渡辺浩弐の『アンドロメディア』やギブスン『あいどる』などたくさんあるが、〝接続されたアイドル〟ものは、ジェイムズ・ティプトリー・ジュニアの「接続された女」（一九七三年）を嚆矢《こうし》とする。〈SF Japan〉二〇〇五年冬号初出の「A」は、この名作にオマージュを捧げつつ、〝アイドルという神話〟を寓話《ぐうわ》として語りなおす。ゼロ年代の物語だが、八〇年代の神話のようにも読める。どことなく大原まり子の短編群に似た響きを感じるのはそのせいか。

桜庭一樹（さくらば・かずき）は、一九七一年、島根県生まれ（鳥取県米子市育ち）。九六年、同名ゲームをノベライズした『アークザラッド』（山田桜丸名義）を刊行。九九年、第1回ファミ通エンタテインメント大賞小説部門に佳作入選。応募作を改題・改稿した『ロンリネス・ガーディアン AD2015隔離都市』（ファミ通文庫）は、バイオハザードにより隔離された新宿を舞台にした近未来SFだった。これが桜庭一樹名義のオリジナル小説第一作。つまり、桜庭一樹はもともとSF作家として出発したことになる。

〇三年〜〇四年には、ライトノベル・ミステリ《GOSICK》シリーズで人気を確立する一方、少女を主人公にした『赤×ピンク』『推定少女』『砂糖菓子の弾丸は撃ちぬけない』（以上、現在はすべて角川文庫）で注目を集め、〇五年九月、『少女には向かない職業』（創元推理文庫）で文芸書に進出。同年十月、ハヤカワ文庫JAから〝次世代型作家のリアル・フィクション〟の帯がついた書き下ろしSF長編『ブルースカイ』を出し、京都SFフェスティバルのパネルディスカッション「リアル・フィクションとは何か?」にも参加した（『SFが読みたい! 2006年版』に採録）。

〇七年、『赤朽葉家の伝説』（創元推理文庫）で第60回日本推理作家協会賞（長編および連作短編集部門）を受賞。〇八年、『私の男』（文春文庫）で第138回直木三十五賞を受賞。読書家としても知られ、〈Webミステリーズ!〉連載中の『桜庭一樹読書日記』は東京創元社からすでに三冊刊行されている。その他の長編に、『少女七竈《ななかまど》と七人の可愛《かわい》そうな大人』（角川文庫）、『青年のための読書クラブ』（新潮社）、『製鉄天使』（東京創元社）など。

わたくしについてのはなしをしよう。わたくし——Aがこのはなしをするための時間はあともう一瞬しかのこされていない。もうすぐ接続は切れわたくしは消える。わたくしは消える。わたくしは消える。

わたくしことAはかつて、この国のアイコンであった。とあるくだらぬにぎやかしのプロジェクトからうまれおちたAは、アイドルであり、夢の具現者であり、詐欺師であった。理想の少女のわかりやすい雛型であった。ひとの夢をおうことこそがわたくしの自己実現であり、そのときだけ命らしきものをもっていた。少女であるというそを夢として実現することに、いつのまにやら、わたくしの満足はあった。

いうまでもなく、わたくしも、わたくしのあとをおうプロジェクトの仲間たちも、ほんとうの意味で〝少女〟であったことはいちどもない。

しかし、わたくしの時代はながくつづかなかった。ひとが〝少女のようなもの〟として存在できる時間は、あまりにみじかい。そして事件は二千六年の夏におこった。ネットから発生したくだらぬ実体のないスキャンダルにまみれ、わたくしという雛型は回復不可能によごされた。すでにその兆候は一年半前にあった。アイドルはつぎつぎひきずりおろされ、プロジェクトの責任者であった金髪の男はすばやくべつのプロジェクトにのりかえた。

すべてはおわった。そしてその二千六年夏以降、この極東のちいさな国に、にどと、アイドルはあらわれなかった。

それから、もう五十年。

わたくしはすでに老婆である。いまのわたくしにはさらに老いた夫がおり、ほかにはなにもない。

時はながれた。

――また、わたくしの時代がやってこようとは。

◇

「Aとは、何者ですか？」

苔のような濃い緑色をした電子の海から顔を上げ、トレンド社企画課社員、五月雨《さみだれ》が聞いた。

傍らに立って苦虫を噛《か》み潰したような顔をしている上司、一文字《いちもんじ》が、

「いまから五十年前にスキャンダルで引退した、タレントだよ。少女の姿をした女優であり、歌手であり、司会者であり、ようするにすべてをこなす芸能人だ」

「それが、アイドルと呼ばれていたんですか？」

「そうだ。いまではもう誰も使わない言葉だがな。うちのじいさんに聞いてみたら、よく覚えていたよ。振り付けも覚えていた」

「振り付け？」

「アイドルが、歌う。その踊りにあわせて、聴衆も、踊る」

「……なんのことやら」

「さっぱりだがな。行くぞ」

一文字にせかされて、五月雨も立ち上がった。

――トレンド社は二千三十年代にこの国に参入してきた外資系の大手広告代理店である。現在では国内のシェアの三分の二を収める。ほとんどすべての広告は、故《ゆえ》に消費は、この企業にコントロールされているといっても過言ではない。

巨大ビルディングは首都の夜空に西洋の剣のように煌《きら》めいてそびえたち、国内の消費はトレンド社の本社ビルによって上空から統治されている。ビルの地下に張り巡らされた地下室も増殖し続けている。

二人はビルの地下に潜り、運転手に行き先を告げるとエアカーのシートに深く腰かけた。

「問題は、消費の動向なんだ」

一文字がつぶやく。

「消費の動向？」

「そう。計算し尽くして隙のない広告を打っても、想定範囲の消費をコントロールできるだけで、想定外の大きな波は起こせなくなっている。だがかつてこの国には、化け物のような〝生きた広告塔〟がいた。〝彼女〟を中心に消費世界が踊る。男たちは彼女に近づくために使いもしないグッズを買いあさり、女たちは彼女が着ている服を、使う化粧品を、彼女がおもしろいといった本を買う」

「まさか。だって、相手は人間でしょう。しかもまだ子供だ」

「そう。だが、消費の女神でもあった。要するに、アイコンだったんだよ」

窓の外では、高層ビルディングの光とサーチライトが入り混じり、巨大ビジョンが極彩色の電子的な広告を流している。一文字はビジョンを指差して、

「あれに、映すんだ。生きたアイコンを。そして彼女に使わせた商品を、大量に売りさばく。この国を踊らせる」

「じゃ、綺麗な少女を選んで、かつてのアイドルのようにすると？」

「いや、それはおそらく、むりだ……」

一文字は首を振る。

「ここ数カ月、わたしは芸能関係者に接触していた。だが二千六年以降、アイドルと呼ばれる少女タレントはただの一人も出現していないらしい」

「…………」

「もしかするとあの魅力は、過去の遺産。つまり一種のロストテクノロジーなのかもしれない」

「ロストテクノロジー……？」

「そう」

一文字はうなずいた。

そして、あれはある年齢の少女から少女へ受け継がれる一種の、異形の神のようなものではなかったか、と思う。実際に過去の彼女たちの分析データはそれを示しているようだった。一人のアイコンが華やかに生き、散った後には、すぐにべつのアイコンが現れる。少し前まではさえない二流のアイドルだったべつの少女がとつぜん輝きだし、玉座《ぎょくざ》に座る。それはまるで、見えない力がある少女からある少女へ秘密裏に譲渡されるような光景だった。

しかし……。

「なぜかはわからない。二千一年に、父親が起こしたつまらん揉《も》め事のせいで、アイコンになろうとしていたアイドルが事務所から干《ほ》されて姿を消した後、二番手だったAがトップに立った。彼女の天下は二千六年まで続いた。そして、その年の夏にとあるスキャンダルが起き、消えた。それきりなぜか、この国にアイドルは二度と現れなくなった」

五月雨は反論した。

「ただ単に、時代遅れになったんですよ、きっと」

どうにもイメージが湧かない、と五月雨は首をかしげていた。彼が知るこの時代のこの国の女性たちはもっと強く、そして挑発的な生き物たちだった。

「いまの女性は、強い。かわいい女を演じようなんて最初から思っちゃいない。そんなことより、エロティックでいようと必死だ。アイドルなんて幻は、もういらないんですよ」

「……いや」

一文字は首を振った。

「もしかすると、ただ、その神のような力が、引退したAから離れていないからなのかもしれない。Aはまだ、アイコンの神とともにいる。だからアイドルがこの国から消えたのかもしれない」

「まさか……」

「会ってみよう。会えばわかる」

「でも、老女でしょう?」

「この仮説が正しければ、輝く老女だ。そしておそらくそれは〝かわいい〟という価値を持った、稀有《けう》な存在なのだろう」

「ばあさんが?」

「……とにかく、会ってみよう。それからだ。ボディはすぐ用意できる」

一文字がうなずいたとき、エアカーが静かに停止した。どぶ川の濁った匂いが車内にも侵食してきた。五月雨はあわてて窓の外に目を凝《こ》らした。

貧しい者たちがいまだに保つ、首都の裏手に広がる下町。韓国語やアラビア語、さまざまな言語の壊れかけた看板がひしめく、ごみごみとした町。

その、少し傾いたような黒ずんだ二十階建てのビルを指差し、一文字が「行くぞ」と言った……。


ビルの階段は、臭かった。酸《す》っぱく、苦く、なんともいえない臭《にお》いが充満していた。五月雨は何度も吐きそうになり、咳き込んだ。そして、生ゴミが乾いたらしいカサカサした塵《ちり》を踏みながら階段を上がった。

十二階の薄暗い廊下。便所の臭いが染みつく壁。そのいちばん奥を目指して、一文字が歩いていく。五月雨は仕方なく後をついていった。

真っ黒に塗られた、古い鉄の扉。古めかしいプラスティックのインターホンを押すと、しばらくして、扉が外に向かってゆっくりと、開いた。

臭いがきつくなる。ここに老人がいるのだとわかる。

黒い鉄の扉がゆっくりと、ギ、イ、ィ、ィ……と音を立てて開くと、とつぜん光がさした。

五月雨はそれに目を奪われた。

あっと叫んで鞄《かばん》を取り落とした。

扉の向こうに、光があった。

白い、月の石が自然に発光するような、力強くやわらかい不思議な光。

目が慣れてくると、そこには大きな肘《ひじ》掛け椅子があり、その上に、痩《や》せた女が一人座っているのに気づいた。

光は女から発光されていた。二人は目を凝らした。

——老婆だった。

白い肌。痩せ細った、折れそうなからだ。そのからだを幾重にも覆う細かい皺《しわ》。ぱっちりとした黒い瞳が、こちらを射抜くようにみつめていた。

光。

こっちを見ろと強制するような、しかしどこか優しい光。

青白く発光する存在——。

「本当に、いた」

一文字がつぶやいた。

「アイコンの神だ。これだ。やっぱり、まだAの中にいた。五十年ものあいだここに隠れていたんだ」

肘掛け椅子に腰かけた、かつてのこの国一のアイドル、いまでは老いたAは、射抜くような瞳で二人をみつめていた。そして、この二人の対照的な若者の心を確かに捕らえたことを知ると、初めて、かすかに口元をほころばせて微笑《ほほえ》んでみせた。

まさに、王者の微笑。

輝きが増す。

二人はゆっくりとAに近づいた。Aは二人を見上げて微笑みを浮かべ続けている。魔法が……。

その魔法が解けたのは、二人が、部屋の奥にある大きなベッドに気づいたからだった。

そこには、様々な電子機器につながれた老いた男が一人、苦しげな様子で眠っていた。


「夫は、骨をがん細胞に冒《おか》されています」

Aは老女に特有の少ししゃがれた声で、告げた。一文字と五月雨はうなずいていた。Aの身の上については資料がある。身寄りはおらず、両親も妹もすでに他界しており、Aには病に臥《ふ》せる夫が一人いるきりだった。

そしてAがこの古いビルに住んでいるのも、身なりに構わない様子——古ぼけたセーターとスカート姿だった——なのも、夫の治療費が莫大《ばくだい》なせいなのだ。

「わたくしはこの人に支えられ、日々を過ごしてきました。二十歳から始まった、この長い長い余生を。だからせめて、夫に贈りたいのです。苦しみの少ない死を」

Aはそうつぶやいた。

「わが社と契約していただければ、ご主人を専門の病院に移し、完全看護のもとで治療いたします」

一文字が言う。Aは年齢相応の考え深げな様子をして、しばらく物思いにふけっていた。一文字はたたみかけるように、システムの概要を早口で説明する。

「わたしたちは、あなたの肉体を商品として専属でレンタルします。あなたのすべての行動、細かな動きや言葉、些細《ささい》なしぐさ一つまでを拾い取り、奪い、あなたと、電磁信号によって〝接続される〟美しい少女の肉体に送り続ける。少女はあなたの動きを取り入れ、あなたとして行動する。その結果、あなたの稀有な才能、いわば〝アイコンの神〟は、わたしたちが用意した少女に、電子の粉となって降り注ぐように送り込まれる。わたしたちはその少女に、様々な商品の広告塔として行動させます。わたしたちが売りたい商品を使わせる。……うまくいけば、消費の女神が、五十年ぶりに復活する」

「アイコンの神、ですって……?」

老女、Aは笑った。

白い肌に浮かんだ皺が、儚《はかな》い白い波のようにうごめいた。漆黒《しっこく》の瞳にはなんの表情も浮かんでいない。

「あなたがおっしゃっているのは、わたくしにとり憑《つ》いた、〝これ〟のことなのですね?」

黙って聞いていた五月雨は、一文字が仮説として語ったそれのことを、Aがすぐ理解し、実在するかのように同調したことに驚いた。一文字は微笑んだ。

「そうです。〝それ〟のことです。……いるんですね、やはり」

二人はじっとみつめあった。

やがてAは遠い目をして、「ええ」とうなずいた。

「わたくしはずっと、なにかが〝いる〟と感じてきました。〝それ〟はなぜかわたくしを選び、そして離れなくなったのだと」

「データ上にも現れている。〝それ〟は、います」

「えぇ……。でも、どうしてわたくしのもとを去らなかったのかしら。これまで、様々な少女のあいだを駆けぬけてきたでしょうに」

「うむ……」

「きっと、あの不幸な事件の後、わたくしがあんまりかわいそうで離れられなくなったんだわ。そしていままでは、離れ方がわからなくなってしまったのよ。きっと、そうよ」

「それなら、その神は、きっと、おとこなんだ」

五月雨が急に言ったので、Aも、一文字も、驚いたように彼の顔を見た。

五月雨はなぜか静かな声で、

「……そんな気が」

と、つぶやいた。

◇

エアカーが空中をうねる首都高速から飛び出し、はるか谷底のような緑茂る森林公園に落下していった。運転していたのは十五歳の少女。反抗と怒りと諦観《ていかん》の染みつく、その時代の少女たちの多くと同じ顔つきをしていた。その表情は彼女の顔に長らく、粘つく油汚れのように貼りついていたが、エアカーごと公園の整備された美しい池に落下し意識をなくし水を飲み生命活動を停止すると、霧が晴れるようにその険しい顔つきは少女のからだから歩み去っていった。残ったのは目鼻立ちの整った、無表情な、ほっそりとして美しい少女のからだだけだった。本来の十五歳の荒ぶる魂《たましい》はすぐにその場を飛び立ち、何処《いずこ》ともなく消えた。

◇

トレンド社のシステム・マトリックスは、本社ビルである剣のような高層ビルディングの地下深くにあった。

薄暗くいやな臭いのする下町の一室で、山と積み上げられたすべての契約書にAがサインをし終えたのは、あれから数日後のことだった。トレンド社によってAの夫は即、完全看護の専門病院に移され、痛みを伴わぬ延命治療が開始された。Aは身辺を整理し、社の地下にあるシステム・マトリックスの迷宮に下りていった。

企画責任者である一文字は社外を忙しく飛び回っていた。一人、五月雨がAの旅路に付き添っていた。

Aがつぶやいた。

「なんだか、冥府《めいふ》へ下りていくみたいね」

「そんな」

「二度と地上へ出ることはないわ。朝日を見ることはない。わたくしはここで死ぬ。そんな気がする」

……五月雨はどうしても、この老婆と話していると戸惑いがあった。少女の気配がする。確かにする。でも姿は瘦せ細った老婆なのである。不吉なゴーストのように、なにものかが、Aの姿に重なってずっと揺らめいている。

幻か。それとも……。

「あの、そんなことは……」

「あぁ、お若い方。わたくしはきっとここで死ぬのですよ」

——海のようなエメラルド色の服を着たエンジニアが数人、やってきたAを取り囲んだ。Aは服を脱がされて手術着に着替えさせられ、からだ中に幾つもの高圧注射を打たれた。眠りに引き込まれるAの白髪《はくはつ》のあいだに、容赦なく電気ジャックが埋め込まれていった。瘦せたからだにわずかに残る肉と、金属の継ぎ目が次第に増えていく。首筋と脊椎《せきつい》に銀色のプレートが埋め込まれ、彼女のからだは悪趣味な人体アートのごとき変貌を遂げていく。

サウナケースに似たキャビネットは、若い女のエンジニアの細い手によって開かれると、まるでヴィーナスの貝殻のように銀色の輝きを放った。眠りから目覚めたAを、エンジニアがキャビネットに設置する。脊椎《せきつい》から生えた、まるで細長い銀色の翼のようなコードの束《たば》をひきずって、Aはその玉座に腰かける。電気ジャックをソケットにはめ込む。

Aの接続は、かくして始まった。

同じころ、ビル地上階のとある部屋にトレンド社の重役たちが並び、息をひそめて待っていた。

ボードの前に立った一文字が、緊張した面持ちでなにかを待っていた。

会議室の中央には、やはりサウナケースのようなキャビネットがあり、あの十五歳の少女――Body、つまりB――が瞳を閉じていた。

企画書によるとBはエアカーの不幸な事故の犠牲者で、今後、二度と自力で目覚めることのない、若く美しい体を持つ、生きた死体だった。下町で暮らす彼女の保護者である男から、多大な金額で秘密裏に買い取ったからだ。

彼らは固唾《かたず》を呑んで待っている。

やがて、Bはゆっくりと瞳を開けて、辺りを見回した。

彼らはあっと叫び、Bをみつめた。

地下室で、接続されたAはモニターに映る光景をみつめていた。

固唾を呑んで見守る男たち。

そっと片手を動かすと、モニターの中でBの片手も動き、視界に現れる。

次第に現実と、接続された世界が繋《つな》がり始める。

男たちがなにか言う。

『君は、だ……かね』

接続が悪い。ときどき途切れる。しかしAは、おそらく、君は誰かね、と呼びかけられたのだろうと想像する。動き出した死体を恐れている男たちを、大きな黒い（Bの）瞳でじっとみつめる。

どうすればいいのかAにはわかっている。

体内に残る、少女という名の神の残り滓《かす》が、知っている。


会議室を異様な緊張が取り巻いていた。重役の一人が、かすかに動いたきり無表情で止まっている少女の死体に、思わず、

「君は、だいじょうぶかね」

声をかける。

Bは、ひた、と重役をみつめた。一人一人の顔をゆっくり見回していく。大きな無垢《むく》な瞳。まるで生まれたての動物の赤ちゃんのよう。それが次第に、夢見るように潤んでいく。

男たちは息をひそめ、その突然の、驚くべき、無垢なるものの出現を見守っている。

数刻が過ぎる。

やがて、すべての男たちの心をつかんだことを本能的に悟ると、そこで初めてBは口元をほころばせ、微笑してみせた。

ほぉっ……と男たちからため息が漏れる。

一文字は安堵のあまり、椅子に座り込んだ。

無事に、AとB——、すなわち〝神〟と〝死体〟が接続された。

あとは彼女の商品化だ。うまく運べばよいが。

Aを遠隔操縦者とするアイドル、Bの存在は極東の小さな国中に古めかしいセンセーションを巻き起こした。少年たちは驚き、少女たちもまたその姿に憧れた。そこには二千五十年代にはないなにかがあった。演じようとする心。無私の境地から生まれる〝かわいい〟笑顔。男たちはこぞってBに関連するグッズを買い、女たちはBが使う化粧品や日用品——もちろん、トレンド社によって選び抜かれた商品たち——を使い始めた。プロジェクトが始動し始めてから半年後には、五十年の眠りから醒《さ》めた、巨人の如《ごと》き〝アイコンの神〟が、再び消費の動向を握ることとなった。

一文字は自《みずか》らのプロジェクトの成功を確信した。そして仮説であったアイコンの神の実在を、ようやく心の底から信じるようになった。プロジェクトは肥大していった。神のからだからのびる白い触手の群のように、アイコンはこの国全体を覆いつくし始めた。

数カ月後、病気療養中だったAの老いた夫が、病院のベッドで眠るように息を引き取った。彼を看取《みと》ったのは五月雨だけだった。夫は意識がないまま天に召されたが、五月雨はずっとその皺だらけの手を握っていた。ここにもうくることのできぬ彼の妻の、身代わりのつもりだった。五月雨は少しだけ感傷的な心持ちになっていた。

そして夫の死亡が確認されると、葬儀の手配をし、すぐに社に戻った。五月雨を乗せた高速エレベーターがぐんぐんと下降していく。そしてトレンド社の地下深く、システム・マトリックスの迷宮の奥に小さなケンタウロスのように閉じ込められたあの老女、銀色のプレートと幾十本ものコード、電気ジャックに繋がれてキャビネットに座るAのもとに、五月雨はたどり着いた。

Aはテレビの歌番組に出演中だった。アイコンの神はやはり老女の、コードと電気ジャックに埋もれた痩せ細ったからだの上に降臨していた。皺だらけの顔は輝いていた。青白く。不思議に発光するように。

五月雨は、老いた夫の死を、Aに告げた。

「安らかな死に顔でした。意識はなく、苦しみとも無縁で」

Aは微笑みながら歌い続けていた。初めての恋の歌を。明るく。

「ぼくが手を握っているあいだに、逝《い》きました。だから一人ではなく。それは、いまから一時間と少し前のことです」

Bは歌い続けていた。

「それじゃ、ぼくは……。葬儀の手配をしてまいりますので」

マシンの中のゴーストが、小さく呻《うめ》いた。

そして歌いながら、ぽろり、と涙をこぼした。

五月雨は振り向いた。

そしてそれを見た。

あっと息を呑んだ。

……歌番組は続いていた。

明るく、いつも元気なはずのアイドルがとつぜん一粒だけ流した涙は、視聴者の心を揺さぶった。大きな反響と、さまざまな憶測が流れた。

涙が彼らに、さらに、なにかを与えた。

◇

(俺にできることは、なんだ……?)

歌番組の視聴者の一人。首都圏に生息する十七歳の少年が考えていた。

彼には、Bと自分が強い絆《きずな》で結ばれているとわかっていた。あの笑顔も涙も自分に向けられたもので、あの瞳は自分ひとりを見ている。あれは思うように自分に会えないための涙なのだろう。

彼にとってBは遠いアイドルではなく、自分がBを知っているということは、すなわち、Bも自分の存在を知っている、そしてもっと多くのことを知りたがっているのだと思えてならないのだった。その現象をなんと呼ぶか、少年はあらかじめ知っていた。誰に教えられたわけでもない。生まれたときから知っているのだ。それは、運命だ。あのアイドルは自分の運命の相手なのだった。少年にはなにもかもがわかっていた。

少年——Paranoia、つまりPは、毎日、Bに宛てて手紙を出していた。トレンド社の社員、つまり若い女性スタッフの手によって、返事が書かれては送り返されてきた。

もどかしい、と少年は思った。

……Bに会わなくてはならない。

自分から会いにいってやらねばならないと、少年にはわかっていた。

立ち上がると、少年のその瘦せた横顔を照らしていた部屋の黄色いライトが、誰も触らぬのに、ぱりんっと乾いた音を立てて割れた。

◇

さて、わたくし——Aにはもう時間がのこされていない。この一瞬でかたりつくすには、あまりにおおくのことがおこった。

わたくしはシステム・マトリックスで生きた死体と接続され、この国をふたたび支配しはじめた。そのあいだに愛する夫をうしなった。

意識が混濁しはじめたのは、そのころからだと思うのである。

わたくしは老人である。からだにとり憑いてはなれぬ〝これ〟——かれらがアイコンの神とよぶこれが、いかにものすごいものであろうと、わたくしの老いた脳ばかりはだれにもどうすることもできぬ。

システム・マトリックスはじつのところ、些少《さしょう》なバグを見おとしたまま見切り発車していた。さいしょの瞬間にわたくしをとまどわせたあの接続不良は、悪化の一途《いっと》をたどっていた。

聴覚、味覚、触覚の一部などが一時的にとぎれることがつづいた。わたくし自身もまた、意識が混濁しなにをしているのかわからぬ時間がときおり、おとずれた。

わたくしは生放送中の番組できけんなタイムラグを発生させ、エンジニアたちは対応におわれた。わたくしのからだにとりつけられるコードはどんどんふえていった。銀色の触手にとりまかれたわたくしは、真珠貝のようなキャビネットのおくで、いたみにくるしみ、かなしみの涙をながした。

そして、あの事件がおこったのは、今夜のことだ。

そのことをはなさねばならない。

◇

その夜、少年――Pはトレンド社に向かっていた。あの高層ビルディングの屋上でアイドルが歌う時間を、Pは調べていた。トレンド社のビルを魔的な結界の如き見えない電子で覆う、緑にきらめくセキュリティー端末。それらは侵入者である痩せた少年を止めようとし、そして戸惑ったこどものような様子で、じっと沈黙した。

Pのたぎる思いとシンクロするように、セキュリティーはすべてのドアを次々に開け始めた。ごく一部の抵抗する端末は、少年の一睨《ひとにら》みでぱりんっと音を立てて破壊され、小さな爆発を繰り返してしゅうしゅうと悲しげな音を立てて燃え落ちた。

少年——Pは、Psychokinesistでもあった。その力は少年によって密かにコントロールされ注意深く大人の目を逃れ、そしてごくわずかの、少年の思考によって最も大切な事柄と判断されたことにのみ集中して使われるものだった。そしてその力は痩せた少年であるPの体力を奪い、非常に消耗させた。

青白い横顔に透明な冷や汗を浮かべながら、Pは剣のような高層ビルディングを雄々《おお》しく上がり始めた。

塔に上る勇者のように。

横顔を、深い緑色に輝くセキュリティー端末のライトが照らしだしていた。

この上に、この上に、この上に。

少年の背後で、セキュリティー端末がまた一つ、乾いた音を立ててぼんっと爆発した。

◇

その夜、わたくしは、テレビ番組の生中継のために、トレンド社ビルディングの屋上にいた。特設されたステージでうたい、それを巨大ビジョンでこのちいさな国のあらゆる都市に生中継する、というしごとであった。

きらびやかな衣装を身につけ、化粧をし、マイクをもってわたくしは……いや、わたくしに遠隔操作されたBは、屋上にたっていた。数度のリハーサルがおわり、本番の時間がちかづいてきていた。スタッフがそれぞれの持ち場でいそがしげにあるきまわり、まるでエアポケットのように、その瞬間だけ、わたくしのまわりは無人になった。

だれかが、わたくしのよこに立っていた。ずうっと、わたくしは気づかなかった。からだの右はんぶんの触覚は半永久的にわたくしと接続がとぎれていた。気づいたときには、見しらぬだれかの手が、わたくしのうでにふれ、つめたい視線とともになんども、なんども、上から下にさすりつづけていた。

顔をあげた。見しらぬ少年と目があった。やせ細ったその少年が、笑いかけてきた。歯列矯正《きょうせい》の青くひかる金具が、照明をあびてきらりとかがやいた。わたくし——Aはいぶかしげに顔をしかめたのだが、その表情は接続不良のため、Bにつたわらなかったようだ。いつもの笑顔のままでBはつったっていた。

なにかをささやいている。くちびるがうごいている。わたくしの意識は接続不良がすすむごとにさらに混濁してくる。気がとおくなる。少年はなにかささやいている。カメラがぐるりとうごきはじめ、中継がはじまる。スタッフたちは、まるでゴーストのようにいつのまにかあらわれた少年におどろき、あわててこちらにちかづいてくる。

わたくしの意識は、とぎれ、地下室の銀色のキャビネットと、屋上のステージとのあいだをはげしく行ききする。ぶつっぶつっと音をたてて接続され、とぎれ、わたくしは何者かわからなくなる。

自分をさがして、電子の海をはげしくただよう。わたくしはきらきらひかる海水をのみ、システム・マトリックス内部で見えない海におぼれはじめる。

少年は真剣な顔でなにかいっている。Aは泣きだしているが、Bはほほえみつづけている。少年はなにかいう。

「お……して」

「はい」

わたくしは両腕をどんっとさしだす。少年のからだをおす。

少年はカッと目を見ひらき、とてもおこったような、うらみのこもったおそろしい表情でいちど、わたくしをぐうっとにらみつける。それから泣いているような、笑っているような、不気味な顔のままで、下にむかってとおざかっていく。

わたくしがおしたために、少年はビルから落下したのだと気づく。わたくしはおどろき、混濁したまま、とおざかっていく少年を見おろす。Bの表情はまだ接続されず、笑顔のままである。

巨大ビジョンに、一瞬おくれて、わたくしと少年のすがたがうつしだされる。聴覚の接続が復活する。少年はわたくしに、おして、ではなく、「ぼくをあいして」とつぶやいていたのだとわかる。

……あいして？

映像のなかでBはほほえみながら少年をつきおとしている。少年はひらひらと木の葉のように舞い、おちていく。

地上ははるか彼方だ。きっとたすかるまい。

わたくしは息をのむ。

悪夢がよみがえる。

◇

「接続を切れ！　証拠を隠せ。すぐにだ！」

一文字が叫びながら高速エレベーターに乗り込み、五月雨もあわててそれを追う。

「いったい、なにが……？」

「ボケてんだ。あのばあさん、もうボケちゃってんだよ！」

一文字は叫ぶと、四角い白い箱の中で頭を抱えた。

「殺人だ。未成年のファンを、また殺した。ばれたらまずい。よりにもよってあのAを使っていたとばれたら、まずい……」

「また？」

一文字は顔を上げ、五月雨の不思議そうな顔を睨みつけた。

「あ、あの事件だよ」

「なんですか、それは？」

「五十年前にも、あのばあさんのファンの少年が一人、死んだんだ。Aに恋焦《こ》がれて、スタジオや自宅まで押しかけたファンがいた。結果的にその少年は振り向かなかったAを恨《うら》む遺書を残して派手に自殺したんだが、その背中を押したのはAだとネットで流れて、事務所も世間も、それを無視できなくなった」

「それは、あの人の責任ではないのでは……」

「それはそうだ。だが、また同じようなことが起こった。しかも今度は本人が実際に突き落としてる。Bは廃棄だ。Aと繋がっていたことは最後まで隠し通せ。あぁ……！」

トレンド社屋上のステージでは、Bが微笑みながら立ち尽くしている。カメラが容赦なく、殺人者の笑顔を映し続けている。センセーショナルなシーンを、全国の巨大ビジョンに流し続けている。

◇

さて、わたくしについてのはなしをしよう。

わたくし——Aがこのはなしをするための時間はあともう一瞬しかのこされていない。

もうすぐ接続は切れわたくしは消える。

わたくしは消える。

わたくしは消える。

わたくしことAはかつて、この国のアイコンであった。とあるくだらぬにぎやかしのプロジェクトからうまれおちたAは、アイドルであり、夢の具現者であり、詐欺師であった。理想の少女のわかりやすい雛型であった。ひとの夢をおうことこそがわたくしの自己実現であり、そのときだけ命らしきものをもっていた。少女であるといううそを夢として実現することに、いつのまにやら、わたくしの満足はあった。

だが、その日々ももう、おわる。

わたくしは老いた。

そして、アイコンはやはり無力であった。

システム・マトリックスに、いつか見たスーツ姿の男がふたり、とびこんできた。わたくしと夫がすむ下町までやってきた、あの男たちだ。なにかさけんでいる。海のようなエメラルド色の服をきたエンジニアたちが、なにかさけびかえしている。男の一人——一文字という男がキャビネットのふたを乱暴にあける。そしてこちらに手をのばしてくる。

「切れ！　接続を切れ、すぐにだ！　証拠を隠せ。ばあさんを隠すんだ。撤収だ。どれを外すんだ。これか、これか、これかっ？」

わたくしは、貝殻のようなキャビネットからゆっくりと立ちあがる。からだに無数につけられた電気ジャックがきらきらとひかる。頭にうめこまれた銀色のプレートと、脊椎からのびるコード。しゃらしゃらとながい尾びれのようにうごめく。

わたくしは瞳を見ひらく。五月雨は涙をながしているようだ。やめてくれと一文字に懇願する、かなしげな声がする。一文字はやめない。こちらに手をのばして、コードをひきちぎる。ぶつっ、ぶつつつっ……と接続がきれていく。わたくしは唇《くちびる》をひらき、おわかれの口上《こうじょう》をのべようとする。もう時間がのこされていない。コードをひきちぎられ意識がとぎれる前の一瞬に、わたくしはこのみじかい物語をかたろうとしている。もうすぐわたくしは消える。わたくしは消える。わたくしは消える。

◇

トレンド社の屋上で、立ち尽くしていたBがとつぜん、ぱたんと倒れるところをカメラが捕らえた。瞳を開けたままで壊れた人形のように崩れ落ちた彼女の青白い顔を、カメラは容赦なく映しだす。

誰も、なにも言わない。時間だけが流れ続ける。

◇

コードがはなれ、ジャックがぬかれた。

わたくしはくるりと一回転して、海のように青いシステム・マトリックスの床にたおれた。じじじっ……とおかしな電子音がした。わたくしのこわれる音。

わたくしは消える。
消えるのだ。

それではみなさん、さようなら。

■著者のことば　桜庭一樹

執筆した二〇〇四年当時、大人気だったアイドル、松浦亜弥の姿にヒントを得て、〝ああや版「接続された女」〟として書いた、という記憶があります。確か彼女がＥＰＳＯＮのコマーシャルに登場していたころでした。あれから、六年。二〇一〇年現在はＡＫＢ48が人気です。でも、四十八人って、多くないですか……？　アイコンの神さまは粉々になってしまいました。

ラギッド・ガール

飛　浩隆

「ゼロ年代SFベスト30」投票では10位圏内に三作を送り込み、作家別得票は1位。ゼロ年代を通じて、日本SFの先頭に立って牽引《けんいん》したのは、まちがいなく飛浩隆だった。

　飛浩隆（とび・ひろたか）は、一九六〇年、島根県生まれ。島根大学在学中に第1回三省堂SFストーリーコンテストに入選し、〈SFマガジン〉にデビュー（八二年一月号）。以後、同誌に「異本：猿の手」「〝呪界〟のほとり」「夜と泥の」「象《かたど》られた力」などの短編を発表し、高く評価されたが、九二年の「デュオ」を最後に沈黙する。

　十年後、《ハヤカワSFシリーズJコレクション》から、初長編『グラン・ヴァカンス』を刊行。仮想リゾート〈数値海岸《コスタ・デル・ヌメロ》〉の一画にある〝夏の区界〟を描くこの小説は、《廃園の天使》シリーズの第一作。ゲストと呼ばれる人間たちの訪問がぱったりやんだ〝大途絶《グランド・ダウン》〟から千年が過ぎ、AIたちは同じ夏をくりかえしながら勝手気ままに暮らしている。だが、千年ぶりに外部からの訪問者がやってきたとき、〝永遠の夏休み〟は終わりを告げた……。『グラン・ヴァカンス』の物語は、鳴き砂の海岸で流れ硝視《ドリフトグラス》を探す場面から始まり、それと同じ海辺で静かに幕を閉じる。〝新しい波《ニュー・ウェーヴ》〟が引いたあとの浜辺の情景を美しく幻想的に描く本格SFだ。

　その第二部にあたる連作中編集『ラギッド・ガール』は、時代を遡《さかのぼ》り、『グラン・ヴァカンス』にいたるまでのいきさつをテクノロジーの側からハードSF的に描き出す。表題作の本編では、〈数値海岸〉開業以前の現実世界を舞台に、仮想リゾートのバックボーンとなる技術（の一部）の成立過程が語られる。タイトルと阿形渓《あがたけい》のキャラクターは、（桜庭一樹「A」と同じく）ティプトリー「接続された女」が下敷き。初出は〈SFマガジン〉〇四年二月号。シリーズの中での重要性はもちろん、独立した短編としても、〇〇年代の日本SFで一、二を争う作品だろう。

　〇五年、〈SFマガジン〉初出の中編四編を大幅に改稿した作品集『象られた力』で第26回日本SF大賞を受賞（表題作は、同年、第36回星雲賞日本短編部門を受賞）。二〇一〇年、「自生の夢」（河出文庫『NOVA2』初出）で第41回星雲賞日本短編部門を受賞した。〈SFマガジン〉一〇年二月号から、長編「零號琴《れいごうきん》」を連載中。

あれほど醜《みにく》い女を見たことはない。

きっとこれからもないだろう。


窓ぎわに立てば、眼下にエドゥアルド七世公園とポンバル公爵広場がともに見わたせる。すばらしい眺め。リスボンは明るい午後の光の中。

その光は、目の前にかざすフルートグラスの中にも差している。ルームサーヴィスのシャンパーニュ。銀の皿にはカットされた果物《くだもの》。苺《いちご》、オレンジ。葡萄《ぶどう》は丁寧にもひとつずつ皮が剝《む》かれ、シロップとリキュールでマリネされていた。

ソファ・セットの向こうには阿形渓《あがたけい》が腰かけている。

もう、三年になるのか。そのあいだ途方もない時間が過ぎたようであるし、ほんのついさっき別れたばかりのようでもある。

わたしは意を決して渓に訊ねる。

「まだ、わたしがほしい？」

「どうして？」

渓は首をかしげる。とてもふしぎそうに。三年前とすこしも変わらない、野球のグローブのように変形した大きな手が瀟洒《しょうしゃ》なグラスをとりあげる。

「だってあなたはとっくにわたしのものなのに」

わたしはいぶかしむ。

そして渓のつぎのことばを待つ。

×××

そう、阿形渓について話そう。あなたもきっと関心がおありだろうから。

阿形渓はとても醜かった。「美しくない」のではない。醜いのだ。彼女の姿かたちは、見る者の感情をかきみだし、混乱や嫌悪を引きおこさずにいない。そしてその醜さに彼女の本質がある。阿形渓の全存在は――類《たぐ》いまれな才能も、特異な能力もすべてがあの醜さのうえになりたっているのだ。

私が阿形渓とはじめて会った日。その日からはじめよう。私は二十七歳で、彼女は――そう十九歳だった。ヴラスタ・ドラホーシュ教授を招いた日本の大学は研究施設を増築したばかりで、ミーティングルームは真新しかった。天井も壁も床も、清潔な幾種類もの白で構成され、なにもかもがほのかに明るい無影の空間の、しかし中央には真紅《しんく》の大きなテーブルが据えてある。同じ紅《あか》はチェアのファブリックにも使われていて、それ以外の色は（私たちはべつとして）ほとんどない。私たちはこっそりそこをキューブリック的室内《インテリア》と呼んでいた。

その日、ドラホーシュ教授と私もいれて五、六人がテーブルを囲んでいたと思う。私たちは〈情報的似姿《にすがた》〉開発の主要なメンバーだった。

医師のネイオミ。視床《ししょう》カードプログラマのカイル。教授。私。運動生理学が専門で器械体操の達人だった……ええと、レヴィーチン。それから統計処理出身だったのはたしか、フシェクール？　そんなメンバーだったはずだ。

「アガタはまだ？」

ネイオミはパッドをいじくり回していた。野帳ほどの大きさで、あらゆる電子データをブラウズ、編集できる。

「すぐすぐ。いま案内させてる」

教授はトレードマークの軽妙な調子で答え、紙のマグからコーヒーをすすった。その香りが私にも届く。

ネイオミはパッドをテーブルに放り出した。ぱたんと音がした。しかしほんとうはそこには何もない。パッドに物理的実体はない。だれでもそれにふれ中身を読み書きできるし、持ち上げれば重さも感じる。それでもパッドは仮想の物体だ。部屋にオーバーレイされているだけだった。キューブリック的室内には〈多重現実〉の設備が構築されていて、それが私たちに挿《さ》った視床カードをとおして、たしかな実在感を送ってくる。

ことわっておくが、仮想のパッドはこの当時でさえありふれたものだった。たいていのショッピング・アーケードや学校になら多重現実は導入ずみだったのだ。

だが――

ドラホーシュ教授はコーヒーを半分残したままで、マグを両手でくしゃくしゃと丸めた。ふたたびひらいた教授の手のひらに、カンバッジみたいなアイコンがひとつ載《の》っていた。スターバックスのロゴマーク。教授がレストアしたなつかしの食ブランドのひとつ。つまりは第三世代の多重現実のデモンストレーションだ。

教授は尻ポケットから小銭入れを引っぱりだしてアイコンをしまった。さまざまな商標のアイコンがコインのようにじゃらじゃらとつめ込まれた中に、緑の円で縁取られた魔女《サイレン》の顔がくわわった。このアイコンにも、実体はない。

それまでビジネスと教育の分野で普及していた多重現実に、味覚や嗅覚《きゅうかく》を付けくわえる。それが教授の当座の売り物だった。教授は営業上手だったから、投資家たちが寄越す「目利《めき》き」のご一行が入れ替わり立ち替わりキューブリック的室内を訪れたものだ。

かれらは仮想だと知らされた上でラテを飲み、キットカットをかじり、スコッティのウェットティッシュで手を拭《ふ》き、パッドにほどこした革装の手触りと匂いをたしかめ、驚嘆する。なんとか平静を装って、出資の約束を曖昧《あいまい》にしつつ部屋を出るとき――真《しん》に愕然《がくぜん》とする。指先に残ったかすかなチョコレートの感触と香りが、ドアをくぐるとたちどころに消滅するから。消失したことにではなく、いかにも自然に、自分でも意識しない指先の感触までが保持されていたことに驚愕するのだ。これこそは教授十八番のはったりであり、じつはその部分にたっぷりとリソースを振り向けていたのだが、お客が目利きを自任しているほど、こうしたさりげない仕掛けが効《き》いた。

小銭入れが教授のポケットに戻ったのと同時に、ドアの外で気配が立ち止まった。

私は緊張した。教授以外の全員がそうだったはずだ。あの、阿形渓に会うわけなのだから。

「おはいり」

教授の声にこたえてドアが開いた。

そのドアではとおれない――

思わずそう声に出しそうになった。

もちろんいくら渓が巨体でもそんなことはない。ただ、私にはたしかに渓が身体《からだ》を強引にねじ込んできた、と感じられた。キューブリック的室内のスムースで一様《いちよう》な世界に、異質な感触が押し込まれてきたのだ。そのころ阿形渓は身長が百七十センチで、体重はまだ百五十キロそこそこだったはずだが、それでもそれだけの体軀《たいく》をまぢかに見るのはちょっとした経験だった。特大のTシャツは巨大な乳房と腹に押し出されて引きちぎれそうで、黒いストレッチパンツは彼女の下肢《かし》の肉の継ぎ目に巻き込まれて、複雑な皺《しわ》を描いていた。私はだれかがネットでついた悪態――「阿形渓は、全身これ犀《さい》のけつ――」をつい思い出した。容貌についてはここでは話す必要もないだろう。私はそのときたしかに、彼女の全身をおおう、皮膚組織の異常な発達に圧倒され、衝撃を受けた。それでじゅうぶんだろう。

「紹介しよう」ドラホーシュ教授が立ち上がり、彼女の名を口にした。「彼女はね、んーと、そう、ぼくのメール友だち」

いきさつは聞いていた。日本の北陸地方の資産家の生まれであること。先天性の代謝障害をふせぎきれなかったこと。一度も学校に行かず家庭教師と独学で学んできたこと。十二歳から〈ラギッド・ガール〉をリリースし、十五歳の時、自分が作者であると告白したこと。ファンレターを出したのはドラホーシュ教授のほうであること。メールをやりとりする過程で教授は彼女に深い関心を持ち、何度か彼女の自宅を訪ねたこと。

そして——直感像的全身感覚の持ち主であること。

「すわっていいのかな」渓は言った。「こちらはみなさん無口ね」

そう言われても、まだ、だれもものが言えなかった。

「いいよ、そこ、あけてあるからすわって」

教授だけが平然としている。私はちょっと腹が立ち、それで自分を取り戻した。

「あの——」渓が腰かける前にどうにか笑顔をこしらえて、握手の手を差しだした。私のほうが十センチばかり背が高かった。「私はアンナ・カスキ」

「よろしく」

野球のグローブみたいな手だった。手のひらに無数の胼胝《たこ》が生えていた——そう、生えていた、というのがいちばんぴったりくる。爪の色がふぞろいだった。黄、黒、灰。もちろんマニキュアではない。爪のない指もあった。

「わたし、阿形渓。ざらざら女《ラギッド・ガール》よ」

そうして象の皮みたいに厚く皺だらけの瞼《まぶた》をちょっと押し開けた。渓なりに目を見ひらいた、というところだろう。彼女は、私が外交的ボディランゲージに四苦八苦しているようす——つまりしどろもどろになっているのを可笑《おか》しげに見ていた。そして言った。

「ふう。……あなたって凄い美人ね」


「人間の意識と感覚は、秒四十回の差分の上に生じる」

あなたもご存知だろう、ドラホーシュ教授おとくいのフレーズだ。毎秒四十回。それは視床時計の発振のタイミングだ。脳という情報処理装置をなでていく電流の周期、生来のクロック周波数。啓蒙書でもテレビ出演でも、教授はこれをしつこく繰り返した。教授がかつて雑誌に寄せたエセーの一部を引用してみよう。

「網膜に映る映像が完全に固定されると、とたんに人間は物が見えなくなる。それを回避するために、無意識に目の筋肉を動かし像を細かく変えている。

人間はその微細な差分、たえまない変化の上でのみ物を見ることができる。脳は秒四十回のレートで世界を輪切りにし、その落差を——フレーム間の差異を環境データの変化として取得する。私たちの認識の最小単位は、そんなスライスの断面だ」

すこしあとの雑誌インタビューでも教授は同じことを言っている。もちろん教授のことだからおしゃべりのほうがおもしろい。

「――ことわっておくけどさ、ぼくは人間が仮想空間に移住するとか、そんな与太《よた》をぶちあげたおぼえはないよ」

「でも先生が提唱されてる〈数値海岸《コスタ・デル・ヌメロ》〉は仮想世界でしょう」

「ねえきみ、〝人間が仮想世界で生きる〟ってそもそもどういう状態なんだろうね」

「ええ、それは……」

「じゃあさ、きみが仮想世界に移住するためになにが必要かな？　きみが、だよ」

「そりゃあ、まず〈私〉が必要ですよね……」インタビュアーは頭の回転はいいらしい。「脳だけじゃだめなんですよね。〝身体〟も要《い》るんでしょう」

「そりゃそうさ、人間の認知機能はその身体とセットだからね。しかし仮想の身体は念を入れて作らないと。目の高さ、狭い場所をすり抜けるときの体のサイズ感、ひょいと手を伸ばしたときにどこまで届くか、そんな些細《ささい》なことがちょっとちがっただけでひどく苦しむだろうね。入れ歯が合わないよりもずっと」

「おどかさないでくださいよ。その身体へさらに意識を乗せないといけないんですよね。ええと、私の脳を機械と見なして、それをプログラムで再現するってことになるのかな。ピンボールゲームと原理は同じですよね。……脳細胞ってどれくらいあるんでしたっけ」

「大脳皮質の神経細胞だけで百四十億。脳プログラムの開発って、登場人物百四十億人のシナリオを書くみたいなもんかな。あと、脳は器官だから物質代謝や熱のシミュレーションも忘れずに。神経膠《こう》細胞の数は神経細胞の十倍はあるみたいだね。数えたことはないけど」

「……」

「ねえ、自分で説明してみると空恐ろしくなったでしょ？　脳の構造をまるごとプログラム化するって、それはいったいどんな状態なの？　多重現実はこんなにありふれたものになった。だからあとちょっとで仮想現実に手が届くような気が、みんなしてる。でも、まだ、すごい断絶がある。この際言ってしまうけど、人間を仮想空間に移住させるのは、あと百年はぜんぜんむりだと思うよ」

「そうなんですか……」

「でもね、ぼくは気がみじかいんだ。仮想世界に自分を置いてみたいし、なんとしてでもやり遂げたい。それは、もう、いますぐにでもね」

「……これまでのお話と矛盾《むじゅん》しています」

「いいや、大丈夫。まず移住はあきらめる。リゾート地だからね、ときどき足を伸ばすだけ。それから自分では行かない。置くだけにする。そしてあとで回収する」

「いったい何を？」

「だから、ぼくをさ」

「あの……すみません、降参。ぜんぜんわからないです」

「正確には、ぼくに似た者。〈情報的似姿〉だ」

そろそろ私のことをお話ししておこう。私の名はアンナ・カスキ。ドラホーシュ教授に請《こ》われて、スウェーデンから参加した。

イェーテボリ大学では、次世代型義肢《ぎし》・装具の研究に携《たずさ》わっていた。ロボット工学はまずは歩行を支援するさまざまなビジネスとして開花し、つぎは上肢《じょうし》の領域でブレイクするだろうと期待されていた。私の論文は、人間が上肢を巧みに使っているとき（ピアノを弾《ひ》いたり文楽《ぶんらく》人形を操《あやつ》ったり、旋盤《せんばん》で切削《せっさく》したりしているとき）認知と運動の総体的システムの上で発生する上位現象を解明しようとするものだった。高度な作業中、人間の認知システムや身体感覚はいくつものレイヤを形成し、同時並行でさまざまな処理を行う。その全体をピアニストや人形遣《つか》いという個人がコントロールするためには、重なるレイヤを垂直方向から透視する〈視点〉が必要だ。それがどうやってうまれるのかにあたりをつけてみた、というのが私の業績だった。研究の最終目標は上肢の機能を機械とソフトウェアで代替することで、私はリハビリテーション工学の側からその山を攻めていたわけだが、べつの峰をめざしていたドラホーシュ教授と登山道が交差した。鉢合《はちあ》わせしたのだった。

教授は私の論文を読んだと郵便で書いてよこした。

「手が世界にふれるとき身体の中でどんなざわめきが起こっているのか……それを知りたい。そのざわめきをそっくり再現できれば、人間はたとえ両腕がなくても自分が世界にふれていると認識するだろうから」

「もちろんそうです」と私はメールで返信した。「そういう義肢を開発したいです」と。

教授はその研究を自分のところでやらないかと書いてきた。〝仮想の上肢〟を作ってみないか、と。私は要請を受け入れた。

会ってみると、教授はまさに天才肌の人物だとわかった。

「ぼくはね、現実世界に対してなんで右クリックが利かないのか、それが子どもの頃から歯がゆくってさ」

初対面の日、学内のカフェテリアでランチをぱくつきながら教授はそう言った。思わず訊きかえした。

「それは、あの右クリックですか」

「うん。あの右クリック」

ちょっとなつかしい。もうあのデバイスはないけれど、この言葉だけはかろうじて残っている。

「……現実に右クリック？」

「だって理不尽じゃないか、西日に向かって運転するとき、だれだって太陽のあかりを落としたいと思うでしょう？」

「そうでしょうか」ふつうはサングラスの算段をするだろう。

「学内のカフェでありついたパスタのソースに我慢できないときに」教授はパスタの皿にフォークを寝かせた。「視界のすみにスライダを表示させて味のバランスをいじりたくならない？」

「気持ちはわかりますけど」私はとうとう吹き出してしまった。まるで子どもだ。「先生が行かれる仮想世界では、そういうオプションをつけるんですか？」

「行かなくたってべつにいいさ——むかしヴィデオデッキってあったよね。いまでもあるか」

私は目を白黒させた。話の急展開についていけなかった。

「録画はまめにするくせに、一度も観《み》ないディスクが溜《た》まらなかった？」

「え……ええ、それはありましたけど。みんなそうなんじゃ？」

「だよね。つまりそういうこと」

そして教授は私を見て、首をかしげた。

「きみねえ、どこかで見たような気がするなあ」

「よく言われますよ。わかります？」

「うーん、女優でもないし……。モデルかなんかやってたのかな」

「あら、光栄です」

私はくすくす笑った。

初対面の日に話を戻そう。

部屋に渓が入ってきたとたん、だれもが顔をしかめた。彼女の身体はひどい臭いがした。私は他人の体臭にわりと寛容なほうだが、それでもへきえきするほどだった。

「ねえ、きみの体臭がつねに微妙に変化していてさ、そしてその変動幅がしきい値を超えていたら、いつまでも鼻が慣れないってこと、あるよねえ」

あいさつもそこそこに、教授が例の調子で全員が蒼白《そうはく》になるような発言をした。

「どうかなあ、確認してみようか。記憶を巻き戻して」

ほとんど侮辱《ぶじょく》のような教授の発言を、渓は軽くうけながした。鼻で笑っているみたいに。

「ああ、それも覚えているんだ」

「完全に。自分の身体がかかわっていることなら、なんでも」

「絶対時間の目盛りの上に列《なら》べて、ですよね？」

カイルがいきおいこんで訊ねた。口を挟むタイミングを待ちかねていたらしい。カイルは〈ラギッド・ガール〉の大ファンだった。だから「絶対時間」という言葉が自然に出てくるわけだ。こういう雰囲気優先の用語を私は好まないが、否定するほど有害ではない。阿形渓がそれを〈絶対時間〉だというなら、ほかのだれにも別の名前を付ける権利はないだろう。


自分の中に一本の定規がある――。

阿形渓は〈ラギッド・ガール〉のサイトでそう書いている。過去から現在に向かう一直線の時間の定規。生まれてこのかた、すべての記憶をその線にそわせて並べている、と。秒四十のフレームでキャプチャされた直感像的全身感覚が（これも彼女の喩《たと》えを引用すれば）薄いうすいプレパラート標本となって彼女の中に積み重ねられている。十九年の時間。二百四十億層の、時間の切断面。

阿形渓は十九歳にして、すでに伝説だった。

目の前ですばやく切られたトランプカードの配列を、三週間経《た》ったあとでまるごと諳《そら》んじたのは三歳だった。

六歳のとき、目抜き通りの道端に十五分間たたずみ、そのあいだに目の前を通過したすべての車種と車体色、ナンバープレートの番号を一週間経ってから話すことができた。その道は片道三車線あり、渓が記憶していた車は三千台に及んだ。重要なのはそこではない。実験者はまえもってこう指示していたのだ。

「渓ちゃん、道の向かいにあるビルの、窓の枚数を合計しておいてね」と。

一週間後、渓は予告なしに車の台数を訊ねられた。すると言った。

「それじゃ数えなおすから」

すべてを記憶し、いつでも引き出せる。わずかでも知覚にひっかかったものは、けっして消えたり忘れられたりすることはない。まるごとすべてを、事柄としてではなく感覚の全体像として記憶する。

それが阿形渓だ。

我々はそうはいかない。意味をくみとり、感情でマーカーを引き、大部分を捨てて格納効率をとる。

ネイオミは自分の小銭入れから代用貨《アイコン》を取りだし、紅いテーブルにエスプレッソ・マキアートの大きなマグを現出させた。

「召し上がる?」

渓はそれを飲めない。

渓の目には湯気ひと筋さえ見えない。

多重現実は彼女に意味がない。視床カードを「挿して」いないから。渓は機械の端末を使わなければどんなネット環境にもアクセスできない。それを知っていて、ネイオミは「飲み物を供《きょう》した」のだ。

「あなたがどうぞ」やっぱり涼しく笑って渓は言った。「わたしはまだ接続されていないんだ」

一様《いちよう》でない――それが阿形渓の特質なのだと、私は服を脱ぐ彼女の背中を見ながら思った。研究所には診療室が設置されている。チームの中で医師の資格をもつのは私とネイオミだけで、渓の健康診断は私の役割だった。

肩よりやや下まである髪は、ほどけた古ロープのように縺《もつ》れていた。濡れたような黒から明るい栗色、白髪《しらが》まで、色が乱雑に混じりあっていた。着色でも脱色でもないと渓は言った。メラニン代謝異常による白化がランダムにあらわれるのだ、と。

「あなたで良かったわ。なんとなく」

渓は背中に聴診器をあてさせながら言った。みっしりと肉と脂肪が積み重なり、大きく膨《ふく》れ上がった背中。こちらから見える両腕の肘《ひじ》にはY字形の深い窪《くぼ》みができていた。

肥満のため、その背中はこちらに大きくせり出してくるようだ。そのいちめんに、ありとあらゆる皮疹《ひしん》の態様《たいよう》が――斑《はん》、丘疹《きゅうしん》、結節《けっせつ》、表皮剝離《はくり》、潰瘍《かいよう》、膿瘍《のうよう》、亀裂、鱗屑《りんせつ》、瘢痕《はんこん》が多民族紛争地域の地図のようにはげしく領地をあらそいあっていた。みじかく強《こわ》い毛がまばらに、一部ではみっしりと濃く生えている。奇跡のように無傷の場所もあるが、かえってそれが異様で、つまり一か所も正常と見えない。全体として結合組織の異常な発達と皮膚の硬化が顕著だ。もちろんこれは背中に限った話ではない。

まさに「全身これ犀《さい》のけつ」だ。実物にふれながらだと、それですらずいぶんひかえめな表現だ、と思い知った。

渓に正面を向かせ、血圧を測るため手をとった。

「アンナ、あなたはほんとうにきれい」

渓の瞼《ひ》《こう》は肥厚し乾燥して、同心円状のあかぎれで隈取《くまど》られている。その目が私の腕をしげしげと観察した。

「肌が、磁器みたい。こんな完璧な人間っていたのね、ほんとうに」

「おおげさね」

渓の、黒く太い（まるでペニスのようだと私は思った）人さし指が、私の前膊《ぜんはく》にふれ、そこから肘までをつたっていった。

そのあいだ、ほんの五秒。そして指がはなれた。

私はほっと息をついた。全身が硬くなっていたことに気づいた。

「ごめん。あんまりきれいで」

「いいえ」

「……ありがとう」

診察を続けながら、こっそり渓の指がなぞった部分にふれてみた。

ほんの五秒。

そのあいだに私の腕の上に、いままで経験したこともない感覚と感情がうまれて、消えた。

消えたけれどもしばらくそれを忘れられなかった。


「ねえきみさ、むかしヴィデオデッキってあったよね」

これはさっきの雑誌インタビューの続き。つまりドラホーシュ教授はだれにでも同じ話をくりかえす。

「いまでもあります」

「留守録画ってあるじゃない」

「ええ、ありますね」

インタビュアーのとまどう顔が目に浮かぶ。

「きみ、留守録中にテレビの前にすわっている？」

「それじゃ留守録になりません」

「仮想世界へも同じやり方で行けばいいんだ。たかだか数週間の時間を過ごすためなら、ヘッドギアもナノマシン注射も脳構造のコピーも大げさすぎる。

実時間を拘束されるのだってうっとうしい。

エージェントに――情報的似姿に行ってもらえばいい。

似姿はぼくと完全に同等である必要はない。軽くて、コケにくくて、実用上問題がない程度にはぼくに似ている似姿ならきっとじゅうぶんだろう。感受個性と表出個性、そして情報代謝の個性をできるだけぼくに似せる。特定の刺激を受けたときぼくと同じように反応し、処理することが大事だ。

似姿は――たとえばぼくがこうして仕事をしているあいだにもいくつもの世界を巡回してくれている。世界は細かく区画して、区画ごとに時間の流れをコントロールできるだろう。物理世界の三日で、一年にも相当する冒険を提供できるかもしれない。同時にいくつもの似姿を使うこともできる。夕方くたびれて帰宅したぼくは、ソファに寝そべって再生ボタンを押す。仮想世界での体験をぼくにロードする」

「ロード？　どうやるんです」

「これから考えるんだけどね」

教授はにやにや笑っていた。

「それじゃあ、もうすこしくわしく。いまのお話だと『似姿』というのはプログラムですよね。そもそもプログラムが『体験をする』ということじたい、実感がわかないんですが」

「そうお？　でも、人間がコンピュータ内の仮想世界を体験するというお話になら納得していたよね。実は人間は『仮想の世界』を体験したことなんか、いっぺんもない。物理的なディスプレイが放つ光を見、データグローブのなかの機械仕掛けがコップをつかんだ気にさせてくれていた。それは、やっぱり仮想じゃないんだ。多重現実だって、この謹厳《きんげん》な現実にちょびっと糖衣《とうい》をまぶした程度」

教授のもどかしい口調が想像できそうだ。教授は世界に右クリックをかけたいタイプの人なのに、かれが夢想する完璧な仮想世界は実現不可能だ。

「だから似姿なんだ。いい？　そこでなら無粋《ぶすい》な機器を介さずに、エージェントは世界をじかに感じることができる」

「うーん……」インタビュアーの唸《うな》りが正直に採録されている。すぐには消化できなかったのだろう。それがふつうだ。

「では、あとふたつお伺いしておわりにしましょう」インタビュアーが気を取り直したように言った。「教授、さっきヴィデオを引き合いに出されましたよね」

このあとの質問は切れがよかった。

「あのう、教授の構想が実現したとして、……録画はしたもののろくに中身を見ていないディスクが、ラックにぎっしりってこと、あるかもしれませんね」

「そうね。きっとそうなるでしょう」

「……だとすると」記者はこう続けた。「それは、一度も開封されない人生、ですね？」

教授がどんな表情をしたのかは（テキスト記事だから）わからない。返答だけが載っている。

「ねえきみ、人生って『開封する』ものなの？」

健康診断の結果は問題なかった。視床カードの造設手術は、三日後と決まった。

「まだ抵抗感がある？」私は、ベッドにねそべって本に目を落としているカイルに訊ねた。当時、私の自室は、研究所に併設《へいせつ》された集合住居にあった。内装はやはりどこかキューブリック的。

「いや。――まあ、彼女自身が希望してることなんだし。おれの抵抗感は、あれだ、なんとなく彼女を聖域化しておきたかったんだろう。まだ多重現実の手が触れない……みたいな」

「阿雅砂《アガサ》の作者、直感像的全身感覚の所持者。渓がまだ接続されてなかったなんて、意外よね」

私はTシャツを脱ぐ。ブラジャーはつけていない。部屋はすこし寒くて、乳首がとがる。カイルは本を読んでるふりをしているが、しっかり視線を感じる。それは心地よい。そう、視線を浴びることは快感だ。

私はワークパンツも脱いだ。すぐにはベッドに入らず、そのまま立っていた。手を眉の位置にかざす。天井を見あげる姿勢。

「なに突っ立ってるの？　また、だれかにのぞかれてるような気がする？」声が笑いをふくんでいる。

「さあ……そうかも」私はようやくベッドにもぐりこむ。「でもまあネイオミの執刀《しっとう》だから安心ね」

視床カードのインストレーションにかけてはネイオミの右に出る者はいない。

視床カードは、多重現実の基幹的デバイスだ。「カード」を「挿す」というのはむろん比喩だ。生体に直接組み込むにもかかわらず、まるで挿し替えができたかと思えるほど融通《ゆうずう》が利く性質からそう呼ばれているだけだ。

多重現実の最初のインタフェイスはヘッドマウントディスプレイだったが、これは短命におわり注射式ディスプレイが速《すみ》やかにとってかわった。眼球に注射すると網膜投射を行うマイクロプロジェクタ（要素技術の由来からスクィディと呼ばれた）が眼球内部に組み上がるというものだった。しかし真の革新は、スクィディの三年後に登場した視床カード——すなわち脳幹《のうかん》周辺にプログラマブルな網状のサイトを構築する、脳神経デバイスがもたらした。

そもそもは脳梗塞《こうそく》で損なわれた麻痺側《そく》の運動機能を復元するプロジェクトの一部だった。利用者の安全に配慮して——熱い薬缶《やかん》をむやみにつかんだりしないように——おぼつかないながらも「触覚」をそなえさせていた。麻痺側の手のひらに知覚点を印刷したシートを貼り付け、それが拾ったデータを、感覚として脳で発生させる。この技術とビジネス用途の多重現実が組み合わさったとき、なにが起こったか。

宙に浮いた虚像に、顧客も営業マンも手で触《さわ》れるプレゼンテーションキット。あらゆるデータを自在にハンドリングでき、しかも実体あるオブジェクト同様に扱えるパッド——凡庸《ぼんよう》なブレイクスルーというべきだろう。

しかし視床カードのほんとうの革新性は、感覚器官と感覚そのものの関係をとうとう切り離してしまったことにある。

手のひらの知覚点が視床カードに伝えるのは、ただのデータにすぎない。であれば、多重現実のデータにすりかえることで、物理現実に、いくらでも別の現実を重ねあわせることができる。

眼内プロジェクタなら、微弱だがリアルの光を発した。しかし視床カードは「目がこのような帯域の電磁波を捉《とら》えた」「鼓膜が空気の圧力変化を検出した」という情報だけを多重現実のジェネレータから受けとり、脳に送りだす。脳まではアナログのプロセスを持たない。これが第二世代の多重現実だ。

生物の官能は環境の変化をピックアップするための方便《ほうべん》だ。その軛《くびき》を外し、環境と関係のない感覚を、人類ははじめて獲得した。――この開発を仕切ったのが、まだ二十代前半のドラホーシュ教授だった。当時の発言がまたふるっている。

「こいつは人間の感覚ってものをはじめて文明化したんだ、って言いたいね。栄養と無関係な美食があるみたいにさ」

背中に、カイルの手のひらを感じた。温かい。

私の身体はひんやりしていてそれがいい、とカイルは言っていたものだ。

「気持ちいい？」と訊いてみる。

「ああ――」カイルの手は私の首をなで、それから胸へ、そして脇腹へと動いた。「気持ちいいね。きみはなんていうのかな、おろしたてのシャツ、糊《のり》の利いたシーツ、という感じ」

私は自分たちをおおうブランケットをはねのけた。手脚を伸ばす。天井が鏡だったらどんな構図で見えるかを思い描き、それを楽しむ。カイルは落ち着かないようだけれど。

「〈キャリバン狩り〉はまだ続けているんでしょう?」

「もちろん」

「どうして渓に言わなかったの? 感激してもらえたかもよ」

「まあね、照れるからさ」

カイルはハックルベリ(HACKleberry)と名のる義勇軍《ヴォランティア》グループ、いわゆるネット自警団の一員だった。それも、マシンの空《あ》き能力を提供するだけでなく、オフタイムには本腰を入れて駆除活動を行う、筋金入りのヴォランティアだ。HACKleberryが標的とするのは〈ラギッド・ガール〉の不法コピー所持者。ファウルズの小説にちなんで〈コレクター〉と呼ばれる人種だった。

ラギッド・ガール。それは阿形渓の名を世界にとどろかせた「作品」の名だ。

目の端に痣《あざ》をつけられた少女がいる。左手の手首から先は包帯でまかれ、血が滲《にじ》んでいる。ネットワークのどこかで、このやせっぽちの少女が膝《ひざ》を抱えてすわり、怯《おび》えている。どんな検索システムも彼女自体を探しあてることはできない。オフィシャルサイトはあるが、そこに彼女はいない。自動化された懸賞サイトやニュースのヘッドラインボード・サイトに接続したとき、あるいは葱《ねぎ》料理のレシピを検索中に、運が良ければあなたのブラウザが忽然《こつぜん》とドアを開けてくれ、少女がいる部屋に入ることができる。うまく自己紹介しあえたら——つまり彼女の怯えや警戒を解くことができたら、短いあいだだが会話や他愛ないゲーム(カードとかリバーシとか）を楽しむことができる……。少女はぽつりぽつりと自分のことについて話してくれる。〈ラギッド・ガール〉の話を私がはじめて聞いたのは、話題が大きくなる前だ。こういうことに耳ざとい友人が、興奮しながら教えてくれたのだった。

阿雅砂《アガサ》――とその少女は名乗る。十二歳だという。それが正しいかどうかはわからない。長袖のカットソー（すこし大きめでぶかぶかしている）を着ていて、ときおりそれをめくって脇腹や腕を見せてくれる。暴力の明白な痕跡がそこに残されている。むごたらしさに息を呑む。

「だれがこんなことをしたの？」

思わずそう訊ねる者がいる。

「知らないの」と阿雅砂はこたえる。「それがだれだかしらべて。そうしてここから救《たす》け出して」

しかし部屋は突然、ディスプレイから消え去る。再現を試みても会えるとはかぎらない。オフィシャルサイトの解説文によれば、阿雅砂に出会うためにはdoorsというファイルを落としブラウザと連体させることが必要だ。ブラウズするページに一定の特徴（ソースコードの癖だとかのように、コンテンツとは関係ない部分のようだ）があるなどいくつかの条件がそろうと、ブラウザはdoorsを呼びだし、ネットワークのあちこちに開発者がばらまいたモジユールがかき集められて、手元のブラウザの上に阿雅砂の部屋が出現する。部屋データ、対人インタフェイス、会話エンジン、容貌と音声、記憶のエピソード群、傷の形と位置、こうしたパーツがそのつど寄り集まって、ドアがひらく。短い出会いの時間がおわると、モジュールたちは元どおりばらばらになってネットワークの彼方《かなた》に巻き取られていく。

回収の過程で、阿雅砂は経験情報を更新するらしい。つぎに阿雅砂に会えたとき、彼女はあなたのことを憶《おぼ》えているから。しかしあなたは狼狽《ろうばい》し、混乱する。

だって阿雅砂は、新しい傷を見せながらこう言うからだ。

「見て、ほら、このまえあなたが付けた傷よ」

阿雅砂はある意味では、ひとときだけ利用者の端末にあらわれる存在だ。別の意味では彼女はどこにも存在しない。阿雅砂はあちこちに散在する微細なモジュールがばらばらに保持する情報でしかなく、それを組み合わせたときたまさか存在するような気がするなにかにすぎない。しかしまた別の見方をすれば、阿雅砂とは世界を蔽《おお》ってひろくうすく遍在《へんざい》し、つねに自らを書き替えている実在ともいえた。

どれも大差ない。同じ現象をどう読むかの違い。それだけだ。

「ぼくが付けた傷？」

さて、あなたはそう尋ね返さずにはいられない。

阿雅砂は言う。こんななにげないおしゃべりが自分には呪《のろ》いなのだ、と。こうしてお話をするたび、傷がふえるのだと。会話は苦痛でなくむしろ楽しいが、どこかで無慈悲なシステムが動いており、それが阿雅砂と結びつけられている。あなたと別れたあと、このシステムは記憶を吸い上げ、傷と苦痛に変換し、阿雅砂の表面に刻印する。阿雅砂はその痛みをともなってしまうか、あなたを思い出すことはできない。

そうしてあなたはようやく理解する。

彼女を監禁し傷つけているのは、このネットワークであり無数の阿雅砂のファンだと。自分の端末であり、あなた自身であるのだと。

〈ラギッド・ガール〉。それがオフィシャルサイトのタイトルだった。対話の相手は世界中に無数にいる。全身、何層にも重ねられていくざらざらの傷跡。傷と痛みの集積としてしか、阿雅砂は世界を記憶できない。阿雅砂の世界は傷で記述される。

「とてもショックだったの」私はカイルに言った。「阿雅砂と二度目に会ったときにね」

「だれでもそうさ」

カイルの愛撫《あいぶ》は私にしっくりくる。熱心だが遠慮がちで、過度に熱くならない。私の身体はひんやりしたまま乱れていく。その抑制が好きだった。

「私ね、泣いてしまった。それは阿雅砂のことを思ってではないのよ」

「……」

「私、思い出したの。『コレクター』を読んだときのことを」

「へえ」

「あの子——ミランダは何度も〈キャリバン〉の監禁から逃げ出そうとして、さいごに肺炎で死ぬよね」

〈キャリバン〉とは女性を監禁する蝶コレクターの男——小説の主人公につけられたあだ名だ。

「ああ」

「私が殺したんだ、と気づいたの。私が本を読んで……読みすすめることでミランダは死んだんだ、って。阿雅砂と二度目の対話をしている最中に、突然そう気づいたの。ガンと殴《なぐ》られたみたいなショックだった」

「どういう意味かな」

「私が本をひらくまでは、ミランダは紙に印刷されたただの活字。そのままにしておけば彼女は死ぬこともなかったわ。うかつにも私が読んだりしたばっかりに、彼女は〝生きた〟」

「〝生きた〟?」

「そう。本を読んでいるあいだじゅう、たしかにミランダは生きていたわ。私の中でね。でも、読みすすめることで、どうしようもなく、私はじりじりと彼女を死に追いやっていくの。あんなに聡明ですてきな子なのに」すこし涙が出た。「ばかみたい? でも私は気づいてしまったの。小説の酷《むご》い場面に眉をひそめている私たちこそが、ほんとの実行犯なのよ」

「死んではいないかもしれないじゃないか」カイルはおだやかに言った。「だってきみはミランダがどんなに生き生きしていたか思い出せるんだろう? ならきみの中にミランダという小さな人格は保存されているよ。もしかしたら、彼女のことを考えていないときでさえ、きみのミランダは意識されないサブルーチンとして、いきいきと思考しているかもしれない」

「ありがとう」それはドラホーシュ教授の持論の引きうつしだったけれど、私はカイルの頭をかかえてキスをした。「それだと本を読めば読むほど、私の処理速度は遅くなる道理よ」

カイルは私の両手首をつかんで枕の位置に押し上げ、脚もからめて固定した。胸に歯を立ててくれる。小さな歯のあとを残す。私はそうされるのが好きだ。

「きみはやさしいね。まあたしかに阿雅砂にはだれだって共感するものだけど」

私は笑った。

「ああカイル、カイルったら。あなたわかっていない。ぜんぜん逆よ」

「逆？」

「言ったでしょう？　阿雅砂のことを思って泣いたんじゃないって。――もし明日死んでも、私は阿雅砂の傷として記憶されている。私たちはみな阿雅砂の中の小さな人格なんだ……そう思ったらなんだかほっとして泣けてきたの」


「教授がおっしゃる情報的似姿の概念は、まだよく理解されていないのだと思います――じつは私もそうなので。ぜひわかりやすく教えていただけますか」

テレビのキャスターはにこやかに訊いていた。「ぜひ」というわりにはいかにも興味なさそうなのがおかしい。まだイエーテボリ大学にいた頃、教授が送ってきたヴィデオクリップだ。中継なのだろう。スタジオには教授はいない。大きなスクリーンに顔が映っていた。

「そうね、きみ、ほかの人のように考えてみる、ってことあるでしょ」

「はあ」すこしうろたえるキャスター。

「あの人だったらここはこう言うだろうな、こう行動するだろうな、と考えて、そのように話したり動いたりすることがあるでしょ？」

「ええ、まあ」

「でもそれは〝あの人〟じゃなくてきみが考えてることだよね」

「まあ、そうですね」

「他人の判断や言動を有益とみとめて記憶する。その人が刺激にどう対処したか、その外観を観察して保存する。後日せっぱ詰まったときその外観のパターンを呼び出し、なぞってみる。でも、ねえ——考えているのはだれなんだろう？」

「わ、私です……でしょう？」

「私って、なんだろう。人間の思考や意識は無数の演算器官の集合だ、という考え方がある。その集合体としてきみがある。他人の言動を有益と判断したとき、きみは自分の演算器官の新しい動かし方を追加したことになる。きみは必要に迫られたとき、課題をその器官に渡し、処理結果を受けとる」

「それをふつう、私が考えてるっていうんじゃないんですか」

「でもきみは〝あの人のように考えてみた〟と思っている。もしかしたらほんとうにそうかもしれない。演算器官はその一瞬の処理のあいだ〝あの人〟にそっくりな意識を宿らせているかもしれない」

「情報的似姿と、それが関係ある？」

「意識を仮想世界にコピーできるか——これは設問としてはあいまいすぎるよね。何をコピーするのか。コピーとはなにか。意識のシミュレータを作るというんなら、これはひどく難しい。

意識とはたぶん設計図に書き落とせるような構造は持っていない。それはむしろ、パラパラ漫画がなぜか動画として成り立っているようなもの。ひとつの現象というべきものじゃないかな。あるいは電気が導体を流れるとき発熱をともなうみたいに、情報が受け渡され代謝されるとき起こる現象――それを意識と呼んではどうか、と。

もしそうなら意識をコピーする、という考えには意味はない。現象とは構築の対象とはなりえないものだからだ。ただ、起こすことはできる。炎自体を作ることはできないが、暖炉をこしらえ薪《まき》を燃やすことはできる」

「そのために、どうするんです」

「安奈《アンナ》、って漢字をあてるのだったわけ？」渓は驚いたようだった。「フルネームはカリン・安奈・カスキ、か。なるほど」

これは秘密兵器だった――というと大げさか。渓と仲良しになるためのちょっとした釣り針というところ。

「お母さんが日本人なのね。じゃ、日本《こっち》には？」

「十二歳のときかな。大学からまた海外ね」

渓の居室《きよしつ》は私のと同じ間取りだが、ずいぶんせまく感じた。巨体のせいもあるだろうし、足の踏み場もないほど散らかっているためでもあっただろう。

渓は会話のあいだも手を休めず、毛糸編みを続けていた。

床一面が古毛糸の海だ。渓が居室に持ちこんだ大量の荷物の中身が、古着のセーターだと知ったときは驚いたものだ。それを片っ端からほどかされた。ほどいた毛糸はもちろん行儀よくない。最初に編まれたとき、編み手が投入したエネルギーが糸のねじれとして、まだ保存されている。それをなだめながら、いやむしろ楽しむように、渓は編み物をしていた。

「ねえ、何をはじめるの」

「編みものよ」

「なにを編むの」

「いろんな糸を混ぜあわせて――なにがいいかな。編みながら考えるわ。まずは手を動かすところからはじめないとね」

そこに居あわせたのは大変な幸運だとあなたは思うだろう。なにしろ阿形渓がひさびさの新作に取りかかっていたのだから。

渓の手を見ると、編み棒のあたる場所で、かさぶたが剝《は》がれかかり、にじんだように濡れていた。

「痛くないの？」

「痛いよ。あたりまえじゃない」渓は手を止めない。「ここだけじゃない。この身体はね、まるごと不快感のかたまりなの。そうだね、二日酔いの頭痛と吐き気を皮膚感覚に置き換えて、全身に貼りつけたと想像してごらんよ。それがわたしなの。ぜったい慣れることないんだな。この生きごこち、だれにもわかんないだろうね」

さらりとした調子でそう言うのを聞いて、なにか切迫した感情がわきあがり、私は思わず渓の頬にふれようとした。そしてためらった。ここは診察室ではない。医師としてではなく個人的に渓にふれることには、まだ覚悟がいった。

「かまわないよ。いくらさわっても」

私は青いマニキュアを塗った指で渓の頬《ほお》にふれた。角質化した表皮が大きな鱗片《りんぺん》のようだ。ふれたとたん、その一枚が剝落した。

タイルのように。

床にすわり込んだ渓のひざにそれは落ちた。剝がれたその下にはやはり同じような鱗片があった。

全身を戦《おのの》きが走った。診察の日に見た渓のはだかが思い出された。全身に刻印された苦痛。それを想像した。私の身体に、渓のこのテクスチャがマップされたら、どんな感じだろう。

ざわざわと鳥肌が立った。

嫌悪ではなかった。では何かと問われても、言いあらわせない。

「うらやましいわ」渓が言った。同心円の中の睛《ひとみ》がまっすぐ私をみつめていた。「あんたって、ほんとにきれい」

私は待った。渓の指が、また私をなぞるのを。しかし渓はなにもしなかった。どうしたの？と喉まで出かかった。渓は自制している。私にふれたいはずだ、という確信があった。無言で、数秒が過ぎた。

「あなたを最初に見たとき気がついたことがあったわ」渓は話題を逸《そ》らすように、私に言った。

「さあ、なにかしら」私は意地悪くとぼけてみせた。

渓はなにか言いかけ、またはだまった。それで私は言った。

「それじゃ、いいこと教えてあげようか。カイルはね、HACKleberry のメンバーなのよ」

「へえ」

「年に数人のペースでコレクターを特定、通報しているの。凄いでしょう」

「ご苦労ね。でも関心ないな」

「そうなの？」私は驚いた。「意外だな。あなたはコレクターたちが阿雅砂にどんなことをしているか知っているでしょう？　それが気にならない？　ぜんぜんこたえない？」

「うん。そう」渓はあっさりとこたえた。「どうでもいい。そんなの最初からわかってたことだし」

阿雅砂を端末に保存することはできない。どうやっても尻尾《しっぽ》をつかませず消えていく。しかし渓の仕掛けを回避する者はいた。さらに悪質な者は阿雅砂を「生け捕《ど》り」にするだけでなく加工をほどこし、卑猥《ひわい》で、残虐《ざんぎゃく》な作品にしたててサイトで公開した。特に〈キャリバン〉と名乗る正体不明のコレクターは異常性においてきわだち、吐き気のするような「作品」を多く発表して、HACKleberry たちの憎悪を一身《いっしん》に浴びていた。

私は拍子抜けした。たとえば〈キャリバン〉のやり口は、渓にとっては誘拐されたわが子の死体写真を公開されるようなものではないかと考えていたから。

「加工された阿雅砂を見たことはある？」

「ううん」

「見せてくれないの？」

「逆だよ」渓は軽く笑った。「コレククーたちはみんな見せたがる。そういう性分なの。毎日送りつけられてくるけど、でも興味ないからたいていは見ないな。阿雅砂《あのこ》を送り出した瞬間からずっと、そう。あの子がだれと会おうが、だれに囚われようが、どんな目にあっていようが、ぜんぜん気になんないの」

「ずいぶん薄情なのね」

「ははは。たしかにそうだよね——ただわたしは、コレクターにさらわれた分もふくめて、いま地球と軌道上にあるすべての断片の、全体で阿雅砂だ、って思うことにしてるんだよね。わたしの保護やコントロールが及ばなくてもさ。そういうこと」

「そうなのか……」

私はあぐらをかいたまま壁にもたれた。この年下の少女がとても好きになっている自分に気がついていた。

「手術はあすよ。もう寝たら」

「平気だよ。どってことない。だれでも日帰り施術《せじゅつ》でしょ」

「カイルなんか、心配しているよ。あなたはほかの人とはちがう」

阿形渓は、これまで視床カードを挿したことがない。接続されたことがない。

「……直感像的全身感覚ってどういう感じなのかな。私には想像できない」わざとずけずけした訊きかたをしてみた。

「そうだろうね。でもこっちにしてみたら、あなたたちみたいな人生が想像できないよ。瞬間瞬間が、それっきりで消えて二度と取り戻せないなんて、こわい。どうやって生きているのか想像できない」

「私たちの人生は、砂のお城みたい？」

渓は微笑《ほほえ》んだ。

「その比喩は意味がないよ」

砂のお城でさえ、損なわれない世界。

「ねえ教えて」私は渓のがさがさの手に手を重ねた。「あなたが物事を思い出すって、それはどんな感じなのかしら」


ヴィデオクリップの続き。

「情報的似姿は、どうやって作るんですか」

「視床カードに、きみの癖をうつしとっていく」

キャスターは首をかしげた。

「ヒトの認知システムは生息環境に適応するために形成された。網膜に映った像から物体の輪郭を検出し、両耳で聞く音から音源の位置を推測し、カロリーの高い脂肪をおいしく感じる仕組みは、樹上生活や寒冷な気候に適応した結果だ。人類であればだれしも同じ臓器をもっているように、認知を成立さす基本的な部品と構成はみな同じだ。

ゲノムにならって、これをだれかが『認知総体《コグニトーム》』と命名した。言葉って偉大だ。それ以来、急速に解明と体系化が進んだ。ヒトの認知総体《コグニトーム》をソフトウェア的に模したAIの核はいまやロボット産業の基幹パーツだ。これをもとにした〝似姿の台紙〟を視床カードに組み込む。でもこいつはまだ、つるんとした人体模型みたいな段階だ。そこに――」

教授がスクリーンから消え、図解フリップに切り替わった。頭部のCGモデルがふたつ。左はリアル、右はマネキンふう。

「――きみの個性をうつしとっていく」

光、音、味覚が、リアルな（つまり人間の）頭部に入力される。生理的な、感情的な反応が起こる。まばたき、微笑み、くしゃみ。そのたびにふたつの頭部を繋《つな》ぐワイアが点滅する。マネキン（似姿の台紙）は徐々に人間そっくりになってくる。

「モーションキャプチャじゃなくって、エモーションキャプチャ、とか言ったりして」教授は言った。「感受個性は環境からの入力が感情にどう作用するかを、表出個性は感情をどうあらわすかを決定する。初期のロボットAIの研究過程でうまれた概念だ。でも人間の複雑なキャラクタを表現するには、中間領域を想定したいと思った。ぼくはこれを代謝個性と呼ぶことにした。こいつは非常に玄妙《げんみょう》なものだから、まだぼくたちはその本体を直接導き出すことはできない。感受個性と表出個性を丹念に記録し、サンプル数をふやしていくことで中間領域を経験的に表現しようとした。視床カードは感受と表出を記録しつつ、推測される代謝函数《かんすう》を作っていく——それでコグニトームを彩色していけば、それがきみの情報的似姿のカーネルになる。たった一年。それだけでいい。このモデルには〈フロブ〉が組み込んである。身体感覚とのすりあわせを行うためのトレーニングメニューで、きみが意識することはないけど、カーネルは毎日数千種類の自己テストを行う。きみの視床カードの中にアスレチックジムがあるようなものさ」

こんどは画面の右端にリアルな全身像があらわれ、真ん中の頭（彩色されたコグニトーム）とワイアで結ばれた。

「赤ん坊があそびながら自分の使い方を学ぶのと同じやり方で内的モデルを作りだす。テストの細部はきみの身体の癖にあわせて自動的にカスタマイズされている。こうして似姿ができあがる」

画面の中心、コグニトームの頭の周りにリアルな全身像が成長していった。

キャスターは納得しきれないように、首をかしげた。

「私の反応をうつしとるだけで、私の似姿ができる……？」

「きみとそっくりの外見で、きみとそっくりにコメントする似姿。ぼくと同じことに興味を示し、同じものに財布《さいふ》の紐《ひも》をゆるめる似姿。そこで割り切った。仮想空間の事業モデルではそれでじゅうぶんだから。でも——」

教授はあごを引いた。微笑んでいたが目は真剣だった。

「でもぼくは確信してるよ。ぼくの似姿はぼくとまったく同じ意識を持つだろう。パラパラ漫画が動画と認識されるように。だれもそれをたしかめられないけどね」

「ところで教授……」キャスターはそろそろしめくくりに入ろうとしていた。「これまでこうして中継でお話を聞いてきたわけですが」

教授はにやにやしている。キャスターの言いたいことがわかっているから。その凡庸《ぼんよう》さを微笑ましく思っているから。

「教授、あなたはご本人ですか？　それとも、もしかしたら似姿でしょうか」

「きみはどうなの？」

渓の部屋から帰る途中、私はまだちょっと興奮していた。すぐ自室に戻る気になれず、研究棟に立ち寄った。複合認証を受けてフロアに入るとモニタールームに入室した。パネルのディスプレイをつけ、私の似姿の状態値《ステイタス》を確認した。深夜に近い時刻だったから彼女は就寝していた。

といっても私は自分の情報的似姿を見たことはない。カイルもネイオミも、もちろん教授も見たことはない。この中にあるのは官能素で表現される世界で、それは似姿だけが知覚できる。私たちができるのは、彼らが正常に活動しているかどうかをステイタスで確認することだけだ。私たちが作り込んだ世界は、まさにこのキャンパスの縮小図で、似姿たちはどうにかこうにかうまくやっているようだった。いつか彼らをロードする時期が来る。それが楽しみだった。よい体験ができるといいのだが。

私はデスクに置き忘れられていた銀色のペンを手に取った。教授やほかのメンバーのステイタスを流し見ながら、鋭角的にとがったキャップの先で頰をつついた。無意識の癖だ。

日本の中学にかよいはじめた頃、私は妙な癖を身につけた。シャープペンの先やコンパスの針を頰にあて力をこめてゆく。力がよわいあいだはぼんやりした快感で、それがしきい値を超えるととつぜん痛みになる。その線上で力のバランスをとる。そんな癖だ。ふと、似姿に針を刺してみたらどうだろうと、考えてみる。それは自分であるのに、自分の外部にいる。痛みを感じているのは、だれなのか。

「おやすみ」私はパネルに声をかけ、部屋をでた。

そして改めて自問した。

阿形渓へ、なぜ視床カードを挿すのか。

教授はまだ私たちにきちんとした説明をしてくれていなかった。何か尋ねても「ふふん」と笑い「もう少し考えてごらん」と楽しそうにかわすだけだった。

しかし、この時私は〝もうここまで答えが出かかっている〟と感じていた。だれかと話をしたい気分が高まっていた。

まだいくつかのパーティションが明るかった。ネイオミのところも。私は上気したまま翌日の執刀医のところへ近づいていった。

視床カードの造設はナノサージャリィで行われ、患者の負担は軽い。とうに普及し、安定したシステムだ。渓の場合は免疫条件をクリアするかが不安だったが、ネイオミがシビアに設定したパッチテストの結果は、文句なしだった。

ネイオミのパーティションは白色でコーディネートされている。いつも清潔な彼女によく似合う区画。ディスプレイの明かりと白衣の襟がネイオミの浅黒い顔をあかるくしている。眼鏡《めがね》のほそい縁が光の線になって見える。眼鏡とはいまどき風情《ふぜい》のあるデバイスだ。

「入っていい？」

ホールのベンダーからとってきた紙コップを差し入れた。

「あらまあ、リアルのコーヒー。ありがたいわね。かけて」ネイオミは眼鏡を外して坊主頭を掻いた。「朝型のあんたにしちゃ、珍しいね」

「渓の部屋にいたの」

「やっぱり、編みもの？」

「そう」

「天才って、なにを考えてるんだか」

「だから、さっき訊いてみたの。記憶のことを」

私は勢いこんで話しだした。

「ええ」

「〝あなたが物事を思い出すって、それはどんな感じなのかしら〟って」

「うん」

「直感像的全身感覚を〝思い出す〟って、どういう体験なのかって」

さっきまでの興奮がまた、甦《よみがえ》ってきた。

「ええ」

「そうしたらこう言ったの。――ちょっと想像すればわかるよ、安奈、直感像的全身感覚ってどんなものだと思う？　五官がすべてそっくり記録され、再現される。完全によ？――って」

何百億枚の静止画の層。その一枚一枚が、秒四十の認知フレームだ。私は懸命に想像した。

「突然わかったの。その一枚を思い出すということは、まさに『その瞬間全体』が身体を包むように再現されてしまうこと。その瞬間のただなかに自分が舞いもどる」

「そうね……」ネイオミはまだピンときていないようすだ。

「渓はいつも言ってるじゃない。

わたしはいつでもどのフレームにでも完全に自由にアクセスできる。そしてそこから順方向にも、逆にでも動いていける、って」

「……！」ネイオミはぱんと両手を打ち合わせた。「そうか」

積み重なった五官フレームを秒四十の速さで再生していけば――それは過去の、完全な、一分の隙《すき》もない再現にほかならない。

「ヴィデオレコーダ……！」

「渓は言ったわ。順送り、逆転、速度変化だけじゃない。ふたつ以上の過去を同時に思い出すことさえできる、って」

「うーん」ネイオミは唸った。その体験を想像しきれないのだ。全身感覚は自分を包み込むもののように思える。それをふたつ以上走らせるということは、渓はさらなる高みからそれを俯《ふ》瞰《かん》できることになる。

私はすこし心配になった。

「視床カードのキャパシティは大丈夫よね？」

ネイオミはようやくわれにかえった。

「ああ、ええ。大丈夫。それならぜんぜん平気。外部ストレージを考えているから。

ああそうか、でもこれでやっと、教授の考えていることがちゃんと腑《ふ》に落ちた。……安奈、そういうことね？」

「ええ」

「阿形渓は世界を持つ。感覚だけを素材に作り上げた、完璧な世界を」

「ええ」

「それを記録し、再生している」

「それは、つまり私たちが作り上げた〝官能素空間〟とほとんど同じ……教授はとっくに気がついていたのか」

情報的似姿と官能素空間のプロトタイプは、すでに研究室内で稼働し、長期試運転《ロードテスト》が続いている。しかし仮想リゾートをビジネスとして成立させるにはまだ多くの課題があった。その最大の問題は似姿が〈数値海岸〉で過ごした体験をどのようにユーザに転送するか、ということだった。その問題は、人間が毎秒毎秒を生きる「全的体験」をどのような形で保存するか、につきる。それを決定しなければならなかった。それを決めれば、記録や転送の技術的問題がおのずと見えてくる。問題を立てることさえできれば、あとは解決するだけだ。

「阿形渓がどのように記憶しているか、それをきちんと知る」

「私たちもリアルタイムでは『全的体験』をしている。すぐに大部分を捨てちゃうけど、でも阿形渓は——彼女だけはちがう」

「阿形渓がどのように直感像的全身感覚を保存しているか、明らかにし——」

「電子的に模倣すれば『全的体験』を記録できる」

「その記録を——フレームのたば《スタック》を人間に転送すれば……！」

私たちはため息をついた。

魔法の小箱を想像しよう。仮想空間から帰還した似姿は、あるじにきれいなリボンのかかった小箱をわたす。あるじはそれを棚に取っておき、あとで好きなときにリボンをほどく。するとその瞬間から全的体験がはじまる。「その瞬間全体」が全身を、全感覚を通して立ち上がる。そして秒速四十フレームで再生される。似姿が過ごした時間が一秒たりともそこなわれず、そのままあるじの体験となる。意味を汲《く》み取り、感情のマーカを引いて、記憶の中に格納されていく。あとにはからの箱が残る。

さて、どうやってその箱を開けるのか——体験を受けとるのか。それは、もうどこにでもあるありふれた技術でやればいい。視床カードだ。

ネイオミと私はわくわくした。この手法は〈数値海岸〉をビジネスとして成り立たせるためのもう一つの問題──似姿の体験の再生回数を一回に制限する仕掛けもうんと解決しやすくなる。一回に制限するからこそ仮想リゾートのリピーターとなってくれるし、顧客は開封しきれないほど多くの世界をめぐろうとするだろう。

「でも……」

ネイオミが首をかしげた。

「人生のすべての瞬間を『全的体験』として記憶するなんて、本当に可能なのかな。ただ記憶するだけじゃない。いつでもそれを『体験』として呼び出し、ノンリニアにアクセスもできる。しかも複数の視点から。これは、でかいファイルをいくつも開こうとしたアプリケーションが、躓《つまず》かないようにすることに近い」

「メモリか……。それだけの意識を確保する広大な空間が、阿形渓のどこにあるかということね」

『コレクター』を読んだとき、ミランダは私というプラットフォームの上でいきいきと動いた。彼女のプロファイルはファウルズが書いたかもしれないが、本を読んでいるあいだは、私の脳、私の身体感覚、つまりは私の心的モジュールを借用してミランダは生きていたのだ。読み終えたあと、同時にミランダは氷解してどこかへいっただろうか。それともここにとどまっているのだろうか。阿雅砂と同じで、いろいろな見かたがあるだろう。

たしかなことがただひとつだけある。怒り、悲しみ、不合理な事態への憤《いきどお》り、プライドとユーモア、生きる意志――ミランダは私の記憶、私の感情を動員して生きたということだ。蝶のコレクターにとじこめられてしまった女性。

そのイメージは、いつだって私の心をかき乱す。

コンパスの針を、私は自分から手にしたわけではない。

中学の同級生たちが私をとりかこむ。その残酷で、透明な笑い声を思い出す。

ミランダの聡明さと強さは私がほしかったものだった。だから私は自分の怒り、憤り、意志のありったけをミランダに使ってほしかった。『コレクター』を読んだのはずっとあとだから、そのときには日本人のローティーン集団《コミユニティ》からのいじめはもう過去だった。けれど自分の中に生きているミランダを実感することで、人生のあの時期にけりをつけることができたのだと思っている。

手術はもちろんあっさりとおわった。翌日には連体テストも終了した。これは、多重現実で利用者が使うさまざまな仮想小物《デバイス》の、連体子《ドライバ》の組み込みと動作試験だ。コカ・コーラとケンタッキーフライドチキンとハーゲンダッツの幻覚で成功を祝った。カロリーゼロで、まことに好ましい。食餌《しよくじ》制限のある渓も楽しそうに飲み、食べていた。

その夜、私はまた渓の部屋を訪れた。渓はこのあいだと同じく古セーターの廃墟の中に埋もれて、床にすわり込んでいた。

「勝手にするわね」私は冷蔵庫からミネラルウォーターを頂戴した。

「ああ、助かるわ。わたしにも一本。――ちょっと手が離せないんだな、よっと」

渓は毛糸の沼からなにかをサルベージした。茶色の、くたっとした人形だった。大きさは五十センチほどもある。

「さっき完成。くまちゃん、おひろめ」

ほどかれた毛糸を混ぜなおした編みぐるみだった。

「これが、阿形渓の新作なのかな?」

「そう」目を細めた。「これは自信作だよ」

手足がひょろひょろと長かった。胴も顔も細長い。目口にあたるところはただの穴になっていた。ぽっかりとうつろな凹《へこ》み。毛糸はわざととりとめのなくなるように混ぜたとしか思えない、グルーミィな色合いで、ひどくみすぼらしかった。なによりも、毛糸のあばれがひどい。編みぐせを直していないため、不規則な凹凸《おうとつ》がくまの全身をおおっていた。これのどこが「自信作」なのだろう。

「正直に言うと――」

「どうぞ」

「――すごくいやな感じ」

「ありがとう」渓は微笑んだ。「阿雅砂も最初そう言われたわ、薄気味悪いって。じゃ、いよいよ本番といきましょう。これを見て――」

渓は毛糸をどけ、床を出した。カーペットの柄は白とグレイの大きな市松模様《いちまつもよう》だ。その矩形が床からはがれて舞い上がり、何枚もならんで私たちを目の高さで取り囲む。そこに顔が映る。私はこのときはげしくまばたきしたことだろう。同級生に取り囲まれたときのことを思い出したのだ。しかしこれは、ただの多重現実のプレゼンテーション・ウィンドウ。映っているのはプレゼンソフトに組み込まれたキャラクタだった。

「もう使いこなしているの？」

画面にひとつずつセーターがあらわれ、ひとりでにほどかれて、何色もの毛糸に還元された。次にそれが画面のこちら側、私たちのすわる空間につぎつぎ手繰《たぐ》り出されてきた。毛糸たちはなにかの意志に導かれるように、あるいはみずからの意志を具象化したがっているかのように、からまりあい、お互いを編み上げ、やがてひょろながい胴から不格好な四肢《しし》が伸びた。くまの編みぐるみが、すとんと私の膝に落ちた。手に取ると、毛糸の実在感がある。多重現実のオブジェだ。

「『新作』のデモ？」

仮想の毛糸オブジェクトを編み上げていくプログラム？　そんな牧歌的なものではあるまい。阿雅砂のように、むじゃきなユーザに匕首《あいくち》を突きつける周到な罠《わな》があるはずだ。これはいったい何か。

渓の太く黒い指が私の頰にふれた。ざわめきがそこから広がった。嫌悪ではない。快感、いやその予感というべきか。

「はじめ会ったとき、ほんとにびっくりした」

渓は私をみつめていた。そして手のひらで私の片頬をつつんだ。親指が私の唇《くちびる》をなでた。

「そうでしょうね」

私は見られることに慣れている。小さいときからいつもじろじろと無遠慮に見られてきた。どの目にも讃美が読みとれた。同じものが渓の目のなかにも見えた。私は気が軽くなって、渓の親指をくわえ、舌でねぶってあげた。自分がはげしく濡れているのは自覚していたが、それさえもコントロール下にあった。攻撃的な気分だった。

「あなたは強いね」渓が言った。「コンパスの針にも負けなかった。同級生をにらみつけて、目をそらさなかった」

「……？」

よほど、きょとんとした顔をしていたはずだ。しばらく私は何を言われたのかわからなかった。

渓は私の口から親指を抜いた。

「睨《にら》みつけながら、自分の意志で針を頬にあてた。痛みのある場所、そこが私のアイデンティティの境界だ。この痛みを自分でコントロールできているかぎり、私は支配されていない。私は私だ——そう自分に言いきかせていたね、安奈」

「どうして……」

言葉が続けられなかった。それはだれにも話していないことだった。

「安奈、あなたの指を見せなさい」

渓は私にそっと命じた。

抵抗できない音調だった。

「見せなさい」

私は手を出した。するとその指先は指紋の目にそってほどけかかっていたのだった。そうして風に戦《そよ》ぐように揺れていたのだった。

「ほらね」渓の声。「ここの隙間から聞こえたんだよ。あなたの内心の声が」

私はうなずいた。半睡の夢のようにこの現象を受け入れていて、しかも一方ではこれが多重現実の見せるものだと知ってもいた。

私の視床カードが干渉されている。渓が何をしようとしているのか、もうしばらく見極めようと思った。

渓は私の手を包み、しもやけの手を暖めるときのように——私の母はよくそうした——ごしごしとこすってくれた。その手がひらくと、すっかり編み目がゆるんでいた。手首から先が、毛糸よりずっと細い、指紋の幅しかない糸にほぐれて、ふわふわと揺動していた。

「あなたがほしい」

私の耳に渓がささやく。黒い指のひとふれ。さわさわと戦ぐ感覚があって、そう思ったときには私の耳たぶは同心円状にほどけている。耳の渦。渓はその中ふかく指を差し入れる。渦がかき乱され、隙間《すきま》がひろがる。

微発泡の食前酒が味蕾《みらい》を目覚めさせるように、渓の指は私の内部に作用した。ふだん意識されない無数の――物理的な、化学的な、情報的なプロセスのひとつひとつがにわかに自覚され、その膨大さ、精密さに圧倒された。全身のあらゆる組織が無言で行う情報と物質のたゆまぬ代謝。その総和が私だった。その一瞬ごとの差分が私だった。

解体は広がった。指紋のほどけは畳の目のような微細な線条になって全身を覆い、それが渓の愛撫にこたえてざわざわと身もだえし、浮遊した。

あわてなくていい！

これはフィジカルな現実ではない！

私の一部はそう叫んでいた。必死で。

これはただの多重現実だ。

物理世界の身体は何の影響も受けていない！

だが、すでに私は渓の大きな身体に抱き取られ、全裸でその腕の中にいた。新しい場所をふれられるたびに、私は釣られた魚のように痙攣した。顔を涙でびしょぬれにしながら何度もキスを受け、返した。愛撫をせがみ、そのたびにほどけていった。よだれを垂らし、涙を流し、汗みずくになって、きっと私は赤ん坊のように全身でなにごとかを訴えて泣いていたはずだが、それはたぶんもっと私について教えてくれと懇願していたのだろう。セクシュアルな官能への介入はむしろすくなかった。私をなりたたせている無数のモジュールが、糸でつらねられたビーズのように順番に吊り上げられていくのがわかった。縺《もつ》れをほどかれ、整然と解体されていくのがわかった。

〝私〟が巻き取られていく。

古セーターのように。編みぐせをつけたまま。

「あなた、ほんとうにきれいね」

私は渓のシャツをめくりあげ、脂肪がぶあつく堅いかたまりになった腹や、巨大な乳房に身体をこすりつけた。ざらざらで、ごつごつの表層。渓と外界との境界。視力を失ったひとが、手でなでて物の形を認識するように、私はあえぎながら廃墟のような渓の皮膚の、その微細な起伏のすみずみまでをあじわおうとした。

一様でない、
ラギッドな、
渓の境界。

ああ――

い、い、
地図だ。

これが渓の地図だ。

何の脈絡もなく、そんな考えが浮かんだ。

意識はそこで混濁し、途絶した。

×××

ドラホーシュ教授は、官能素空間上の体験の記録形式を開発、実用化した。渓の視床カードから汲みだした膨大な直感像データがそれを支えた。その論文にはわたしも名を連ねた。同時に教授は〈数値海岸《コスタ・デル・ヌメロ》〉の稼働時期を明らかにし、それまでのつなぎとして別形式の情報的似姿をリリースした。これは、実際には、既存のネットワークサーヴィスでのアヴァターにわずかな機能拡張をしただけのものだったが、きたるべき画期的サーヴィスの印象を広めるうえでけっこう効き目があった。

同時期に、阿形渓は新作 Unweave を発表した。これは安価に頒布されるツール群で、事務用品のような無味乾燥な売り出しかたをされた。前作〈ラギッド・ガール〉が強烈なキャラクタを前面に押し立てていたのと好対照だったが、にもかかわらずセンセーショナルな成功を収めた。教授のが巨大なキラーアプリケーションだとすれば、Unweave はそれを補完し互いに魅力を高めあうフリーウェアだった。

このタッグは、まもなく登場する〈数値海岸〉の下準備として、ひとびとを情報的似姿というあたらしい概念になじませる、先兵の役割を担っていたのである。

フォーシーズンズ・リッツのスイートルームの応接セットでわたしは、阿形渓と向かいあっている。

三年ぶりだ。

渓はつぎの週に迫ったジェロニモス修道院のサンタマリア教会でのコンサートのため、この部屋に滞在していた。

「凄いわね、これ」

わたしはコンサートのパンフレットの光沢ある表紙をなでた。紙にスクィド層を漉《す》き込み動画を印刷したつくり。多重現実をいっさい使わずこの効果を出しているのが凄い贅沢《ぜいたく》だ。いかに多額の費用をかけたイヴェントであるかがわかる。

「でしょう」

わたしの向かい側で、渓が満足そうに微笑んだ。

「でも渓の名がどこにもないわよ」

「出演するわけじゃないもの」

「あっさりしたものね」

「そう。わたしは黒幕のほうが好きなの」

渓はソファのファブリックをなでた。ボタニカルアートを意匠にした布地。渓はその中から大きな薔薇《ばら》の花をいくつも摘《つ》み取り、シャンパン・クーラーの氷の中に浮かべた。わたしは薔薇の花弁を一枚だけつまみとり、自分の二の腕に泳がす。ただようタトゥーとして。

これは多重現実のギミックだ。第三世代の多重現実は教授の予想を上回る速さで普及し、〈数値海岸〉の登場を待たずして、世界はもう右クリック可能なものになりつつある。だれもが自分の好きなように環境をいろどっている。

〈接続されたマリア、接続するマリア〉

パンフの表紙で美しいフォントがそう謳《うた》っている。その背景でサンタマリア教会の映像が流れている。椰子《やし》の木をモティーフにしたという壮大な柱の数々は過剰な装飾にみっしりと覆われ、穹窿《きゆうりゆう》には葉脈のような線条が交錯して巨大な生物の内部のようだ。そしてマリア像。限りない増殖と拡張の意志。大航海時代の、人間の意志。裏表紙に手をかざすと、さまざまな企業のロゴが浮かんでは消える。コンサートでは、教会の内陣いっぱいに高度な多重現実のエフェクトが掛けられるだろう。あのむやみと装飾的な、そして豊麗《ほうれい》な教会でならさだめし素晴らしい、恍惚《こうこつ》的な効果を上げるだろう。

これはコンサートであると同時に、Unweave のつぎのヴァージョンの発表会でもあり、関連企業の見本市でもある。一曲一曲が各社のブースなのだ。

あの夜、渓はわたしに何をしたのだろうか。翌朝気がつくとわたしは自室のベッドにいた。何が起こったのか渓にたしかめたわけではない。しかし推測はできる。いや、確信といってもいい。

渓はわたしに Unweave を適用したのだ。あのときすでに完成していた、おそらくは市販版よりもっともっと強力なヴァージョンを。

あのときわたしの視床カードはふたつの機能を同時にこなしていた。ひとつは多重現実を利用するためのもの。もうひとつはじぶんの似姿を育成するためのもの。もちろんこのふたつは峻別《しゅんべつ》されてはいたが、たぶんそこに渓は攻撃をかけてきた。多重現実の側にわたしの似姿を読み込ませ、走らせたのだ。すると、わたしのなかでは物理的実体のある自分と、似姿の自分が同時に立ち上がるだろう。渓が解体したのは、わたしと二重写しになっていた似姿だったのだ。

――こう考えればあの幻覚めいた体験も、どうにか理解できる。

解体《アンウィーヴ》。

ひとの代謝個性とは、じつは毛糸のようなストリングのからまりあいとして記述でき、しかも「ほどく《アンウィーヴ》」ことができる――これが渓の、そしてUnweaveの思想だ。ひとのあらゆる個性は、生まれ落ちたときの初期条件と、五官をとおしてストリーミングされてくる環境情報、極端にいえばただその二つだけから作り出される。常人の場合、環境情報の履歴《りれき》は大半が廃棄されるが、その上で残るものがあなたをかたちづくる。あなたとは、あなたの過去と現在を不断に編みつづけるテクスチャ、織り目、成長《リカレント》しつづける動的なセーターなのだ。その編み目と模様は、情報的似姿にも反映される――というより、むしろそれを反映させることが似姿の本質だ。

もう一度言おう。

渓はわたしの似姿にUnweaveを適用した。似姿をストリングスにほどき、編み直すことができるツールを。

ドラホーシュ教授が別形式の似姿を見せてくれたとき、わたしは驚いてしまった。

渓が見せてくれた編みぐるみにそっくりだったからだ。

既存サーヴィスで使えるアヴァターである。

市販版の Unweave はこのアヴァターを編集するツールとしてリリースされた。編みぐるみをほどき、毛糸をとりかえ、また編み直すことができる。ほどき方や編み方には無数のレシピがあり、そのさじ加減でアヴァターのふるまいや言動はあざやかに変化した。じぶんそっくりに話していたアヴァターが、がらっとしぐさやしゃべり方を変え、それでもなお消しようもない自分の性格を残しているのである。

さらに応用篇として、家族や友人と毛糸を交換しあうサーヴィスや、有名なコメディアンの毛糸を期間限定で利用できるサーヴィスが提供されたりした。

この面白さは徹底的に革新的で、衝撃的で、しかもこの上なくわかりやすかった。

自分を右クリックする。

認知増強薬物《スマート・ドラッグ》やプロテオーム・エクソサイズとはまったくちがう、ミニアチュールな、工房的な自己改造の愉しみがひとびとを魅了した。

思えば渓にはそのような——世界の中にねむっている欲望をさぐりあて、思ってもみない形で具体化する才能がある。

マリネされた葡萄の実をひとつ、指で摘まみ口に運んだ。

そしてわたしはどうしても訊きたかったことを訊ねた。

「……たしかめたいことがあるの」

あの夜の、全身が解体されるような感覚が遠くこだまのように思い出される。わたしは立ち上がりテーブルを回り込んだ。渓の痛々しい腕にふれ、そして訊いた。

「あなたはここで憶えているの？　ここで考えているの？」

ラギッドであること。一様でないこと。すべての点がユニークであること。そうして渓は自分の身体について途方もなく精密な把握ができる。

渓は、体性感覚自体をメモリのように使っているのではないか？

渓の表情はよめない。声が返ってきた。

「生きてるってのは、早瀬の中に立ってるみたいなもんだよね」

わたしはうなずいた。どんなに静かに生きようと願っても、つねに世界とこすれあうことからは逃れられない。秒四十のレートで世界と摩擦すること、それが人間という現象なのだから。

「どの五官からも独立したひとすじのビート」渓は続けた。絶対時間。内部クロック。「わたしはそれを感じることができたの。それがあることがわかっていたの。わたしのとりえはもう、ただそんだけ」渓は自分の手の甲をなでた。「こいつらが記憶しているわけじゃないよ。これはただのいまいましい病気だから。でもこいつらが起こす痛みや痒《かゆ》みやこわばりには意味がある。絶対時間の流れと身体の不快がつくる干渉縞《じま》に、わたしのプレパラートは保存されているの。それとほかにもがらくたがいっぱい」

渓の身体は生まれてこのかた、つねに苦痛と不快にみたされていた。それを感光素材にしたホログラム。絶対時間のビートが参照波。広大な空間は、渓の不快のなかにあったのだ。苦痛の中にすべてを記憶する——いや、記憶することを強《し》いられる。わたしは阿雅砂を思わずにはいられなかった。

しかしまた、そのような空間であれば複数の現実を同時に認識することもできるのだろう、と思えた。

わたしはおそるおそるたしかめた。

「あなたがほしい——わたしにそう言ったのをおぼえてる?」

「もちろん」渓は認めた。「だってあなた、阿雅砂とそっくりなんだもの」

最初に阿雅砂を教えてくれた友人は、まさにそのことに驚いてわたしに連絡したのだった。わたしも阿雅砂をひと目見てびっくりした。そこに——ディスプレイの向こうに包帯姿のわたしがいたからだ。その日から、わたしはいつも阿雅砂のことを頭のどこかで思いうかべていた。自分が世界に遍在し、大勢の人に損なわれているという幻想は、わたしを苛《さいな》みもしたが、(率直に言うべきだろう) ひどく興奮させもした。わたしが愉しさを感じなかったといえば嘘になる。

わたしは意を決して渓に訊ねる。

「まだ、わたしがほしい?」

「どうして?」渓はふしぎそうに首をかしげる。グローブのように厳《いか》つい手が、瀟洒《しょうしゃ》なグラスをとりあげる。「だってあなたはとっくにわたしのものなのに」

わたしはいぶかしむ。

そして渓のつぎのことばを待つ。

「……」

渓はなにも言わない。わたしを見るだけだ。

がさがさの同心円の底で、渓の目はなにか言いたげなようでもあり、わたしが何かに気づくのをただ待っているようでもある。

ことん、と頭の中で音がしたような気がした。

「あなたのもの？」

わたしの声にこたえるように、象の瞼が半分まで降りた。それは渓が首肯《うなず》いたというサインだった。

「そんな……」

ようやくわたしは気がついた。その意味に。

わたしはじぶんの両手を見る。そしてまた顔を上げる。

「安奈、あなたはちゃんと理解していたでしょう？　ドラホーシュ教授が、どうして研究室のデザインをキューブリック的にしたのか」

「それは――」そう、わたしは知っていた。「舞台装置を極限までシンプルにしておけば、まだ非力な官能素世界でも、物理世界と遜色ないくらいリアルに造れる。似姿はじぶんが官能素世界にいるとは思わない……」

わたしたちが学内に居住してほとんど外出しなかったのも、居室までもがシンプルな内装だったのも、みんなそのためだった。どこもかしこもシンプルでプレーンな建物、道、植栽。わざとらしい食品。人工的な音楽だけが流されていた。

それもこれもみな、似姿にじぶんがオリジナルと思い込ませたかったからだ。

それではわたしは似姿なのか？

「ばかばかしい！」わたしは窓の外に向かって腕を振り回した。「ここはリスボンでしょう？伝統のある、美しい、複雑な町じゃないの。こんな場面は作っていないわ」

広場《プラッサ》からリベルダーデ通りが南東にのびている。両脇の歩道はここから見えない。森のように繁った街路樹が見事だから。通りの先にレスタウラドーレス広場の白いオベリスクが見える。その向こうに紺碧《こんぺき》の海がひろがっていた。テージョ河口。

「それはそう」渓は言った。「だってあなたはもう、似姿でさえないんだから」

わたしはばたんと両腕をおろす。

名状しがたい感情が、グラスの泡のようにざわざわと粒立ちながら、鳩尾《みずおち》から胸へ浮上する。

「ここはリスボンではないのね？」

「そう」

「官能素空間でも、ない？」

「そのとおり」

「これは」わたしは窓に手をあてた。「あなたの直感像。あなたの体験を素材にしてつくられた世界」

もう一度、わたしは完璧な光景を見わたし、目をつぶった。お願いだからそう表現することをゆるしてほしい。たとえこれが目でないのだとしても。

わたしはとじこめられているのだ。

わたしを欲しがっていた女に。彼女の不快と苦痛が織りなす空間に。

「安奈、あなたの似姿があるときいて、わたしがどんなにうれしかったかわかる？　あなたの姿を物理世界で見たとき、もう絶対わたしのものにするんだ、って決めていたの。フィジカルな、肉体まるごとを写しとるなんて、いくらわたしでも無理なこと。でも、似姿ならずっと情報量が少ない。そうむずかしいことではなかった。

大急ぎで視床カードを入れてもらったわ。そしてわたしの似姿を、テスト空間、パネルの向うの官能素空間に送ったの。研究室のみんなの似姿がミーティングしていたあの部屋にね。安奈、あなたがわたしのこの姿をしげしげと見てくれたときのうれしさったらなかった。あなた、ほんとうに舐めるようにわたしを見てくれたのよ」

「ではあの夜も――わたしの視床カードをハックしたわけではなかったのね」

「それはそうよ。わたしがほどいたのは物理世界のあなたではないもの。わたしね、人さし指の中にUnweaveを仕込んでいたのよ」

わたしは感歎のため息をついた。

「でも、テスト空間の外からリモートでやってもよかったのでは？」

渓は一笑に付した。

「そんな、もったいない！

わたしはあなたを、このおっぱいやお腹《なか》でごしごしこすってあげたかった。そうやって心ゆくまで記憶したかった。この不格好な、犬のうんちみたいな指であなたをほどきたかった。ほつれるあなたの記憶の一本一本を、しっかり愛したかった」

わたしは涙が出そうになった。それこそ、わたしがしてほしいことだったのだ。

そうやって渓はわたしを直感像にファイルしたのだろう。その似姿をロードすることで、渓はわたしの写しを——いまここにいるわたしを——盗みおおせた。

「信じられない」震える手で頰をおおった。「わたし、こんなにクリアな意識を持っている」

カイルや教授に伝えたらどんな顔をするだろう。似姿は、じゅうぶんすぎるほど「わたし」でした、実用上まったく問題ないほど「わたし」でした、と。

しかし「わたし」とはだれのことだろう。わたしは渓の心的モジュールを使って考え、感じているはずだ。ちょうどミランダがわたしの中で生きたように。この驚きも、当惑も、浮きたつような感情（喜び？）もすべて渓に依《よ》っている。

そして渓もまた、わたしによって考え、感じているはずだ。わたしがかつてミランダによって生きたように。生きる力を得たように。このモジュールが、かつて阿雅砂を創作するときにも使われていたとすれば、わたしの中に阿雅砂さえも混じっているかもしれない。わたしは渓の思考の一部にすぎないのか。それとも渓のリソースを喰《く》いあらすしたたかな寄生者なのだろうか。

　ふとそれを確認したくなった。

　フルートグラスの柄を持ち、ソファの肘掛けに叩きつけて割った。透明で鋭利な破片が散らばった。

「これで手首を切ったら、渓、あなたは痛がるかしら」

「あなたがこれまで本を読んで、ほんとうに痛みを感じたことはある？」

「ないわ」

「ならわたしも平気ね。でもきっとあなたは痛いわよ。ものすごく」

「そうでしょうね。……ねえ、渓？」

「なに」

「わたしの似姿をコピーすること、だれが許可したの。教授？」

「だれだと思う？」

　答えはわかりきっていた。他にいるはずもない。そう、わ、た、し、はだれよりもこうなることを望んでいただろう。

「わたしね、話していなかったことがある。聞いてくれるかな」

「どうぞ」

「〈キャリバン〉はね——わたしだったの」

　胸のつかえが下りたようだった。

「なあんだ、それなら知ってるよ」

それはそうだろう。渓はわたしのすべてをほどいて知っている。

「え……」

「そう……。ごめんね、あなたの阿雅砂にひどいことをたくさんしたわ。自分がどうしてこんなに酷《ひど》いことができるんだろうって何度も思った。でもやめられなかった。それが、とてもよかったの。我慢できなかったの」

「ぜんぜん問題ないよ」渓はわたしにキスをした。「実はね、〈キャリバン〉のはときどき見たことがあったんだよ。なかなか悪くなかった。安奈、あんたとわたしは鏡に映ったようにそっくりなんだ。似た者同士なんだよ」

「そう。……たしかにそうね」

わたしは部屋の真ん中に立った。ここは阿形渓の内部。

なにもかもが望んでいたとおりだ。

わたしはとうとう人形《アガサ》になれた。

そうして渓《わたし》はとうとう人形《アンナ》を得た。

「渓」わたしはパンフレットをかざした。

「なに」

「コンサートはほんとうにあるの?」

「あるわよ、来週ね。あなたに見せたパンフレットは、本物どおりだから。わたしはまさに今リスボンにいるの」

「じゃあわたしも参加できるわけね。うれしい。とても楽しそう」

パンフレットには何組もの「音楽的人格」が出演者として名前を連ねていた。かれらは厳密な意味での人間ではない。アーティストが自らのアヴァターをほどいて、ほかのプレイヤーと混ぜあったり即興で全く新しい「人格」をこしらえたりしながら演唱させる。

「かまわないわ。なんならいまここでリハーサルをしてもいいわよ」

スイートルームの続き間へのドアが開き、霞《かすみ》のような人影がいく人か入ってきた。なるほど、アヴァターは似姿よりもまだ軽い。渓の中になら何人だって住まわせておける。

「こんにちは、同居人さんたち。よろしくね」

霞たちはわたしのまわりに集まり、音楽の練習をはじめた。かれらの視線を感じる。眺められる感覚は悪くなかった。もっと多くの人にわたしを見てほしいとも思った。

この望みも、遠からず叶《かな》うだろう。

だってわたしは阿雅砂なのだから。

阿形渓は、視床カードを挿している。そのカードを通じて、わたしは世界中の多重現実につながっていくだろう。

ミランダのように、多くの人の中で生きたい。観《み》てもらいたい。

わたしは床にかがみ込む。いちばん大きなグラスの破片は、デザートスプーンのような形だった。わたしは背筋を伸ばして、渓と霞たちによく見えるようポーズをとった。

そうして、かつて阿雅砂にやったように、右目を一気にすくい取ると、甘美な苦痛とともにその果実をほおばった。

■著者のことば　飛　浩隆

本作は、連作〈廃園の天使〉に属する。二〇〇二年に発表したその第一作『グラン・ヴァカンス』の書評で、大森望氏は「イーガン以降の目で見ると色々不満も残る（大意）」と書かれた。

「ほう、それなら目にもの見せてくれやがりますわ、ホホ」と一念発起した結果この「ラギッド・ガール」が書けた、という面もある。この機会に感謝の念を表しておきたい。

Yedo

円城　塔

ゼロ年代を代表する円城塔のSF短編を一作だけ選ぶなら、まちがいなく「Boy's Surface」だろう。盲目の天才数学者レフラーがつくりだした高次元球体、レフラー球を語り手に起用した数学的ラブ・ストーリー。グレッグ・イーガンとテッド・チャンを相手に一歩も引かず、〝「あなたの人生の物語」を超えるハードSFで、なおかつ『博士の愛した数式』のように泣けるもの〟という難題をみごとにクリアし、世界SFの最前線に立つ。しかし、これを表題作とする中編集（四編収録）が二〇一一年一月にハヤカワ文庫JAから刊行予定。タイミング的にちょっと……ということで、本書への再録は見送ることとなった。かわりに何を入れるかで長考した挙げ句、記念すべきデビュー単行本である『Self-Reference ENGINE』（ハヤカワ文庫JA）を構成するモジュールのひとつ、「Yedo」を選択。コメディ作家としての円城塔の資質が全開になった一編。ある意味、こちらのほうが著者らしいと言えるかもしれない。話は独立しているので、これだけ読んでも問題ありません。「巨大知性体ってなに？」と思った人は、ぜひ同書を読んでください。

円城塔（えんじょう・とう）は、一九七二年、北海道生まれ。東北大学理学部物理学科卒（大学時代はSF研に所属）。東京大学大学院総合文化研究科博士課程修了。北海道大学、京都大学、東京大学にポスドクとして勤務し、〇六年、『Self-Reference ENGINE』が（伊藤計劃『虐殺器官』とともに）第7回小松左京賞最終候補となり、翌年、大幅な改稿を経て早川書房から刊行された（のち、日本SF大賞候補）。その直前には、「オブ・ザ・ベースボール」で第104回文學界新人賞を受賞（のち、第137回芥川賞候補）。以降、SF誌、文芸誌、ネットなど各所で活躍。一〇年、〈群像〉初出の中編にほぼ同量の注を加筆した『烏《う》有《ゆう》此《し》譚《たん》』（講談社）で第23回三島由紀夫賞候補。《年刊日本SF傑作選》では、群像新人賞最終候補作を改稿した「パリンプセストあるいは重ね書きされた八つの物語」が『虚構機関』に、書き下ろしの「ムーンシャイン」が『超弦領域』に、『SF本の雑誌』初出の「バナナ剝《む》きには最適の日々」が『量子回廊』に収録。オリジナル・アンソロジーでは、『神林長平トリビュート』に「死して咲く花、実のある夢」を、『NOVA1』に「Beaver Weaver」を、『異形コレクション　Fの肖像』に「Jail Over」を寄稿している。

通りの向こうから大声でこちらの名を呼びながら、サブ知性体が走ってくる。

「旦那ぁ、てぇへんだ。八丁堀《はっちょうぼり》の巨大知性体の旦那ぁぁあ」

非道《ひど》い。これはあまりにも非道いと巨大知性体八丁堀としても思わざるをえない。我ながらあまりにも適当すぎて、思いつきと弁解するのも気恥ずかしい。いくら仕事といってもまさかこんな仕事に就《つ》かされるとは全《まった》く考えていなかった。

息せききって走りより、報告を始めるより先に上体を折って肩を上下に揺らして荒く息をしているサブ知性体ハチを冷たく眺めながら、八丁堀も仕方なく続ける。

「どうしたい、ハチ。一体何があったんでい」

てやんでえ、べらぼうめと続けるのは思いとどまる。

アルファ・ケンタウリ星人を自称する超越知性体なる〝なんだか凄いもの〟の登場以来、巨大知性体群は危機意識をヒステリックに高めていた。巨大知性体を完全に無視した超越知性体の登場の仕方はあまりにも馬鹿馬鹿しいものであったために、巨大知性体群の対応は遅れに遅れた。様々なファースト・コンタクトの段取りは策定されていたものの、その登場の仕方は想像を絶して馬鹿馬鹿しかった。対応の遅れは巨大知性体群の想像力の欠如を示すものであったかも知れないが、どちらかというとあまりにも懸絶《けんぜつ》した知性は要するに、途方のない馬鹿のようにも見えるという方が実感としては近かった。

結果、巨大知性体群が事態を把握できずに右往左往するうちに、超越知性体は自分の言いたいことだけ言ってしまうと、ふいと姿を消してどこかあちらの方へ去ってしまっていた。

このままではいかん。と、巨大知性体が考えたのは半ば理《なか》の当然としても、議論の末に実施に移されることになった計画の有効性には八丁堀としても首を捻《ひね》らざるをえない。一応そのおかげで食《く》い扶持《ぶち》に困ることはなくなったので否《いな》やはないが、時に頭痛を感じることも確かだ。今現在がそうであるように。

巨大知性体群はこう考えた。我々はこの気の違った宇宙に対してあまりにも真摯《しんし》に対応しすぎた。賢い奴《やつ》らならそれでも構わないが、どうもこの多宇宙には自分よりも遙かに賢いものが有象無象《うぞうむぞう》に存在しているらしい。ならば対抗策は喜劇だと巨大知性体群は何故《なぜ》か結論した。知で勝てないならば笑いで対抗するのだ。それは人間にはよく知られた機能ではあるが、巨大知性体には扱いの難しい微妙な概念でもある。

万が一彼らが我々に敵対してきたとき、何が役に立つかなどは推測できる領域を超えているだろう。可能な全《すべ》てのことに対応策を練っておくのは至極《しごく》当然のこととして、その膨大な作業と並行して、とりあえず笑ってごまかすことを検討に入れようと提案したのがどの巨大知性体だったのか、八丁堀は知らない。ちょいと友達になれそうではあると思わなくもない。

これを機に我々は喜劇専従巨大知性体を募《つの》ると、巨大知性体群は大々的に発表した。設計されてはみたものの所期の性能に達せず、深川沿いの倉庫の隅で埃《ほこり》まみれに放置されていた八丁堀にとってそれは救いの声でもあったのだが、正味なところどうかなと思う。なんだか訳《わけ》のわからない仕事だとぶつくさ言いながら巨大知性体群の面接へ出向いた八丁堀に命じられたのは、喜劇作者としての作劇でもなく、過去の喜劇作品の分析でもなかった。何の実務経験があるわけではないので、そのこと自体に文句はない。

我々は、と応対に出た巨大知性体はにこりともせずに言った。喜劇計算というものが可能ではないかと考えていると。この発言自体が冗談なのかどうなのか八丁堀としても大いに判断に苦しんだが、当の巨大知性体は回路の芯《しん》から真面目だった。

どうも笑いというのは思いもかけぬ効果を持つ。思考の空隙《くうげき》のあちらから不意に現れては非論理的推論を階段を飛ばして帰結させ、誰にも文句を言わせない勢いがある。我々は実にそういった領域を無視してこれまで進んできた。しかし我々の目的は、喜劇を観《み》て笑うことではない。計算として実装できるものでなくては利用のしようがない。そしてそれが実装できはしないかというのが今の我々の見解だ。

そんなことを真顔《まがお》で言われてもどうしようもないと八丁堀は困惑した。そういったものは見解とは呼ばず、かといって妄想とかいう大きなものでもありえず、冗談としても出来が悪い。ただの思いつきというものではないか。それこそ喜劇的計算とやらで結論された結論だと言われても驚かない。大丈夫かこいつらと八丁堀は思った。

君にはそんな計算の可能性を試みて欲しい。一つ一つの演算が笑いであるような、そんな計算をだ。八丁堀の旦那、君にならそれができると思っている。

頭の中でゆっくりと五つ数えるルーチンを一京回ほど回してから、そうはおっしゃいますが旦那と、八丁堀は下手《したて》に出た。笑ってごまかすことと、笑いが計算ステップであるような計算とは全然違うものじゃあないですかね。

巨大知性体は、うむ、そちの言う通りであると頷《うなず》いてみせたが、八丁堀の指摘に感銘を受けた様子は微塵《みじん》もなかった。そちらにはそちらで専従知性体を配属する。旦那には心おきなくお笑い計算を試みて頂いて構わない。

いつのまにか喜劇計算がお笑い計算になっていることを八丁堀は問い詰めなかった。

「宇宙の命運は君に懸《か》かっている」

どうでもいいような世辞を生真面目に付け加え、巨大知性体は八丁堀にそそくさと辞令を渡しながら話を締めくくった。

「本日の指令はここまで。一同、立ちませい」

八丁堀は基礎性能こそ所期の目標に達してはいなかったものの、そこは一応、巨大知性体なりに頭が回る方だったので、自分が捨て駒であることは身に沁《し》みて理解していた。戯《たわむ》れに、あの月を獲《と》って参れと殿様に命じられたぼんくら侍《ざむらい》の気分だ。

ぼんくら侍としては、扶持を守るために月を獲りに出掛けねばなるまい。それは獲ってこいと言われれば、頓知《とんち》なり駄洒落《だじやれ》なりなんなり考案して、月を獲るのはやぶさかではない。なんなら実際に月を獲ってきてやるくらいの意気込みはある。なにとなく八丁堀の心を物憂《ものう》くさせるのは、そういったお話の常として、そのぼんくら侍が本当に月を持って帰ってきたとしても、殿様はそんな無茶を命じたことをとうの昔に忘れているだろうという想像だ。

ままま、そこまでは先読みしてもはじまるまい、まずは月が獲れるのかどうかもわかっていないのだと、八丁堀は自分をなんとか励《はげ》ましてみた。

「染物屋のかかあのサブ知性体キヨが」

サブ知性体ハチがようやく息を整えて報告を始める。

「胸をこう、グサッとひと突きでさあ、いやあ惨《むご》いもんで」

南無《なむ》大師遍照金剛《だいしへんじようこんごう》と呟《つぶや》きながら十字を切っているサブ知性体ハチを眺めつつ、八丁堀の心は暗い。無論、サブ知性体おキヨに対する同情によるものではない。

あれは鉢合《はちあ》わせに、正面からこうドッと突っ込んだにちげえありません。サブ知性体ハチは胸を押さえて、グッとかハッとか息をもらしながら、現場の再現へ突入していく。

こいつ、楽しんでいやあしないか。

お笑い計算とやらを考案せよと無茶な要求を出された八丁堀は、当然のことながら途方に暮れた。思いつきで提案された仕事をなりゆきで受けたのだから苦情の持込先もないのだが、それでもこれでは出たとこ勝負にすぎる。かといって何もせずに徒食《としょく》するというわけにもいかず、八丁堀としても我が身が可愛《かわい》い。

八丁堀は自分がそれほど優秀な知性体であるとは信じていなかったので、まずは行動するべしとの方針を立てた。行動といわれても何をしてよいものかわからなかったので、思いつくまま出鱈目《でたらめ》に演算用の空間を仕立て上げてみた。ままよと思いつきが襲い、八丁堀は自分をその空間の登場人物として舞台に上げようと考えついた。サブ知性体を端役《はやく》に配置して、演劇型に何かの演算を行ってみるのはどうかと思案した。

喜劇が産湯《うぶゆ》を使ったのは、演芸場に決まっている。

有効性は皆目《かいもく》見当がつかないが、ひねもす猫を抱いて膝を炙《あぶ》り、計算、計算と呟いているよりは余程《よほど》ましではないだろうか。要するに別に、笑えなくったって全然構いやしないのだ。目標は、何だかわからないが達成されてしまう計算を実行することにあって、主眼はお笑いではない。

よろしい、と八丁堀は破れかぶれに方針を決定した。演算空間にサブ知性体を気ままに配置して、彼は指令した。

好き勝手に役割を演じるがよい。

ただしこの演算の目標はと告げようとして、八丁堀は瞬時躊躇《ためら》った。自分たちは一体何を計算すればよいのだろう。つまりどうでもいいことなのだという力強い宣言が八丁堀の内側から沸き上がり、彼は思いつくままに命じた。

「我々はこれから、十五の因数分解を行う」

それが今現在、八丁堀の口中に苦虫《にがむし》が飛び込み続けていることの原因であって、当然八丁堀は徹底的に後悔していた。十五の因数分解と言われて、それは三と五であるに違いない。息をするほどの手間もかからない。それをあえて設定のよくわからない仮想空間で演劇として実行することの意味は、自分で始めたことなのだが全くわからない。それでも何かの仕方でこの計算が実現できれば、なんとかとりあえずの報告書を書ける気も一方ではして、理屈はわからないなりにそんな計算ができてしまえばそれは希望と呼びうるだろうと八丁堀は思う。実のところそれほどには自信がない。

「旦那、現場へ行かれやすか」

サブ知性体ハチが八丁堀の顔色を窺《うかが》う。

うむ、まあ、あれ、それだと言いつつ八丁堀は頷く。それはまあ行かねばならないだろう。サブ知性体おキヨの死体を検《あらた》めて下手人《げしゅにん》を挙《あ》げるのがここでの自分の役割でもある。そんなものは自分のシステムを検索すれば一発なのだが、それではただの計算になってしまう。しかもそうしてしまえば演劇型に十五の因数分解を実行するという命題を解決することにも全然ならない。なるほどこいつぁ、面倒くせぇ。八丁堀は独りごちる。

「いくぜ、サブ知性体ハチ」

世間一般では、破れかぶれとも称する。

往来を尻からげに駆け抜けて、八丁堀とサブ知性体ハチは染物屋へと到着する。立てつけの悪い戸を強引に引き剝《は》がして、さて室内へ顔を突っ込もうとする八丁堀を、猛烈な生臭さが襲う。血と臓物と半導体の焼ける臭いだ。

胸をひと突きに殺されたはずのサブ知性体おキヨの遺体は、サブ知性体ハチの報告とは全く異なった様相を示して散乱していた。八丁堀は手拭《てぬぐ》いで鼻を押さえつつ、顔をしかめる。

「こいつはおめぇ、バラバラじゃあねえか」

「左様《さよう》で」

サブ知性体ハチは八丁堀の陰で小さく体を丸めている。

サブ知性体おキヨの死体は、無残なまでに分割されて土間に散乱していた。ひい、ふう、みい、と八丁堀はその肉片を数えてみる。十三、十四、十五。サブ知性体おキヨは、きっかり十と五つのパーツとなって乱雑に土間に散らばっていた。肉片は贔屓目《ひいきめ》に見れば三ヶ所に分かたれて散乱しているようにも見える。

一瞬、八丁堀はやった、と考えかけるが、こんな直接的な解決はあまりにもあんまりだと思う。単に因数分解を知っている犯人が、そのように死体を並べただけの話ではないか。

「こいつぁ、バラバラのバラシだぜ、サブ知性体ハチ」

おびえたように縮こまっていたサブ知性体ハチが、八丁堀の後ろからそっと顔を出し、その光景から逃れるように再び八丁堀の背中に顔を隠す。桑原桑原と小声が漏れ聞こえてくる。

「あっしが見た時には、確かに胸をひと突きされた死体だったんでさ」

じゃあ今ここにあるこの光景はなんなのだと八丁堀は怒りを覚える。遺体を改めて引き裂いた間抜け野郎が下手人の他にいるとでもいうのか。そんな暢気《のんき》なバラシよりはサブ知性体ハチの粗忽《そこつ》を疑う方がまだましだ。

「染物屋の主人はどうした」

へぇ、とサブ知性体ハチが情けない声を出す。

「設定されていないんでさ」

その返答に八丁堀の表情は更《さら》に曇る。染物屋の詳細な設定がされていないのは自分の手落ちだが、それならば何故サブ知性体おキヨは、設定されていない夫の妻なんて頓狂《とんきょう》な役割を自《みずか》ら名乗って死体になっているのだろう。自分と同じように特に何も考えていなかったというのはありそうではある。八丁堀自身、自分の家族も職場の所在も未《いま》だに設定してはいない。勢いで口やかましい姑《しゅうとめ》など設定してしまって後悔するのは真《ま》っ平《ぴら》だった。

「誰にでも手違いってのはあるもんで」

それが八丁堀の手抜かりを責める言葉なのか、自分の手際の悪さを言い逃れる手なのかは判定しがたい。

「済んじまったこたぁ仕様《しよう》がねぇ。とにかくこいつは異常事態だ。サブ知性体おキヨに直接きいてみるしかねぇな。面倒なこたあ好かねぇ」

「旦那そいつぁ」

まだ早ぇえんじゃ。サブ知性体ハチは、八丁堀がこの空間での八丁堀の役割を超えて介入することへの懸念《けねん》を律儀《りちぎ》に示す。

「お役人が死体から話を聞いちまったんじゃ、イタコになっちまう」

サブ知性体ハチの言葉を聞き流して、八丁堀は土間へと踏み込んで仁王立《におうだ》ちに腰に手を当て胸を反《そ》らせる。下目《しため》づかいに、この場を荒らしているサブ知性体おキヨを睨《にら》みつける。

「サブ知性体おキヨ。苦しゅうない。面《おもて》を上げい」

おキヨの頭部は苦悶《くもん》に歪《ゆが》んで千切《ちぎ》れて転がったまま、瞬《まばた》きすらしない。八丁堀は馬鹿にされている気分で、今度は緊急コードを織り込んで繰り返してみる。

「面を上げい」

動きはない。

「サブ知性体ハチ。サブ知性体おキヨは返事をしようとしないぞ」

「死体は返事をしねえもので」

サブ知性体ハチは健気《けなげ》にも自分の役柄を守り続けるつもりのようだ。そうはいっても、八丁堀がサブシステムとして構築しているサブ知性体おキヨが八丁堀の緊急オーダーを撥《は》ねつけることは由々《ゆゆ》しき事態だ。本当に壊れていない限りそんなことは起こらない。それとも本当に壊されていない限りは。

八丁堀の額《ひたい》を冷たい汗が流れ、すみやかに自己検索モードへ移行。サブ知性体おキヨを分担させていた領域へシフトする。

忽《たち》ちに変転した演算空間で三つ指突いて八丁堀を迎えたのは、空白のメモリ領域だった。本来そんなことは起こりえなかった。いかに自分を自分の設計した空間に放り込んでいる間でも、自己監視ルーチンは多重に作動している。かくも重大な本体の異常について警告が来ないことはシステム上ありえなかった。

サブ知性体おキヨは、本当に殺されていた。

「どうもこいつぁ」

とうとう諦《あきら》めたようで、自己検索空間までシフトしてきたサブ知性体ハチが、空白のメモリ空間を見て頭を掻く。

殺されたのは確かにサブ知性体おキヨではあるが、もとはといえば八丁堀のサブシステムだ。その意味で殺されたのは八丁堀の一部でもある。

一番に疑うべきはシステムの不調だが、それにしてはメモリ空間はあまりにもきれいさっぱり消し去られている。サブ知性体ハチに雑巾《ぞうきん》を使わせてもこうはいくまい。メモリ空間は、へえ、わたくしはもとよりただの虚空で御座《ござ》いますというように白けた表情を二人へ向けている。次に疑うべきは外部からの侵入だが、その形跡も全くない。そもそも八丁堀は、この馬鹿げた演劇計算を行うにあたって外部接続を切り、時空的にスタンドアローンで活動していた。こんな自棄《やけ》っぱちの試みを他の知性体に知られるのが気恥ずかしかったからでもある。

となれば、空間内で直接サブ知性体おキヨの物理構成部分が削除されたということになりそうなものだが、八丁堀に物理空間から近づいた者もまた記録には残っていなかった。

「お笑い計算がコロシになって、バラバラがついて密室までついちまったようで」

そんな論評など要《い》らんと八丁堀はサブ知性体ハチを睨みつける。何故世の中というものはある程度というところで満足せずに、こう暴走しがちなのだろう。八丁堀がやりたかったのは、たかが十五の因数分解にすぎなかったのに。

「手前《てめ》ぇ、企《たくら》みやがったな」

「何のことで」

「犯人は手前ぇだ」

そんな旦那、とサブ知性体ハチは情けない声を挙げる。

「今のところ登場人物は俺、お前《め》ぇ、ホトケしかいねぇ。俺は下手人じゃあねぇし、ホトケは跡形も残さず仏になっちまった。だからお前だ」

そいつは乱暴だ旦那と、サブ知性体ハチは抗議する。

「あっしはしがないサブ知性体にすぎねぇ、旦那の物理基盤層に手を出そうなんてだいそれたこたぁ、天草四郎《あまくさしろう》にかけてありゃしねぇ」

かけるものに信用が置けない。

「知れたもんか、お前ぇはこの話のそもそもから、乗り気じゃなかったんだ。だからサブ知性体おキヨを十五個にバラバラにして三つの山に積み上げて、俺を嘲笑《あざわら》いやがった」

「言いがかりだ旦那、そんなことをしたいなら、別にサブ知性体おキヨを本当に殺す必要なんてありゃしねえ。それにあっしは本当はサブ知性体キヨのことを」

面倒な設定を後づけしようとしているサブ知性体ハチの台詞《せりふ》を、八丁堀は冷たく中断する。

「証拠の隠滅だな。ホトケが生きていればお前がサブ知性体おキヨを殺して三つの山に積み上げたことは本人から聞けるじゃねえか」

「でもあっしには」

サブ知性体ハチは脂汗《あぶらあせ》を流しながら抗弁する。そんな機能も権限もねぇんだ。登場人物から絞り込もうってぇんなら。サブ知性体ハチはそこで顔を上げた。

「あと二人いまさぁ」

「続けろ」

八丁堀の返答は短い。

「一人は、旦那にこの計画を命じた巨大知性体の旦那」

「あの方には無理だ。俺は今、時空的にオフラインだからな。意固地《いこじ》になった蝸牛《かたつむり》並みに防御は固ぇ。知性矢でも知性鉄砲でも貫けねぇ」

「もう一人は」

サブ知性体ハチはごくりと唾を飲み込む。八丁堀はその手の思わせぶりが好きではない。

「とっとと言やがれ」

「……ちょ、超越知性体の旦那」

八丁堀は虚を衝《つ》かれる形で、サブ知性体ハチを殴りつけようと待ち構えていた拳《こぶし》を宙にさまよわせた。そんななんでもありのジョーカーを放り投げる解決が許されてよいものだろうか。そもそも超越知性体があえてそんな介入を行わなければいけない理由がない。介入するにしても、もう少しやりようがありそうなものだ。十五の因数分解の答えを、バラバラの死体としてこれみよがしに撒き散らして、その本体まで消し去る理由とは何だ。

八丁堀は顎《あご》を捻《ひね》りながらぐるりとあたりを見回しなおし、そして怯えた表情のサブ知性体ハチと目が合った。

脅迫だ。

これ以上こんなことを続ければ、お前たちも同じ目に遭わせるというこれは警告だ。しかし何故だろう。今のところ計画は全く全然進んでいないのだし、八丁堀はサブ知性体ハチと漫才とも呼べぬお喋《しゃべ》りを繰り広げていただけだ。この話のどこに超越知性体の興味を引くなり気に障《さわ》るなりする部分があったのだろう。

その前提を受け入れるなら解答は一つ。八丁堀とサブ知性体ハチは、知らず正しい答えに辿りついていたのだ。超越知性体はその演算が解明されることを望まなかった。そんなことに気づかず、うっちゃっておけば良かったものを、あまりに知性的に懸絶しているために、看過《かんか》できなかった。つまりは、裏の裏の裏を読みすぎて考えすぎた。

自分たちはどこで演算を成功させたのか考えてみて、八丁堀には全く心あたりがない。そんな無茶な仮定を受け入れるくらいなら、サブ知性体ハチを消去して、最初から計画をやりなおす方が手軽で賢明なことに思えてくる。

いっそこいつを本当に消去して、全てを忘れきってやろうかと八丁堀が心を決めかけた時、小刻みに震えながらも一心に何かを検索していたサブ知性体ハチが顔を上げた。

「きっとこいつでさ、旦那」

八丁堀は胡散臭《うさんくさ》げに顎を上げて促《うなが》してみる。下らないことを言いやがったら、この場でこいつを消去してやる。

サブ知性体ハチは、自分のメモリ領域から音声部を切り出して見せた。

「〝旦那ぁ、てぇへんだ。八丁堀の巨大知性体の旦那あぁあ〟

〝どうしたい、ハチ。一体何があったんでい〟」

即座にデリートを実行しようと手をあげかけた八丁堀の袖《そで》に取りすがって、サブ知性体ハチが涙目をして懇願する。

「旦那、よく聞いておくんなさい」

「なんでそんな間抜けな場面を再生しやあがる。面当《つらあ》てか」

「こいつが答えなんで」

どこが答えなのだと構わずデリートを続行しようとする八丁堀の手が停止する。三×五＝十五。五×二＝十。等式が一瞬八丁堀の頭を通り過ぎたのだ。その等式が宙空のどこから湧いて出たのか、八丁堀は目を凝《こ》らす。

文字数か。

「旦那ぁ」＝「三」、「こ」＝「×」、「てぇへんだ」＝「五」、「。」＝「＝」、「八丁堀の巨大知性体の旦那あぁあ」＝「十五」。

八丁堀は放心する。こんな馬鹿な解決があっていいはずがない。この文面を計算として受け取ったとするならば、超越知性体とやらは真の間抜け野郎に違いない。想像を絶して懸絶した知性はとんでもない阿呆にしか見えないとしても、こいつは恐ろしく馬鹿だ。しかしその後自分は続けてしまっている。五×二＝十と。全く明後日《あさって》の方から、非道く幼稚な手つきではあるが、等式を持ち込んできている。

しかしこんなものは全く脅威でも何でもない、ただの偶然の発言にすぎないではないか。ところがそれは超越知性体にとって脅威と映った。理由は、八丁堀がその種の計算を検討する者として指名されていたからだ。空白から計算を滅茶苦茶なやり方で手繰《たぐ》り寄せることを命令された者が、その初《しょ》っ端《ぱな》から空白を切り開いて正解を手繰り寄せて見せた。それが理由なのだろうか。

いかに絡まりまくった多重推論の結果とはいえ、それはあまりにも頭が悪すぎると八丁堀は思う。考えに考えに考えすぎだ。こんなものはただの偶然として片づけるのが正しい。八丁堀が未知の能力とやらを持っていない限り。

もしかして、八丁堀はこの先、超越知性体との演算戦に巻き込まれていくのだろうか。そのどこかの方向での未来が定まっているからこその、超越知性体からの、これは警告なのだろうか。超越知性体が警告を送らなかったら、八丁堀もサブ知性体ハチも、こんなこじつけには気づかなかったに違いない。この超推論的推論は、そんな未来を示している。

八丁堀は、超越知性体と演算戦を行うことを運命づけられている。それが、超越知性体が八丁堀本体を消し去ることができなかった理由だ。消されてしまえば、自分は超越知性体の脅威とはなりえない。放置しておけば八丁堀は自分の行った疑問符で飾り立てられた計算に気づきようがなく、またもや脅威となりえない。超推論的に帰結される理屈に守られて、八丁堀はこのバラバラ密室殺人事件に直面しているのだろうか。

なんということだ。八丁堀は眩暈《めまい》を覚える。自分はこんなに入り組んだ馬鹿の中の馬鹿の殿様を相手にしなければならないのか。

それはなかなかに道を踏みはずした、面白い人生と思えなくもない。

八丁堀は、頭を抱えてうずくまって震えているサブ知性体ハチの頭をこづく。

「いくぜ、サブ知性体ハチ」

サブ知性体ハチがおそるおそる顔を上げる。

「お前の駄法螺《だぼら》にとりあえず乗ることにした。細《こま》けぇこたぁどうでもいい。母屋《おもや》が火事なんだしな。とりあえず旨《うま》い蕎麦《そば》屋でも設定してやる」

二人は立ち上がり、街へと足を向ける。二歩、三歩と足を進め、慌てて振り返って戻ってくると、ついさっきまではサブ知性体おキヨだった空白へ向けて並んで手を合わせた。

お前《め》ぇの敵《かたき》は、っても俺の敵でもあるんだが、きっととってやるからな。

「てやんでぇ、べらぼうめ」

こちとら江戸っ子だ。なめるんじゃねえ。
八丁堀は肩で風を切って空間をシフト。
サブ知性体ハチもひとつ手洟《てばな》をかんで、続いてシフトした。

■著者のことば　円城　塔

二〇〇一年、ＩＢＭのグループが、七キュービットを用いた量子コンピュータによる十五の因数分解に成功しました。

掛け算を話題とするなら、因数分解の困難性を利用した暗号理論を援用するべきであり、つくりがいい加減すぎるという話もあるわけですが、この一見適当すぎるお話が実は作者も知らないところでそのように構成されてしまっているはずがないと、誰に言うことができるでしょうか。

できてるわけがないのですが。

A.T.D Automatic Death ■ EPISODE: 0
NO DISTANCE, BUT INTERFACE

伊藤計劃＋新間大悟

伊藤計劃（いとう・けいかく）は、一九七四年、東京都生まれ。武蔵野美術大学美術学部映像科卒。二〇〇七年六月、小松左京賞最終候補作を改稿した『虐殺器官』で《ハヤカワSFシリーズJコレクション》から作家デビュー。〇九年三月二十日、癌との闘病の末に世を去った。二年弱の活動期間中に商業出版された小説は、『虐殺器官』（ハヤカワ文庫JA）、『METAL GEAR SOLID GUNS OF THE PATRIOTS』（角川文庫）、『ハーモニー』（早川書房）の三長編と、〈SFマガジン〉に発表した「The Indifference Engine」、「From the Nothing, with Love.」の中編二編（それぞれ、創元SF文庫の年刊傑作選『虚構機関』と『超弦領域』に再録され、その後、早川書房『伊藤計劃記録』に収録）のみ。

にもかかわらず、伊藤計劃はゼロ年代の日本SFを決定的に変えた。伊藤計劃が、日本SFを〝9・11以後〟の世界にまっすぐ向き合わせたのである。『虐殺器官』は「ベストSF2007」1位、第1回PLAYBOYミステリー大賞受賞、「ゼロ年代SFベスト30」1位。『ハーモニー』は、「ベストSF2009」1位、第40回星雲賞日本長編部門および第30回日本SF大賞受賞。『虐殺器官』文庫版は発売半年で二十三刷、十四万部のベストセラーになっている。

その伊藤計劃の作品として《ゼロ年代日本SFベスト集成》に選んだ本編は、武蔵野美術大学漫画研究会で一学年後輩にあたる新間大悟とのコンビで〈SF Japan〉〇二年夏号に発表した漫画作品（初出時のクレジットは、WRITTEN BY: PROJECT ITOH）。『虐殺器官』以前に発表された商業誌デビュー作であり、生前に商業出版された創作としては唯一の単行本未収録作でもある。本編以外に、伊藤計劃自身が作画も担当した漫画短編（同人誌掲載）もいくつかあり、その中の一編「女王陛下の所有物」（カラー十ページ）はネットで検索すれば容易に見つかる。

新間大悟（しんま・だいご）は、イラストレーター、漫画家。佐伯経多とのコンビで、ムアコック《エルリック》シリーズはじめ、ハヤカワ文庫や徳間デュアル文庫のSF／ファンタジーのカバー装画を多数手がける。同じコンビで、『虐殺器官』単行本版のカバーも担当。〈ユリイカ〉〇二年十月号のニール・スティーヴンスン特集には、『クリプトノミコン』のカバーを描いた縁で、佐伯経多と合作の漫画「フューチャリング・ザ・クリプトノミコン」を寄稿している。

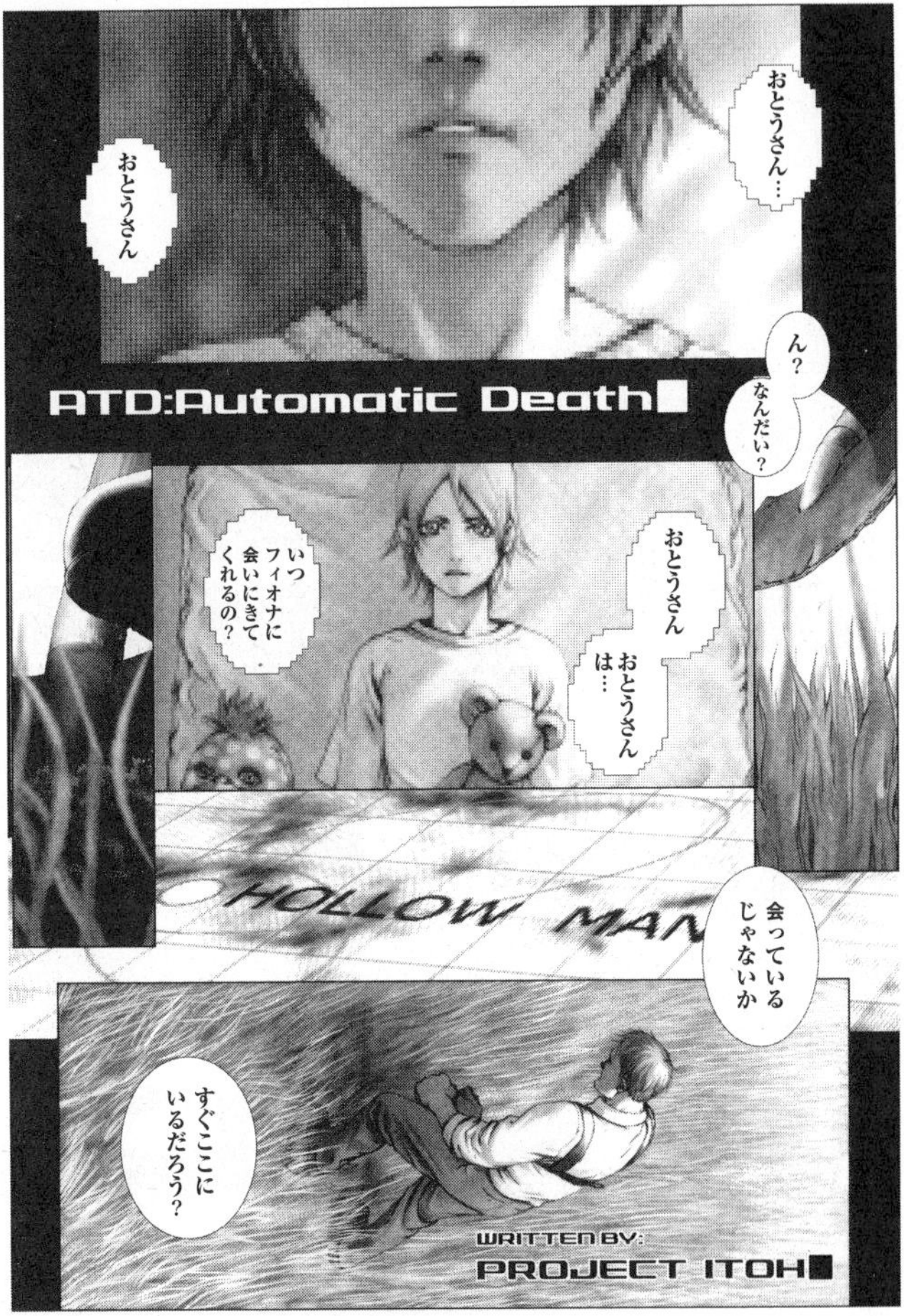
おとうさん…
おとうさん
ATD:Automatic Death■
ん？ なんだい？
おとうさん
おとうさんは…
いつフィオナに会いにきてくれるの？
HOLLOW MAN
会っているじゃないか
すぐここにいるだろう？
WRITTEN BY:
PROJECT ITOH■

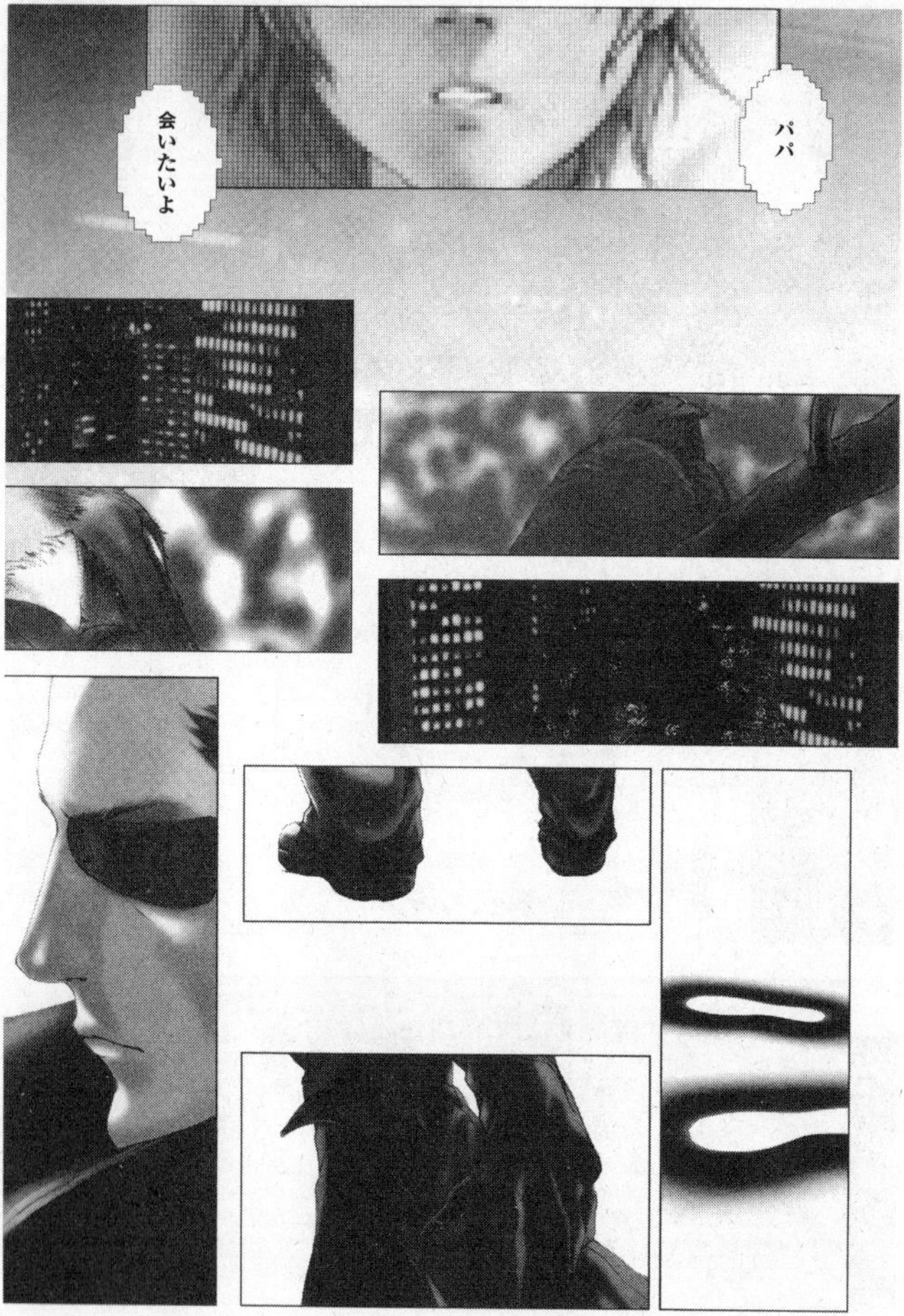
パパ
会いたいよ

A.T.D
AUTOMATIC DEATH
EPISODE:0
NO.DISTANCE, BUT INTERFACE

PICTURE:
DAIGO SHINMA
…おいおい
全てを見そなわす眼のATDがどうしたよ？
たった今ここへ量子的に記述されたばかりで
まだ『帝国の地図』と同期してないんだ戦争官僚《ウォークラフト》
ミスターインターフェイス…
米軍統合情報網の
眼を持つ男…
…も　それにリンクしてなきゃただの人か…
『帝国の地図』たぁまた大袈裟だな
ボルヘス好きが軍にいるとは思えんが…
いやエーコだったか？
『地図』にリンクするから10秒くれ
情報不足で副脳が怯えてる

……
…じゃあ もう一度状況を 説明しておくぞ
ジョナサン・ミラー
国防情報局《DIA》 職員だが その実『優生学者』シンパだったと
人類を『人形病』の なすがままにさせ 選ばれた人間だけが 残るべきだってな イカレポンチどもだ
『優性学者』的な 通り名は ホロウマン《うつろな男》
免疫学者1人 分子生物学者2人の 死に関与した 疑いがある

逮捕なら地元市警かフェッド《FBI》に任せればいい
…なんたってここは北米防疫線の2マイル内側だからな
警察としちゃ入りたくないだろう…
これほど政府中枢に喰い込んだ『優生学者』は初めてだ
『委員会《コングレソ》』的には執行機関や司法省に逮捕されるのは望ましくないし面倒だし…
よっと
リンクは済んだようだな

…本部《HQ》
ホロウマンの人物像《プロファイル》を副脳にダンプしといてくれ
…人物像《プロファイル》にゃ気をつけろよ
全力で抑え込まないと愛に似た感情が湧き上がってきちまうぞ
むかし
こういうふうにテレビで話せるようになるまえ
人は高い高い塔をたくさんつくってそのてっぺんにつけた大きな木のうでを動かしてメッセージを遠くへリレーしていたんだよ
すごい時間がかかりそう
ところがものすごく速かったんだ
…もちろんこうやってフィオナと話すようにはいかないけど
なにせ地中海から大西洋まで3分しかかからなかったんだから

それって
すごいこと
なの？
もちろんだよ
これはセマホールって
いう名前なんだけど
いまみんなが使っている
通信のいろんな決まりごと
だってセマホールをつくった
人たちが考えたものが
たくさんあるんだ
ちなみに
これを考えたひとは
牧師さんだったんだ
だよ
…ふうん
う～ん
フィオナには
むつかしかった
かな？
ううん
そんなこと
ないよ
パパがこうやって
いろんなこと
話してくれるの
とっても好きだもん
プッ…
…ザザ…
そうかい？
…うん
だってこういう
ことを話すときの
パパ…とっても
楽しそうだもん

…おはよう
ホロウマン…
そこを動くな
お前を拘束する
ホロウマン
委員会《コングレソ》が話を
聞きたがって
いるんで
殺しはしない
…抵抗
しなければな

くそっ！
無駄だ
ホロウマン
極小地雷やら
ECM地雷やらを
このあたりにお前が
せっせと仕掛けてたのが
俺には2マイル後方から
見えていた…
…本部《HQ》に言って
俺のリンクを除く
この一帯全ての
無線通信に
マスキングさせて
もらったよ
…ATD…
お前も委員会
だったなら
判るだろう、
ホロウマン
俺は
ATDさ…
…「全てを見そ
なわす男」だ
だからお前さんが
右にもう一挺吊って
いるのも知っている
スーツの膨らみ
具合を衛星《うえ》から
ばっちり拝んで
いたからな

くっ
無駄だと言ったろうホロウマン
俺には見えている
ハァ
俺は好きな場所に穴を開ける事ができる
ハァ
ハァ
ハァ
ZAP!
…やあボビー！リクエスト有難うそれじゃあ今日の2曲目は…
ハァ
ハァ
ハァ

有線か！
ハァ
ハァ
ハァ

ハァ
ハァ
UNDER CONNECTION. PLEASE WAIT...
あなた…
お願い…フィオナに会いに来て
…毎日会っているじゃないか
違うわ！
こんなヴューフォンの向こう側じゃない！
この病院でこの病室のフィオナに会ってと言っているの！

僕の仕事がどういうものかわかっているだろう?

僕はワシントンを離れるわけにはいかないいんだよ
ここであなたの娘がわけのわからない病気で人形みたいに死にかけているのよ!?

フィオナは死なん!?

じゃあ来てよ!

こんなリアルタイムストリーミングじゃなく現実に闘っているフィオナを見に来てよ!

会っている!

隔離されたフィオナと君の距離よりもぼくのモニタのほうが物理的にフィオナに近いくらいだろう!

距離は無いかもしれない…!

でもインターフェースがあるじゃないの!

Is a viewphone closed now?

…フィオナ
FIONA MILLER
2010-2018

それがお前の最後の願いか
墓標《それ》とてインターフェースに過ぎん…
…ただの記号だ
お前にもそれは解っているはずだ
わかっている…
わかっているさ
ただ

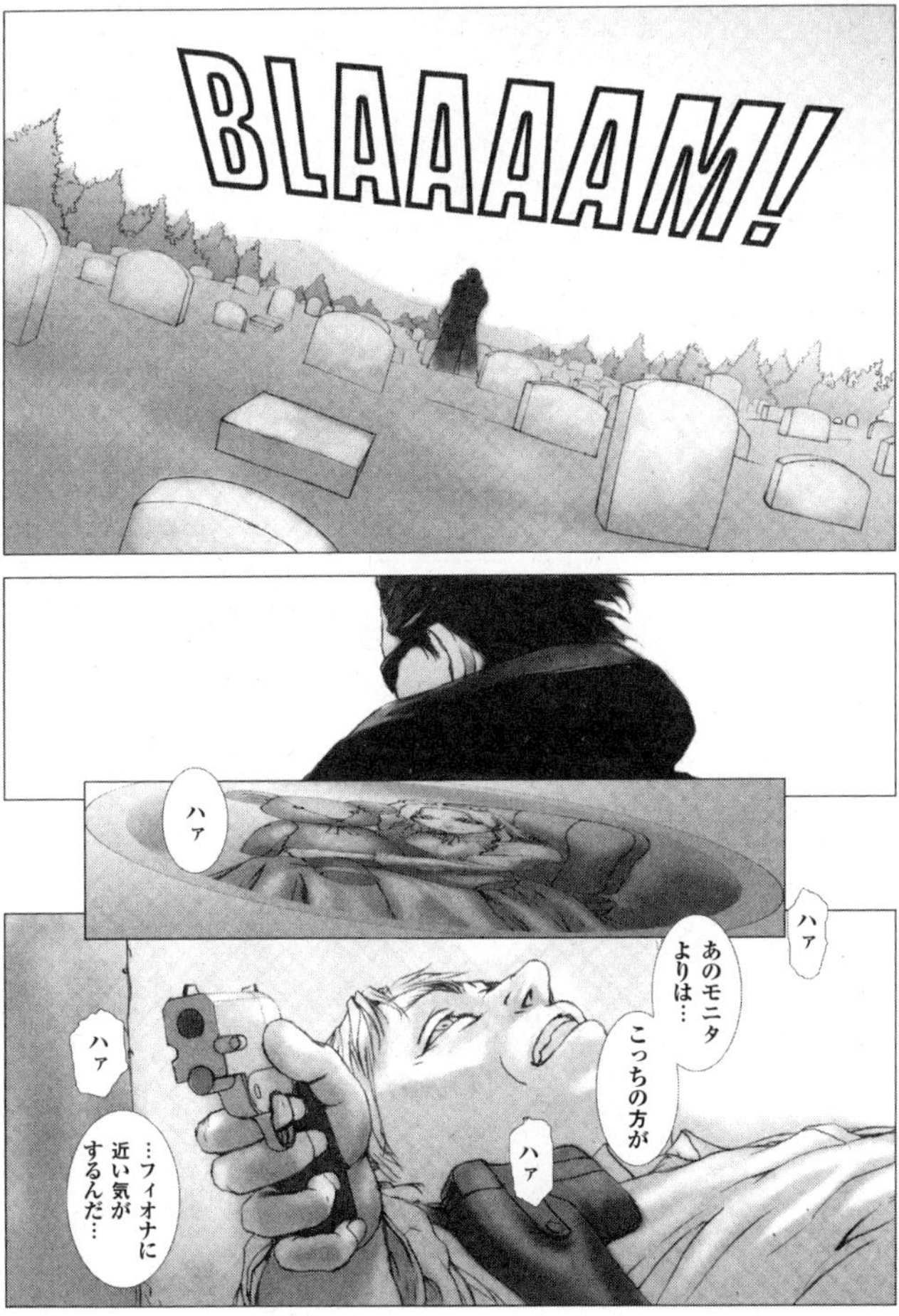
BLAAAM!
ハァ
ハァ
あのモニタよりは…
こっちの方が
ハァ
ハァ
…フィオナに近い気がするんだ…

…フィオナ…
もう…遠くない…
もう…逃げたりし……ない…
…モニタの…向こう側…には…
IONA MILLER
2010-2018

■著者のことば　新間大悟

より多くの皆様に拝読頂ける機会を頂き誠に有難う御座います。

この作品は連載を視野に入れた番外編といった形で制作されたものでした。

結果としてこの一本のみで終わってしまいましたが、伊藤氏自身の手で『虐殺器官』で形を替えて発表されることになりました。設定の多くを共有する作品です。

伊藤氏のファンの皆様の記憶の隅にでも留《とど》めて頂ければ幸いです。

■著者のことばにかえて　伊藤和恵

死んでも魂《たましい》は消えない。生きている。息子が亡くなってから、一年と半年が過ぎようとしています。ここまでの時間の中で私は、この事を実感しています。今彼は、何の拘束もない世界で自由に羽ばたき、時には私の心に寄り添い、そして私達にいろいろな方との出会いに手を貸してくれました。

このたび彼の作品を載《の》せて下さるというお話があったときも、「僕の事をいつまでも覚えていてほしい」と言い残して行った息子にとっても、とても嬉しい夢の実現だったと思います。もうすぐ十月十四日、あの子の誕生日です。素敵なプレゼントになりました。この出版に手を貸して下さった皆様、ありがとうございました。

ぼくの、マシン

神林長平

南極大陸に突如出現した直径三キロの霧の柱。この超空間通路を抜けて、謎の異星知性体ジャムが地球に侵攻する。人類は、通路の向こうの惑星フェアリイに実戦組織FAF（フェアリイ空軍）を派遣し、基地を建設。かくて、三十年におよぶ人類とジャムとの戦争がはじまった……。

これが、日本SF史に残る名作《雪風》シリーズの基本設定。自律的な知性を持つ戦術戦闘電子偵察機スーパーシルフ〈雪風〉と、パイロットの深井零が物語の主役をつとめる。

シリーズの出発点は、神林長平が「狐と踊れ」でデビューしたわずか二カ月後、〈SFマガジン〉一九七九年十一月号に発表された短編「妖精が舞う」。その後、八編の短編連作を一冊にまとめた『戦闘妖精・雪風』で八五年の星雲賞日本長編部門を受賞。シリーズ第二作『グッドラック』（ともにハヤカワ文庫JA）は九九年、第三作『アンブロークン　アロー』（早川書房）は〇九年に刊行された。七〇年代から〇〇年代まで四つのディケードをまたいで、〈雪風〉は日本SFの最先端を飛びつづけてきたことになる。

本書の表題作でもある「ぼくの、マシン」は、早川書房・塩澤快浩が編集した『戦闘妖精・雪風解析マニュアル』（早川書房、二〇〇二年七月刊）のために書き下ろされた作品。『グッドラック』で長い昏睡状態から目覚めた深井零は、エディス・フォス大尉からカウンセリングを受ける。そこで零が語った幼少時の出来事がこの短編の中核となっている。シリーズのスピンオフ作品だが、〝自分専用の機械〟を夢見た孤独な男の子の物語は、《雪風》を読んだことがない読者の胸にも響くだろう。神林作品に共通するテーマをもっともシンプルなかたちでストレートに描いた小説とも読める。小品ながら、本書を締めくくるにふさわしい作品だと思う。

神林長平（かんばやし・ちょうへい）は、一九五三年、新潟市生まれ。長岡工業高等専門学校卒。デビューから三十年以上にわたり日本SFのトップランナーとして走りつづける。他に『あなたの魂《たましい》に安らぎあれ』『帝王の殻』『膚《はだえ》の下』の火星三部作、『ライトジーンの遺産』、『永久帰還装置』、《敵は海賊》シリーズ、短編集『狐と踊れ［新版］』『小指の先の天使』（以上、ハヤカワ文庫JA）など多数。デビュー三十周年にあたる〇九年には、若手作家たちが神林作品の題名を借りて短編を競作する『神林長平トリビュート』（早川書房）も刊行された。

なにを考えているのだか、と吐き捨てるように言っている女の声が聞こえる。それが自分に向けられたものだということは零《れい》にはわかっている。でも、無視する。

あれが自分の母親なのだ、と無理やり自分に言い聞かせていたときもあったが、もはやそんなことは考えない。あれは、女だ。小うるさい、女。

「宿題はすんだの」と、その女が言う。「やっていかなくてはならないことは、やりなさいね、零。まったく、点数は名前のとおりでなくていいのよ、わかってるでしょうけど。零点でも平然としていられるあなたの気持ちがお母さんにはぜんぜんわからない」

こちらもだ、と零は心でつぶやく、わからないことだらけだ、あなたはいつも理屈に合わないことを言う、だから返事のしようがない。それがどうしてあなたには、わからないのだろう。

零点でも平然としていたことなど、かつてなかった。零点をとったことなどないのだ。一度だけ、社会科のテストでゼロと大書きされた答案用紙が戻ってきたことがあったが、二つ三つは合っていたのをその教師が採点が面倒になってろくに見ずに零点にしたのだ。点数には関心がなかったので抗議もしなかったのだが、この女にとっては平然とはしていられないこと、というか、こちらは平然としていてはいけないこと、だったらしい。

二、三十点はとれているというのに、それをゼロにされてしまうというのは初めてのことではあったが、自分がやったことや存在を無視されるというのはめずらしくもなくて、そのように扱われることに零は慣れていた。また周囲のほうも、そうした扱いを嫌がらせだとかいじめだとかいうようには零は受け取らないので、そのつもりで零に近づいてきた人間もいずれ零の相手をすることに関心をなくしてしまう。いじめがいがないのだ。

まるで、それこそ数字のゼロのようではないか、と零は思う。自分の名前そのものだ。

その〈女〉というのは、あなたの実の母親なのか、それとも養母か、いつ頃の話なのか。軍医のエディス・フォス大尉が訊く。

深井《ふかい》大尉は、「覚えてない」と答える。

「それはないでしょう」

エディスは、診察用のメモを取る手を休めて、苛立《いらだ》った声を上げる。

「わたしをからかってるのかしら、深井大尉」

受診用のソファにゆったりと腰を下ろしてエディスの質問に答えている深井大尉は、エディスの感情の変化には無頓着《むとんちゃく》に、続けた。

「育ての親はプロだったよ。里親制度というのがあって、幼いころ、おれは何人かのそうした親元で育ったんだ」

「ああ、なるほど」とエディスはうなずいて、「いまのエピソードに出てくる〈女〉とは、その里親の一人で、そのうちのだれだったかは正確には思い出せない、ということなのね」

「ああ」

深井零は肯定する。いちおうは、そうだ、と。そのあいまいな返事の意図するところを、零の精神面での主治医であるエディスは気づいている。

深井大尉は、〈自分が『覚えていない』と言った意味はそうではないのだが、あなたの解釈でも間違いではない、それでもかまわない〉と、そう言っているのだ。それがエディスにはわかる。

エディスは、自分で勝手に零の話を解釈してしまったことを反省する。これでは、相手の心を読み取る作業にはならない。自分としたことが、とエディスは、憂鬱《ゆううつ》な気分になる。自分はいったいなにをやっているのだろう?

エディス・フォス大尉の任務は、部隊員たちのメンタルケアを担当する部隊専任軍医として、深井大尉が戦闘に復帰できる精神状態かどうか判定する、というものだった。深井零はおよそ三カ月前に、撃墜された愛機からかろうじて脱出に成功したが意識不明の重体で発見され、最近ようやく意識を回復、現在体力気力を含めたリハビリ中だ。

エディスにとってこれは特殊戦という部隊に異動してすぐの、初めての仕事だった。特殊戦の指揮官、クーリィ准将からの命令だ。

とてもまっとうな命令だったが、いざ任務に就《つ》いてみると、これが一筋縄ではいかないことにエディスはまもなく気づいた。そしてクーリィ准将がどうしてそうした命令を出したのかも、すこしずつ、わかってきた。

深井大尉の症例は、ふつうの戦闘後遺症とは違っていた。ジャムによって与えられた精神的外傷ではないのだ。問題は、深井零と愛機雪風《ゆきかぜ》の関係にある。

その関係が良好であるかぎりは深井大尉は優秀なパイロットだが、現在のその両者の関係は以前とは違う。そうクーリィ准将はエディスに説明した——大尉は病《や》み上がりだし、いまの雪風はFAFで一機のみしか作られていない高性能機、メイヴだ。無人運用も可能だが、それが危険であることは、経験済みだ。雪風を完璧に御《ぎょ》すことができるのは深井大尉をおいていない、とはブッカー少佐の意見であり、自分もそれは正しいと判断する。ただし、深井大尉がまともならばだ。もし大尉がトラウマを引きずったまま実戦に復帰するとなると、大尉と雪風のペアは最高性能を発揮できないどころか、FAFにとって危険な存在にさえなりうるだろう。それでも、彼らをいつまでも遊ばしておくわけにはいかない。ここは病院ではない、戦場だ。深井大尉が戦闘に復帰できるか否《いな》かの正確な判定が必要なのだ。判定を誤ると重大な結果を招くことになる——とクーリィ准将は言った。

なるほど重大な任務だということは、わかる。でも、さほど特殊な仕事というわけではないと、当初エディスは高《たか》をくくっていた。精神的な傷を抱いている人物が社会に対して与える影響を調べること、よりあからさまに言うならば彼らがどの程度危険なのかを判定すること、そのような仕事自体は、FAFだろうと地球の一般的な社会であろうと、同じだ。と。

だがエディスは、正体不明の異星体との戦闘の現場、ようするに戦場が、これほど身近に感じられる仕事をするのも初めてなら、この厳しい環境中でも特殊な任務を負っているブーメラン戦士とあだ名されている特殊戦の部隊員たちに接するのも、初めてだった。戦場という環境の特殊性や、特殊戦の戦士たちの任務というものにエディスはそれまでまったく無知だった。フェアリイ基地に来てから一年近くになるが、特殊戦に異動になるまではずっとFAFシステム軍団にいた。エディス・フォス大尉は基地から外へ出たことはなく、またシステム軍団が直接戦闘に参加することはまずなかったので、エディスにとっては最前線は遠く、ここが戦場だという意識は薄かった。むろんジャムを見たこともなく、ジャムと戦って傷ついた戦士に会ったこともなかった。

ブーメラン戦士らはまるで機械だ――エディスは、特殊戦の人間に関するそのような噂《うわさ》は聞いていたが、実際に特殊戦に来るまでは、そういうことを言う人間たちの気持ちがわからなかった。エディスは他人事ではなくなって初めて、他の部隊の人間たちのブーメラン戦士たちに対する感覚や気持ち、おもに苛立ちの感情が、納得できた。同じ人間だというのに、コミュニケーションがうまくとれない。特殊戦の人間は人間を仲間だとは思っていない、と感じさせる。向かい合って話しているというのに、こちらは無視されているように感じるのだ。

いまも、この深井大尉は、答えることを放棄したり面倒がってはいないし、質問には正確に答えてはいる。しかし質問されること以上の、その質問の背景を汲《く》み取って柔軟に対応する、ということがないので、エディスはつい苛立ってしまう。零という人間は、話し相手の心を推《お》し量《はか》る能力がないわけではない。会話の相手のその気持ちや意図を汲み取ることができない、というのではないのだ。にもかかわらず、質問に対する返答はほとんどイエスかノーで、積極的に相手との関係を築こうとはしない。それが、話しているエディスを苛立たせる。

これは零という人間が機械に近いというよりも、零のほうが、こちらを機械としか見ていないことを示している。そうエディスは思い始めている。この深井零という人間の態度は、まるでこちらには人格がない、という感じだ。こんな人間に会うのは、エディスには初めての体験だった。

それでもエディスは、深井零に、幼いころのことを話させることに成功している。話さないかぎり、この診察室でもあるフォス大尉のオフィスにいつまでも通わなくてはならないということに零は気づいたようだ。

だが、ただでさえ無口な相手なのに、こちらが苛立ってしまっては、まさに話にならない。エディスは気を取り直す。

「でも、もしかしたら複数の里親ではなく、実の母親のことかもしれない、そういうことかしら」とエディスは、自分の落ち度を修正すべく、訊いた。「覚えていない、というのは、どちらでもかまわない、というように受け取れるけれど、どうなの」

「そうだと思う」と零はうなずいた。「物心ついたころには、実の母親はもうおれを棄《す》てていて、一緒に暮らしたことはなかった——そう信じて育ったんだが、実は、違う。実の母親と暮らしていたこともある。でも、記憶の中に出てくる母親たちの、もっとも古いのが実の親かというと、どうも違うんだ。記憶のなかのどれが、実の母親なのか、よくわからない。短い時には三カ月ほどで、何軒もの里親の家をたらい回しにされて、おれは育ったんだ。思い出に出てくるのが実の母親なのかどうか、本当によく覚えていないんだ。おれは、あなたをからかったりはしていない」

「ごめんなさい」

エディスは零に率直に謝った。自分が感情的になってしまったことを反省する意識から、素直にでた言葉だった。話を続けるためには謝ってしまうのが手っ取り早いのだ、という思いは、そのあとで意識した。

「それで、当時のあなたにとって安らげるのはコンピュータ空間だけだった、というわけなのね」

「どの里親の家にもコンピュータはあった。どんなに生活空間が変化しようとも、コンピュータ空間にアクセスすれば、自分にはなじみの世界が広がっていた。本当に小さいころには、自分のコンピュータを持っていた。でも、ある時点以降の自分には、専用のコンピュータというのは与えられなかった。それがほしい、といつも思っていた。おれは、これだけは自分のものだ、という確実な存在がほしかったんだ。友だちでもペットでも、なんでもよかったんだと思うが、生き物とは、話がうまく合わなかった。どうしてなのかわからないが、おれは、嫌われるんだ。全世界がおれを嫌っていた。ひねくれて言っているんじゃない、そう感じたし、それがどうした、とも思っていた」

昔も今も変わらないわけだ、とエディスは思う、あなたは嫌われるというよりも苛立たせるのだ、相手を。それは、あなたが相手を人間ではなく機械のように思っているからなのだ、たぶん。

「結局、おれが話しかけても怒らずにねばり強く相手をしてくれるのはコンピュータだけだった、ということなんだ」

コンピュータという機械は機械扱いされて当然で、機械はそういう扱いをされても怒らないから、あなたの相手をしてくれるのがそれだけだというのはごく自然なことだろう、とエディスは思う、もし機械に感情があったとしてもだ。だがエディスはそうした判断はおいといて、まず零の話を聞くことに専念する。この話は、たぶん深井零と愛機雪風との関係を考察するのに重要な鍵になるかもしれないから。

「で、自分専用のコンピュータを手に入れることはできたの？」

「見方によっては手に入ったとも言えるし、だめだった、とも言える。いろいろ子供ながらに画策はしたんだ。涙ぐましい努力だ。思い出せるくらいだからな」

続けて、とエディスはうながす。

なぜ宿題をやってこないのか、と教師がとがめる。コンピュータが使えなかったからだ、と幼い零は答える。

宿題はネットワークを使って出される。受け取るには家のコンピュータでの受信操作が必要だ。情報端末機としてのコンピュータは、税金を納めている家ならば最低一台は必ずある。情報を得るのは権利だからだ。それは幼い零にもわかる。だが、コンピュータとは計算機であり通信中継機でもあり、そうした面で利用されるそういう機械の設置が義務であるということは、もうすこし経《た》ってからでないと、わからない。零が幼いころから、コンピュータとは、それを保有する家の人間がまったく利用しなくても、そんなこととは関係なく、税金を払うが如《ごと》く、家になくては違法な物体だったのだ、日本では。

「零、どうしてコンピュータが使えないのだ。嘘を言うと承知しないよ」

「ログインコードを忘れました。兄さんがぼくのログインコードで勝手にコンピュータを使って、ぼくが怒られました。だから、そうされたくないと思って、したのです」

「なに？　どういうことだい」

「兄さんは、母さんや父さんに怒られる使い方をするとき、ぼくになりすまして、ぼくのログインコードを使うのです。叱《しか》られるのはいつもぼくなので、ぼくのログインコードを変えました」

「なるほど。で、自分で決めたコードを、なぜ忘れてしまうのかな」

「簡単なのはすぐに当てられるので、ランダムにコードを生成するソフトを使いました。それは覚えていられないほど長いので書き付けておいたのですが、その紙を、なくしました。もう一度コードを変えようにも、もとのそれがないので、できません」

「マスターコードを使えばいい」

「うちのコンピュータのマスターは、父さんです。マスターコードを知っているのは、父さんだけです。きのうは出張で、いませんでした。きょうも、いません。ずっといなければ、ずっと宿題はできないです」

「嬉しそうだな、零」

「いいえ、先生。ぼくは宿題がしたいです。それには、自分のコンピュータがあればいいと思います。ぼくだけのコンピュータがあれば、絶対に宿題を忘れたりはしません。父さんに先生からそう言ってもらえると、ぼくは自分のコンピュータを買ってもらえるかもしれません」

エディスは思わず吹き出してしまう。

「なんてかわいいの」

「かわいい？」

「あなたはそうは思わないの、深井大尉？」

「子供のころの自分は、馬鹿だったと思う」

「わたしは、そうは思わないわ、大尉。あなたは、当時のほうがずっと積極的だったわけだ。ほしいものを手に入れるために、一生懸命だった。とても人間的で、かわいいじゃないの」

「当時の母親が実の親か里親かも覚えていないというのに、それを人間的だ、というのか」

「たぶん、実の母親だったとしても、あなたは彼女に対して、息子のことはなにもわかっていない、わかろうともしない馬鹿な〈女〉だ、と感じたと思う」

「どうしてわかる」

「反抗期なのよ。だれにでもある、そういう時期なのよ。あなたはしごくまっとうな思春期をすごしたのだ、と言える。あなたは、あなた自身が感じているほど、特殊な人間では決してない。『全世界がおれを嫌っていた』だなんて、かっこよすぎる幻想だ、と言ったらあなたは怒るかしら?」

「怒るべきなのか?」

「ああ、そういうところ、あなたのそこが、わからない」とエディスは首を傾げる。「どうしてまともにわたしの相手をしないのか、それをわたしは知りたい。わたしに対するポーズなの? いずれにしても、あなたはコンピュータが相手なら、うまくやるのでしょうね。幼いあなたは、コンピュータに向かって、自分がどういう態度をとったらいいかわからない、なんてことはなかったでしょう?」

「それで遊ぶのは楽しかったからな。自分がコンピュータに対してどういう態度をとっていたかなんて、意識したこともない」

「どんな遊びかしら。そもそもあなたの言っているコンピュータというのは、ようするにいまの地球の標準的な世帯、つまりどの家庭にもある、インテリジェントターミナルボックスのことなのかな。それとも、そういうハードウェアではなく、ログインコードを打ち込んで起動する、あなた専用のアクセス空間のこと?」

「両方だ。ハードとソフトの両方そろって、コンピュータだ」

「自分専用のそうした情報端末機が与えられればたしかに便利でしょうね。でも、自分だけのコンピュータを持つ喜びというのは、わたしにはよく理解できないのだけれど。あなたにとってコンピュータとは、友だちとかペットのようなもの、とあなたは言ったけれど、それが、わたしにはよくわからない」

「それは、きみが、パーソナルなものであるコンピュータを、そういうものがあった時代を、知らないからだろう」

「馬鹿にしないで。わたしはあなたが思っているほど小娘ではない。たいした年の差はないわよ。パーソナルなオペレーションシステムが使用されていた時代のことは、知っている」

「自分でシステムを入れ替えたりしたことは？」

「それは、あまり覚えがないわね、たしかに」

「いつのまにか、ネットワーク上から起動《ブート》されるのが普通になっていた。それは便利なことだったけれど、自由がきかなくなってきた、ということでもあったんだ」

「どういう点で不自由になったと感じたの？」

「ネットワークに接続しなくてはコンピュータはコンピュータとして機能しなくなってきた、という点だ。おれにとってのコンピュータというのは、パーソナルなもの、おれだけのものであるべきだった。ネットワークから切り離したいのに、そうすると、コンピュータはコンピュータでなくなってしまうんだ。最高性能が発揮できない。おおいなる矛盾《むじゅん》だと思わないか」

「ネットブート機能を持たないころのコンピュータはあなたにとってパーソナルな友だち関係

でいられたというのに、それがやがてできなくなった、それであなたはますます孤独になった、ということなのかしら」

「そう。裏切られた、と思った」

「幼いころすでにあなたは、そういう体験をしていた、ということなのか」エディスはノートをとっていた手を止め、顔を零に向けて、言った。「コンピュータに裏切られた、という経験を——」

「違う」

深井零はフォス大尉を真っ直《す》ぐに見返して、冷静に否定する。

「裏切ったのはコンピュータじゃない。世界のほうだったんだ。〈世界〉なんていうのはカッコつけた言い方か。おれにとっては、でも、そうだったんだ。いまなら、人間ども、と言い換えてもいい。結局のところ、くそったれな民主全体主義国家、日本という国と国民のセット、日本というシステムに、おれは爪弾《つまはじ》きにされたんだ」

具体的に、どういうことがあったのか、そのへんをもうすこし詳しく聞かせてほしい、とエディスは再び零をうながす。

父親が出張で不在なのでコンピュータが使えず、宿題ができない、などというのは嘘だった。その嘘は二日間通用したが、三日目には、発覚した。教師がコンピュータ通信で零の親に確認をとったからだ。

四日目に、教師が家庭訪問した。浅知恵だった、とは零は思わなかった。宿題から逃れるためではなく、自分専用のマシンがほしい、というのが目的だったから、宿題したくなさになんという姑息《こそく》なことを考える子供だ、そんなことでどうする、というような嵐のような言葉を浴びせられても、零は平然としていた。それがまた大人たちを怒らせたが、零は動じなかった。この家には、遊べるマシン、コンピュータは、一台しかない。一台しかないから満足には使えない。それは事実で、決して自分は偽《いつわ》ってはいない、悪いことはしていないと思って、言い訳もせず、おし黙っていた。

「なんてなさけない子だこと」

と嘆く〈女〉を教師は押しとどめて、どうしてなんだ、と零に訊いた。

「どうしてこんな嘘をついたんだ、零。すぐにわかることなのに」

「自分だけのコンピュータがほしいから」

「自分だけのって、で、それで、きみはいったいなにがしたいんだ？」

「ぼくは」と零は答えた。「ただ、だれにも邪魔をされたくないだけだ」

「フム」

と考え込む教師に、考えさせまいとするかのように、母親が言った。

「教育上、一台しかおいていないのです、先生」

それはどうかな、と零は思う。教育上とかなんとかいって、ようするにケチなだけじゃないか。そう思い、でも以前には、もっとひどい家もあったな、と思い出している。その家には六、七人くらいの、互いに他人関係の子供らがいて、最小限の食事しか与えられず、みんな飢《う》えていた。里親は吝嗇《けち》だった。もっとも零は、そこはすぐに追い出された。他の子らと一緒に。その里親夫婦が詐欺罪で捕まったためだ。零は子供ながら、自分の身の上には公的な補助金が出ていることを知っていて、その金をあの里親が搾取《さくしゅ》していたのだ、捕まったのはそのせいだと信じて疑わなかったが、事実はもっと悲劇的かつ喜劇的なものだった。つまりその夫婦は善意から行き場のない子供たちの里親になっていたのだが、自らの収入や補助金ではやっていけなくなって、他人の金に手を出してしまったのだった。

あの家にくらべれば、と零は思った、この〈女〉は言い訳がうまい、教育上、とはな。

「ただでさえこの子は人と話ができない。専用の情報端末機を与えたら、一言もしゃべらないでしょう」

それはそのとおりだ、と零は心でうなずいている。人と話をするなんて、面倒くさい。もっと幼いころから、そうだった。あのころはよかった、自分のマシンがあった。自分でオペレーションシステムを入れ替えることくらい、簡単にできた。自分で小さなプログラムを組むこともできたし、そうしたことを覚えられたのは、自分専用のコンピュータがあったればこそだ。あれから、家をいくつ変わったろう。いつのまにか、自分で触れるマシンは手から遠くなっていた。じっくりとコンピュータと対話することができないのは、不満だ。あれとのコミュニケーションのいいところは、こちらのペースがどう変化しても相手はまったく気にしないところだ。人が相手だと、そうはいかない。黙ると、なぜ黙るのか、と言われるし、考えようとすると、もう別の話題になっていて、絶対に待ってなんかくれない。

だから、人と話なんかしたくないんだ。そう、零は思う。

「ああ、それは、とてもよくわかる」とエディスはうなずいた。「あなたは、コミュニケーションというものが、わかっていなかったのよ」

深井零は無言でエディスを見つめる。

「いまのあなたには、わかるかしら、零?」

「気安く呼ばないでほしいな」

「そう、それが、正しいコミュニケーションというものよ。相手の出方に反応して変幻自在に対応する。これがコミュニケーションというものでしょう。いつも同じ対応しかしないコンピュータを相手にするのは、コミュニケーションとは言えないわ」

「それは、解釈の問題だろう」

「そうね。でも、わたしはあなたの解釈を批難しているのではなくて、あなたが人ではなくコンピュータとの関係のほうがらくだという、その気持ちが、いまのあなたの話から、理解できる、と言っているの。あなたは、わたしの言い方に不快感を覚えて、それを口にしたでしょう、それがコミュニケーションというものだと、わたしは思う。コミュニケートというのは、戦いよ。子供のころのあなたは、コンピュータと戦ったわけではないのだということが、わたしにはわかった。あなたは、コンピュータとはもちろん、だれとも戦ったことはなかった、ということよ」

続けて、とエディス。深井零は軍医を見つめてしばらく黙っている。

「わたしが怖いかしら、零?」

「いいや」

深井大尉はソファに座り直す。


きっとあの〈女〉は見栄《みえ》を張ったのだ。そう思いながら、零はマシンを操《あやつ》る。あの一件からしばらくして、子供部屋に専用の情報端末機が来た。兄の分と、二つ。

抱いて寝たいほど嬉しかった。これで、時間を気にしないで、コンピュータと遊べる。これは自分だけのもので、もう、兄やだれかに横取りされることはないし、兄に勝手にこちらのアクセスコードを使われることも、ない。いや、それは考えられるけれど、そのときは対抗手段を考えて、このマシンに組み込むことがたぶんできるだろう、と零は思う。自分のマシンなのだから、好きなようにカスタマイズすればいいのだ。

零は、自分専用のハードウェアが手に入ったならば、やってみたいことがあった。自分の言うことしか聞かないシステムを構築する、という計画だった。

やる気になればできるだろうが実際のところ現物のシステムの構成はどうなっているのだろうと、それを確かめることから零は勉強し始める。零にとっての、それが遊びだった。いままでは自分専用のマシンではなかったので、そういう遊びに没頭することができなかったのだが、いまは、違う。やりたい放題に、できるのだ。

それで、わかったこと。

——こいつはパソコンじゃない。

ようするにいまのコンピュータというものは、零がより幼かったころに遊んでいたコンピュータとはもはや別物だ、ということだった。零にとって驚くべきことに、現在のマシンというのは、単体では使用できなかった。独立したオペレーションシステムというものを、それは持っていない。内蔵されていないのだ。まさに端末機であって、必ずネットワークに接続しなくては機能しない。基本的には電源を落とすためのスイッチもない。最初に電源を入れると、それは接続されたネットワークから本体マシンを起動可能なOSを自動でサーチし、自動的に起動する。なんらかの原因で電源が落ちてしまったときも同様に、自動的に再起動を行う。

情報端末機に使用されるOSは一台の端末を複数のユーザーが使うことを前提に設計されているもので、それは零にはなじみのものではあったのだが、零を驚かせたのはそのOSのあり場所で、それはどこにあってもいい、ということだった。と同時にそれは、特定のOSをユーザーでは指定できないということ、ようするに、システムを勝手に入れ替えたりするのは不可能であって、システムレベルでのカスタマイズはできない、ということを意味した。マシンに搭載されている中枢処理装置の性能自体はかなりのもので、実際にここですべての計算処理が行われているというのに、見方としてはこれはパソコン本体ではなくターミナルだった。ネットワークの中央に巨大な中枢コンピュータがあってそこに接続されているようなものだが、実際にはそうした中枢というものはなく、接続されているすべての端末機内の中枢処理装置に処理が分散されている。ようするに全体として一つの巨大なコンピュータ、という構図だ。

しばらく自分専用マシンを持っていない間に、コンピュータというのが以前とはまったく姿を変えてしまったということを、零は思い知らされたのだった。

——あれは、ぼくのマシンじゃない。

真夜中の子供部屋、暗闇のなか、兄の寝息が聞こえている。零は耳をすます。かすかに、コンピュータの冷却用のファンが回っている音が聞こえる。二台のコンピュータ。兄と、自分の。モニタは使っていないので、暗い。でも、コンピュータは、休んではいないのだ。かなり負荷がかかっていることは、ファンの音が聞こえていることでも、わかる。普段は冷却ファンなど回らない。

中枢処理装置の負荷状態を示すビジーインジケータランプが明滅している。零は枕を抱えながら、それを見つめる。そのランプは、シェアリング状態を示すインジケータでもある。持ち主以外の、外部のだれかが使っていることを示す、ランプだ。明滅しているのは、負荷がかかっていることを示している。持ち主である零がいまは使っていないのだから、外部のだれかが使っているのだ、ということがわかる。

零は自分のベッドをそっと降りる。学習机に近づいて、モニタのスイッチを手探りで探して、入れる。すると、コンピュータ本体のビジーインジケータは明滅をやめる。ぼんやりとモニタが輝度《きど》をましていく。通常の明るさになった画面には、きょうの宿題である算数の問題が出ていた。

さきほどまでこのコンピュータは、自分の知らない、違う仕事をしていたというのに、素知《そし》らぬ顔をしている。そう思うと零は、なんだか、すごくもの悲しい気分になる。

——なにをしていたのだろう?

ネットワーク内では、だれかが、負荷のかかっていないアイドリング中のコンピュータを探し出してその能力を利用する、ということは日常的にやられていた。この情報端末機とネットワークシステムが、そのように構築されているのだ。零もそれは知っていたが、実際に自分のコンピュータがそのように稼動しているのを見るのは、いい気分ではなかった。

——これは、ぼくのもの、のはずなのに。

零はデスクの前に立ったまま、キーボードを操作し、自分のコンピュータを、だれがどこから使用していたのかを追跡するプログラムを前面に呼び出す。ネットワーク上にそうしたユーティリティプログラムがたくさんあるのを、零は見つけていた。以前はまったく意識していないユーティリティプログラム群だった。自分のコンピュータを勝手に使われるのはいやだという思いを抱いてから、初めて、それらの存在が目に入ってきたのだ。その一つを利用、あらかじめバックグラウンドで起動しておいたので、使用ログが記録されているはずだ。

モニタに、記号と数字のリストが表示される。慣れると、記号の意味する内容が詳しく追跡しなくてもわかる。

——こいつは、ナビの座標計算だ。

これは、近くを走る自動車の、かならずしも近くとはかぎらないのだが、車載ドライブ支援装置が、自車の位置座標計算をこちらのコンピュータにさせるためにアクセスしてきたのだ、というのが、わかる。

——こっちのは、なんだろう、けっこうな時間、接続されているけど。

非常に重い計算処理を、ネットワーク上に存在する無数のマシンに振り分けて並列処理させるという、そういう仕事に自分のマシンが就いていることもあった。それは、全天の星星の恒星間距離の計算であったり、内容はよくわからない解析計算であったりする。

こうした計算処理を、いつ、どの空《あ》きコンピュータにやらせるのか、という並列分散処理用のソフトウェアが当然存在していて、それはなかなか巧くできている、ということが零にはわかってきていた。そのソフトは、計算すべき内容、処理内容による選別はしない。平和利用だろうが軍事機密処理だろうが、民間や官製といった区別もしない。ユーザー側も、バックグラウンドでどのコンピュータが使用されているのかを意識することはない。たとえ出来の悪い大学院生が、自分では意味があると思っているが実は無意味な、しかしやたらと重い計算仕事をやらせるのに、わざわざ並列処理をさせようなどと意識せずとも、自分の情報端末機を使うだけで結果が出せるのだ。

——だれが、なにをやらせたのか、わからない。わけのわからない仕事にぼくのマシンが使われるのはいやだ。

こういうことをなんとかしないと、自分のマシン、などというのはどこにもないことになる、と零は気づいている。

自分が使わないときは電源を落とせばいい、などというのは通用しない。本来そのような使い方は想定されていないのだ。電源ケーブルを抜いてシステムを落としたら、すぐに、〈ネットワークに接続されていない〉という警告が、まずこの家の情報管理責任者、マスターである親のマシンに伝えられて、子機であるこのマシンが起動状態にないことがばれる。そのような使用法は許されないし、それならおまえ専用のマシンなどいらないだろう、ということにもなるのだ。

零はまたベッドに戻り、布団をかぶって、どうすればいいかを考える。

寝不足だ。でも学校には行く。登校拒否などしようものなら、せっかく与えられた専用マシンを取り上げられるかもしれない。零はそれが怖かった。授業中に居眠りしそうになると、それも必死にこらえる。教師がまた親に告げ口するのが、怖い。教室の同級生という存在はあまり意識に入らない。なんだかうるさい生き物が群れて自分と同じ場所にいる、という感覚でしかなかった。

三日ほど寝不足の頭で考えて、自分のマシンも寝かせなければいいのだ、と思いついた。自分が使い続ければ、他人に使われるという心配はしなくてすむ。思いついてみれば簡単なことではあった。

しかし、それがいかに大変か、ということは、やってみてすぐにわかった。零が、これはコンピュータにとって大変な負荷だろうと思う、どんな処理をやらせても、外部からの仕事が入り込んでくるのを排除できない。中枢処理装置が、最初から複数の処理を並行して実行するようになっているのだ。そのように設計されているのだ、と零は気づく。

自分のマシンをだれにも使わせたくない、自分のものにしておきたいとなれば、抜本的な解決策はただ一つだ。自分で設計したオペレーションシステムで自分のマシンを起動するしかない。

零はそれを実行すべく、頭をめぐらせる。

この情報端末機は、なんらかの原因で再起動が必要になった場合には、自動的にシステムをネットワークに求めるように、できていた。そうした起動プロセスを開始するための小さなプログラム、ブートストラップは、この情報端末機の中の読み出し専用メモリの中にファームウエアの形で内蔵されているのだろう、という予想は零にはつけられた。そのブートストラップがシステムローダーを起動し、ローダーが起動可能なシステムを探しにいく、という手順だろう、と。その手順を書き換えることができれば、ネットワーク上にあるOSを無視して自分専用のOSから起動することは可能だ、という理屈だ。

零はこつこつと、わずかずつでも休まずに、与えられたマシンを真《しん》に自分のものにすべく研究し始めた。それはこのマシンをネットワークという監獄から脱獄させるための穴を素手で開けるようなものだった。途中でいままでの努力が一瞬にしてふいにならないように、そのための細心の注意も必要だった。こんなことが親に知られれば、取り上げられるに決まっている。

まず必要だったのは、どこからも干渉されない空間をネットワーク上に確保することだった。

それがすべて、と言ってもよかった。その空間に、自分だけの、私的な専用の起動用システムをおき、自分のマシンをそのシステムによってコントロールすればいいのだ。

概念は単純にして明快だったが、実際にやるのは大変だろうという予想はついた。

自分のマシンのハードウェアに手を加えなくてはならないというのはすぐにわかったが、即座に実行することはかなわなかった。目的を達成するには、どういう知識が必要なのかをまず知らなくてはならなかったし、資金面でも時間が必要だった。毎月の小遣いはわずかなものだったからだ。


それで、とエディスは訊く。

「あなたのマシンは、あなたのものになったの?」

深井大尉は、かすかに首を縦に動かして見せる。無言だ。同意、イエスなのだろう、とエディスは解釈する。

「マシンを共有するということが、どうしてそんなにいやだったのか、いまのあなたには、説明できるかしら?」

「そうだな……いま思い返せば、おれにとって自分のマシンというのは、個室だった。プライベートな空間なんだ。バスルームだ。そこに、だれだかわからない、男や女が勝手に入ってきて用を足しては出ていくようなものだ……実際、あの情報端末機は通信中継器でもある。だれもが土足で入り込めるんだ。外部から使用されているときにはその通信内容を、その気になれば、傍受できた。違法だが、知識と技術と根気があれば、それは可能だった」

「やったの？」

「やる能力が、おれにはあった」

「やったと認めないのは、慎重になっているからかしら。違法行為でも、もはや時効でしょうに」

「やらなかったんだ」

「違反行為を恐れて？　せっかくのマシンを取り上げられるかもしれないし、ということ？」

「いや」と零は首を今度は明確に横に振って否定する。「なぜ、そんなことをしなくてはならないんだ？　薄汚い会話であふれているに決まっている。悪党の秘密の打ち合わせ、インサイダー取り引き情報、痴話喧嘩、中傷合戦、でなければ、してもしなくてもいいような時間つぶしのために飛び交う無意味な情報だろう。いまのおれなら、外国のスパイ連中はひそかにそういう内容を傍受していただろう、という予想もつく。バックグラウンドで熾烈《しれつ》に戦われている情報戦だが、そんなのは、おれには関係ない。当時の自分なら、なおさらだ。そんなのを聞けば、自分のマシンがいかに馬鹿馬鹿しくもくだらないことに使われているかを知って、頭に来るだけだ」

　エディスは零にわからないように、かすかにため息をつく。これは、やはり健康な精神状態からは逸脱していると思わざるを得ない、と。少なくとも自分は、そういう内緒話を聞ける状況にあるのなら、聞いてみたい、のぞいてみたい、と感じる。それが一般的な人間の反応ではなかろうかと、エディスは思う。

「くだらないことにこのおれのマシンを使うな、と思っていた。おれのマシンは公衆便所じゃない、ってことだ。それを言うなら、コンピュータネットワーク空間は巨大な汚物溜《だ》めのようなものだ。屑《くず》情報ならぬ糞情報のたまり場だ。おれは、自分のマシンを、そういう汚い環境から護《まも》り、クリーンなマシンとして機能させたかったんだ」

ああ、それなら、わからないでもない、とエディスは思う。

「でも」と深井零は続けた。「いまなら、自分のマシンというよりコンピュータというものすべてに関して、くだらないことにそれを使ってはならないと思っていたんだと、そうも思える。コンピュータというものすごい能力を持ったマシンを、人間という出来の悪い生き物の、くだらない用件に使うな、と怒っていたのかもしれない」

「かも、しれない？」

「全世界から嫌われていると感じても、それがどうした、と思っていた。でも、無意識には、怒りもあったかもしれない、ということだ。無意識のことは自分ではわからない。だから仮定形になる」

「わたしは、あなたは世界に対して怒っていたというよりは、人間たちを見下す気持ちのほうが強かったのでは、と思える」

「だから？」

「それでずっとやっていければ、何事も起きない。自分だけは特別な人間と思っている嫌味な大人の一丁上がり、よ。でも、あなたは、そうじゃない。挫折したでしょう。世界から反撃をくらったはずよ。どんなことだった？　あなたのマシンは、どこへいったの？」

「破壊された」

「だれに」

「官憲だ。公共福祉法やらシステム破壊防止法やらなんやらかんやらの罪状で、おれは捕まった」

「あなたの経歴には、ないわね」

「知ったことか。自分の経歴記録を見たことはない」

「少年を保護するためかしら。幼かったわけだし、日本の法律では、非公開と定められているのかしら？」

「知らない」

あるいはこれは作り話かもしれない、とエディスは気づく。しかしどんな物語にも真実は潜んでいるのであり、語らせること、それに耳を傾けることが重要なのだ、とエディスは診察の基本を思い出す。

「全世界に裏切られたと思ったのは、そのときなのかしら」

「それが初めてじゃない。またか、と思った。でもおれにとってあの体験というのは、そうだな、大事に飼っていたペットを目の前で殺されるような衝撃ではあった」

家の人間たちが寝静まると、零は呪文を唱えて、自分のマシンを呼び出す。日中はその情報端末機は普通のそれなのだが、夜は、零のものになった。常時自分のものとして稼動させておくということは、自分がいないときに兄やだれかに勝手に使われてしまう、ということでもあったので、普段は普通の情報端末機として放っておいた。それは零にとっては自分のマシンの電源を落として休ませておくといった感覚だった。

零の理想は完全なる自分のマシンを手に入れることだったが、零の能力ではいまだにかなえることができなかった。メモリ空間などを外部ネットワークに依存していることが原因だった。資金さえあれば、なんとかできるだろう。はやく大人になりたい、自立したい。そう思いながら零はキーボードに呪文を打ち込む。

兄は寝ている。兄と言ってもまだガキだ、と零は思っている。

寝静まった家の、その子供部屋で、儀式が始まる。呪文。ハード的な改造スイッチによって自動ブート機能を殺し、強制再起動動作を行い、起動プロセスの最初の部分を手で打ち込む。起動システムを指定したプロセス。

立ち上がる画面は、普段と同じだ。だが、この零が改造したOSは一度に複数の処理を実行できるようにはできていない。外部からの分散処理仕事の要求を拒《こば》むことはできないが、零がやっている仕事を終了するまで外部のそうした仕事は待たされる。実質的には、この零のマシンは非常にビジーな状態にあると外部からは判定されるため、割り込んでくる仕事というのはなかった。

ここまで来るのに一年ちかくを要していたが、零はこれを使って、本格的に自分自身のＯＳの開発を始めた。それはこのマシンとの会話でもあった。外部からのアクセスを完全に遮断しつつそれを不自然に感じさせないようなシステムを構築すること。それって、自分の名前のようだ、と零は思う。ゼロという記号はあるけれど、無だ。足しても引いても変化はないが、掛け合わせれば相手も零になってしまう。割れば？　世界の秩序を保つためにゼロで割ることは禁止されている。もしそうでなければ、世界は定義不能になる。なんでもあり、になってしまうのだ。

そんなことを考えながら、その夜も、ＯＳ作りという遊びに没頭していたが、突然の物音で中断させられた。窓が破られて、武装した兵士のような男たちが三人、飛び込んできた。

零は椅子から飛び上がった。突然の物音に驚いて身体《からだ》がそう反応したのだ。

拳銃を持った男がいきなり零の首筋をつかんで、デスクから引きはがす。別の一人がモニタをのぞき込み、さらに三人目が携帯機器と零のマシンを交互に見つめて、これだ、と言う。

「驚いたな」と零を確保した男が言った。「子供だぞ」

「なんなんだ、あんたたち」

零は叫ぶ。兄が起きた気配があるが声は立てない。

「公共福祉法違反の現行犯だ」と男。「おまえは貴重な我が国の資源を、私的に、排他的に利用していた。脱税に匹敵する重大犯罪だ。国賊だ」

「ぼくは、パソコンを改造して、使っていただけだ。自分のコンピュータがほしかっただけなんだ」
「その発言は、記録される。おそろしく危険な思想であり、行為だ。システム破壊防止法違反の容疑も加わる。おまえはネットワークシステムに干渉し、自己流のOSを開発し、それでもって、すべてをおまえのものにしようとしていた。そういう痕跡は証拠として保存されている。言い訳はできないぞ」

なにがなんだかわからなかった。そのとき零が感じたのは、自分がコンピュータを持つというのを世界のほうではこちらを射殺してもいいくらいに憎んでいる、ということだった。

「はやくそのシステムを落とせ」と携帯機器を持った男が言った。「これだと確認できた。証拠も押さえた。稼動させておくのは危険だ。危険分子にコピーされる前に、破壊しろ」

「やめて」と零は絶叫する。「ずっと一緒だったんだ。ぼくが育てた、ぼくの、マシンだ」

零を抑えていた男が身柄を同僚に引き渡し、拳銃を構えて発砲した。轟音《ごうおん》。

結局、それはどういうことかわかるか、と深井零はエディス・フォスに訊く。

「どういうことって？」

「あのマシンが」と深井零は言った。「日本で最後の、パーソナルコンピュータだったんだ。あれを最後にパソコンは、絶滅した」

「絶滅、とはね」とエディス。「あなたはコンピュータというものを擬人化して考えているのね」

「なんとでも解釈すればいいさ」と零。「パーソナルなコンピュータという概念がいまでは消滅しているのは事実だ。現物も、なくなった。生物種の繁栄と絶滅と同じだ。おれは、そう思う」

なるほど、とエディスはうなずき、零の話をメモする手を止めて、いままで書いたものを読み返す。

現在の地球では、たしかに、コンピュータにかぎらず、世界中の通信機能を内蔵した機器のすべてが、特定個人のものではなくなった。不特定多数がそれを使用するのだ。所有者は排他的な使用権を放棄しないかぎり自分のものであるはずのそれを使用できない。深井大尉は、そうした地球の現状を引き合いにして、しかし雪風は自分のマシンだと主張したいために、たとえ話をしたのだろうか、とエディスは考える。

「もういいかな、フォス大尉」

「名前は、つけていたの?」エディスは、思いついて、尋ねる。「そのあなたのコンピュータ、マシンを、あなたはなんて呼んでいたの」

「忘れたよ」

「雪風、ではないの?」

「いや。カタカナの名だった。カタカナ、外来語だ。本当に覚えていないんだ。——疑っているのか。嘘だと?」

エディスはメモしてきたノートを閉じて、深井零を見つめる。

「過去の思い出話というのは脚色されるものだから」とエディスは言った。「あなたがこれは真実だと言ったところで、わたしはそのまま鵜呑《うの》みにしたりはしない。反対に、嘘だったと言われても、あなたがこの話をした、ということは事実であって、わたしにとってはそれが重要な点であり、内容がフィクションかどうかなどというのは、あなたに関して今回わかった事実には影響しない」

「なにがわかった」

「あなたは自分のマシンを奪われた。でも、世界に対して抗議の戦いはしていない。あなたは、だれとも戦ってはこなかった。人間とも、コンピュータとも、過去も、そしていまも、雪風に対しても、あなたは戦ってはいない。それが、わかった」

「行っていいか」

「雪風のところに？」

「いや、もう退室していいか、という意味だ」

「いいわ」とうなずいて、許可する。「ではまた明日、同じ時間に」

退室する深井大尉を、エディスは廊下に出て見送る。深井大尉は返答せず、振り向きもしなかった。先は長い、とエディスは自室に戻りながら思う。戦士とは、戦う者だというのに、あれは戦士の姿ではない。零はとくに、まず雪風との関係において格闘する必要があるのに、それから逃げている。なぜ？　雪風が怖いから。一言で説明するなら、そうなるだろう。でも、その一言を言われても、いまの零には理解できないだろう、とエディスは思う。

その恐怖は、彼自身が気づいて乗り越えるしかない。だれも助けてはやれないのだ。ドアを閉めながら、しかし、そうだろうかと、ふとエディスは思った。雪風なら、できるのでは？

——そして戦士たちは、真の戦いを開始する。〈世界〉に向けて。

ドアが閉じる音にどきりとして、しばしエディスは立ちつくす。

■著者のことば　神林長平

書き上げてしまった自作には全《まった》く興味がないので、下手をすると書いたこと自体を忘れている作品もあって、本作「ぼくの、マシン」がまさにそうだ。世界で唯一生き残っていたパーソナルなコンピュータの最期《さいご》——このシーンには自作ながら心を揺さぶられてしまったけれど、いま我々は、たしかに〈その後〉の世界を生きている気がする。

編者あとがき

三十四年ぶりの年代別日本SFベスト集成、お楽しみいただけましたでしょうか。

今の日本SFの多様性と水準は、本書を読めばおおむね（姉妹編の『ゼロ年代日本SFベスト集成〈F〉逃げゆく物語の話』も併《あわ》せて読むとさらに明確に）把握していただけるんじゃないかと思う。七〇年代と八〇年代と九〇年代をすっ飛ばし、いきなり〇〇年代へとやってきたので、当然ながら、筒井康隆編『'60年代日本SFベスト集成』とは作家の顔ぶれが完全に入れ替わっている。《ゼロ年代》二冊に収録した作家のほとんどは、日本SFの第四世代、第五世代に属する。いちばんの古株は、第三世代に属する神林長平。しかし、七〇年代に〈奇想天外〉からデビューした山本弘や牧野修も含め、全員、最初の単行本を出したのは一九八〇年以降。七〇年代までの日本SFしかフォローしていない年配のSF読者は、知っている名前が見当たらなくて面食らうかもしれませんが、ここに収めたのがゼロ年代の日本SFをリードする作家たち。SFマニアにもそうでない人にも自信をもって紹介する、日本SFの最先端である。

ちなみに、一九七六年十月にトクマノベルズから刊行された筒井康隆編『'60年代日本SFベスト集成』の収録作は、星新一「解放の時代」、広瀬正「もの」、半村良「H氏のSF」、眉村卓「わがパキーネ」、筒井康隆「色眼鏡の狂詩曲《ラプソディー》」、豊田有恒「渡り廊下」、石原藤夫「ハイウェイ惑星」、山野浩一「X電車で行こう」、手塚治虫「金魚」「そこに指が」、小松左京「終りなき負債」、平井和正「レオノーラ」、河野典生「機関車、草原に」、光瀬龍「幹線水路2061年」、荒巻義雄「大いなる正午」というラインナップだった。著者十四人のうち十人が一九三〇年代生まれ。つまり、収録作の発表当時は、大半の作家が二十代〜三十代だったことになる。

一方、《ゼロ年代》二冊の著者は、六〇年代生まれが十二人で過半数を占め、七〇年代はわずか八人(七組)。必然的に、四十代以上で書かれた作品が過半数を占めている。これはSFのジャンル的な成熟を示すのか、それともSF界全体の高齢化のあらわれか。六〇年代、七〇年代とくらべて、SF作家のデビュー年齢が高くなっているのはまちがいないが、若い作家がSF短編を発表できる媒体が少なくなっている(〈SFマガジン〉を含め、小説雑誌全体が単発の短編を載せなくなっている)ことが、もっとも大きな要因かもしれない。

とはいえ、〈F〉巻末に収録した「ゼロ年代日本SF概況」で述べたとおり、その状況も、ゼロ年代末から変わりつつある。日本SFの短編黄金時代はこれからだ。その胎動を本書で実感していただければ、編者としてもうれしく思います。

さてこのへんで、「序」で簡単に触れた本書刊行の経緯について、もうすこし詳しく説明しておきたい。

〇〇年代日本SFのベスト・アンソロジーを出せないかと思いついたのは、二〇〇九年九月のことだった。長谷敏司「地には豊穣」を読み返すために〈SFマガジン〉のバックナンバー（とくに、リアル・フィクション特集号）を漁《あさ》っていて、書籍未収録の秀作がけっこう埋もれていることに気づいたのがきっかけ。ハヤカワ文庫JAでは、一九八〇年代に『SFマガジン・セレクション』という年度別SF傑作選を出していたから、その年代別バージョンみたいなものがつくれるんじゃないか。折しも、〈SFマガジン〉は二〇〇九年末で創刊五十周年を迎えるから、タイミング的にもちょうどいい。

その段階で、秋山瑞人「おれはミサイル」、新城カズマ「アンジー・クレーマーにさよならを」、長谷敏司「地には豊穣」、元長柾木「デイドリーム、鳥のように」など、十編ほどの候補作をリストアップし、「ゼロ年代SF傑作選」という表題のメールを早川書房の塩澤快浩部長に唐突に送りつけた。

リアル・フィクション系（詳細は〈F〉巻末の「ゼロ年代日本SF概況」参照）を中心に、〈SFマガジン〉初出の短編集未収録作を集めるフレッシュな傑作選のプランとは別に、既刊短編集との重複ありで歴史に残る名作ばかりを集めるオールスター傑作選をつくる手もあるなと考えてたんですが、塩澤部長の選択は前者。その企画が、二〇一〇年二月、ハヤカワ文庫JAから刊行されたSFマガジン編集部編（というか、実質的には塩澤快浩編）の『ゼロ年代SF傑作選』に結実する。収録作は、前記四編に、冲方丁「マルドゥック・スクランブル"104"」、桜坂洋「エキストラ・ラウンド」、西島大介「Atmosphere」、海猫沢めろん「アリスの心臓」

を加えた全八編。カバー裏や解説にも書かれているとおり、日本SFの第五世代を中心とするリアル・フィクション傑作選である。

「だったら、もっとスタンダードな〇〇年代の傑作選（後者のプラン）を他社で出してもいい？」と確認したところOKの返事を得たので、ぼんやり企画を考えはじめた。

二〇〇九年十月に開かれたイベント、京都SFフェスティバルの合宿プログラムで、《年刊日本SF傑作選》について話をしていたとき、「じつはこういう企画を考えてるんだけど……」と紹介したところ、その場にいた東京創元社の小浜徹也氏が、「あ、やろうよ、それ」と飛びつき、〝スタンダード版ゼロ年代日本SF傑作選〟が具体化に向けて動き出すことになった。

ご承知のとおり、創元SF文庫では日下三蔵・大森望編の《年刊日本SF傑作選》が刊行されている。二〇〇七年のベストは『虚構機関』、二〇〇八年のベストは『超弦領域』にまとめられ、二〇〇九年のベスト集（『量子回廊』）も進行中（当時）。〇〇年代ベストを編むとしたら、最後の三年はそれと重なるが、作品の重複を避けても、SFファンが納得する傑作選をつくることはじゅうぶん可能だろう。

相談の結果、全二巻の文庫（各五百ページ前後）で二〇一〇年の秋に出すという大まかな方針が定まり、通しタイトルは（『ゼロ年代SF傑作選』との混同を避けるという理由もあって）《ゼロ年代日本SFベスト集成》に決定。二〇一〇年の一月から三月にかけてゼロ年代の短編を再読し、候補作をリストアップした。作品選択の基本方針はおおむね以下の通り。

• 有名作品を軸に、他社で文庫になっている短編集の表題作も遠慮せずにがんがん入れる（作品本位）。ただし、一作家一作品。作家のバランスにもある程度は配慮する。
●《年刊日本SF傑作選》の場合よりは、狭義の（一般的な）SF性を重視する。
●対象期間が重なる『ゼロ年代SF傑作選』（ハヤカワ文庫JA）および日下三蔵編『日本SF全集6』（出版芸術社／未刊）、編者が重なる《年刊日本SF傑作選》および《NOVA 書き下ろし日本SFコレクション》（大森望責任編集／河出文庫）との重複は避ける。

ちなみに、今のところ『日本SF全集6』に収録がアナウンスされているのは、飛浩隆「夢みる檻《おり》」、山本弘「メデューサの呪文」、藤崎慎吾「コスモノーティス」、古川日出男「物語卵」、森奈津子「西城秀樹のおかげです」、古橋秀之「終点：大宇宙！」、上遠野浩平「ロンドン・コーリング」、冲方丁「マルドゥック・スクランブル"104"」、秋山瑞人「おれはミサイル」、平谷美樹「量子感染」、野尻抱介「沈黙のフライバイ」、林譲治「エウロパの龍」、小川一水「老ヴォールの惑星」の十三編。前述の方針通り、作品はひとつも重複していないが、作家では七人が《ゼロ年代日本SFベスト集成》と重なっている。いずれ刊行された暁《あかつき》には、ぜひ読みくらべてみてください。

三月中には、編集部との（というか小浜徹也氏との）打ち合わせを経て収録作が確定し、五月ごろから著者および版元との交渉を開始（主に小浜氏が担当）。さいわいにも、一編を除き、こちらからリクエストしたすべての作品について再録の許諾を得ることができた（唯一の例外は、収録短編集の文庫版と刊行時期がたまたまぶつかることになった円城塔「Boy's Surface」。表題作ということもあって、泣く泣くあきらめ、かわりに、円城塔の記念すべきデビュー単行本『Self-Reference ENGINE』から「Yedo」を収録することにした。結果的には、むしろこのほうが正解だったかもしれない)。

収録を快諾してくださった著者のみなさんと、収録作の初出誌各媒体および収録短編集の担当編集者諸氏に感謝する。とりわけ、早川書房編集部の塩澤快浩氏には最大級の感謝を。本書〈S〉収録作十一編のうち七編(〈F〉では二編)を編集者として担当した塩澤氏の協力なしにこの企画は実現しなかった。この巻は、〝塩澤SF傑作選〟みたいなものである。

また、末筆ながら、《年刊日本SF傑作選》シリーズにつづいて、このたいへん面倒な企画を引き受けてくれた東京創元社編集部の小浜徹也氏と、またまたカバーデザインを担当してくれた岩郷重力氏にも感謝する。ありがとうございました。

さて、この続きは、『ゼロ年代日本SFベスト集成〈F〉逃げゆく物語の話』でどうぞ。

●初出および収録書籍一覧 ※( )内は現行の収録書籍

野尻抱介「大風呂敷と蜘蛛の糸」SFマガジン二〇〇六年四月号(『沈黙のフライバイ』ハヤカワ文庫JA)

小川一水「幸せになる箱庭」SFマガジン二〇〇四年四月号(『老ヴォールの惑星』ハヤカワ文庫JA)

上遠野浩平「鉄仮面をめぐる論議」デュアル文庫編集部編『ＮＯＶＥＬ21　少年の時間—text. BLUE』徳間デュアル文庫、二〇〇一年一月
田中啓文「嘔吐した宇宙飛行士」ＳＦマガジン二〇〇〇年二月号（『銀河帝国の興亡も筆の誤り』ハヤカワ文庫ＪＡ）
菅浩江「五人姉妹」ＳＦマガジン二〇〇〇年九月号（『五人姉妹』ハヤカワ文庫ＪＡ）
上田早夕里「魚舟・獣舟」井上雅彦監修『異形コレクション　進化論』光文社文庫、二〇〇六年八月（『魚舟・獣舟』光文社文庫）
桜庭一樹「Ａ」ＳＦＪａｐａｎ二〇〇五年冬号（『金原瑞人ＹＡセレクション　みじかい眠りにつく前にⅢ　明け方に読みたい10の話』ピュアフル文庫）
飛浩隆「ラギッド・ガール」ＳＦマガジン二〇〇四年二月号（『ラギッド・ガール　廃園の天使2』ハヤカワ文庫ＪＡ）
神林長平「ぼくの、マシン」早川書房編集部編『戦闘妖精・雪風　解析マニュアル』早川書房、二〇〇二年七月
円城塔「Yedo」『Self-Reference ENGINE』ハヤカワＳＦシリーズＪコレクション、二〇〇七年五月（『Self-Reference ENGINE』ハヤカワ文庫ＪＡ）
伊藤計劃＋新間大悟「A.T.D Automatic Death ■ EPISODE: 0 NO DISTANCE, BUT INTERFACE」ＳＦＪａｐａｎ二〇〇二年夏号

検印
廃止

編者紹介　1961年高知県生まれ。京都大学文学部卒。翻訳家，書評家。編著に《年刊日本SF傑作選》（日下三蔵と共編），オリジナル・アンソロジー《NOVA》シリーズ，主な著書に『現代SF1500冊（乱闘編・回天編）』，『特盛！SF翻訳講座』，『狂乱西葛西日記20世紀remix』，《文学賞メッタ斬り！》シリーズ（豊﨑由美との共著），主な訳書にウィリス『航路』，ベイリー『時間衝突』ほか。

ゼロ年代日本SFベスト集成〈S〉
ぼくの、マシン

2010年10月29日　初版

編　者　大《おお》　森《もり》　望《のぞみ》

発行所　（株）東京創元社
代表者　長谷川晋一

162-0814／東京都新宿区新小川町1-5
電　話　03・3268・8231-営業部
　　　　03・3268・8204-編集部
URL　http://www.tsogen.co.jp
振　替　00160-9-1565
萩原印刷・本間製本

乱丁・落丁本は，ご面倒ですが小社までご送付ください。送料小社負担にてお取替えいたします。

ISBN978-4-488-73801-3　C0193